Née en 1950 dans le Maryland, où ell............ ....
Roberts a connu un début difficile dans sa carriè........ ....n
avant de devenir la reine incontestée de la littérature féminine. Elle a commencé à écrire alors qu'une tempête de neige
la bloquait chez elle et, depuis une vingtaine d'années,
enchaîne succès sur succès dans le monde entier. Ses romans,
plusieurs fois récompensés aux États-Unis, sont régulièrement classés sur la prestigieuse liste des meilleures ventes du
New York Times. Auteur prolifique, Nora Roberts avoue être
terrifiée de perdre son talent si elle cessait d'écrire : c'est
pourquoi elle travaille tous les matins. Elle examine, dissèque,
développe le champ des passions humaines et ravit ainsi le
cœur de millions de lectrices. Elle a l'art de camper des personnages forts et de faire vibrer, sous une plume vive et légère,
le moindre trait, la moindre pensée. Du thriller psychologique
à la romance, couvrant même le domaine du roman fantastique, ses romans renouvellent chaque fois des histoires où,
toujours, l'émotion le dispute au suspense.

Fantaisie du crime

Du même auteur aux Éditions J'ai lu

NORA ROBERTS

Lieutenant Eve Dallas - 30
Fantaisie du crime

Traduit de l'américain par Sophie Dalle

Titre original :

FANTASY IN DEATH
Éditeur original :
G.P. Putnam's Sons, published by the Penguin Group (USA) Inc.

*Qui préférerais-tu être –
Un vainqueur aux jeux Olympiques
Ou le crieur qui proclame les vainqueurs ?*

PLUTARQUE

*En effet, je parle des rêves,
enfants d'un cerveau paresseux,
que seule une imagination vaine peut engendrer.*

William SHAKESPEARE

1

Indifférent aux éclairs qui zébraient férocement le bouclier couturé du ciel, Bart Minnock, sifflotant, rentrait chez lui pour la dernière fois. Malgré la pluie battante, son humeur demeura aussi enjouée que son sifflotement tandis qu'il saluait son concierge de loin.

— Comment ça va, monsieur Minnock ?

— Ça boume, Jackie ! De plus en plus fort.

— Comme l'orage.

— Quel orage ?

Avec un rire, Bart traîna ses aérobaskets trempées jusqu'à l'ascenseur.

Le tonnerre crépitait sur l'île de Manhattan, les banlieusards de la mi-journée rouspétaient sous leurs parapluies achetés à un prix exorbitant aux marchands ambulants et les Maxibus faisaient gicler des murailles d'eau. Mais dans l'univers de Bart, le soleil brillait de tous ses feux.

Il avait un rendez-vous galant avec la délicieuse CeeCee – un véritable exploit pour un crétin (titre qu'il revendiquait) resté vierge jusqu'à l'âge de vingt-quatre ans.

Cinq ans plus tard, et en grande partie grâce au succès de U-Play, il n'avait que l'embarras du choix parmi les hordes de jeunes femmes avides qui se jetaient à ses pieds – leur enthousiasme étant surtout motivé par l'argent et la publicité que générait son entreprise.

Aucune importance.

Il savait qu'il n'était pas particulièrement beau et avait appris à accepter sa gaucherie en matière de romantisme (sauf avec la pulpeuse CeeCee). Il ne connaissait rien à l'art ni à la littérature, et il était incapable de distinguer un grand cru d'une vulgaire piquette. Son domaine, c'était les ordinateurs, les jeux informatiques et la haute technologie.

CeeCee était différente, songea-t-il en déverrouillant les multiples serrures et dispositifs de sécurité de son triplex quatre étoiles avec vue sur le centre-ville. Elle aimait s'amuser, et se fichait pas mal des grands crus et des galeries de peinture.

Cependant, la perspective d'une soirée en compagnie de la séduisante CeeCee ne suffisait pas à expliquer son bonheur et le large sourire qu'il arborait en refermant tout à clé derrière lui.

Il avait la toute dernière version de Fantastical dans sa mallette, et jusqu'à ce qu'il l'ait testée et approuvée, elle était toute à lui.

— *Bienvenue à la maison, Bart !* lança l'interphone d'un ton allègre.

Son droïde domestique – une réplique de la Princesse Leia, modèle classique *Guerre des étoiles*, style jeune fille esclave (il avait beau être ringard, il n'en était pas moins homme) – vint à sa rencontre pour lui offrir sa boisson préférée, un fizzy à l'orange sur glace pilée.

— Vous rentrez tôt aujourd'hui.

— J'ai à bosser dans l'holopièce.

— Ne travaillez pas trop. Pour ne pas être en retard chez CeeCee, il vous faudra partir dans deux heures douze minutes. Vous devez acheter des fleurs en chemin. Vous y passerez la nuit ?

— C'est mon intention.

— Profitez-en bien. Vos chaussures sont très mouillées. Voulez-vous que j'aille vous en chercher une autre paire ?

— Non, ce n'est pas la peine. J'en prendrai une en montant.

— N'oubliez pas, insista-t-elle avec ce petit sourire narquois à la Leia qui le réjouissait toujours. Voulez-vous que je vous rappelle à l'ordre un peu plus tard ?

Il posa sa mallette, repoussa ses cheveux châtain clair qui lui tombaient dans les yeux.

— Inutile. Je vais prévoir une alarme. Vous pouvez disposer.

— Entendu. Je suis là si vous avez besoin de moi.

En temps normal, il aurait pris le temps de discuter avec sa Leia personnelle. Il lui aurait peut-être demandé de lui tenir compagnie, le temps de décompresser, et lui aurait raconté ses projets en cours. Rien de tel qu'un droïde, selon lui. Les robots ne vous jugeaient pas, à moins d'être programmés pour.

Mais Fantastical l'attendait. Il ouvrit son attaché-case, en sortit le disque, le gratifia d'un baiser amical, puis se dirigea vers l'escalier.

Il avait décoré les lieux selon ses caprices et ses goûts, aussi les jouets abondaient-ils. Accessoires, armes, costumes et œuvres d'art issus de clips et de jeux vidéo servaient de décors et de divertissements, et chaque pièce, à chaque étage, était équipée de consoles, d'écrans et autres ordinateurs ultrasophistiqués.

Pour Bart, c'était un rêve devenu réalité. Il vivait et travaillait dans une immense salle de jeux électroniques.

Son bureau était une reproduction à l'échelle du pont du *Valiant*, le navire de guerre galactique de la vidéo du même nom. C'était sa contribution à l'élaboration de ce jeu qui avait permis à son entreprise de prospérer.

Oubliant de changer de chaussures ou de chemise, il se précipita au deuxième étage.

Pour accéder à l'holopièce, la sécurité exigeait une empreinte digitale, vocale et un scan rétinien. Assez superflu, il en était conscient, mais c'était plus amusant ainsi. Or s'amuser était sa règle d'or. S'il ouvrait régulièrement cet espace à ses amis et invités, il n'en appréciait pas moins toutes les frimes d'un super-espion.

Il réactiva tous les codes en entrant, puis déconnecta tous les communicateurs. Pendant une heure – bon, d'accord, plutôt quatre-vingt-dix minutes –, il voulait pouvoir jouer sans la moindre interruption.

Selon Bart, tout l'intérêt consistait à s'immerger dans un jeu de rôle, une compétition ou tout simplement le plaisir. Fantastical l'entraînerait bien au-delà des produits qui inondaient le marché en ce milieu de l'année 2060.

« À condition que les tout derniers ajustements et améliorations fonctionnent », rappela l'homme d'affaires au joueur.

— Ça va marcher, marmonna-t-il en insérant le disque dans la fente.

Une fois de plus, il utilisa son empreinte vocale, puis composa son mot de passe. La nouvelle version était top secret. Ses partenaires et lui n'avaient pas bâti U-Play uniquement grâce à leur génie. Dans le monde du jeu informatique, la concurrence était impitoyable, et force lui était d'admettre que cela le stimulait.

Bart Minnock était un joueur dans l'âme. Le succès de U-Play leur offrait, à ses amis et associés et à lui, tout ce dont ils avaient toujours rêvé, tout ce pour quoi ils avaient travaillé.

Avec Fantastical, ils feraient un bond en avant et (il croisa les doigts) deviendraient incontournables dans le monde du jeu.

Il avait déjà décidé du scénario, son préféré, et du niveau. Au cours de son développement, il s'était entraîné, avait analysé et peaufiné la trame et ses éléments à d'innombrables reprises. À présent, il allait s'attaquer à la séquence qu'il avait baptisée du nom de code RCCN. Il endosserait le rôle du héros cynique combattant les forces du mal du royaume assiégé de Juno, sur la planète menacée de Gort.

Les murs en miroir de l'holopièce démultiplièrent son reflet tandis que la lumière se mettait à tournoyer et à baisser d'intensité, que son pantalon kaki humide et froissé, son tee-shirt « Captain Zee » et ses aérobaskets trempées se métamorphosaient en tenue de combat d'un roi guerrier.

Dans sa main, il soupesa son épée. Un sentiment d'excitation l'envahit à l'idée d'entrer dans la peau de son personnage.

« Excellent, se dit-il. Excellent début. » Il pouvait humer les fumées de la bataille et voir le sang déjà répandu. Il leva le bras, se tâta le biceps, effleura une cicatrice ancienne.

Élancements et douleurs dans tout son corps témoignaient de blessures à peine guéries, d'une vie entière vouée au combat.

Mais surtout, il se sentait fort, audacieux, courageux, féroce. Il était devenu le vaillant roi guerrier sur le point de mener à l'assaut ses troupes épuisées.

Il poussa un cri de guerre – parce qu'il le pouvait – et entendit sa voix puissante résonner dans les airs.

Génial.

Une barbe avait recouvert le bas de son visage et ses cheveux lui chatouillaient la nuque.

Il *était* Tor, le guerrier, le protecteur, le roi légitime de Juno.

Il enfourcha son cheval – dès la deuxième tentative, ce qui n'était pas si mal – et l'éperonna. Hurlements et vociférations s'élevèrent alors que les épées se croisaient et que les lances à feu répandaient la mort. Son royaume adoré était en flammes, aussi se fraya-t-il un chemin entre les combattants, éclaboussé de sang, ruisselant de sueur.

Sur les conseils de Benny, l'un de ses associés, ils avaient ajouté une intrigue amoureuse en option. Pour rejoindre sa bien-aimée, une belle et valeureuse guerrière qui défendait rageusement les murs du château, il devait rejoindre les premières lignes du front et se lancer dans la lutte ultime – un *mano a mano* avec le diabolique Seigneur Manx.

Il avait souvent atteint ce niveau au fil des essais, mais n'était parvenu que rarement à le dépasser en programmant le défi jusqu'au sommet. Il fallait de l'habileté, de bons réflexes et de l'agilité pour esquiver une flèche ou les flammes d'une lance, éviter un coup de dague... Sinon, quel intérêt ?

Le moindre coup reçu diminuerait son score au risque d'une retraite humiliante ou d'une mort héroïque. Cette fois, il cherchait non seulement à dépasser l'étape, mais aussi à battre son propre record.

Son cheval poussa un hennissement tandis qu'ils galopaient à travers des nuages de fumée, sautaient pardessus les corps des blessés. La bête se cabra et il dut se cramponner à sa crinière pour ne pas être désarçonné.

Quand cela arrivait, il retrouvait Manx à pied, et chaque fois qu'il lui faisait face, il perdait Juno, la femme, la partie.

« Pas aujourd'hui », se jura-t-il.

Il se retrouva soudain devant la forteresse où les braves s'efforçaient de repousser ceux qui voulaient la détruire. Et là, apparut le sombre et terrifiant visage du Seigneur Manx, la lame de son épée rougie du sang de dizaines d'innocents.

Il éprouva un élan de mélancolie pour les moments heureux de son enfance, avant que le meurtre et les mensonges ne viennent la ternir.

— Je ne suis pas tombé dans ton piège ! hurla-t-il.

— Le contraire m'aurait déçu.

Manx affichait un sourire, mais son regard luisait de haine.

— J'ai toujours souhaité te rencontrer ici, vous exterminer sur cette terre, ta lignée et toi.

— C'est moi qui vais t'achever.

Les deux hommes se ruèrent l'un vers l'autre. Un éclair, que Bart avait ajouté pour un effet plus dramatique, jaillit des épées croisées.

Bart sentit l'impact remonter le long de son bras. Il songea qu'il lui restait encore quelques réglages à effectuer. Le réalisme, c'était important, mais mieux valait épargner les clients.

En pivotant sur lui-même pour bloquer le coup suivant, il entendit un craquement dans son épaule. Il faillit ordonner la mise en pause du programme, mais il était trop occupé à esquiver l'attaque.

« Après tout, songea-t-il en ripostant, la victoire se mérite. »

— Ta femme sera mienne avant la tombée de la nuit, gronda Manx.

— Elle dansera sur ton… Hé !

Son épée ripa et la lame de son ennemi lui lacéra le bras. Au lieu du choc électrique habituel, il ressentit une douleur fulgurante.

— Qu'est-ce que… ? Pause !

Mais pour Bart, la partie était finie.

Le lieutenant Eve Dallas brandit son insigne sous le nez du concierge en état de choc et poursuivit son chemin. Le soleil et la chaleur moite après les orages lui avaient remonté le moral. À ses côtés, sa partenaire, Peabody, se fanait littéralement.

— Il y a deux mois, vous n'aviez de cesse de râler à cause du froid. Aujourd'hui, vous vous plaignez de crever de chaud. Jamais contente.

Ses cheveux châtain foncé rassemblés en une petite queue-de-cheval, Peabody continua de gémir :

— Pourquoi ne régulent-ils pas la température ?

— Qui « ils » ?

— Les gars de la météo. La technologie, nous l'avons. Pourquoi ne pas nous accorder au moins deux semaines à vingt-quatre degrés ? Ce n'est pas grand-chose. Vous devriez demander à Connors de se pencher sur le sujet.

— Entendu. Je le lui dirai dès qu'il aura fini d'acheter les dix derniers pour cent de l'univers.

Dans l'ascenseur, Eve se balança d'avant en arrière en songeant à celui qui était son mari depuis deux ans. Peabody n'avait sans doute pas tort : il était capable de trouver une solution.

— Si vous voulez à tout prix des températures constantes, vous n'avez qu'à travailler dans un bureau climatisé.

— Pour moi, juin rime avec marguerites et brise tiède. Au lieu de quoi, on a droit aux orages et à une chaleur suffocante.

— J'aime les orages.

Peabody observa à la dérobée le visage mince d'Eve.

— Vous avez dû faire l'amour hier soir. Vous êtes presque guillerette.

— Je ne suis jamais guillerette.

— J'ai dit presque.

— Et moi, je vous réponds que si vous continuez, je vous botte les fesses.

— Ouf ! Je vous retrouve enfin.

Amusée malgré elle, Eve émergea de la cabine.

Les uniformes dans le couloir se mirent aussitôt au garde-à-vous.

— Lieutenant.

— Qu'est-ce qu'on a ?

— La victime s'appelle Bart Minnock. Le type de U-Play.

— Hein ?

— Cette société qui conçoit des jeux vidéo en 3D. Sa petite amie l'a découvert ce matin. Elle prétend qu'il lui a posé un lapin hier soir et qu'elle était venue lui remonter les bretelles. Le droïde domestique lui a ouvert. Minnock était enfermé à clé dans l'holopièce. Elle a demandé au droïde de débrancher le système.

L'agent marqua une pause.

— Il vaudrait mieux que vous voyiez par vous-même.

— Où est la petite amie ?

— Elle s'appelle CeeCee Rove. Elle est à l'intérieur, en compagnie d'un collègue. Quant au droïde, on l'a mis en mode pause.

— Commençons par la scène du crime.

Elle pénétra dans l'appartement, jeta un regard circulaire. On aurait dit le repaire d'un adolescent très riche et très capricieux.

Couleurs primaires, coussins, murs recouverts d'écrans, des jeux, encore des jeux, et des jouets – apparemment, il avait un faible pour les jouets de guerre. Ce n'était pas tant une salle de séjour qu'une gigantesque cour de récréation. Vu sa profession, pourquoi pas ?

— Deuxième étage, lieutenant. Vous pouvez prendre l'ascenseur.

— Je préfère l'escalier.

— On dirait un parc d'attractions à usage personnel, commenta Peabody tandis qu'elles gravissaient les marches. McNab en sangloterait de bonheur et de jalousie, ajouta-t-elle, faisant allusion à son compagnon. J'avoue que je trouve ça assez génial.

— Il vivait peut-être dans un univers de gosse, mais son système de sécurité est bien celui d'un adulte.

Eve fit un détour par le premier étage, le temps de découvrir que les chambres étaient elles aussi conçues pour le divertissement. Quant au bureau, il lui rappelait le labo de Connors, mais avec davantage de fantaisie.

— Il prenait son travail au sérieux, murmura-t-elle.

Elle regagna l'escalier et monta rejoindre l'officier posté devant l'holopièce.

— Cette porte était-elle sécurisée ? voulut-elle savoir.

— La petite amie affirme que oui, lieutenant, et que tous les communicateurs étaient débranchés. Le droïde le confirme. D'après les enregistrements, la victime a pénétré dans cette salle et l'a verrouillée à 16 h 33. Personne d'autre n'est entré ou n'a tenté d'entrer avant 9 h 18 ce matin.

— Bien.

Peabody et Dallas ouvrirent leur kit de terrain, s'enduisirent de Seal-It.

— Enregistrement ! commanda Eve.

Flic depuis presque douze ans, elle ne se laissait pas souvent surprendre. Elle avait beau savoir qu'elle n'avait pas tout vu – c'était impossible –, elle en avait tout de même vu pas mal.

Toutefois, ses grands yeux ambre s'arrondirent.

— Je n'en crois pas mes yeux.

— Nom d'un chien ! souffla Peabody.

— Pas question de vous dérober.

— Je vais réfléchir.

Peabody ravala sa salive.

— D'accord, je suis avec vous.

Bras et jambes en croix, le corps gisait dans une mare de sang. La tête reposait à deux mètres de là, le regard vide, la bouche formant un « o ».

— Précisons que la victime a la tête séparée du corps, ce qui nous permet d'imaginer la cause du décès. Seule dans une holopièce sécurisée. Aucune arme en vue. Intéressant. Peabody, tâchez de savoir ce qu'il avait programmé sur sa console. Et récupérez tous les disques de sécurité de l'immeuble, de même que ceux de cet ordinateur.

— Entendu ! répliqua cette dernière, soulagée, tandis qu'Eve s'approchait du cadavre.

Elle commença par vérifier les empreintes digitales.

— Identité de la victime : Bart Minnock, domicilié à cette adresse, vingt-neuf ans.

Elle chaussa une paire de microlunettes.

— D'après l'étude préliminaire sur site, il semble que la tête ait été tranchée d'un seul coup, net et puissant. Aucun signe d'acharnement.

Elle ignora le haut-le-cœur discret de Peabody.

— La victime porte en outre une entaille de quinze centimètres sur l'avant-bras gauche. On remarque plusieurs hématomes, mais aucune de ces lésions n'a pu être fatale. À confirmer par le médecin légiste. Celui-ci, Morris va l'adorer, conclut-elle avant de se lever pour aller examiner la tête. Pour le décapiter aussi proprement, le meurtrier devait avoir une sacrée lame – large et bien affûtée. Et une sacrée force. La plaie secondaire pourrait avoir été infligée par la même arme. Genre coup oblique. Les ecchymoses sont infimes.

Elle s'assit sur ses talons.

— Je ne vois rien ici qui ait pu provoquer ces blessures. Il n'a pas pu s'étêter tout seul, délibérément ou par accident, avec un objet ici présent.

— Impossible de le mettre en route, annonça Peabody. Le programme. Le disque refuse même de s'éjecter sans la bonne séquence de sécurité. Tout ce que j'ai, c'est l'heure à laquelle il a commencé et celle à laquelle il s'est terminé : 17 h 11, après une trentaine de minutes d'utilisation.

— Il est donc arrivé chez lui, est monté directement ici et a lancé le jeu. Nous avons besoin d'une équipe informatique et de techniciens. Je veux que le médecin légiste exige l'analyse toxicologique en priorité. Peut-être lui a-t-on fait avaler un produit malgré lui, puis on l'a obligé à contourner sa propre sécurité afin que rien n'apparaisse sur les enregistrements. Occupez-vous de cela. Ensuite, vous interrogerez le droïde. Je me charge de la petite amie.

CeeCee, une jolie blonde, se trouvait dans la salle de divertissement du premier niveau. Jambes repliées sous les fesses, mains croisées sur les genoux, elle paraissait minuscule dans l'énorme fauteuil. Ses grands yeux bleus étaient rougis et gonflés.

D'un hochement de tête, Eve fit signe à l'agent qui lui tenait compagnie de les laisser.

— Mademoiselle Rove ?

— Oui. On m'a dit de ne pas bouger d'ici. On m'a pris mon communicateur. Je devrais prévenir quelqu'un, non ?

— Nous vous le rendrons très vite. Je suis le lieutenant Dallas. Si vous m'expliquiez ce qui s'est passé ?

— J'ai déjà tout raconté à l'autre policier. J'ai réfléchi. Est-ce une plaisanterie de Bart ? Parfois, il fait des blagues. Il aime faire semblant. Est-ce que tout ça est une mise en scène ?

— Non, rétorqua Eve en s'installant en face de CeeCee. Vous deviez vous voir hier soir ?

— Chez moi. À 20 heures. J'avais préparé le dîner. Nous avions prévu de manger à la maison parce que j'adore faire la cuisine. Enfin, de temps en temps. Mais il n'est pas venu.

— Qu'avez-vous fait ?

— Il lui arrive d'être en retard. Ce n'est pas grave. Il se laisse absorber par son boulot. Moi aussi, alors je ne lui en veux pas. Mais il n'est pas venu, et il n'a pas décroché son communicateur. J'ai essayé de le joindre à son bureau, mais Benny m'a dit qu'il était parti travailler chez lui peu après 16 heures.

— Benny ?

— Benny Leman, son associé. Il était encore là. Ils perdent toute notion du temps quand ils travaillent sur un projet.

— Êtes-vous venue ici lui demander ce qu'il fabriquait ?

— Non. J'ai failli. J'étais énervée parce que je m'étais donné beaucoup de mal. J'avais mis les petits plats dans les grands, j'avais une bouteille de vin, des bougies, le grand jeu, quoi.

Elle reprit son souffle.

— Il n'est pas venu, il ne m'a pas prévenue qu'il serait en retard. Il est distrait et je le lui pardonne, mais il décroche toujours son communicateur ou finit par se rappeler qu'on a rendez-vous – il programme des alarmes. Toujours est-il que j'étais énervée. Il y avait de l'orage, et j'ai renoncé à sortir par un temps pareil. J'ai bu un peu de vin, j'ai dîné et je me suis couchée. Qu'il aille au diable !

Elle se cacha le visage dans les mains. Eve garda le silence.

— Je me suis dit : « Tant pis, Bart, tu peux aller te faire voir ! » parce que je m'étais donné du mal. Mais ce matin, j'étais vraiment en colère, et comme je ne commençais pas avant 10 heures, j'ai décidé de passer. J'ai pensé : « D'accord, ce n'est pas grave, ce sera notre première grosse dispute parce que ce n'est pas une façon de me traiter. » N'est-ce pas ?

— En effet. Depuis combien de temps sortez-vous ensemble ?

— Bientôt six mois.

— Et ç'aurait été votre première brouille ? Sérieusement ?

CeeCee ébaucha un sourire malgré ses larmes.

— Je m'emporte de temps en temps, mais avec Bart, on ne peut jamais rester fâché longtemps. Il est tellement adorable. Seulement cette fois, j'avais l'intention de lui mettre les points sur les *i*. Leia m'a ouvert.

— Qui est Leia ?

— Euh… le droïde domestique. Il l'a fait construire sur le modèle d'un personnage de la saga *La Guerre des étoiles*. Dans le film *Le Retour du Jedi*.

— Ah !

— Bref, elle m'a expliqué qu'il était dans l'holopièce totalement sécurisée, et qu'il avait débranché tous les communicateurs. Et que, d'après son registre, il y était depuis environ 16 h 30 hier soir. Je me suis inquiétée.

J'ai eu peur qu'il ait eu un malaise ou qu'il se soit évanoui. Alors j'ai convaincu Leia de déconnecter le système de sécurité.

— Vous avez convaincu un droïde de déconnecter le système de sécurité ?

— Comme on s'entendait bien, Bart l'avait programmée pour qu'elle accepte mes ordres. D'autant que lui avait dépassé sa limite de douze heures. Puis elle a poussé la porte et…

Ses lèvres frémirent. Un sanglot lui échappa.

— Comment est-ce possible ? J'ai poussé un cri. D'abord j'ai pensé que c'était une blague et j'ai senti la rage remonter. Puis j'ai vu que c'était Bart. Et que c'était horrible.

— Qu'avez-vous fait ?

— Je crois que je suis plus ou moins tombée dans les pommes. Mais sans m'écrouler. L'espace d'une seconde, d'une minute, j'ai eu comme un trou noir. Ensuite, je me suis enfuie en courant… Je suis descendue. J'ai raté une marche, mais j'ai réussi à me rattraper, et j'ai appelé les secours. Leia m'a fait asseoir, m'a apporté un thé. Elle a dit qu'il y avait eu un accident et que nous devions attendre la police. Je suppose qu'elle était programmée pour ça. Ça ne peut pas être un accident. Comment ça aurait pu se produire ? Je ne comprends pas…

— Savez-vous si quelqu'un en voulait à Bart ?

— Comment pourrait-on lui en vouloir ? Bart est un grand enfant. Un grand enfant exceptionnellement intelligent.

— Il a de la famille ?

— Ses parents habitent en Caroline du Nord. Quand U-Play a décollé, il leur a acheté une maison sur la plage parce qu'ils en rêvaient toujours. Ô mon Dieu ! Ses parents ! Il faut les avertir.

— Je m'en occupe.

— D'accord. D'accord. Tant mieux, ajouta-t-elle en fermant les yeux. Parce que je n'en aurais pas le courage. Je ne saurais pas comment m'y prendre. Je suis complètement perdue.

— Et vous ? Avez-vous des ex-fiancés ?

Elle rouvrit les yeux.

— Mon Dieu, non. Enfin, si, j'ai eu des petits amis avant Bart mais personne qui… je n'ai jamais connu le genre de rupture qui… je ne fréquentais personne quand j'ai rencontré Bart.

— Et en ce qui concerne ses affaires ? A-t-il dû licencier ou réprimander un employé récemment ?

— Je ne crois pas, murmura CeeCee en plissant le front. Il m'en aurait parlé. Il détestait l'affrontement, sauf dans le jeu. S'il avait eu un souci avec quelqu'un au travail, il me l'aurait dit. C'est un garçon heureux de vivre, vous comprenez ? Il rend les autres heureux. Comment cela a-t-il pu arriver ? Je n'en sais rien. Et vous ?

— Pas encore.

Eve s'arrangea pour que l'on ramène CeeCee chez elle avant d'entamer une inspection de l'appartement, pièce par pièce. Elles étaient nombreuses, toutes conçues pour que leurs occupants puissent jouer dans le plus grand confort. Fauteuils larges et sofas aux couleurs criardes. Rien de terne pour Bart. Les menus des auto-chefs trahissaient ses goûts d'adolescent : pizzas, hamburgers, hot dogs, chips, friandises. Fizzy et autres sodas plutôt que vin, bière et alcools.

Elle ne découvrit aucune substance illégale, seulement quelques analgésiques et remontants vendus sans ordonnance.

Elle achevait sa visite de la chambre principale quand Peabody surgit.

— Pas de stupéfiants, annonça Eve. Pas de sex-toys non plus hormis quelques vidéos et jeux porno. La plupart des ordinateurs sont sécurisés. Ceux qui ne le sont pas sont consacrés uniquement au jeu.

— Le droïde a corroboré les déclarations de la petite amie auprès du premier collègue arrivé sur la scène. La victime lui aurait donné congé pour la soirée, et les enregistrements confirment que c'est ce qu'a fait Leia. Elle est programmée pour se réactiver à 9 heures si Minnock ne l'a pas réveillée avant. Elle me flanque la chair de poule.

— Comment ça ?

— Elle est d'une efficacité redoutable. Contrairement aux robots traditionnels, elle ne bafouille jamais, elle n'a pas le regard dans le vide quand elle analyse des données. Je sais qu'elle n'a pas *senti* l'effroi et le chagrin, pourtant on dirait que si. Elle m'a demandé si quelqu'un allait contacter les parents. J'appelle ça de la réflexion active. Pas du tout typique d'un droïde.

— Ou alors, c'est un programme ultrasophistiqué. Tâchons d'en apprendre davantage sur U-Play. Un triplex dans ce quartier, ce n'est pas donné. Voyons qui empoche le fric, qui succédera à Minnock à la tête de l'entreprise. Sur quoi il travaillait. Et qui était aussi doué que lui.

Elle marqua une pause, parcourut la pièce du regard.

— Quelqu'un a pénétré dans cet appartement, a évité le droïde et est entré dans l'holopièce sans laisser de traces.

Eve ne voyait qu'une seule personne capable d'un tel exploit : son mari. Peut-être Connors en connaissait-il une autre ?

— Première étape : récupérer le disque coincé dans l'ordinateur de l'holopièce et l'étudier.

— L'équipe informatique est en route ainsi que les experts. Un uniforme a mis la main sur tous les disques de sécurité de ces dernières vingt-quatre heures.

— Poursuivez la fouille des pièces. Je préviens les proches. Nous verrons ce que la DDE peut faire pour nous, puis nous nous rendrons chez U-Play.

Elle s'accorda quelques instants de répit après avoir prévenu les parents. Elle venait de bouleverser la vie de deux êtres dont elle n'avait appris l'existence qu'une heure auparavant. Ils ne seraient plus jamais les mêmes, rien ne serait plus pareil pour eux.

Pourquoi avait-on éprouvé le besoin ou le désir de mettre fin à l'existence de Bart Minnock ? Pourquoi avoir choisi cette méthode ?

L'argent. La jalousie. La vengeance. Les secrets. La passion.

Apparemment, il était riche. Eve décida de lancer une recherche rapide sur ses finances. Oui, il avait du fric, et U-Play était une jeune société en plein essor. D'instinct, elle avait tendance à croire CeeCee sur parole. Pas d'ex jaloux. Mais la fortune engendrait souvent la jalousie. La vengeance... un concurrent dupé, un employé mal apprécié ? Les secrets, tout le monde en avait. La passion ? Bart Minnock avait eu celle du jeu.

La méthode... un meurtre au cours d'une joute. La décapitation. On tranche la tête – le cerveau – et le corps tombe. Minnock était le cerveau de U-Play. L'entreprise s'effondrerait-elle sans lui ? Ou quelqu'un s'apprêtait-il déjà à prendre sa place ?

Quelles que soient les réponses, le procédé était audacieux, délibéré et complexe. Il y avait de grandes chances pour que l'assassin soit aussi passionné par le jeu que sa victime.

2

— Nom d'un p'tit bonhomme ! s'écria McNab. C'est hypertop !

— Du calme, fiston. Nous sommes sur une scène de crime, le réprimanda Feeney, qui s'efforçait de brider son propre enthousiasme.

Ex-coéquipier de Dallas, le capitaine de la DDE était pourtant grand-père. Mais après tout, les accros de l'informatique étaient tous de grands enfants.

— Quelqu'un devrait dire quelque chose. Une sorte de prière.

Ils avaient amené Callendar. Eve secoua la tête en entendant son chuchotement respectueux. Callendar étant une femme, sans doute s'était-elle attendue à une réaction différente de sa part.

Eve s'approcha de l'escalier. Elle repéra la tête grisonnante de Feeney, le pantalon cargo orange de McNab, le chemisier jaune soleil de Callendar.

— Quand vous aurez fini de vous émerveiller, vous daignerez peut-être monter jusqu'ici. Nous avons un putain de meurtre sur les bras.

Feeney leva les yeux vers elle et elle constata qu'elle ne s'était pas trompée : ses joues étaient roses d'excitation. McNab se contentait de sourire, la démarche sautillante, sa queue-de-cheval blonde se balançant dans son dos. Callendar eut la bonne grâce d'afficher un air penaud tout en haussant les épaules.

— Cet endroit est une cathédrale dédiée à l'informatique et aux jeux vidéo, lança McNab.

— Je suis sûre que votre approbation enchanterait le défunt, répliqua Eve. Holopièce, deuxième étage.

Elle y monta elle-même, et marqua une pause sur le seuil en constatant que Morris, le médecin légiste en chef, s'était déplacé en personne.

Comme à son habitude, il était d'une élégance irréprochable. son costume noir taillé sur mesure n'avait rien de funèbre grâce à un cordon argent tressé dans son long catogan et au motif subtil de sa cravate. Toutefois, ces temps-ci, il s'habillait presque toujours en noir, symbole discret, selon Eve, de son deuil après le décès de sa compagne.

Il dut percevoir sa présence, car il lança tout en continuant son examen du corps :

— Je n'en crois pas mes yeux. Et pourtant, j'en ai vu !

— C'est exactement ce que j'ai dit.

Il redressa la tête, et une esquisse de sourire adoucit son visage aux traits exotiques.

— Cependant, en matière de meurtre, les gens perdent souvent la boule. Quand j'ai reçu les données, j'ai décidé de venir moi-même sur le site.

Il désigna la tête.

— À en juger par les éclaboussures et la mare de sang, il semble que cette partie-là ait quitté l'autre précipitamment, qu'elle ait fait floc…

— C'est un terme médical ?

— Bien sûr. Faire floc et rouler. L'ironie du destin veut qu'elle ait atterri le visage vers l'entrée. Je pense que ce pauvre garçon est mort avant de savoir qu'il était décapité, mais nous emporterons le tout pour une autopsie approfondie.

— Il fallait une sacrée force et une lame bien aiguisée.

— Je suis d'accord avec vous.

— La petite amie mesure environ un mètre soixante et doit peser quarante-cinq kilos tout habillée. Elle n'a pas la musculature nécessaire. En revanche, un droïde…

— Possible, si la programmation a été altérée.

— Rien ne m'incite à envisager la thèse du suicide, mais vu les circonstances, il se pourrait qu'il ait eu envie de mettre fin à ses jours d'une manière spectaculaire. Il programme le droïde. Celui-ci fait le boulot, se débarrasse de l'arme du crime et rebranche la sécurité. Je n'y crois pas une seconde, mais c'est une piste.

— L'homme agit souvent de manière incompréhensible, commenta Morris. C'est ce qui le rend si fascinant. Il était en train de jouer ?

— Apparemment. Cependant, le disque est codé, et il est coincé dans la machine. La DDE vient d'arriver. Peut-être que le droïde jouait contre lui et que la situation a dérapé.

Eve soupira, fourra les mains dans ses poches.

— Mais dans ce cas, enchaîna-t-elle, comment expliquer l'autoreprogrammation du robot ? Pour fonctionner, ils ont besoin d'un opérateur humain.

— À ma connaissance, en effet, mais je n'y connais rien. D'une façon générale, les droïdes pseudo-humains me fichent la chair de poule.

— Je ne vous le fais pas dire, acquiesça-t-elle.

— Et dans la mesure où ils ne commettent jamais d'acte incompréhensible sans l'intervention d'un humain, ils ne m'intéressent guère… Vous devriez poser la question à votre expert consultant civil. À mon avis, il saura vous renseigner.

— J'attends l'opinion des geeks de la DDE avant de solliciter Connors.

— Waouh !

Eve pivota sur ses talons tandis que les spécialistes précités entraient.

— Wawawaouh ! renchérit McNab. Quel dommage !
Bart Minnock, le surdoué.

— J'ai toujours su qu'il arriverait en tête ! s'exclama
Callendar. Pardon, ajouta-t-elle en grimaçant.

— Celle-là était inévitable, observa Eve. Ça, c'est
pour Morris.

Elle désigna les deux parties de Minnock.

— Ça, c'est pour vous, continua-t-elle en indiquant la
console de jeu. Il semble que la victime ait été là pour
jouer ou tester un nouveau logiciel. Le disque est toujours dans la machine. Il est sécurisé. Je veux que vous
me le récupériez sans le détériorer et sans détraquer
ladite machine. Vous examinerez aussi les dispositifs
de sécurité de cette porte et de celle de l'entrée. D'après
les enregistrements, personne n'est entré ou sorti après
qu'il s'est enfermé ici, mais comme il n'a pas pu s'infliger pareil supplice avec les ongles, les enregistrements
sont faux. Tout le monde ici ayant la tête sur les épaules
– vous voyez ? On n'y coupe pas ! –, j'espère que vous
aurez progressé lorsque nous nous retrouverons au
Central.

Elle fit signe à Peabody de la suivre.

— En ce qui concerne l'enquête de voisinage, expliqua celle-ci en chemin, les uniformes n'ont rien obtenu.
À lui seul, Minnock occupait trois étages de l'immeuble. Le concierge de garde la nuit dernière confirme
l'heure d'arrivée de Minnock et jure que personne n'a
accédé au triplex jusqu'à la venue de sa petite amie ce
matin.

— Un crack de l'informatique intelligent emploie,
travaille avec et connaît d'autres cracks de l'informatique aussi intelligents que lui. Allons voir qui en voulait
à ce cher Bart.

La société U-Play était sise dans un immense entrepôt
restauré. Il y régnait une activité intense doublée d'une

espèce d'énergie maniaque. Des bruits violents de collisions entre véhicules, de guerres spatiales, de rires extravagants, de menaces tonitruantes et d'applaudissements destinés aux vainqueurs s'échappaient des innombrables ordinateurs, écrans, laboratoires et bureaux.

« Petits mondes, imaginations variées, compétition sans fin », songea Eve. Comment s'y retrouver ?

Les employés, dont certains paraissaient à peine assez âgés pour s'offrir une bière, tous en tenues décontractées de préférence colorées, grouillaient d'un bout à l'autre des quatre étages ouverts. Aux oreilles d'Eve, ils semblaient parler tous en même temps, s'exprimer dans un jargon incompréhensible tout en manipulant manettes et commandes, un casque sur la tête et un soda à portée de main.

« On dirait la DDE shootée au Zeus », pensa-t-elle.

— Le Royaume des fêlés, railla Peabody. Ou la Planète des maboules. Je n'arrive pas à décider, car je n'aperçois que des fêlés et des maboules.

— C'est le royaume des fêlés sur la planète des maboules. Comment s'entendent-ils réfléchir ? Pourquoi ne ferment-ils aucune porte ?

— En qualité de compagne d'un fêlé possédant quelques traits du maboule, je peux vous assurer que la cacophonie, le mouvement, le chaos général les conservent en état d'éveil.

— Leur tête devrait exploser.

Eve les regardait monter et descendre à bord d'anciens monte-charge aux parois de verre ou piquer un sprint dans les escaliers en fer. D'autres se vautraient dans des fauteuils inclinables et des canapés, affichant, tandis qu'ils jouaient, ce regard vide et cette concentration typique des coureurs de marathon.

Elle jeta son dévolu sur une jeune femme portant ce qui semblait être une salopette éclaboussée de peinture par un gosse de trois ans en pleine crise de nerfs.

— Qui est le responsable ?

Son interlocutrice, qui arborait des boucles aux oreilles, au nez et aux sourcils, cligna des yeux.

— De quoi ?

— De tout ceci, répliqua Eve avec un geste du bras.

— Ah ! Bart. Il n'est pas encore là. Du moins, je ne crois pas.

— Et le suivant, question hiérarchie ?

— Euh…

— Changeons de tactique, marmonna Eve en sortant son insigne.

— Oh, mais nous sommes parfaitement en règle ! Si c'est à propos de licences, vous devez vous adresser à Cill, à Benny ou à Var.

— Et où puis-je trouver Cill, Benny ou Var ?

— Euh… Probablement au niveau trois, suggéra-t-elle en pivotant sur elle-même, les yeux levés… Voilà Benny, au trois. Le grand rouquin aux dreadlocks. J'ai du boulot, si ça ne vous ennuie pas. *Ciao !*

D'après Eve, Benny Leman devait mesurer un mètre quatre-vingt-dix et peser quatre-vingts kilos tout mouillé. Un squelette ambulant à la peau d'ébène et aux cheveux flamboyants.

Le temps de le rejoindre, les tympans d'Eve vibraient et ses yeux se crispaient sous l'afflux incessant d'images et de couleurs. U-Play, décida-t-elle, était l'équivalent du septième cercle de l'enfer.

Véritable accro du virtuel, Benny piaffait sur place tel un gosse en hurlant des termes étranges dans son micro, un mini-ordinateur sous une main, les doigts de l'autre pianotant sur un écran tactile.

Il parvint pourtant à la gratifier d'un sourire étincelant et à lui faire signe de « patienter une seconde ».

Le communicateur de son ordinateur principal bipa en même temps que son communicateur de poche. Quelqu'un se présenta sur le seuil de la pièce, leva un pouce, agita l'autre de droite à gauche. Benny lui répondit d'un hochement de tête, d'un haussement d'épaules et d'un déplacement des pieds, ce qui parut satisfaire son collègue, qui tourna les talons.

— Désolé.

D'une belle voix teintée d'un léger accent des îles, Benny ignora les sonneries de ses appareils et sourit de nouveau.

— Nous sommes un peu débordés ce matin. Si vous êtes ici pour une interview, c'est Cill que vous devez voir. Je peux...

— Monsieur Leman, l'interrompit Eve en lui montrant son insigne, je suis le lieutenant Dallas, du département de police de New York. Voici ma partenaire, l'inspecteur Peabody.

— Mince !

Son sourire se fit perplexe.

— Quelqu'un a fait une bêtise ?

— On peut le formuler ainsi, répondit Eve en faisant signe à Peabody de fermer la porte en verre. Pouvez-vous éteindre cet écran ?

— D'accord. J'ai un problème ? Merde ! Ne me dites pas que c'est Mongo ! Je ne suis pas rentré chez moi hier soir, mais le droïde est supposé veiller sur lui. Je...

— Qui est Mongo ?

— Mon perroquet. Sympa comme tout mais il a la fâcheuse manie d'accéder au vidéocom pour faire des blagues.

— Il ne s'agit pas de votre perroquet, mais de Bart Minnock.

— Bart ? Bart a des soucis ? C'est sans doute pour ça que je n'ai pas réussi à le joindre. Mais Bart ne commettrait jamais un délit. Il a besoin d'un avocat ? Dois-je...

Soudain, il parut inquiet.

— Il est blessé ? Il a eu un accident ?

— J'ai le regret de vous informer que M. Minnock a été assassiné hier.

La colère remplaça l'inquiétude.

— N'importe quoi ! Hier, il était ici. Ce n'est pas drôle. Bart sait que j'aime rigoler mais là, c'est grotesque.

— Ce n'est pas une plaisanterie, monsieur Leman, intervint Peabody d'une voix douce. M. Minnock a été assassiné hier en fin d'après-midi à son domicile.

— Non !

Les yeux de Benny se voilèrent de larmes. Il recula d'un pas, puis se laissa choir sur le sol.

— Non. Pas Bart ! Non !

Eve s'accroupit devant lui.

— Je suis désolée, et je comprends que vous soyez en état de choc. Cependant, nous devons vous poser quelques questions.

— Dans son appartement ? Mais il est bien protégé. Bart n'est pas assez méfiant. Il a laissé quelqu'un entrer chez lui ? Je ne comprends pas… Vous êtes sûre ? Absolument certaine ?

— Oui. Savez-vous s'il avait des ennemis ?

— Pas Bart. Pas Bart… Comment… comment est-il mort ?

Eve préférait attendre avant de lui révéler les détails les plus sordides.

— Quand avez-vous été en contact avec lui pour la dernière fois ?

— Il est parti tôt. Je ne sais plus exactement. Aux alentours de 16 heures, peut-être. Il avait rendez-vous avec CeeCee. Sa petite amie. Et il avait des trucs à faire chez lui. Il était très heureux… CeeCee ! reprit-il en agrippant la main d'Eve. Elle va bien ?

— Oui. Elle n'était pas présente.

Benny inspira brièvement, ferma les yeux.

— Non, c'est vrai. C'est lui qui devait aller dîner chez elle.

Il se frotta les joues, puis se cacha le visage dans les mains.

— Je ne sais pas quoi faire, souffla-t-il.

— Avait-il des ennuis ici, avec l'entreprise, ou des employés ?

— Pas du tout. Tout va pour le mieux. Vraiment. On est heureux, ici.

— Et parmi vos concurrents ?

— Rien de spécial à signaler. Certains d'entre eux essaient de pirater nos programmes ou de nous envoyer une taupe. Ça fait partie du business. Bart est vigilant. Nous le sommes tous. Nous avons un bon système de sécurité.

La porte s'ouvrit. Jetant un coup d'œil par-dessus son épaule, Eve découvrit une ravissante Asiatique aux longs cheveux noirs attachés sur la nuque. Elle avait des traits d'une finesse exquise, et des yeux verts aussi brillants que ceux d'un chat.

— Ben, qu'est-ce qui se passe ? J'étais là à 6 heures. Je suis... Qu'y a-t-il ? s'écria-t-elle en se précipitant vers lui.

— C'est Bart, Cill. Bart est mort.

— Ne sois pas stupide ! gronda-t-elle en lui tapant sur le bras.

— C'est la vérité, Cill. Ces dames sont de la police.

— Qu'est-ce que c'est que ce délire ? Je peux voir vos insignes ?

Elle s'empara de celui qu'Eve lui tendait et sortit un mini-scanner de sa poche.

— Bon, d'accord, peut-être qu'il est authentique, mais...

Elle se tut abruptement et se mit à trembler tandis qu'elle portait le regard de l'insigne à Eve.

— Dallas, articula-t-elle. Le flic de Connors.

— Le flic de New York, rectifia Eve en reprenant son bien.

— Le flic de Connors ne raconte pas de conneries.

Cill s'agenouilla et étreignit Benny.

— Qu'est-il arrivé à Bart ?

— Y a-t-il un endroit où nous pouvons discuter tranquillement ? s'enquit Eve.

Cill s'essuya la figure.

— La salle de repos. À l'étage au-dessus. Je peux la réquisitionner. Mais nous avons besoin de Var. Nous devons... avant de... de l'annoncer aux autres... Je m'en charge. Accordez-moi quelques instants. Benny vous conduira.

Elle reprit son souffle, plongea son regard dans celui de Dallas.

— Vous enquêtez sur des meurtres. Cela signifie-t-il que Bart a été... Est-ce qu'il a souffert ?

— Je pense que ça s'est passé très vite.

— D'accord. Benny, emmène-les là-haut. Et pas un mot à qui que ce soit jusqu'à ce qu'on en sache davantage. Tiens bon !

Elle sortit.

— Quelles sont vos fonctions au sein de l'entreprise, Benny ? commença Eve. Les vôtres, celles de Cill, de Var. Dans l'ordre hiérarchique.

— Sur le papier, nous sommes co-vice-présidents. Mais Cill est IP – *Illico Presto*. Moi, je suis VVB – *Va Voir Benny* – et Var, BS – *Brainstorming*. Tous les employés savent qu'ils peuvent consulter l'un d'entre nous – ou Bart, s'ils ont une idée ou un problème.

— Et quel est le titre officieux de Bart ?

— *Triple C*. Chef au Cerveau Colossal. C'est toujours le plus intelligent dans la salle. Nous devrions peut-être monter.

À leur arrivée, les écrans muraux étaient éteints, les ordinateurs silencieux et les quelques sièges, vides. Cill se tenait devant l'un de ces distributeurs automatiques offrant des cafés inimaginables, un assortiment incroyable de sodas et toutes sortes d'en-cas. Eve repensa à l'autochef de Bart et réprima une soudaine envie de pizza.

— Je pensais prendre une boisson énergisante, mais ça ne me dit plus rien, déclara la jeune femme en se tournant vers eux. Var ne va pas tarder. Je ne lui ai pas donné la raison de cette réunion. Il me semble que… Bref, voulez-vous un rafraîchissement ? Je peux vous prêter mon passe.

— Non, merci, répondit Eve.

— Assieds-toi, Benny, murmura Cill. Tiens, bois un peu d'eau.

« Elle le dorlote, songea Eve. Pas comme une maîtresse, plutôt comme une sœur affectueuse. »

Cill se détourna et commanda un café.

— Pour Var, précisa-t-elle.

Ce dernier surgit au même instant. Trapu, la trentaine, il portait un maxipantalon cargo kaki, des aérobaskets usées et une chemise rouge. Ses cheveux châtains coupés au bol encadraient un visage sans charme.

— Franchement, Cill ! Je t'avais dit que j'étais débordé aujourd'hui. Je n'ai pas le temps de prendre une pause. D'autant que Bart n'est toujours pas connecté, du coup, j'ai des tonnes de…

— Var, coupa Cill en lui tendant le gobelet de café, assieds-toi.

— Je suis pressé. Va droit au but et…

Pour la première fois, il remarqua la présence d'Eve et de Peabody.

— Excusez-moi, bredouilla-t-il avec un sourire qui le rendit presque avenant. J'ignorais que nous avions de la compagnie. Vous êtes les représentants de Gameland ? Je ne vous attendais pas avant cet après-midi. J'aurais été mieux à même de vous recevoir correctement. Enfin, j'espère.

— Voici le lieutenant Dallas et l'inspecteur…

— Peabody.

— Oui, souffla Cill en allant fermer la porte en verre. Elles sont ici au sujet de Bart.

— Bart ? ricana Var. Qu'est-ce qu'on lui reproche ? Il était ivre et a grillé un feu rouge ? Nous devons payer une caution ?

— Assieds-toi, Var, répéta Cill.

— Pourquoi ? Quoi ? Merde ! Il s'est fait attaquer ? Il est blessé ?

— Nous sommes de la Criminelle, intervint Eve. Bart Minnock a été assassiné.

Le gobelet glissa des mains de Var et le café éclaboussa ses chaussures rouges.

— Comment ça ? Que voulez-vous dire ?

— Assieds-toi, Var, insista Cill. Assieds-toi. Nous nettoierons tout ça plus tard.

— Mais c'est complètement dingue. Bart ne peut pas être… Quand ? Comment ?

— Entre 16 h 30 et 17 heures hier, dans son appartement à quelques pâtés de maisons d'ici. C'est CeeCee Rove qui l'a trouvé ce matin dans son holopièce. Décapité.

Le cri étouffé de Benny fut suivi d'un silence pesant. À ses côtés, Cill avait blêmi. Elle agita la main et Var s'en empara.

— On lui a coupé la tête ?

Cill se mit à trembler, et Benny l'entoura d'un bras réconfortant.

— On lui a *coupé* la tête ? répéta-t-elle.

— Oui. Apparemment, il se trouvait dans l'holopièce au moment de l'attaque et avait programmé un jeu. La DDE s'efforce de récupérer le disque. Je vais devoir vérifier vos activités entre 15 heures et 18 heures hier.

— Nous étions ici, répondit Cill d'un ton calme. Nous étions tous ici. Enfin… j'ai quitté les lieux juste avant 18 heures. J'avais un cours de yoga. Il commence à 18 heures, juste au bout de la rue. Benny et Var étaient encore là quand je suis partie.

Var s'éclaircit la voix.

— J'ai dû rester jusqu'aux alentours de 18 h 30. Je… je suis rentré chez moi. J'ai joué à Warlord – un jeu virtuel, de 19 heures à 22 heures environ avec mon groupe. Benny était encore là, et il était déjà sur le pont quand je suis revenu à 8 h 30 ce matin.

— J'ai travaillé tard et dormi ici, expliqua Benny. Plusieurs d'entre nous ont traîné jusqu'à 19 ou 20 heures ; je ne me souviens plus exactement, mais nous pouvons vérifier les registres. J'ai fermé la boutique, continué à travailler jusqu'à une heure, puis je me suis couché. Personne ici n'aurait fait du mal à Bart. Nous formons une famille.

— Il faut leur expliquer, murmura Cill en appuyant la tête sur l'épaule de Benny. C'est l'une des étapes. Il faut franchir les étapes pour atteindre le niveau suivant. Si Bart a laissé quelqu'un entrer dans son holopièce, c'est qu'il avait confiance en cet individu. À moins que…

— À moins que ? l'encouragea Eve.

— Qu'il ait voulu faire le malin, suggéra Var.

— C'est-à-dire ?

— Nous avons plusieurs projets en cours de développement, expliqua Var. Certains sont prêts à être mis sur le marché, d'autres restent à peaufiner. Bart emportait souvent des originaux chez lui pour les tester. Nous aussi.

— Il a donc dû l'enregistrer ?

— En principe, oui. Si vous voulez, je peux aller vérifier.

— Je vous accompagne. Peabody, prenez le relais, ordonna Eve en emboîtant le pas à Var.

Ils empruntèrent l'un des ascenseurs, Var repoussant les gens qui se précipitaient vers lui. Ses poches résonnaient de *bips* et de sonneries diverses. Eve le vit y plonger instinctivement la main, s'arrêter dans son élan.

— Ils vont se douter que quelque chose cloche, confia-t-il à Eve. Que devons-nous leur dire ?

— Nous devrons interroger tous les employés. Combien sont-ils ?

— Sur site ? Soixante-dix environ. Nous en avons une vingtaine sur le plan national qui travaillent avec nous en virtuel – vendeurs, testeurs, etc.

Il l'invita d'un geste à pénétrer dans un bureau qui ressemblait au pont d'un vaisseau spatial.

— Voici l'espace de Bart. C'est... euh... une reproduction du Battlestar de *Galactica*. Bart aime – aimait s'amuser en travaillant.

— Bien. Nous allons embarquer son matériel électronique.

— Vous pouvez le faire sans mandat ?

Elle lui coula un regard glacial.

— Voulez-vous que j'en requière un ?

— Non. Désolé, marmonna-t-il en se ratissant les cheveux. Non. Je... C'est juste que... Ce sont ses affaires. Il aura forcément répertorié tout ce qu'il a emporté avec lui. Nous avons tous le même mot de passe afin de pouvoir contrôler ce qui est là et ce qui ne l'est pas. Ensuite, pour intervenir sur les programmes, nous avons chacun un code personnel pour nos propres ordinateurs.

Tournant le dos à Eve, il tapa le mot de passe.

— Var, annonça-t-il avant de présenter son passe pour vérification.

— *Var, accès accordé*, répondit la machine.

— Afficher tout objet enregistré pour usage hors-site par Bart, le 23 juin.

— Une semaine, ce serait mieux, intervint Eve.

— Ah ! Modification : entre le 17 et le 23 juin.

— *Un instant je vous prie. Comment allez-vous, Var ?*

— Pas très fort.

— *J'en suis désolé. Voici votre liste. Puis-je vous aider ?*

— Pas pour l'instant, merci. Je ne vois rien pour hier, enchaîna-t-il à l'adresse d'Eve en indiquant l'écran. Au cours de la semaine il a emporté deux programmes en cours de développement, mais il les a rapportés. Il n'a rien pris hier.

— J'aimerais avoir une copie de cette liste et de tous les programmes qu'il a sortis cette semaine.

— Aïe ! Impossible. Je ne peux pas vous confier des copies de nos projets non aboutis. C'est… secret. Personne d'autre que nous quatre n'est autorisé à quitter les lieux avec ces disques. Benny ne le fait même que lorsque nous sommes sur le point de lancer le bébé. Du coup, il passe des nuits entières ici. Il a peur de sortir du bâtiment un produit inachevé.

— Dans ce cas, il ne me reste plus qu'à requérir un mandat.

— Seigneur ! Je ne sais pas quoi faire, avoua-t-il d'une voix étranglée en se détournant, les larmes aux yeux. Je dois protéger la société, mais je ne veux pas prendre une initiative qui risque de poser problème. Je ne sais même pas si je peux vous répondre par oui ou par non. Nous devons voter. Tous les trois. Pouvez-vous nous accorder un délai pour y réfléchir ensemble ?

— Entendu. Depuis combien de temps connaissiez-vous Bart ?

— Depuis l'université. Il était déjà ami avec Cill et Benny. Ils étaient inséparables depuis l'école élémentaire. Ensuite, nous avons tout simplement… Regardez notre logo, continua-t-il en désignant l'un des écrans muraux. Il en avait inventé de beaucoup plus alambiqués, mais il avait un faible pour celui-ci : le nom dans un carré. Il disait que ce carré nous représentait, car nous étions quatre à avoir créé l'affaire. Vous voulez bien m'excuser un instant ? Je vous en prie. J'ai besoin de… de prendre une minute pour moi.

— Allez-y.

Comme il s'enfuyait, le communicateur d'Eve bipa.

— J'ai une bonne et une mauvaise nouvelle, annonça Feeney.

— La bonne d'abord, j'ai passé une matinée merdique.

— Nous avons réussi à extirper une partie du programme de la machine. Il s'agit d'un jeu intitulé Fantastical, codé SID.12 – toujours en développement. Selon moi, c'est la douzième version. Le copyright U-Play y figure et les dernières modifications remontent à deux jours.

— Il jouait seul ou avec quelqu'un ?

— L'ordinateur est bloqué en mode solo, mais c'est là que ça se gâte : impossible de s'en assurer. Impossible de savoir ce qu'est Fantastical, car le disque s'est auto-détruit lorsque nous avons décrypté le dernier code.

— Merde.

— Il est en piteux état. Il faudrait un miracle pour en extraire la moindre information. Ils en possèdent sûrement une copie.

— Je me charge de vérifier puisque je suis sur place. Je vais avoir besoin d'une équipe pour embarquer le matériel professionnel de la victime. Tâche de ne pas l'exploser.

— Tu m'offenses, ma chère.

— Oui, eh bien, autant que ce soit une journée merdique pour toi aussi, rétorqua Eve avant de raccrocher pour appeler sa partenaire : Peabody, allez dans le bureau de la victime entreprendre une fouille préliminaire. Que personne d'autre n'y pénètre. Je vous y rejoins.

— Message reçu. Je lance une recherche sur nos trois individus. Allons-nous interroger les autres employés aujourd'hui ?

— Mieux vaut maintenant que plus tard. Pour l'heure, nous nous contenterons de leur demander où ils se trouvaient à l'heure du crime.

— Ils sont plus de soixante-dix, Dallas.

Eve poussa un soupir.

— Contactez Feeney. McNab, Callendar et lui n'ont qu'à venir jusqu'ici. D'autant qu'ils parlent le jargon adéquat.

— Reçu cinq sur cinq. McNab va pisser dans son froc en voyant les lieux.

— Qu'est-ce qu'on va s'amuser ! grinça Eve. Au boulot !

Elle raccrocha. Elle revint sur ses pas en prenant tout son temps. Var avait raison – les employés avaient senti que quelque chose clochait. Les têtes se tournaient sur son passage, des chuchotements la poursuivaient. L'atmosphère empestait la culpabilité, l'angoisse et un zeste d'excitation.

« Que se passe-t-il ? Qu'ont-ils fait ? Sommes-nous dans le pétrin ? »

Elle aperçut Var qui venait de la direction opposée, l'air accablé. Les chuchotements devinrent murmures.

Elle le laissa la précéder dans le bureau, puis ferma la porte derrière elle.

— Fantastical, lâcha-t-elle. Qu'est-ce que c'est ?

En guise de réponse, elle eut droit à un silence atterré.

3

— J'obtiendrai un mandat, affirma Eve en portant le regard de l'un à l'autre, à l'affût du maillon faible. Et l'équipe informatique du département analysera chacun de vos fichiers de A à Z. *Et* je fermerai la boutique pendant ce temps. Ça pourrait durer des semaines.

— Mais vous ne pouvez pas nous empêcher de travailler ! protesta Benny. Nous avons plus de soixante-dix personnes sur site, sans compter les sous-traitants. Et les distributeurs, les clients. Les projets en cours.

— C'est bien dommage, mais le meurtre passe avant tout.

— Ils ont des traites à payer, des familles à nourrir, argua Cill.

— Et moi, j'ai les deux parties de Bart sur les bras.

— Quel coup bas ! marmonna Var.

— À vous de choisir, riposta Eve en brandissant son communicateur.

— On peut faire intervenir nos avocats, suggéra Cill en jetant un coup d'œil à Benny, puis à Var. Mais…

— Le meurtre passe avant tout, répéta Eve. J'obtiendrai mon mandat et j'obtiendrai les réponses à mes questions. Simplement, ce sera plus long. Entre-temps, votre ami est à la morgue. Mais peut-être un jeu compte-t-il davantage pour vous ?

— Il ne s'agit pas seulement d'un jeu ! s'exclama Benny avec passion. C'est le *nec plus ultra*. Pour Bart, pour nous, pour l'entreprise. Le top des top secret – et nous avons donné notre parole. Nous avons tous juré de n'en parler à personne d'autre que ceux qui travaillent sur le projet. Et encore, le strict minimum.

— J'ai besoin de savoir. Il était en train de jouer quand il a été tué.

— Mais… c'est impossible, bredouilla Cill. Vous avez dit qu'il avait été assassiné chez lui.

— Exactement. Et il y avait une copie de Fantastical dans son holo-ordinateur.

— Vous devez vous tromper, murmura Var, de plus en plus pâle, en secouant la tête. Il n'aurait jamais emporté un produit en développement sans nous en avertir, sans le consigner. C'est une violation du protocole.

— Quoi ? Il l'avait chez lui ? s'écria Benny en fixant Eve, l'air à la fois blessé et stupéfait. Il l'a sorti d'ici sans nous prévenir ?

— Elle essaie de nous convaincre de lui dire…

— Pour l'amour du ciel, Var ! coupa Cill. Elle ne serait pas au courant s'ils n'avaient pas trouvé le disque chez Bart.

Elle pressa les doigts sur ses paupières et une demi-douzaine de bagues scintillèrent à la lumière.

— Il était tellement excité, et nous étions proches du but. Je ne comprends pas pourquoi il ne l'a pas enregistré. Il était très pointilleux là-dessus, mais…

— C'est quel genre de jeu ?

— Un jeu de fantasy interactif. Multifonctions, expliqua Benny. À partir d'un menu, le ou les joueurs sélectionnent les décors, les niveaux, le scénario, les mondes, les ères – ou créent les leurs via la fonction « personnaliser ». Le logiciel lit les choix du ou des joueurs, leurs actions, réactions, mouvements, et ajuste le scénario en conséquence. On n'a pratiquement aucun risque de retomber deux fois sur le même canevas. Le joueur se retrouve toujours face à un nouveau défi, une nouvelle ouverture.

— C'est sans doute très amusant et très cher, mais ça n'a rien d'original, observa Eve.

— Les facteurs sensoriels sont exceptionnels, répliqua Var. Plus vrais que vrais, et l'opérateur peut en ajouter au fur et à mesure. Il y a des récompenses et des sanctions.

— Des sanctions ? s'enquit Eve.

— Supposons que vous êtes à la recherche d'un trésor, intervint Cill. Vous pouvez collectionner des indices ou des joyaux, des objets, peu importe, selon le niveau et la scène. Mais si vous merdez, vous êtes propulsée dans un autre défi et vous perdez des points. Vous pouvez être attaquée par des forces rivales, ou tomber et vous fracturer la cheville. Ou encore, perdre votre matériel dans un torrent. Continuez à merder, la partie se termine.

— C'est en vous que le logiciel puise les données, enchaîna Benny. Votre rythme cardiaque, la température de votre corps. Il adapte les défis à votre état physique. Il combine les sensations corporelles et l'imagerie basée sur la réalité de l'holo haut de gamme. Vous combattez le dragon pour sauver la princesse ? Vous sentirez la chaleur, le poids de l'épée. Vous abattez le dragon et la princesse vous en est reconnaissante. Ça aussi, vous le sentirez. L'expérience intégrale.

— Et si le dragon l'emporte ?

— Vous recevez une décharge électrique. Rien de douloureux, juste une petite secousse, et comme l'a dit Cill, la partie s'achève là. Vous pouvez la reprendre à cette étape ou revenir au début, voire modifier certains éléments. Mais le programme changera aussi. Il s'ajuste, il calcule. Les personnages sont créés grâce à la technologie AI utilisée pour les droïdes. Amis ou ennemis, tous sont conçus pour avoir envie de gagner autant que le joueur.

— C'est un véritable bond en avant, ajouta Cill. Nous nous efforçons d'éliminer les dernières imperfections et espérons mettre le jeu sur le marché pour les fêtes de fin d'année. U-Play va littéralement crever le plafond. Bart voulait fignoler le côté intuitif sans engendrer une augmentation du prix. Du coup, nous nous sommes concentrés sur… C'est compliqué.

— Nous avons beaucoup investi dans la technologie, l'application, la programmation, les simulations. S'il y a la moindre fuite avant le lancement…

Var se tut, pinça les lèvres.

— Ça pourrait nous faire couler, conclut Cill. Notre avenir dépend du succès de ce projet.

— D'ici six mois, un an, nous devrions rejoindre SimUlate au sommet, ajouta Benny. Notre affaire décollerait hors-planète. Nous ne serions plus les petits nouveaux qui montent, les enfants prodiges du jeu vidéo. Nous serions les champions. Mais sans Bart…

— Je crains que nous n'y parvenions pas, avoua Cill.

Var lui prit la main.

— Nous le devons. Nous ne pouvons pas nous permettre de renoncer. Nous devons finir ce que Bart a commencé. Lieutenant, faites en sorte de ne rien diffuser à propos du jeu, je vous en supplie. Si quelqu'un met la main sur ce disque…

— Il s'est autodétruit quand les gars de la DDE ont tenté de le récupérer.

— Vraiment ? s'étonna Benny en clignant des yeux. Génial. Désolé… Pardon. C'est que… Bart a dû renforcer la sécurité.

— Combien en existe-t-il de copies ?

— Il y en avait quatre, une pour chacun d'entre nous. C'est là-dessus que je me suis acharné hier soir, précisa Benny. En général, nous attendons que tout le monde soit parti pour nous y mettre.

— Vous n'êtes que quatre à être au courant du projet ?

— Pas exactement, répondit Cill. Tout le personnel sait que nous sommes sur un gros coup. Les bons cerveaux abondent, chez nous. Nous nous en servons. Mais personne ne sait précisément de quoi il s'agit. Ils n'ont que des petits bouts par-ci, par-là. Et, oui, certains de ces cerveaux sont assez futés pour rassembler les pièces du puzzle. Nous sommes cependant restés très vigilants. Dans le business du jeu vidéo, les fuites peuvent être fatales.

Elle parut prendre conscience de ce qu'elle venait de dire et frissonna.

— Pensez-vous que quelqu'un l'ait su et…

— C'est une piste à explorer, admit Eve. Je vais avoir besoin d'une copie de ce jeu.

Tous trois la fixèrent d'un air consterné.

— Si ce produit est aussi exceptionnel que vous le prétendez et s'il y a la moindre fuite de mon côté, vous traînerez le département de police et peut-être même la ville de New York devant les tribunaux. Si je suis coupable, vous pourrez probablement m'intenter un procès, à moi aussi. Ma réputation sera ternie à jamais, je perdrai mon insigne – or j'y tiens autant que vous à votre nouveau jeu. Mon unique but est de comprendre le lien entre ce disque et le meurtre de Bart.

— C'est le flic de Connors, murmura Cill.

— Quoi ? Merde !

Cill fusilla Var du regard.

— Connors ne va rien nous voler. Ce n'est pas lui qui va dépouiller la tombe de Bart, nom de nom ! sanglota-t-elle. Il nous a aidés à démarrer. Il *appréciait* Bart.

— Connors connaissait Bart ? s'étonna Eve.

Un certain désarroi l'envahit malgré elle. Cill essuya ses larmes d'un revers de main.

— Il voulait nous recruter. Nous tous, mais surtout Bart, selon moi. Nous voulions démarrer notre propre société. Il nous a donné un coup de main, nous a prodigué des conseils, nous a écoutés. Connors ne nous trahirait pas. Si nous devons confier une copie du logiciel, j'aime autant que ce soit à son flic et à Connors lui-même. Il veillera à ce que personne ne s'en empare. Il fera cela pour Bart.

Elle se leva, essuya de nouveau ses larmes.

— Nous devons consulter notre avocat. Il nous faudra un certain temps avant de pouvoir vous fournir la copie, car les barrages de sécurité sont nombreux et complexes. Cela pourrait prendre une journée. Je m'en occupe. Bart est mort, poursuivit-elle sans laisser le loisir à ses amis de prendre la parole. Il faut à tout prix découvrir son assassin.

Cill quitta la pièce, et Var se tourna vers Eve.

— Je vous prie de m'excuser. Loin de moi le désir de vous offenser, pas plus que Connors.

— Aucun problème.

Le communicateur d'Eve lui signala l'arrivée de la DDE.

— Mon équipe est là. Il est temps d'annoncer la couleur à vos employés.

Elle invita les deux hommes à sortir, puis fit entrer Peabody.

— J'ai quelques détails concernant le jeu en question, mais je vous mettrai au parfum plus tard, attaqua-t-elle. Pour l'heure, nous allons procéder aux interrogatoires sur site. Sélectionnez cinq locaux pour les entretiens, procurez-vous la liste des employés, divisez-les entre nous cinq. Nous nous renseignerons ensuite sur tous ceux qui ne se seraient pas présentés aujourd'hui. Je veux leurs déclarations, impressions, signes particuliers et alibis. Nous les interrogerons tous, puis nous nous pencherons sur leur entourage. Et nous vérifierons leurs relevés bancaires. Il se pourrait que quelqu'un transmette des données à un concurrent pour arrondir ses fins de mois.

— Vous pensez que cette affaire tourne autour du jeu ?

— C'est davantage qu'un jeu, répliqua Eve avec un sourire ironique. C'est une aventure. J'ai une affaire à régler. Envoyez-moi ma part de témoins quand tout sera en place.

— Vous avez droit au bureau le plus cool, observa Peabody ?

— En effet. Dégagez.

« Autant lui en parler tout de suite », songea-t-elle. De toute façon, elle l'aurait fait dès son retour à la maison. Du reste, les médias ne tarderaient pas à diffuser la nouvelle du meurtre. Or Connors mettait un point d'honneur à se tenir au courant de la criminalité new-yorkaise. Une façon comme une autre de rester en phase avec elle.

Si elle en avait eu la capacité, elle aurait sans doute suivi les fluctuations du marché. Dieu merci pour lui, elle n'y connaissait strictement rien.

Pensant qu'il serait trop occupé pour lui répondre, elle opta pour son communicateur personnel. Elle lui laisserait un message.

Mais son visage apparut sur l'écran et ses yeux bleus plongèrent dans les siens.

— Lieutenant. Enchanté.

Ce regard intense, ce léger accent irlandais auraient fait fondre n'importe qui. Le cœur d'Eve fit un bond.

— Désolée de te déranger.

— Pas du tout, je rentre d'un déjeuner d'affaires.

Elle plissa les yeux.

— Où ?

— Florence. Les pâtes étaient exquises. Que puis-je pour toi ?

— J'ai une enquête.

— Comme souvent.

« Vite fait, bien fait », décida-t-elle.

— C'est Bart Minnock.

L'expression de Connors se durcit.

— Que lui est-il arrivé ?

— Je ne peux pas te donner les détails maintenant, mais je viens de découvrir que tu le connaissais. Je ne tenais pas à ce que tu l'apprennes par les médias.

— C'est personnel ou en rapport avec son boulot ?

— Il est encore trop tôt pour l'affirmer, mais ça tourne autour de son travail.

— Où es-tu ?

— Chez U-Play.

— J'atterris dans vingt minutes. Je serai là d'ici trois quarts d'heure.

— Connors...

— Si cela a à voir avec son travail, je pourrai me rendre utile. Sinon... nous aviserons. C'était un garçon charmant, Eve. Charmant, brillant, inoffensif. Je ferai tout ce que je peux pour lui.

Elle s'y était attendue.

— Déniche Feeney dès ton arrivée. Je suis désolée, Connors.

— Moi aussi. Comment est-il mort ?

Comme elle ne répondait pas, la tristesse prit le pas sur la colère.

— C'est à ce point épouvantable ?

— J'en discuterai avec toi quand tu seras là. C'est compliqué.

— Entendu. Je suis content que ce soit toi qui t'en occupes.

Eve inspira à fond. Connors leur serait d'une aide précieuse. Côté informatique, mais aussi, côté business. Feeney et ses acolytes s'y connaissaient en ordinateurs, mais ils n'avaient aucun sens des affaires. Connors, si.

Elle consulta sa montre, contacta Morris.

— Donnez-moi ce que vous pouvez, attaqua-t-elle. Je ne sais pas quand je pourrai faire un saut à la morgue.

— Les portes de ma demeure vous sont toujours ouvertes, assura le légiste. Je peux déjà vous certifier que son organisme ne comporte aucune trace de drogue ou d'alcool. Votre victime était un homme de vingt-neuf ans en bonne santé – en dépit d'un appétit immodéré pour les chips au soja saveur fromage et oignons, et les fizzy à l'orange. Quelques hématomes, une entaille au bras, tous *périmortem*. Il a été décapité d'un coup unique à l'aide d'une lame large et très aiguisée.

Morris fit une démonstration en utilisant le tranchant de la main.

— Comme une hache ?

— Je ne le pense pas. En général, la hache est plus épaisse à l'arrière. Je dirais plutôt une épée – très large et très lourde, abattue avec une force considérable sur un angle légèrement ascendant.

De nouveau, il illustra son propos, faisant mine de serrer les mains autour d'un manche et de frapper comme un batteur de base-ball.

— Ce qui me chiffonne, ce sont les brûlures légères autour des plaies. Je continue à les analyser, mais j'ai le sentiment qu'elles sont d'origine électrique.

— Une épée électrique ?

Une lueur d'humour dansa dans les prunelles du médecin légiste.

— Dans notre métier, on ne s'ennuie jamais, n'est-ce pas ? J'en ai encore pour un bon moment. C'est un jeune homme fort intéressant.

— Entendu. Je vous rappellerai.

Eve rangea son appareil dans sa poche et se mit à arpenter la pièce.

Un type seul, dans une holopièce verrouillée à double tour, décapité par une épée probablement dotée de fonctions électriques.

Grotesque. Impensable.

Minnock ne pouvait pas avoir été seul, car il fallait un assassin en plus de la victime. On avait donc forcé le système de sécurité. Ou alors, il s'était arrêté au beau milieu de sa partie pour ouvrir la porte à son meurtrier. Une personne en qui il avait suffisamment confiance pour lui révéler son secret.

Résultat des courses : ses trois meilleurs copains figuraient en haut de la liste des suspects. Certes, chacun avait fourni un alibi, mais fallait-il être un génie pour quitter discrètement les locaux et parcourir quelques dizaines de mètres jusqu'à l'immeuble de Bart pour lui proposer une partie entre amis ?

Cela n'expliquait pas comment le tueur avait réussi à introduire l'arme dans l'appartement. Mais ce n'était pas irréalisable.

La preuve.

Tout réinitialiser, retourner au boulot.

Moins d'une heure, nettoyage compris.

Un employé de U-Play ou une personne de l'extérieur qui avait su gagner la confiance de la victime.

Pourquoi pas une maîtresse ? Une femme qu'il aurait fait entrer lui-même en douce après avoir mis le droïde au repos. Il aimait frimer. Les hommes avaient tendance à frimer pour coucher, surtout dans une relation clandestine.

Le sexe n'était pas l'objet de ce meurtre, mais peut-être une partie du but l'était-il ?

On frappa timidement à la porte. C'était la demoiselle en salopette éclaboussée de peinture, les yeux larmoyants.

— On m'a dit que je devais monter vous voir parce que quelqu'un a assassiné Bart. Je veux rentrer à la maison.

— Moi aussi. Asseyez-vous.

À mi-parcours de sa liste d'interrogatoires, Eve dressa l'oreille pour la première fois.

Roland Chadwick, vingt-trois ans, était incapable de rester tranquille – mais la bougeotte des accros de l'informatique n'était-elle pas de notoriété publique ? Son regard noisette évitait constamment celui de Dallas – mais la journée avait été dure, et les obsédés de son genre étaient rarement à l'aise en société.

— Depuis combien de temps travaillez-vous ici, Roland ?

Il se gratta le nez, fit claquer ses genoux.

— Comme je l'ai déjà expliqué, j'ai été stagiaire deux étés de suite pendant mes études universitaires. Dès que j'ai obtenu mon diplôme, on m'a embauché comme titulaire. Donc, comme qui dirait, un an plus deux étés. En tout.

— Que faites-vous précisément ?

— Surtout de la recherche, comme Benny. Je guette les tendances, je réfléchis à la manière de les exploiter ou de les détourner. Ou encore, si quelqu'un soumet une idée, j'explore le terrain avant qu'on ne se lance dans le projet pour être sûr, disons, qu'on ne va pas marcher sur les plates-bandes d'un autre.

— Vous voyez donc passer tout ce qui est ou serait susceptible d'être développé.

— Oui, c'est ça.

Il remua les épaules, tapota des deux pieds.

— Par petits bouts, dans les grandes lignes. Je vérifie les titres, aussi ; les noms des lieux et des personnages pour éviter les répétitions. Sauf quand on travaille sur, disons, un hommage ou la suite d'une série.

— Hier ? Où étiez-vous ?

— J'étais ici. J'ai pointé à 9 h 03 et je suis parti à 17 heures. Environ. Peut-être 17 h 30 ?

— Vous êtes-vous sorti prendre une pause ou déjeuner ?

— Pas hier. Je croulais sous le boulot.

— Mais vous avez pris des pauses ? Déjeuné ?

— Oui, bien sûr. Bien sûr. Il faut faire le plein si on veut tenir. Bien sûr.

— Avez-vous contacté quelqu'un ? Appelé un copain pour passer le temps ?

— Euh…

Son regard se porta vers la gauche.

— Je ne sais plus.

— Vous le savez pertinemment. Vous pouvez me répondre ou nous nous renseignerons de notre côté en vérifiant votre matériel électronique.

— J'ai dû joindre Milt une ou deux fois.

— Milt ?

— Mon… disons…

— D'accord. Milt a-t-il un nom de famille ?

— Dubrosky. Il s'appelle Milton Dubrosky.

Une perle de sueur apparut sur sa lèvre supérieure.

— Pas de quoi en faire un plat. On a le droit.

— Mmm.

Eve sortit son mini-ordinateur et lança une recherche sur Milton Dubrosky.

— Vous vivez donc ensemble, Milt et vous ?

— Plus ou moins. Il a gardé son appartement, mais on est le plus souvent chez moi.

— Et que fait Milt ?

— Il est acteur. Très doué. Il ira loin.

— Je parie que vous lui donnez un coup de main. Que vous l'aidez à répéter ses textes.

— Bien sûr.

Il remua les épaules, tapota des pieds.

— C'est amusant. Un peu comme de concevoir un jeu.

— En tant qu'acteur, il doit avoir de bonnes idées. Il vous en donne parfois ?

— Peut-être.

— Vous êtes ensemble depuis longtemps ?

— Neuf mois ; bientôt dix.

— Que lui avez-vous raconté à propos de Fantastical ?

Il blêmit, se figea l'espace d'un instant.

— Quoi ?

— Que lui avez-vous révélé, Roland ? Les petits bouts, les grandes lignes ? Ou davantage ?

— Je ne suis pas au courant.

— Le nouveau projet ? Top secret ? Je pense que vous en avez été informé.

— Je ne sais que ce qu'on me dit. On n'a pas le droit d'en parler. On a dû signer un papier.

Eve afficha un sourire décontracté.

— Mais Milt et vous vous êtes… Enfin… vous vous soutenez mutuellement. Il s'intéresse à ce que vous faites, non ?

— Oui, mais…

— Un gros projet comme celui-là, c'est excitant. N'importe qui en discuterait avec son compagnon.

— Il ne pige rien à l'informatique.

— Vraiment ? Curieusement, il a purgé deux peines de prison pour cybervol.

— Jamais !

— Roland, soit vous êtes idiot, soit vous êtes particulièrement doué pour la comédie. Je vote pour la première proposition.

Ignorant les sanglots et les protestations de Roland, elle demanda qu'on l'escorte jusqu'au Central, puis envoya une équipe d'uniformes chercher Dubrosky.

D'après son casier, il n'avait commis aucun crime violent, mais il y avait toujours un début à tout.

Elle termina ses entretiens, histoire de laisser à Roland le temps d'essuyer ses larmes et à Dubrosky celui de mariner. Deux autres employés venaient d'avouer avoir révélé le projet à un ami ou à un conjoint, mais la connexion Chadwick-Dubrosky lui paraissait la plus intéressante.

Elle ouvrit un tube de Pepsi tout en prenant des nouvelles des techniciens avant de remettre un peu d'ordre dans ses notes. La porte s'ouvrit et Connors apparut.

Sa seule présence transformait l'ambiance d'une pièce. Et elle n'était pas la seule à réagir ainsi, devinait-elle. Ce n'était pas seulement son physique – mince, élancé, le regard d'un bleu perçant, il était d'une beauté à couper le souffle –, mais aussi la maîtrise de soi, la puissance qui émanaient de lui, qui retenaient l'attention.

— Il paraît que tu as fini ta part d'interrogatoires. Tu peux m'accorder une minute ? s'enquit-il.

Autrefois, il n'aurait pas osé la solliciter ainsi. Et elle n'aurait pas forcément réagi en se levant pour aller lui offrir du réconfort.

— Je suis désolée pour ton ami, murmura-t-elle en le serrant contre elle.

L'étreinte fut brève – après tout, les murs du bureau étaient en verre –, mais elle sentit en s'écartant qu'il s'était un peu détendu.

— Je ne le connaissais pas très bien, rectifia-t-il. Je ne peux pas dire que nous étions amis bien que nous ayons entretenu des relations amicales. Quel gâchis !

Il alla se planter devant l'une des baies vitrées.

— Ses copains et lui étaient en train de bâtir une affaire solide. Malgré les failles, ils se débrouillaient bien. Ils sont créatifs, intelligents, jeunes et dynamiques.

— Quelles failles ?

Il tourna la tête vers elle, ébaucha un sourire.

— Évidemment, tu n'as entendu que ce mot. L'informatique n'est pas ta tasse de thé, mais je suppose que tu as déjà relevé quelques failles ici et là.

— Quand plus d'une personne est au courant d'un secret, ce n'est plus un secret.

— En effet. Sur le plan électronique, il semble qu'il avait tout prévu. Il faudra du temps pour analyser tout cela, et il paraît que tu as déjà perdu une importante pièce à conviction.

— Le disque s'est autodétruit, mais les gars de la DDE en ont extrait suffisamment d'informations pour me mettre sur une piste. Que sais-tu à propos de ce nouveau jeu, Fantastical ?

— Un mix virtuel/holo, jeux de rôle, scénarios variables selon le choix du joueur. Niveaux sensoriels améliorés grâce au décryptage du système nerveux et des ondes cérébrales du joueur.

« Autant pour le grand projet top secret », se dit-elle.

— Et depuis quand sais-tu tout cela ?

— Un bon moment. CQFD : trop de ses employés étaient au courant et les langues se sont déliées.

— Connais-tu un certain Milt Dubrosky ?

— Non. Je devrais ?

— Non. Cela m'évite une éventuelle complication. Si la technologie développée pour ce jeu est aussi sophistiquée, pourquoi ne t'en es-tu pas emparé ?

— En fait, nous avons quelque chose de très similaire… Mais mes hommes savent se taire.

— Parce qu'ils sont très bien payés et parce qu'ils ont peur de toi.

— En effet. Je suis certain que Bart rémunérait correctement ses ingénieurs, mais personne ne le craignait.

Il revint vers elle, lui effleura le bras, erra à travers la pièce.

— Ils l'appréciaient tous. Il était l'un d'entre eux. Une erreur de sa part car, du coup, on ne le considérait pas comme le patron.

— Quand l'as-tu vu ou as-tu parlé avec lui pour la dernière fois ?

— Il y a quatre ou cinq mois. J'avais une réunion dans le quartier, et je l'ai croisé dans la rue. Je lui ai offert une bière, nous avons discuté.

Connors était agité. En temps normal, c'était Eve qui allait et venait. Il poussa soudain un soupir et parut se calmer.

— Un de mes chasseurs de têtes s'est intéressé à Bart alors qu'il était encore à l'université. Après avoir lu le rapport et procédé à quelques vérifications de mon côté, j'ai organisé un rendez-vous. Il devait avoir vingt ans. Seigneur ! Quelle fraîcheur, quel enthousiasme ! Je l'ai engagé comme stagiaire jusqu'à ce qu'il obtienne son diplôme. Puis je lui ai offert un poste à temps plein.

— Sacrée proposition.

— Il aurait fait une sacrée recrue. Mais il m'a répondu qu'il souhaitait monter sa propre société avec trois camarades. Il m'a exposé son plan, puis m'a demandé conseil... J'avoue que j'étais désarmé. J'ai fini par accepter de les rencontrer tous les quatre à plusieurs reprises afin de les aider à éviter quelques pièges. Aucun d'entre nous n'aurait pu anticiper celui-ci.

— S'il s'est ouvert à toi dès le début, peut-être l'a-t-il fait avec d'autres.

— Possible, bien que je les aie mis en garde à ce sujet. Il – ils – voulaient leur indépendance, et c'est un besoin que je comprends. D'autre part, ce garçon me plaisait. Je n'ai donc eu aucun problème à leur donner un coup de pouce.

— De l'argent ?

— Non. J'aurais pu les soutenir financièrement s'ils me l'avaient demandé, mais ils disposaient d'un petit capital. Et les difficultés incitent à travailler davantage. J'avais cette propriété.

— Quoi ? Ce hangar t'appartient ?

— Du calme. Il m'appartenait. Je ne suis nullement impliqué. Je leur ai loué le local un certain temps, et quand la société a commencé à décoller, ils ont voulu l'acheter. Je le leur ai vendu. Une transaction qui a satisfait les deux parties.

— Et l'entreprise vaut une somme considérable.

— Relativement.

— Comparée à ton empire, c'est une tique sur un ours noir, mais l'appât du gain les motive autant que la technologie. Peuvent-ils maintenir le navire à flot sans Bart ?

— Personne n'est indispensable. Sinon toi pour moi.

— Tu es mignon.

Eve leva les yeux au ciel et Connors s'autorisa un petit rire.

— Ils partageront le magot en trois plutôt qu'en quatre, observa-t-elle.

— Sur le plan des affaires, éliminer Bart est un geste stupide. Il était le meneur, l'image. Il excellait dans ce domaine.

— Ce meurtre va attirer des flopées de journalistes. De la publicité gratuite.

— Certes. Mais ça ne durera pas. Et quitte à me répéter, sur le plan des affaires, c'est maladroit. D'autre part, à moins que leurs relations n'aient changé, j'ai du mal à imaginer l'un de ces trois-là s'attaquant à Bart.

— Les gens sont imprévisibles. J'ai un autre angle à explorer. Feeney te donnera de quoi t'occuper si tu le souhaites. J'ai besoin d'une copie du jeu. Ils me la remettront, mais ils vont traîner la patte. Tu pourrais peut-être les encourager à accélérer le mouvement.

— Je vais essayer.

— Je serai sur le terrain.

Il lui attrapa la main alors qu'elle se dirigeait vers la porte.

— Prends soin de ma femme.

— Elle prend soin d'elle-même.

— Quand elle y pense.

Elle s'éloigna. Avant d'emprunter l'escalier, elle jeta un coup d'œil par-dessus son épaule. Connors se tenait derrière le mur en verre, les mains dans les poches, le regard triste.

4

De retour dans la ruche du Central, Eve étudia Roland Chadwick à travers la vitre sans tain de la salle d'observation. Il transpirait toujours et lançait des regards autour de lui comme s'il s'attendait à ce qu'un monstre se matérialise dans un coin pour le dévorer tout cru.

Parfait.

— Nous l'interrogerons ensemble pour commencer, annonça Eve à Peabody. Je ne le ménagerai pas. Il sait maintenant à qui il a affaire.

— Parce que sinon, vous lui offririez une tisane et un coussin moelleux.

— Vous prendrez le relais quand j'aurai quitté les lieux au pas de charge en laissant un torrent de menaces dans mon sillage, décréta Eve, ignorant le commentaire de sa coéquipière.

— Ce sera donc à moi de le consoler jusqu'à ce qu'il crache ce qu'il a dans le ventre.

— Vous avez tout compris.

Eve regarda Roland poser la tête sur la table comme s'il s'était assoupi. Qu'il se mette à sucer son pouce ne l'aurait pas étonnée.

— Pendant ce temps, je m'attaquerai à Dubrosky, reprit-elle. Il n'est pas né de la dernière pluie, il sait forcément que son copain est une mauviette. Je pense qu'il avouera, lui aussi.

Peabody sourit tandis que Roland calait la tête sur ses bras repliés.

— Le mien accouchera d'abord, lâcha-t-elle.

— Possible. Allons-y.

Eve pénétra dans la salle d'interrogatoire, affichant un air dur et impatient. Roland releva la tête tout en se ratatinant sur sa chaise.

— Enregistrement. Dallas, lieutenant Eve, et Peabody, inspecteur Delia. Entretien avec Chadwick Roland au sujet du meurtre de Minnock, Bart. Roland Chadwick, vous a-t-on cité le code Miranda révisé ?

— Oui, mais...

— Avez-vous bien compris vos droits et obligations ?

— Oui, mais...

Elle jeta son dossier sur la table qui les séparait avec une force qui résonna comme une gifle. Il se tut.

— Vous travailliez pour Bart Minnock, n'est-ce pas ?

— Oui, madame. Je vous ai dit comment je...

— Pouvez-vous me dire où vous étiez hier ?

— Chez moi, enfin je veux dire, j'ai bossé et ensuite...

— Décidez-vous, aboya-t-elle en se penchant vers lui. Vous étiez chez vous ou au boulot ? La question n'a rien de difficile, Roland.

— Je... je... j'ai passé toute la journée au bureau, puis je suis rentré chez moi, bafouilla-t-il, ses joues passant du rose au blanc à plusieurs reprises. J'ai pointé en partant. Il était plus de 17 heures. Vous pouvez vérifier.

— Et vous pointez *chaque fois* que vous sortez du bâtiment, Roland ?

— Presque. En tout cas, sûr à la fin de la journée. Sûr. Je n'ai rien fait de mal. Je ne sais pas ce que vous avez contre moi, geignit-il. Je n'ai rien fait.

— Vraiment ? Bart vous contredirait peut-être. Il serait peut-être d'un avis différent. S'il n'était pas mort.

Elle ouvrit le dossier et étala les photos de la scène du crime sous son nez.

— Malheureusement, s'exprimer devient compliqué quand on n'a plus sa tête.

Roland regarda l'un des clichés et vira au verdâtre. Un son inarticulé s'échappa de ses lèvres, ses yeux se révulsèrent et il s'affaissa sur le sol.

— Merde ! souffla Eve, les poings sur les hanches. Peabody, allez lui chercher de l'eau.

— Je trouve plutôt gracieuse la manière dont il est tombé, commenta sa partenaire qui fila chercher un verre d'eau pendant qu'Eve s'accroupissait pour tapoter la figure de Roland.

— Dans les choux, marmonna-t-elle. Il ne fait pas semblant. Allez, Roland, revenez à vous ! On ferait sans doute mieux d'appeler un médecin au cas où... Ah ! Il revient à lui ! Roland !

Les paupières de ce dernier tressautèrent. D'un signe de tête, Dallas indiqua à Peabody qu'elle devait endosser le rôle d'infirmière.

— Comment vous sentez-vous, monsieur Chadwick ? Peabody s'agenouilla, lui souleva la tête.

— Prenez une gorgée d'eau. Là... Respirez. Avez-vous besoin d'un médecin ?

— Je ne... que s'est-il passé ?

— Vous vous êtes évanoui. Voulez-vous que j'appelle un médecin ?

— Non. Non, je ne pense pas que... J'ai juste besoin de...

Les yeux agrandis d'horreur, il s'accrocha au bras de Peabody tel un homme en train de se noyer.

— Ne m'obligez pas à regarder ces photos. Je vous en supplie !

— C'est plus dur que de participer au massacre ? riposta Eve.

— Je n'ai rien fait. Je vous le *jure*.

C'était tout juste s'il ne se pelotonnait pas contre Peabody. « Mission accomplie », songea Eve.

— D'accord, d'accord, le rassura Peabody. Buvez encore un peu d'eau. Nous poursuivrons quand vous vous sentirez mieux.

— Parfait, grogna Eve en rangeant les photos dans son dossier. Vous voulez le chouchouter, il est à vous. Je ne supporte pas d'être dans la même pièce que lui. Dallas, lieutenant Eve, quitte les lieux.

Elle claqua la porte derrière elle, mais pas avant d'avoir entendu Roland remercier sa coéquipière à voix basse.

Satisfaite de la phase A, elle pénétra dans la salle voisine pour lancer la phase B.

Milt Dubrosky avait l'allure pomponnée d'un rat des spas. Le genre à consacrer une bonne partie de sa journée au gymnase et une bonne partie de sa semaine aux traitements de beauté. Ses cheveux – aux mèches trop parfaites pour être naturelles – ondulaient autour de son visage lisse, aux traits fins. Ses longs cils foncés mettaient en valeur le bleu clair de ses yeux. Il gratifia Eve d'un sourire à mille watts.

— J'ignore pourquoi je suis ici, officier, mais pour mon plus grand bonheur, le paysage vient de s'améliorer très nettement.

— Lieutenant.

Il exécuta un salut militaire.

— Lieutenant, oui lieutenant.

— Enregistrement. Dallas, lieutenant Eve. Entretien avec Dubrosky, Milton, au sujet du meurtre de Minnock, Bart.

— Quoi ? s'écria-t-il, sidéré. On a assassiné Bart ? Quand ? Comment est-ce arrivé ?

— Ce n'est pas votre premier passage chez nous, Dubrosky, constata Eve en pianotant sur le disque contenant son fichier. Vous savez donc que c'est moi qui pose les questions et vous qui y répondez. Vous a-t-on cité vos droits ?

— Oui. Les flics qui m'ont amené.

— Pouvez-vous me dire où vous vous trouviez hier entre 15 heures et 20 heures ?

— Bien sûr. Évidemment. J'étais à mon salon de beauté – *Prairies urbaines* – d'environ 13 heures à 15 h 30. J'avais ensuite rendez-vous avec une amie pour boire un café. J'ai fait quelques courses avant de me rendre chez un autre ami aux alentours de 17 h 30. Roland. Roland Chadwick. Il travaille pour Bart chez U-Play. Il m'a rejoint peu après et nous avons passé la nuit chez lui. Il pourra vous le confirmer.

— Nom et coordonnées de la personne avec qui vous avez bu votre café ?

— Britt Casey, répliqua-t-il avant de lui dicter une adresse située dans l'Upper West Side. Nous sommes inscrits dans un atelier de théâtre. Nous nous voyons de temps en temps pour discuter de notre art.

Il était habile, décida Eve, mais pas tant que cela. Pauvre Roland ! Jusqu'à quel point l'avait-il mené en bateau ?

— Quelle heure était-il lorsque vous avez laissé votre camarade de cours ?

— À peu près 17 heures, je crois.

— Café, shopping. Avez-vous les récépissés ?

— Je ne me rappelle plus le nom de l'établissement. Et je n'ai rien acheté, je me suis contenté de lécher les vitrines.

Eve le fixa, silencieuse.

— Bon, d'accord. Je suis allé au salon de beauté, comme je viens de vous l'expliquer. Vous pouvez interroger ma consultante, Nanette. Et j'ai vu Britt ensuite, mais ce n'était pas pour boire un café, si vous voyez ce que je veux dire.

Il tenta de l'amadouer avec son sourire « je-suis-un-voyou-mais-vous-devez-m'aimer ».

— Nous avons passé deux heures à l'*Hôtel du Chêne*. Voyez-vous, elle est mariée, et je vis plus ou moins avec quelqu'un.

— Chadwick ?

— Euh, non. Mais ma colocataire et Britt ne sont pas au courant, et je préférerais que ça continue comme ça.

— Nom de la colocataire ?

— Chelsea Saxton.

Eve haussa les sourcils.

— Où se situe précisément Roland Chadwick dans tout ça ?

Dubrosky eut un mouvement des épaules.

— Disons que je vis à moitié avec lui aussi.

— Sans qu'il ait jamais entendu parler des deux autres, et vice versa ?

— Que voulez-vous ? J'aime être entouré.

— Cela vous oblige à jongler. Un homme aussi doué pour le jonglage a très bien pu se débrouiller pour faire un saut à l'appartement de Bart.

— Je n'y ai jamais mis les pieds... Je n'avais aucune raison d'y aller, ajouta-t-il en agitant la main. Je le connaissais vaguement parce que Roland travaille pour lui chez U-Play. Il semblait sympathique. Roland le vénérait. Je ne vois pas pourquoi quelqu'un aurait voulu se débarrasser de ce type.

— Vous êtes aussi un adepte de l'informatique.

— Ce n'est qu'un hobby. Ma passion, c'est l'art dramatique.

— Mêler hobby et passion vous permet d'arrondir vos fins de mois en vendant des informations internes aux parties intéressées. Pas compliqué, quand il vous suffit de mener par le bout du nez un garçon comme Roland au QI proche de zéro, complètement entiché de vous.

— Roland est adorable. Un peu simplet dès qu'il émerge de son univers de la vidéo, mais adorable.

Quant à moi, j'ai besoin qu'on m'admire, je l'avoue. Et il m'admire.

— Suffisamment pour vous filer un tuyau à propos de Fantastical.

Dubrosky s'efforça de paraître impassible sans y parvenir totalement.

— Désolé. Jamais entendu parler.

— Épargnez-moi vos conneries, Dubrosky. D'autant que Roland l'Admirateur a déjà craché le morceau.

Elle se balança sur son siège.

— Vous admirer ne signifie pas qu'il accepte de payer à votre place. Il n'est pas aussi bête que vous le croyez.

— Roland n'est pas bête, s'empressa de renchérir Dubrosky. Il est juste un peu paumé dès qu'il se retrouve dans le monde réel. Il vit dans sa bulle, branché à ses jeux.

— Ce qui explique qu'il ignore vos activités parallèles ?

— Il n'est pas interdit de se disperser. Croyez-moi, toutes mes maîtresses sont heureuses.

Il posa le coude sur le dossier de sa chaise, prit la pose.

— Où est le mal ?

— Vous n'avez aucun scrupule. Or un homme sans scrupules n'hésite pas à tricher, à voler, à mentir. Pourquoi pas à commettre un meurtre ?

— Je ne tue pas les gens, ma chérie. Je les séduis.

— Allez-y, appelez-moi encore « ma chérie », le défia-t-elle d'un ton glacial.

— Pardon, pardon ! J'admets que parfois, je pousse un peu le bouchon. Je me laisse entraîner, comme n'importe qui. Mais si vous avez mon fichier, vous savez que la violence n'est pas mon truc. Et le fait est, ma chér… lieutenant, rectifia-t-il précipitamment, que je n'en ai pas besoin. Et, oui, Roland m'a communiqué quelques infos à propos de son grand projet secret. Ça l'excite, et il est bavard. Pour séduire, il faut savoir écouter. J'ai ce talent. Ce n'est pas un crime.

— Tendez donc l'oreille, lui suggéra Eve. Outre votre fichier, figurez-vous que je détiens vos relevés bancaires. Une lecture intéressante. Tous ces virements grâce auxquels vous pouvez vous offrir des séances de remise en beauté avec Nanette. Le plus curieux, c'est qu'apparemment vous n'avez pas eu d'emploi rémunéré depuis bientôt un an.

— Mes admirateurs m'offrent de l'argent.

— Je suis prête à parier que Bart ne vous admirait pas. Selon moi, si vous aviez tenté de lui demander du fric en échange de votre silence, il vous aurait menacé d'alerter les flics.

— Le chantage, ce n'est pas non plus mon truc... Trop sordide.

— Voici quelque chose de vraiment sordide.

De nouveau, elle sortit les photos de la scène du crime.

Dubrosky ne devint pas vert, il ne s'évanouit pas, mais il blêmit visiblement.

— Ô mon Dieu ! Doux Jésus ! Quelqu'un l'a décapité.

— J'imagine que vous vous entraînez aux duels dans votre atelier de théâtre. Pour les rôles d'action, les pièces historiques.

Eve inclina la tête de côté et le jaugea froidement.

— Vous êtes en forme. Je parie que vous pouvez manipuler une arme de poids sans trop de difficultés.

Chez Milt, la sobriété remplaça la suavité.

— Écoutez. Écoutez-moi. Je gagne ma vie en couchant avec des individus qui ont les moyens de me filer un peu de blé, de m'offrir des belles choses. Et en vendant des informations quand elles me tombent sous la main. Je ne blesse personne. Je les tue encore moins. Roland est une cible facile, je vous l'accorde. Mais le fait est que je m'apprêtais à le laisser tomber en faveur de Britt. Son mari est riche, il lui paie ses cours d'art dramatique et la laisse acheter tout ce qu'elle veut. Il s'absente souvent – il est consultant financier. Mon intention est d'en profiter un moment, peut-être de mettre un pied dans la maison, d'accéder à ses ordinateurs. Je suis en période de préparation de ce côté-là, pourquoi aurais-je commis un tel crime ? Ce n'est pas ma nature. Je ne suis pour rien dans cette affaire.

— À qui avez-vous vendu les renseignements ?

Il se passa la main dans les cheveux, ruinant sa coiffure impeccable, preuve selon Eve qu'il était sincèrement effrayé.

— Si je cafte, vous devez me promettre un deal.

— Je ne dois rien du tout. Vous pratiquez l'espionnage industriel. Votre confession est enregistrée. Et le hic, Milt, c'est que je ne vous admire pas. Les noms. Tout de suite.

Il ferma les yeux et se mit à parler.

Lorsqu'elle en eut terminé avec Dubrosky, elle le fit conduire en cellule. Elle ferait son possible pour qu'il passe les quelques années à venir à l'ombre, aux frais de l'État de New York. Elle souhaitait ardemment qu'il souffre d'être privé de ses rendez-vous au salon de beauté.

— J'en ai fini avec le mien, annonça Peabody en rejoignant Eve dans son bureau.

— Nous sommes deux.

Eve se programma un café, invita d'un geste sa coéquipière à s'en commander un.

— J'ai eu un mal fou à capter ce qu'il me racontait, expliqua cette dernière. Plus il était bouleversé, plus il bredouillait, et plus il employait un langage technique. J'envisage de demander à McNab de jeter un coup d'œil sur le rapport pour avoir son interprétation, mais…

Peabody s'interrompit pour souffler sur son café avant d'en boire une gorgée.

— … si j'ai bien compris, il a révélé à Dubrosky certains détails sur ses recherches concernant le projet

Fantastical, ainsi que sur d'autres produits en cours de développement. Ce type est une bouche ambulante. Ils ne prennent pas assez de précautions chez U-Play.

— Une faille parmi d'autres, murmura Eve en se remémorant le commentaire de Connors. Mon témoin est tellement visqueux que si je lui avais marché dessus, j'aurais été obligée de jeter ma chaussure au feu. Il vit de son corps et de ce qu'il fait passer pour son charme. Il sélectionne ses cibles, il les manipule. Il prétend qu'il s'envoyait en l'air à l'*Hôtel du Chêne* avec sa toute dernière conquête quand on a tué Bart.

— C'est un quartier plutôt chic pour ce genre de rencontres.

— Le mari de sa proie est riche. Nous vérifierons, mais je pense qu'il dit la vérité. Par ailleurs, il vit avec une autre fille quand il n'est pas avec la bouche ambulante. Il se fait entretenir, il fourre son nez dans leurs affaires et vend les données aux parties intéressées. J'ai le nom de la partie intéressée par Fantastical.

Eve but son café en songeant à Roland, si stupide, et à Bart, si naïf.

— Je ne crois pas que Dubrosky ait décapité Bart au risque de se casser un ongle ou de se décoiffer. Mais il sera inculpé pour le reste. Et si c'est l'acheteur qui a commis le meurtre, nous pourrons peut-être l'accuser de complicité. Il a gagné un long séjour dans une toute petite cage.

— Il ne vous a pas plu du tout.

— En effet, admit Eve. Mais le problème, c'est que s'il ne s'était pas servi de Roland, Bart Minnock serait peut-être encore en un seul morceau. Occupez-vous des deux maîtresses qu'il manipulait en même temps que Roland, enchaîna-t-elle. Je veux en savoir davantage sur Lane DuVaugne, employé chez Synchro Divertissements avant de l'interroger.

Peabody contempla sa tasse.

— Elles vont être furieuses.

— Oh que oui ! Veinarde ! Vous avez droit aux tâches amusantes.

Eve lui fournit les coordonnées des deux femmes, et ajouta :

— Soyez discrète. Britt Casey est mariée. Elle mérite probablement un coup de pied aux fesses, mais si elle est aussi bête que Roland, je serai disposée à l'épargner, et je m'efforcerai de tenir le mari à l'écart.

— Motus et bouche cousue. Où Dubrosky trouvait-il le temps de faire autre chose que de s'envoyer en l'air ?

— D'après lui, c'est une simple question d'organisation.

— Je me demande ce qu'il ingurgite comme compléments alimentaires, ou s'il suit un régime spécial.

— Je ne manquerai pas de lui poser la question lors de notre prochaine rencontre. Dehors !

Eve s'assit à son bureau pour lancer des recherches à la fois sur DuVaugne et sur sa société. Tandis que les données commençaient à s'afficher à l'écran, elle décida de suivre l'une de ses intuitions.

Une fois de plus, Connors décrocha immédiatement.

— Lieutenant.

— Tu es dans la maison ?

— Oui. À la DDE.

— Que peux-tu me dire au débotté sur Lane DuVaugne et Synchro Divertissements ?

— Je descends.

— Tu n'es pas obligé de...

Mais il avait déjà coupé la communication.

Elle commença par DuVaugne. Le vice-président de Synchro Divertissements avait cinquante-neuf ans ; il en était à l'épouse numéro deux qui – ô, surprise ! – avait vingt-huit ans de moins que lui. Mariés depuis trois ans, ils vivaient dans l'Upper East Side et possédaient une résidence secondaire à Belize sur la Riviera italienne. Madame était ex-mannequin pour une marque de lingerie.

Ah, les hommes ! Si prévisibles !

Il travaillait chez Synchro Divertissements depuis seize ans et empochait vingt-deux millions de dollars hors prime par an.

Son casier était vierge.

— On va changer ça vite fait, bien fait, marmonna-t-elle.

— *Quel changement voulez-vous opérer ?* demanda l'ordinateur.

— Aucun. Rien. Décidément, on n'a même plus le droit de se parler à soi-même dans cette baraque !

Elle parcourut l'historique de la société. Fondée à peu près à l'époque où DuVaugne était né, elle était spécialisée dans la conception, la production et la distribution de jeux et de consoles. Elle s'était développée dans le monde entier. Eve fronça les sourcils en parcourant la liste des villes, revint en arrière, consulta le registre des employés, les données financières.

Elle ne put s'empêcher d'éprouver un sentiment de soulagement quand Connors apparut. Il ferma la porte.

— Aïe !

— C'est juste par souci de discrétion.

— Tu fais des affaires avec Synchro Divertissements ?

— Pas pour le moment. Où sont tes friandises ?

— Quelles friandises ? s'enquit-elle innocemment.

Il la dévisagea.

— Je sais pertinemment que tu dissimules des sucreries dans ton bureau. J'ai besoin d'un remontant.

Elle fixa la porte.

— Surtout, ne laisse personne entrer. C'est une sacrée bonne cachette.

— Pourquoi ne pas installer une caméra afin de prendre en flagrant délit celui qui te les pique ?

— Un de ces jours je finirai par démasquer le voleur de bonbons, mais ce sera parce que je suis astucieuse, et non pas grâce à la technologie. C'est devenu une question d'orgueil et de principe.

Elle sortit un outil d'un tiroir et s'accroupit devant sa benne de recyclage. En quelques tours de vis, elle démonta la façade et s'empara d'un sachet en plastique.

— Et c'est parce que tu es astucieuse que tu conserves tes confiseries dans une benne de recyclage, avec les ordures ?

— Le sac est scellé, précisa Eve.

Elle l'ouvrit, en extirpa une barre de chocolat qu'elle lui lança, puis remit son précieux trésor en place. Se redressant, elle remarqua qu'il contemplait l'emballage d'un air dubitatif.

— Si ça ne te convient pas, tu n'as qu'à me la rendre.

— Il fut un temps où je fouillais les poubelles en quête de nourriture sans me poser de questions. Les choses changent.

Il déchira le papier, mordit dans la barre de chocolat.

— Enfin, pas tant que cela. Merci pour cette démonstration d'amour inconditionnel.

Connors ébouriffa les cheveux de sa femme, puis posa le doigt sur la fossette de son menton avant d'effleurer ses lèvres d'un baiser.

— Mmm... encore meilleur que le chocolat, déclara-t-il.

Il allait mieux. S'immerger dans le travail était la meilleure des solutions pour oublier son chagrin et ses remords.

— Synchro Divertissements, lâcha Eve, histoire de le remettre sur les rails.

— Oui. Il y a environ un an, j'ai envisagé d'acquérir cette entreprise.

— Naturellement. Elle existe, donc tu la veux.

— Au contraire ! protesta-t-il en s'asseyant sur l'unique siège destiné aux visiteurs. Après mûre réflexion, j'y ai renoncé.

— Parce que ?

— Elle est en difficulté. Des problèmes que je n'ai ni besoin ni envie d'endosser. Mieux vaut attendre qu'elle soit au bord de la faillite afin de la racheter au rabais. Ou patienter jusqu'à ce que tout soit en ordre et proposer un prix convenable pour une structure en bonne santé.

— Quel genre de difficultés ? Je sais qu'ils ont fermé deux usines à l'étranger au cours des seize derniers mois. Ils n'ont aucune filiale hors-planète. J'en déduis que ce marché leur échappe totalement ou que le coût de distribution de leurs produits sur ledit marché serait prohibitif.

Il haussa les sourcils.

— Ma foi, je suis fier de toi. Quelle perspicacité !

— Si tu m'énerves, je te confisque ta confiserie.

— Viens ici la chercher ! lança-t-il avec un sourire, en se tapotant le genou.

Oh, oui ! Il allait nettement mieux.

— Je ne connais rien à l'univers du jeu vidéo sinon qu'il doit être infaillible, répliqua-t-elle. Les gens veulent jouer du matin au soir. Dans des salles, chez eux, dans les soirées, au bureau. Comment une telle société, vieille de presque un demi-siècle, peut-elle aller mal ?

— Parce qu'ils ont investi davantage, du moins ces dix dernières années, dans le marketing et le recrutement des cadres que dans les esprits créatifs et la nouvelle technologie. Parce qu'ils ont continué à ignorer les possibilités hors-planète sous prétexte que ce ne serait pas assez rentable. Ils ont un certain état d'esprit, et s'ils n'évoluent pas, ils auront bientôt une génération de retard.

— Donc, ils paient grassement les huiles et se disent que si cela suffisait il y a une décennie, cela devrait suffire aujourd'hui.

— Plus ou moins. Les deux fondateurs ont vendu quand les chiffres ont atteint leur pic. Depuis, il y a eu des hauts et des bas, mais la lente descente aux enfers qui s'est amorcée est inexorable.

— Un produit comme Fantastical de U-Play pourrait les sauver.

— Absolument, à condition de soigner le développement et le marketing. C'est ton mobile ?

— Possible. DuVaugne a payé une source près de cent cinquante mille dollars pour des informations sur le programme. C'est le vice-président de Synchro Divertissements.

— Service développement, précisa Connors. Je me suis renseigné en venant. Il deviendrait un héros s'il apportait l'idée et les moyens de la mettre en œuvre. J'imagine que son contrat inclut des clauses de primes. Pour un investissement ridicule, il récolterait une fortune.

— Un mobile de meurtre idéal. Sa deuxième épouse est beaucoup plus jeune que lui, et je parie qu'elle aime mener grand train.

Connors lui sourit.

— Comme la plupart des femmes.

— N'importe quoi ! Si dans vingt ans tu songes à me plaquer pour une bimbo, n'oublie pas lequel de nous deux porte une arme.

— Je ne l'oublie jamais. Et je l'apprécie.

— Bon. J'aimerais avoir une petite conversation avec DuVaugne.

— Moi-même, je ne rechignerais pas à discuter avec lui.

La réponse fusa, catégorique :

— Non. Tu es un concurrent et cela risque de gâcher mes chances de lui tirer les vers du nez. En tout cas, ça compliquera la situation.

— Je comprends.

— Il faut que je joigne Morris, et je veux faire un saut sur la scène du crime. Tiens-moi au courant de vos progrès côté informatique.

— Compte sur moi, assura-t-il avant d'ajouter : J'aimerais t'accompagner chez Bart.

Elle ouvrit la bouche pour protester, se ravisa.

— Tu pourrais m'être utile.

— Je fais ce que je peux.

Il froissa l'emballage, le jeta dans la benne de recyclage avant de se lever.

— Merci pour le chocolat.

Elle sourit.

— Quel chocolat ?

5

— Croyez-vous que, de temps en temps, le pénis soit au bout du rouleau ?

Eve, qui conduisait, tourna la tête vers Peabody et abaissa les lunettes de soleil qu'elle oubliait régulièrement de porter.

— Le pénis de qui ?

— N'importe qui. Lui arrive-t-il de se dire : « Pour l'amour du ciel, camarade, lâche du lest ! » ? Ou n'est-ce que : « Youpi ! on recommence ! » ?

— Cela a-t-il un rapport avec notre enquête ou êtes-vous passée en mode gonzesse ?

— Je pensais à ce crétin de Dubrosky. Il s'est envoyé en l'air avec Britt Casey hier après-midi. Trois fois, d'après elle. Par terre, dans le lit et contre la porte. Puis, dans la soirée, il s'est tapé Roland dans un jeu de rôle. Le capitaine pirate et le timonier.

— Taisez-vous.

— Attendez, ce n'est pas tout ! Ce matin ? Il s'offre un café et tire un coup avec Chelsea Saxton, le tout suivi d'une pipe sous la douche.

— Seigneur, Peabody !

— Quoi ? Je ne leur ai pas demandé de me fournir les détails salaces, mais en découvrant l'existence des autres, ces trois-là ont tout craché. D'après moi, la plupart des gingins crieraient « stop ! ».

— Les gingins ?

— C'est plus joli que vagins. Et je suis convaincue qu'après deux rounds, dans la majorité des cas, le gingin lambda dirait : « Bon, ça suffit pour l'instant. » Mais le pénis repart-il à la recherche d'un autre orifice ? Ne possédant pas de pénis, je me pose la question.

— Au cas où vous vous interrogeriez, moi non plus.

— Je le sais, je vous ai vue toute nue. Je pense que même le pénis le plus vaillant qui soit conclurait : « Ça suffit pour aujourd'hui ou ce soir, et puisque me voilà complètement détendu, je m'accorde des vacances. Ou juste une sieste. »

— À cause de vous me vient l'image d'une bite avec lunettes noires, assise sur le tabouret d'un bar au bord d'une piscine en train de siroter un de ces cocktails ridicules pleins de fruits et décorés d'ombrelles en papier.

— Comme c'est mignon !

— C'est effrayant, oui ! Ou répugnant. Je ne sais pas. Les deux, marmonna Eve. Les deux.

— Vous pourriez la coiffer d'un chapeau de paille. Bref, je doute que ce soit une histoire de sexe avec le pénis de Dubrosky.

— Peabody, je n'ai aucune envie de penser à son pénis.

— C'est une addiction, poursuivit Peabody, imperturbable. Je parie que Mira serait d'accord avec moi. Il met sa valeur en équation avec celle de son pénis et s'en sert comme d'une arme.

— Épatant ! À présent, je le vois avec une chaîne en or et muni d'un pistolet. Bouclez-la !

Changeant de position, Peabody observa Eve avec délectation.

— Vous avez une imagination incroyable ! C'est pourquoi vous êtes un bon flic. Dubrosky a déclaré qu'il éprouvait le besoin d'être admiré. Je suis d'avis qu'il fait allusion à son physique, son apparence, mais qu'inconsciemment il devise sur son pénis.

— Très bien. Si je vous réponds que je suis d'accord avec vous – car je le suis – me promettez-vous de la fermer ?

— Le point de vue me paraît intéressant, voilà tout. Prenez DuVaugne…

Eve crispa les mâchoires.

— Je ne veux rien savoir de son pénis.

— Un type plaque la femme avec qui il est marié depuis vingt ans pour un gingin tout frais.

— Doux Jésus !

— Il fait ça parce qu'il commence à réfléchir à sa propre mortalité – et que ça l'agace prodigieusement. Il lui faut un gingin plus jeune pour qu'il puisse se vanter : « Voyez un peu ce que j'ai, ça prouve que je suis encore vif et viril. » Ce qui nous ramène au pénis qui, *oui*, demande à être admiré. On devrait consulter Charles à ce sujet.

Eve se gara devant la morgue et s'accorda un instant de répit, le front sur le volant.

— Nous pouvons très bien nous passer d'un ex-compagnon licencié devenu thérapeute sexuel. D'ailleurs, Louise et lui sont en voyage de noces.

— Ils seront de retour dans quelques jours. Nous gagnerions certainement à en apprendre davantage sur le pénis.

— Entendu. Prenez rendez-vous avec Charles. Rédigez-moi un putain de rapport sur le thème. Mais je ne veux plus entendre le mot *pénis* d'ici la fin de la journée.

— Il n'existe pas de terme élégant pour qualifier ce… truc-là, insista Peabody tandis qu'elles se dirigeaient vers l'entrée du bâtiment. Tout est soit trop dur – vous avez saisi l'allusion ? –, soit trop bête. Mais quand on y songe, c'est plutôt ridicule d'avoir ce machin qui vous pendouille entre les…

— Je vais vous tuer, coupa Eve. Et épargner la bourse des contribuables en vous éliminant ici même, à la morgue. Rapide et efficace.

Morris était au bout du couloir, en pleine discussion avec un technicien en blouse blanche. Il murmura quelques mots à ce dernier, qui s'éloigna, et attendit qu'Eve et Peabody le rejoignent.

— Je me demandais si vous arriveriez à passer aujourd'hui, lança-t-il à Eve.

— Je voulais vous voir avant que vous quittiez les lieux.

— Je me rendais dans mon bureau pour vous transmettre mon rapport. Vous allez vouloir le revoir.

Il fit demi-tour et tous trois remontèrent le couloir.

— Parlez-moi des brûlures, demanda Eve.

— Mineures, mais à proximité de chacune des lésions, y compris les hématomes.

Il poussa la porte à double battant de la salle d'autopsie. Le corps gisait sur une table en acier inoxydable, la tête était posée sur un plateau. Morris tendit des microlunettes aux deux femmes.

— Vous constaterez qu'elles sont de plus en plus sévères. Les bleus sur l'avant-bras gauche, et ici, sur la cheville ? Mineurs. Il n'a sans doute même pas senti le choc électrique. Mais là ? Sur l'épaule…

— Plus la blessure est importante, plus les brûlures le deviennent ?

— C'est ce que j'ai d'abord cru, mais la réponse est non. Le tibia est plus marqué que la cheville et l'avant-bras, mais les brûlures sont minimes. Idem pour le bras et le cou. Or nous sommes obligés d'admettre que l'atteinte au cou a été la plus grave.

— Donc, l'intensité des chocs électriques – enfin, ce qui a causé les brûlures – a augmenté à mesure que le jeu progressait.

— Apparemment.

— D'ordinaire, les défis augmentent à l'approche du niveau suivant, intervint Peabody.

Eve considéra cette information, puis :

— Connors possède un jeu virtuel dans lequel on emploie des pistolets. Quand l'adversaire vous atteint, vous ressentez une légère secousse qui vous permet de savoir quand et où vous avez été touché. De quoi être prévenu mais sans douleur. Quelqu'un a modifié les règles avec Bart. Mais cela n'explique pas les brûlures internes. Je conçois qu'il en ait sur la peau, mais que dire de cette entaille et de ces ulcérations internes ? J'en déduis que l'arme était équipée d'un dispositif électronique. Dans quel but ? Une épée bien aiguisée n'aurait pas suffi ?

— Si, elle aurait suffi.

Elle s'approcha de la tête, examina le cou.

— Les deux concordent ? s'enquit-elle.

— Parfaitement.

— La décharge sert peut-être à amplifier la poussée. Une puissance ajoutée nécessitant moins de force de la part de l'assaillant. Pour un meilleur élan, plus de rapidité ?

Elle ôta ses lunettes.

— Face à face ?

— Selon moi, oui, concéda Morris.

— Il fallait que tout aille très vite, n'est-ce pas ? Il n'est pas drogué, il n'est pas attaché, il affronte un rival brandissant une énorme épée. La logique voudrait qu'il cherche à s'enfuir au risque de prendre la lame dans le dos, mais je refuse de croire qu'il ait pu rester là sans bouger à attendre qu'on lui coupe la tête. L'assassin lui donne un avant-goût des réjouissances en le frappant au bras. Il veut voir sa réaction, sa stupéfaction. Ensuite, il se contente d'un coup net.

Elle secoua la tête.

— Je retourne sur la scène du crime.

Elle commença par DuVaugne.

Elle demanda à Peabody de tenter de le joindre à son bureau. Comme elle s'y attendait, il s'était absenté pour la journée. Les cadres des grosses entreprises et les flics n'avaient ni les mêmes horaires ni les mêmes salaires.

Elle ne lui en voulait pas spécialement pour cela, mais la perspective de devoir effectuer l'aller-retour jusqu'au nord de la ville l'ennuyait.

— Vous savez… commença Peabody.

Eve l'interrompit d'un grognement.

— Si vous mentionnez une quelconque partie de l'anatomie d'un individu, je vous pousse par la fenêtre à l'heure de pointe.

— Ce n'était pas mon intention, mais vous m'y faites repenser. Ce que j'allais vous dire concernait l'épée. Pas l'euphémique épée masculine, mais l'arme du crime. L'année dernière, j'ai assisté à une convention avec McNab.

— En quel honneur ?

— C'était une foire du jeu au palais des congrès de New York. Une vraie fête des geeks – beaucoup plus amusante qu'il n'y paraît.

— Je ne vois pas ce qu'un tel cauchemar peut avoir d'amusant.

— Les gens se déguisent en personnages de leurs jeux préférés. Les acteurs qui les incarnent dans les vidéos signent des autographes. On peut y acheter toutes sortes de choses, même aux enchères. Et pas que de la pacotille. Il y a des soirées, des compétitions, des séminaires, des stages d'initiation. On peut tester à peu près tous les jeux existant sur le marché à condition de supporter de faire la queue. Je me rappelle que U-Play y était bien représenté. Tiens ! J'ai probablement vu la victime avant qu'elle n'en devienne une vraie. Bref, ça dure trois jours.

— Mince ! N'oubliez pas de m'inscrire la prochaine fois.

— Pour en venir à ce que je voulais vous dire, on y trouve des armes. Des armes jouets, des armes accessoires et des armes virtuelles. Nombre des jeux les plus populaires tournent autour de la guerre sous une forme ou sous une autre.

— Les gens ne se lassent pas de s'entretuer, railla Eve.

Toutefois, l'angle était intéressant.

— Une épée électrifiée connaîtrait un succès fou dans votre congrès, observa-t-elle.

— Absolument. Nous avons réussi à obtenir un passe pour assister à une vente aux enchères. Une épée – non électrifiée – d'*Elda, reine guerrière* est partie pour plus de cinq millions.

— De dollars ?

— Oui, de dollars. C'était celle dont Elda se sert dans la vidéo pour défendre son trône et blablabla. Les jeux sont géniaux. McNab et moi y jouons.

— Qui fait la reine ?

— Très drôle. Ce sont aussi des jeux de réalité virtuelle, mais nous n'avons pas l'appareil, nous ne jouons que sur l'ordinateur. Toujours est-il que les armes abondent dans ces réunions, de même que les vendeurs et les collectionneurs. On y trouve pistolets, massues magiques, lance-flammes, sabres lumineux et désintégrateurs. Mais d'après ce que j'ai vu, les épées sont un must. Plus sexy.

Encore un point de vue à méditer, songea Eve. Un bon fil à tirer.

— Collectionneurs, vendeurs, congrès, une voie à explorer, admit-elle. Mais la chance nous sourira peut-être avec DuVaugne. Imaginons qu'il dégaine son épée magique, nous n'aurons plus qu'à l'abattre et à clore l'affaire.

— Je sais reconnaître un euphémisme quand j'en entends un.

Eve se gara sur une zone interdite au stationnement et alluma son panneau « En service ».

— S'il dégaine quoi que ce soit, on le fait tomber, déclara-t-elle.

Peabody descendit de la voiture en riant.

— Waouh ! s'exclama-t-elle. C'est superbe !

« À condition d'avoir une prédilection pour le métal, le verre et les angles acérés », commenta Eve à part soi. Les vitres teintées reflétaient les rayons du soleil et elle se félicita d'avoir mis ses lunettes. Combien de personnes avaient-elles perdu la vue rien qu'en passant devant cette extravagante construction de trois étages correspondant probablement à l'idée qu'un architecte post-post-moderne se faisait du terme « chic » ? Autrefois, de jolies maisons en brique avaient dû occuper ce terrain. Abîmées ou détruites pendant les Guerres Urbaines, elles avaient été remplacées par cette horreur.

Peut-être les occupants se sentaient-ils à l'aise dans leur cube de verre. À moins qu'ils ne soient séduits par la vue sur la ville. Personnellement, elle aurait détesté travailler dans ce genre de lieu – ça lui fichait la chair de poule. Mais bon, il en fallait pour tous les goûts.

Une rampe inclinée menait jusqu'à une plate-forme où un détecteur de mouvements s'empressa de biper. Eve inspecta les caméras, l'écran d'identification.

— Vue dégagée, sécurité maximum, commenta-t-elle.

— *Reconnaissance vocale rejetée. Ces locaux sont interdits aux démarcheurs. Toute livraison doit être approuvée. Aucun rendez-vous n'est prévu. Veuillez s'il vous plaît vous identifier et citer l'objet de votre visite. Merci,* débita une voix sortie de l'interphone.

— Au moins, il a dit s'il vous plaît et merci, marmonna Peabody en haussant les épaules.

— Très poli, en effet. Ils ne doivent guère apprécier les invités surprise.

— *Vous avez dix secondes pour vous identifier. Ces locaux sont protégés par Sécurité Plus. Si vous ne vous identifiez pas dans les dix secondes, nous alerterons les autorités.*

— Exit la politesse, grommela Eve en sortant son insigne. Dallas, lieutenant Eve, département de police de New York. Nous voulons discuter avec Lane DuVaugne.

— *Aucun rendez-vous n'est prévu.*

— Scannez l'insigne et prévenez M. DuVaugne que les flics sont à sa porte. Si vous refusez, une armée de flics débarquera d'ici trente minutes avec un mandat de perquisition.

— *Veuillez s'il vous plaît placer votre document sur l'écran pour vérification. Merci.*

— Tiens, il a retrouvé ses bonnes manières, ironisa Eve en s'exécutant.

— *Identification vérifiée. Dallas, lieutenant Eve, NYPD. Nous avertissons M. DuVaugne de votre arrivée. Un instant, s'il vous plaît.*

Elles durent patienter un bon moment, mais la porte finit par s'ouvrir.

Eve retint un rire en découvrant le droïde domestique, maigre et digne, en costume noir. Il aurait pu être le frère de Summerset, non seulement à cause de son allure, mais aussi de son expression méprisante.

— Incroyable ! s'exclama Peabody. On dirait…

— Mon cauchemar ambulant, compléta Eve en esquissant un sourire à la pensée du majordome de Connors. Vous avez un nom, camarade, ou un simple numéro ?

— Je suis Derby.

On lui avait programmé un accent britannique.

— Si vous voulez bien m'exposer l'objet de votre visite, je transmettrai l'information à M. DuVaugne. La personne qui vous accompagne ne s'est pas encore identifiée.

— Peabody, inspecteur Delia, déclara cette dernière en lui présentant son insigne.

— Maintenant que tout est en ordre, enchaîna Eve, vous pouvez prévenir M. DuVaugne que nous pouvons bavarder avec lui ici ou l'emmener au Central, ce qui sera nettement moins agréable. Ce que nous avons à lui dire ne vous regarde pas.

— Je transmettrai à M. DuVaugne. Veuillez patienter dans l'antichambre. J'ai enclenché toutes les caméras de sécurité interne. Vos déplacements et échanges sont enregistrés.

— Nous résisterons à l'envie de nous gratter certaines parties du corps, riposta Eve.

Il renifla, tourna les talons et les conduisit dans une pièce au milieu de laquelle trônait la statue en métal d'une femme nue sur le point de plonger dans un bassin d'eau turquoise.

L'espace, défini par des parois en verre, comprenait deux canapés argent jonchés de coussins rouge sang et des fauteuils à motifs kaléidoscopiques mariant les deux couleurs. Toutes les tables étaient en verre. Certaines servaient de support à d'étranges plantes exotiques. Des chandeliers en métal et en verre étaient suspendus au plafond.

— Vous pouvez attendre ici, déclara le droïde.

Lorsqu'il fut parti, Eve s'approcha du mur de façade.

— Quelle idée de se contenter d'une vitre transparente entre soi et le reste du monde ! Vos impressions, Peabody ?

Peabody la regarda fixement comme pour lui rappeler qu'elles étaient enregistrées.

— Euh… C'est très propre. Et tranquille. On n'entend pas du tout les bruits de la rue. On se croirait devant une vidéo sans le son.

— Ou alors, nous avons mis le pied dans un univers parallèle où le monde extérieur est silencieux. Ça me fiche la trouille.

— Moi aussi, avoua Peabody. Mais c'est très propre.

Percevant un bruit de pas – ceux d'un homme ainsi que le cliquetis de talons féminins –, Eve se retourna.

Elle remarqua d'abord la femme, se rendit compte que c'était elle qui avait dû poser pour la sculpture en métal. À présent, elle portait une robe légère, très courte, du même bleu que ses yeux et ses sandales. Les ongles de ses orteils étaient ornés d'un vernis pastel. Ses boucles rousses rehaussées de mèches or cascadaient autour d'un visage dont la bouche charnue et boudeuse retenait l'attention.

À ses côtés se tenait un homme à l'allure banale en costume classique. Menton volontaire, regard assorti à sa crinière châtain.

À en juger par sa cravate légèrement de travers et l'air satisfait de sa dulcinée, Eve conclut qu'elles les avaient interrompus en pleine action.

— Lieutenant Dallas et inspecteur Peabody, si je ne m'abuse ?

DuVaugne vint leur serrer la main.

— Que puis-je pour vous ?

— Nous enquêtons sur le meurtre de Bart Minnock.

— Ah ! murmura-t-il avant de pousser un soupir. J'ai appris la tragique nouvelle. Les médias n'ont guère donné de détails.

— Vous connaissiez M. Minnock ?

— Pas plus que cela. Je savais qu'il existait, bien sûr, puisque nous travaillons dans le même domaine.

— Seigneur, mon chou, tu pourrais au moins les inviter à s'asseoir ! Tttt ! le réprimanda sa femme, s'efforçant (non sans un certain succès, selon Eve) d'imiter l'accent du droïde pour masquer ses origines du Bronx. Je suis Taija. Madame Lane DuVaugne. Je vous en prie, prenez place, susurra-t-elle en appuyant son invitation d'un geste affecté, comme ces mannequins des émissions de jeux qui désignent les vitrines de prix. Voulez-vous que je commande des rafraîchissements ?

— Non, merci, répondit Eve en s'installant. Nous n'avons besoin de rien. Donc, vous n'avez jamais rencontré Bart Minnock ?

— Nous avons dû nous croiser deux ou trois fois, répliqua DuVaugne en prenant place auprès de son épouse sur le canapé. Lors de conventions et de manifestations diverses. Il m'a paru brillant et affable.

— Dans ce cas, pourquoi l'a-t-on tué ? s'écria Taija.

— Excellente question, lâcha Eve.

Taija sourit telle une élève complimentée par son professeur.

— Si on ne pose pas de questions, on n'apprend jamais rien, minauda-t-elle.

— C'est aussi ma philosophie. Permettez-moi de l'appliquer en vous demandant, monsieur DuVaugne, où vous vous trouviez hier entre 15 heures et 19 heures ?

— Moi ? En d'autres termes, je suis un *suspect* ? s'écria-t-il, l'air outragé. Je le connaissais à peine !

— Seigneur ! Lane serait incapable de tuer qui que ce soit. Il est doux comme un agneau.

— J'applique la procédure standard. Comme vous venez de le préciser, monsieur DuVaugne, Minnock et vous travailliez dans le même domaine.

— De là à commettre un meurtre ! Le business du jeu emploie un nombre incalculable d'individus rien que dans cette ville, et vous, vous déboulez chez moi pour m'interroger.

— Allons, allons, mon chou, murmura Taija en lui caressant le bras. Ne t'énerve pas. Tu sais que c'est mauvais pour ta santé. D'ailleurs, elle est très courtoise. Tu répètes sans arrêt que les gens doivent faire le boulot pour lequel ils sont payés. Surtout les fonctionnaires. Vous êtes bien fonctionnaire, n'est-ce pas ?

— Exact.

— De toute façon, mon chou, tu sais très bien que tu étais à ton bureau jusqu'à 16 heures. Il travaille si dur, confia-t-elle à Eve. Ensuite, tu es revenu directement à la maison et nous avons fait une petite sieste avant de nous préparer pour la soirée chez Rob et Sasha. Une réception très réussie.

— C'est une question de principe, Taija.

— Là, là… allons, allons.

DuVaugne reprit sa respiration.

— Taija, j'aimerais boire mon Martini.

— Bien sûr, mon chou. Je vais demander à Derby de te le servir tout de suite. 'Scusez-moi… je veux dire, excusez-moi une minute…

Dès qu'elle eut disparu, DuVaugne expliqua à Eve :

— Ma femme est parfois assez naïve.

Possible. Mais elle semblait aussi sincère et charmante.

— Suffisamment naïve pour ne pas comprendre que « travailler dur » signifie payer une taupe pour vous fournir des informations confidentielles sur les projets en cours de développement chez U-Play ? Dubrosky est en garde à vue, précisa Eve. Il vous a dénoncé.

— Je ne sais pas de qui ni de quoi vous parlez. Je vous prie de vous en aller.

— Peabody, citez ses droits à M. DuVaugne.

Pendant qu'il s'époumonait, Peabody lui récita le code Miranda révisé.

— Avez-vous bien compris ? acheva-t-elle.

— Je n'en reviens pas ! rugit-il, écarlate, en se levant. J'appelle mon avocat.

— À votre guise. Dites-lui de nous retrouver au Central.

Eve se leva à son tour, très calme.

— Vous marinerez au dépôt jusqu'à son arrivée, après quoi, par le biais de votre représentant, nous poserons nos questions concernant votre implication dans une affaire d'espionnage industriel et votre lien avec le meurtre de Bart Minnock.

— Une seconde, une seconde ! Je n'ai pas approché l'appartement de Minnock hier. Je ne suis d'ailleurs jamais allé chez lui.

— Vous avez requis un avocat, monsieur DuVaugne, lui rappela Eve. Nous sommes dans l'obligation d'attendre que vous le rencontriez avant de poursuivre cet entretien. D'ici là, et avant de vous inculper, nous vous garderons au Central.

— Vous m'arrêtez ? Vous *m'arrêtez* ? Attendez.

Il ne transpirait pas comme Roland, mais sa main tremblait.

— On laisse tomber l'avocat. Discutons ici.

— À vous de choisir.

— Et voici les Martinis ! annonça Taija d'une voix enjouée en précédant Derby dans la pièce. Asseyons-nous tous autour d'un bon verre. Oh, mon chou, regarde-toi ! Tu es rouge comme une tomate.

Elle se pencha vers lui, lui tapota la joue.

— Derby, servez les apéritifs. M. DuVaugne a besoin d'un remontant.

— Donnez-moi ça.

DuVaugne s'empara du shaker, en versa le contenu dans un verre qu'il but d'un trait.

— Oups ! Vous avez oublié les olives, nota Taija. Derby, servez nos invitées.

— C'est gentil, madame DuVaugne mais nous n'avons pas le droit de boire en service, intervint Eve.

Taija fronça les sourcils, compatissante.

— Ce n'est pas juste.

— Taija, laisse-nous, s'il te plaît.

Elle jeta un regard blessé à son mari, mais obtempéra.

— Ravie de vous avoir connues, lança-t-elle à Dallas et à Peabody.

— Pareillement, assura Peabody.

— Derby, allez-vous-en, ordonna DuVaugne.

Il se frotta les yeux.

— Je ne suis pour rien dans le meurtre de Minnock. Je suis resté à mon bureau jusqu'à 16 heures. Mon chauffeur m'a ramené ensuite à la maison. Je ne suis pas ressorti avant 19 heures. Vous pouvez vérifier.

— Je n'y manquerai pas, répliqua Eve. Mais quand un homme en paie un autre pour voler des renseignements, on peut supposer qu'il n'hésiterait pas à franchir le pas pour commanditer une exécution.

DuVaugne laissa retomber ses mains sur ses genoux.

— Je ne sais pas ce que vous a raconté ce Dubrosky, mais c'est un escroc et un menteur. On ne peut pas lui faire confiance.

— Vous lui avez pourtant offert cent cinquante mille dollars, argua Eve.

— Simple transaction d'affaires. C'est lui qui m'a sollicité. Il m'a dit qu'il voulait développer un jeu, qu'il élaborait une nouvelle technologie, mais qu'il avait besoin de fonds. En temps normal, je l'aurais envoyé promener, mais il était très persuasif et son idée m'intéressait. Je lui ai donc proposé quelques milliers de dollars pour poursuivre son projet. Puis il a exigé une rallonge. J'aurais dû me méfier, bien sûr, mais commettre une erreur de jugement n'est pas un crime. Plus tard, alors que j'avais investi beaucoup de temps et d'argent dans ce programme, il m'a révélé qu'il avait piqué les données chez U-Play.

DuVaugne exhala bruyamment et se versa un deuxième Martini. Cette fois, il y ajouta les olives.

— J'étais choqué, furieux, j'ai menacé de le dénoncer, mais il m'a fait chanter. J'ai donc continué à casquer. Je ne voyais pas d'autre solution.

Eve demeura silencieuse quelques instants, puis :

— Vous y croyez, Peabody ?

— Non, lieutenant. Pas un mot.

Visiblement stupéfait, il posa son verre.

— La parole d'un délinquant vaut plus que la mienne ?

— Dans le cas qui nous préoccupe, certainement. Contrairement à votre femme, DuVaugne, vous n'êtes pas naïf. Vous ne débourseriez pas une somme considérable pour aider un informaticien à concevoir un nouveau jeu. Vous avez embauché Dubrosky et vous l'avez payé pour qu'il fasse ce qu'il a fait – exploiter un pauvre bougre pour qu'il lui dévoile les secrets que vous convoitiez. Vous présentez le projet achevé à votre société sur le déclin, et vous devenez le héros du jour. Votre investissement vous rapporte des bénéfices énormes. Le seul obstacle ? Bart Minnock !

— Je ne suis pas un assassin !

DuVaugne ingurgita son deuxième Martini.

— Si Dubrosky a éliminé cet homme, il a agi de sa propre initiative. Je n'y suis pour rien.

— Vous l'avez rémunéré uniquement pour voler des informations ?

— C'est du business. Mon entreprise est en difficulté, je l'avoue. Nous devons innover pour redécoller. Quand une info me tombe dans les mains, je m'en sers. Notre industrie fonctionne ainsi. La concurrence est rude.

— Payer quelqu'un pour voler et/ou transférer des données équivaut à voler. Et vous savez quoi ? Ce délit est passible de prison. Si ce vol est lié à un meurtre, vous serez condamné pour complicité.

— C'est grotesque ! Je suis un homme d'affaires, je fais mon boulot. Je suis innocent.

— Dérober les résultats récoltés à la sueur du front d'autrui cause un préjudice et nous veillerons à ajouter cela aux chefs d'accusation. Vous appellerez votre avocat en route. Lane DuVaugne, je vous arrête pour espionnage industriel et complicité d'intention de meurtre. Peabody, menottez-le.

— Non ! Je vous en supplie ! Ma femme. Laissez-moi expliquer la situation à ma femme. Je vais lui dire que je vous accompagne – pour vous aider dans votre enquête. Je vous en prie, je ne veux pas la bouleverser.

— Demandez-lui de revenir. Racontez-lui ce que vous voulez. Mais elle finira par découvrir la vérité lorsqu'elle devra payer la caution – si tant est que vous obteniez une libération provisoire.

Elle ne l'avait pas fait pour lui, songea-t-elle tandis que Peabody s'occupait de la paperasserie. Elle l'avait fait pour laisser à sa femme le temps de s'habituer aux changements à venir. DuVaugne discuterait avec son avocat, il tenterait de négocier, mais il ne serait pas entendu par le juge avant le lendemain matin.

Elle verrait bien ce qu'il aurait à déclarer après une nuit en cellule.

Après avoir réintégré son bureau, elle appela Connors pour le prévenir qu'elle était de retour avant de s'atteler à la rédaction de son rapport.

En l'attendant, elle installa son tableau de meurtre. Puis elle se rassit, posa les pieds sur son bureau et l'étudia en buvant un café.

Bart Minnock, visage agréable, sourire un peu niais, y figurait aux côtés des photos de la scène du crime, de celles de la morgue et des portraits de tous ceux qui, à sa connaissance, avaient un lien avec lui.

Ses amis et associés, sa petite amie, Roland, Dubrosky, DuVaugne. Elle parcourut la liste des employés, les comptes clients, les relevés bancaires, la chronologie et les notes des techniciens.

« Concurrence, affaires, ego, argent, argent, argent, passion, naïveté, sécurité, songea-t-elle. Jeux. »

L'univers du jeu rimait avec contrats du siècle, gros sous, ego démesurés, passion immodérée et, par conséquent, sécurité maximum.

À un moment ou à un autre, cette sécurité avait failli et un ou plusieurs des autres éléments s'étaient faufilés à travers les mailles pour éliminer Minnock.

— Il paraît que tu as procédé à une arrestation ? fit Connors en entrant.

— Pas pour ce meurtre, pas encore. Mais il existe peut-être un lien. Ils vont poursuivre le projet sans Minnock. Pas seulement parce que c'est leur métier, mais par respect pour sa mémoire.

— En effet. Ce sera plus compliqué et sans doute plus long, mais ils iront jusqu'au bout.

— Alors à quoi bon l'avoir tué ?

Elle secoua la tête, se leva.

— Allons faire un tour sur la scène du crime.

6

Elle laissa Connors prendre le volant, car elle voulait relire ses notes, déterminer qui elle devait revoir parmi les personnes déjà interrogées et qui il lui fallait encore contacter.

— J'ai réussi à joindre son avocate – en vacances, lâcha-t-elle. Elle les interrompt sur-le-champ et je la rencontrerai demain matin. C'était une amie de Bart. Elle semble prête à me remettre tout document dont j'aurais besoin, et a déjà esquissé les grandes lignes de son accord de partenariat et de son testament. L'essentiel est destiné à ses parents, mais ses parts de la société doivent être divisées entre les partenaires restants. Un pactole.

— Tu crois que l'un ou plusieurs d'entre eux auraient décidé de l'éliminer afin d'obtenir un plus gros morceau du gâteau ?

— Je ne peux éluder d'emblée cette hypothèse. Mais le fric n'est pas forcément le seul mobile. Parfois, la question n'est même pas du tout là. Néanmoins, je ne dois pas laisser ce chapitre de côté. Tu dis qu'ils connaîtront des hauts et des bas, et qu'ils mettront sans doute un peu plus de temps que prévu à lancer le jeu, mais cette affaire va leur valoir une sacrée publicité. Le jour où le produit sortira sur le marché, il fera sûrement un malheur. C'est aussi ton avis ?

— Oui. Bien que nous travaillions sur un jeu et un système similaire, le leur représente un pas de géant en matière de technologie. La mort de Bart et la méthode employée vont susciter la curiosité des médias. Parfait pour le démarrage, mais à long terme ? Sa perte est une catastrophe.

— Tout le monde ne réfléchit pas à long terme. Inversement, du point de vue de la concurrence, si l'on coupe la tête – au propre comme au figuré –, c'est parce que l'on mise sur un délai suffisamment long pour devancer l'adversaire. Ils sont peut-être associés, ils sont tous brillants, mais Bart tenait les rênes.

— Je suis d'accord avec toi.

— Que sais-tu à propos des armes utilisées dans ces jeux – jouets, accessoires, reproductions, objets de collectionneurs.

— Elles suscitent la curiosité et atteignent souvent des prix records, notamment dans les ventes aux enchères.

— Tu es collectionneur, répliqua-t-elle en changeant de position pour étudier son profil. Mais tu as un faible pour les objets authentiques.

— C'est vrai. Toutefois, c'est un domaine qui intéresse tout individu passionné par cet univers. La palette est large, de l'élément simplifié au plus complexe. Les armes ajoutent au réalisme… Toi aussi, tu les aimes.

— J'aime savoir que j'en ai une, et qu'elle fait ce qu'elle a à faire le cas échéant.

— Tu as une âme de joueuse. Tu adores la compétition.

— À quoi bon jouer si ce n'est pas pour gagner ?

— Là-dessus, nous sommes sur la même longueur d'onde.

— Mais un jeu est un jeu, insista-t-elle. Un jouet est un jouet. Je ne comprends pas ce besoin obsessionnel

98

de vivre dans le virtuel. De transformer son bureau en centre de commandes d'un vaisseau spatial fictif.

— Pour le plaisir de s'échapper. Certes, certains vont trop loin. Je devrais t'emmener à une vente aux enchères un de ces jours. Je suis sûr que ça t'amuserait.

Eve haussa les épaules.

— Pourquoi pas ? Ce qui me sidère, c'est qu'on puisse dépenser plusieurs millions de dollars pour une épée factice maniée par un guerrier factice héros d'une vidéo interactive.

— D'aucuns prétendront que c'est pareil pour l'art. Cela dépend des goûts. Quoi qu'il en soit, certaines pièces qui attirent les collectionneurs sont issues et employées dans les jeux ou tout simplement exposées. En fonction de leur accessibilité, de leur âge, de leur utilisation, elles peuvent avoir une valeur aux yeux des connaisseurs. Nous sortons régulièrement des éditions limitées de certaines armes et accessoires pour cette raison même.

— Et une épée électrifiée ?

Il freina au feu rouge et lui sourit.

— On a l'épée lance-flammes, l'épée qui foudroie, l'épée qui neutralise et ainsi de suite. Elles produisent de la lumière, des sons – éclairs, grésillements et autres vibrations. Mais aucune d'entre elles ne procure plus qu'une légère secousse. Elles sont inoffensives.

— Tu pourrais en trafiquer une ?

— Oui, au risque d'en réduire la valeur sur le marché légal. Il existe un règlement, Eve, des normes de sécurité – très strictes. Impossible de faire passer une arme véritable au détecteur. Ce n'est pas un accessoire de jeu qui a tué Bart.

— C'est donc une réplique, conçue spécifiquement dans ce but. Une lame tueuse qui envoie un courant électrique assez fort pour provoquer des brûlures.

Le feu passa au vert et Connors appuya sur l'accélérateur. Il ne reprit la parole que quelques instants plus tard, lorsqu'il ralentit devant l'immeuble de Bart.

— C'est ce qui l'a achevé ?

— C'est ce que j'ai pour l'heure, rétorqua-t-elle en descendant de voiture. J'en déduis que ce n'était pas suffisant pour tuer. Le jeu devait avoir aussi son importance. Il fallait que ce soit amusant ou excitant pour le meurtrier. Il a joué pour gagner. Il ne me reste plus qu'à découvrir ce qu'il a emporté en guise de récompense.

Le concierge quitta son poste.

— Lieutenant. Avez-vous progressé ? Savez-vous qui a assassiné Bart – M. Minnock ?

— L'enquête est en cours. Nous suivons toutes les pistes. Quelqu'un a-t-il tenté d'accéder à son appartement ?

— Non. Personne n'est monté là-haut depuis le départ de vos hommes. C'était un gentil garçon. À peine plus âgé que mon fils.

— Vous étiez de service lorsqu'il est rentré hier.

On lui avait déjà posé la question mais, parfois, les détails resurgissaient à force de répétition.

— Quelle était son humeur ?

— Il sifflotait. Il souriait. Du coup, j'ai eu envie de sourire, moi aussi. Il paraissait très heureux.

— Personne n'est arrivé après lui ?

— Non. La journée était calme. Rappelez-vous le temps pourri. La plupart des gens sont restés chez eux.

— Avait-il des soucis avec certains habitants de l'immeuble ?

— M. Minnock était affable et décontracté, mais peut-être un peu timide, réservé. Je ne l'ai jamais entendu se plaindre de ses voisins, et vice versa.

Eve réorienta son propos.

— Peut-être s'était-il lié d'amitié avec certains d'entre eux ?

— Les enfants, bien sûr.

« Tiens, tiens », songea-t-elle.

— Quels enfants ?

— Les enfants Sing, et le petit Trevor. Ils ne sont pas nombreux. On a deux ou trois adolescentes, mais les jeux vidéo ne les intéressent pas. En revanche, les jeunes garçons vénéraient Bart.

— Vraiment ?

— Oui. Il les invitait de temps en temps à venir jouer avec lui. Ils l'aidaient à peaufiner ses études de marché selon lui. Il leur offrait des démos, des nouveautés avant leur lancement en boutique.

— Les parents étaient d'accord ?

— Oui. Sinon il ne l'aurait pas fait. D'ailleurs, le Dr Sing se joignait parfois à eux. La nouvelle a bouleversé ces gosses. Du moins les Sing. Les Trevor sont en vacances, je ne sais pas s'ils sont au courant.

— Où est l'appartement des Sing ?

— Au cinquième, porte cinq cent dix. Un magnifique duplex. Toute la famille est là, si vous voulez leur parler. Je les préviens ?

— Volontiers. Après tout, nous en avons pour un moment chez M. Minnock.

— Je suis content que vous vous en occupiez. Quel que soit celui qui a tué ce garçon...

Il pinça les lèvres et détourna la tête.

— ... je ne peux pas prononcer les mots qui me viennent à l'esprit. Si nous ne surveillons pas notre langage, ils nous licencient.

Connors ouvrit son mini-ordinateur personnel tandis qu'ils s'engouffraient dans l'ascenseur.

— Sing, Dr David, neurologue. Sa femme est chirurgien en pédiatrie. Susan. Deux garçons, Steven et Michael, âgés respectivement de dix et huit ans. Mariés depuis douze ans. Tous deux diplômés de Harvard, tous deux internes à Mount Sinai. Casiers judiciaires vierges.

— Depuis quand peux-tu accéder aux archives criminelles avec ce machin ?

— Depuis que je suis consultant pour mon adorable épouse.

Connors fourra l'appareil dans sa poche.

— Je viens de mettre un type en cage pour avoir récupéré des informations confidentielles, lui rappela-t-elle.

Connors se contenta de sourire, tendit les bras, poignets joints.

— Tu veux m'arrêter, ma chérie ?

Les portes de la cabine s'ouvrirent, épargnant à Eve de répondre.

— Je veux juste jeter un coup d'œil, expliqua-t-elle. Peut-être s'agit-il d'un tragique accident. On joue, on s'amuse jusqu'à ce que l'un des deux soit décapité.

— Et deux mômes font le ménage, rebranchent la sécurité, reprogramment un droïde hypersophistiqué ?

— Non, mais leurs parents sont supérieurement intelligents. Je ne crois guère à cette théorie, mais...

— Tu ne peux pas l'éliminer d'emblée, compléta Connors en sonnant au cinq cent dix.

— Tâche de ressembler à Peabody.

— Pardon ?

— Sois sérieux, officiel et néanmoins abordable.

— Tu as oublié adorable.

— Peabody n'est *pas* adorable.

— Selon moi, elle l'est. Du reste, je parlais de moi.

Eve ravala un rire comme la porte s'ouvrait.

David Sing portait un jean et une chemise blanche impeccable. Eve le dominait de trois centimètres. Son regard las passa d'elle à Connors.

— Vous êtes de la police. Je suis David Sing. Entrez, je vous en prie.

Le soin avec lequel il s'exprimait trahissait ses origines étrangères, mais son anglais était irréprochable.

Des touches asiatiques parsemaient le décor – couleurs harmonieuses, collection de dragons sculptés, jetés en soie chatoyants. Il les invita à s'asseoir sur un canapé bleu vif très usé mais soigneusement entretenu.

— La nounou de nos fils est en train de nous préparer du thé, annonça-t-il. Elle est restée plus tard ce soir, car nos enfants sont très secoués par ce qui est arrivé à notre ami. Dites-moi en quoi je puis vous être utile.

Il ne leur avait pas demandé leur insigne, mais Eve sortit le sien.

— Je suis le lieutenant Dallas en charge de l'enquête sur le meurtre de Bart Minnock.

— C'est ce que Jackie m'a dit quand il m'a prévenu de votre visite. Et je vous reconnais. Tous les deux. Nous avons appris la mort de Bart cet après-midi. Ma femme et moi avons immédiatement demandé un congé. Nous ne voulions pas que nos fils découvrent cette tragédie avant d'avoir pu leur en parler, les préparer. Ah ! Voici notre thé. Min, voici le lieutenant Dallas et Connors.

La femme qui poussait devant elle une table roulante était minuscule et avait largement dépassé les soixante-dix ans. Elle s'inclina légèrement et prononça quelques mots dans une langue qu'Eve ne comprenait pas. Puis elle posa la main sur l'épaule de Sing, le geste témoignant d'une longue et profonde amitié.

— Je ferai le service, Min. Allez vous reposer un peu.

La femme déposa un baiser sur son front et s'éclipsa.

— Min était ma nounou quand j'étais petit, expliqua-t-il. Aujourd'hui, elle s'occupe de nos garçons. Nous pouvons parler librement.

— Nous souhaiterions rencontrer aussi votre épouse et vos fils, précisa Eve.

— Ils ne vont pas tarder à nous rejoindre. Je... Si vous devez évoquer certains détails... j'espère que vous les épargnerez. Ils sont très jeunes et ils avaient beaucoup d'affection pour Bart.

Eve regretta brièvement de ne pas avoir amené Peabody, plus douée qu'elle avec les gosses. D'ailleurs dans ce domaine, n'importe qui était plus doué qu'elle. Elle observa Connors à la dérobée.

— Nous prendrons toutes les précautions nécessaires, docteur Sing.

— Ils conçoivent la mort à leur manière. Après tout,
leurs parents sont médecins. Mais ils ont du mal à
comprendre que leur ami ait pu être là un jour et avoir
disparu le lendemain. Savez-vous s'il est prévu une
cérémonie en son hommage ? Je pense que ça les aiderait d'y assister.

— Je n'ai aucune information à ce sujet pour l'heure,
mais je ne manquerai pas de vous les communiquer dès
que j'en aurai.

— Merci. Je sais que vous êtes débordée. Je vais chercher ma famille.

Dès qu'il fut sorti de la pièce, Eve se tourna vers
Connors.

— Je pense que ce serait mieux si tu t'occupais des
enfants.

— Curieusement, je ne suis pas de cet avis.

— Ce sont des garçons, insista-t-elle. Ils seront plus à
l'aise avec toi.

Impassible, il but une gorgée de thé.

— Lâche.

— Possible, mais cela ne signifie pas pour autant que
j'ai tort. En outre, c'est moi qui mène cette enquête.
C'est moi qui décide.

Il lui sourit.

— Je ne suis qu'un civil.

— Depuis quand ?

— Goûte le thé. Il est délicieux.

— Je vais te montrer ce que tu peux faire avec ton
thé.

Elle dut cependant remettre sa démonstration à plus
tard, car les Sing étaient apparus sur le seuil.

La femme avait le teint foncé, les pommettes saillantes et le port de tête altier d'une princesse africaine.
Elle devait mesurer un mètre soixante-dix-huit et

possédait un corps admirable. Son mari et elle flanquaient les petits, formant un front uni.

Eve ne connaissait pas grand-chose aux enfants, mais elle était à peu près sûre d'avoir devant elle deux exemples de l'espèce exceptionnellement beaux. Ils avaient les yeux en amande de leur père, les joues de leur mère et la peau d'une teinte indescriptible, presque dorée, lisse et satinée.

Ils se tenaient par la main. Connors laissa échapper un soupir et Eve devina pourquoi.

Si jeunes… Quelle injustice de les obliger à faire face à une telle violence !

— Ma femme, Susan, et nos fils, Steven et Michael.

— Lieutenant. Vous êtes ici pour aider Bart, murmura Susan en caressant le dos de Steven.

— Oui. Merci de m'accorder quelques minutes.

Eve prit une inspiration et s'adressa aux garçons :

— Je suis désolée que vous ayez perdu votre ami.

— La police retrouve les méchants, répliqua le cadet, Michael. Elle les arrête, et après ils vont en prison.

On les avait déjà briefés.

— Exactement.

— Pas toujours, rétorqua Steven, les mâchoires crispées. Parfois elle ne les retrouve pas. Et parfois, quand elle les retrouve, ils ne vont pas en prison.

— En effet.

— Le lieutenant Dallas retrouve toujours les méchants, intervint Connors. Parce qu'elle ne renonce jamais à les poursuivre. Même si elle ne connaissait pas Bart, il est désormais son ami.

— Comment est-ce qu'elle peut être son amie si elle ne le connaissait pas ?

— Parce que, après sa mort, elle est allée le voir, elle l'a examiné et elle lui a promis de l'aider. C'est le rôle des amis. De s'aider les uns les autres.

— Bart m'aidait pour mes devoirs de science informatique, dit Michael. Il nous laissait jouer avec ses jeux et nous offrait des fizzy.

Il jeta un coup d'œil inquiet à sa mère. Celle-ci lui sourit.

— Ne t'inquiète pas, je ne te gronderai pas.

— On n'a pas le droit de boire trop de fizzy, expliqua Michael. C'est pas bon pour la santé. Comment vous faites pour attraper les méchants ? Ils ne se cachent pas ? Ils ne s'enfuient pas ?

Eve prit son courage à deux mains. « Du calme, ma vieille, tu t'en sortiras », tenta-t-elle de se convaincre.

— Ils essaient, admit-elle. Vous pourrez peut-être m'aider.

— Il vous faut des indices.

— Naturellement. Souvent, j'en récolte en discutant avec les gens. Si nous parlions de la dernière fois où vous avez vu Bart ?

— C'était pas hier ni avant-hier, mais le jour d'avant, déclara Michael en sollicitant son frère du regard. Il pleuvait très fort alors on n'a pas pu aller au parc après la leçon de musique. On est montés chez Bart pour être cobayes.

— Qu'avez-vous testé ?

— Bases Loaded. La dernière version qui n'est même pas encore en vente. C'est génial ! On a l'impression de jouer au base-ball pour de vrai.

— Il y avait quelqu'un d'autre ?

— Juste nous jusqu'à ce que Min vienne nous chercher. Bart l'a convaincue de faire une partie de Scrabble avant qu'on parte. Elle a gagné. Elle gagne toujours au Scrabble.

— Il n'a pas parlé avec quelqu'un via son vidéocom ?

— Non, madame. Ah ! Leia était là. J'avais oublié.

— Le droïde.

— Elle nous a offert des en-cas. Des en-cas bons pour la santé, ajouta-t-il à l'intention de sa mère. Enfin presque.

— Vous a-t-il montré d'autres nouveaux jeux ?

— Pas ce jour-là.

— Fantastical, par exemple ?

Tous deux inclinèrent la tête de côté.

— Qu'est-ce que c'est ? s'enquit Steven. On dirait un jeu magique. Linc adore les jeux magiques.

— Linc Trevor, précisa Sing. Un ami des garçons. Il habite dans l'immeuble. Ils sont en vacances.

— Ils sont partis depuis une *éternité* ! geignit Michael.

— Moins de deux semaines, précisa Susan. Ils seront absents un mois en tout.

— Quand ils reviendront, et avant de recommencer l'école, on va organiser une fête, intervint Steven. Si on a le droit. Bart a dit qu'on se réunirait tous ensemble avec Linc et les copains de travail de Bart et qu'il y aurait un jeu tout neuf. Le meilleur de tous. On pourra tous y jou… mais non, on ne pourra pas. Parce que Bart est mort. J'avais oublié. Bart est mort.

Les yeux de Steven se voilèrent de larmes.

— Tu m'aides beaucoup, tu sais, le consola Eve.

— Comment ?

— En discutant avec moi. Il t'a parlé de ce jeu ? Le meilleur de tous ?

— Il a dit qu'on pouvait être qui ou ce qu'on voulait. Qu'on pouvait imaginer sa réalité et aller au-delà. C'est ça qu'il a dit. Je m'en souviens parce que ça m'a fait rire. C'est bizarre.

— Même Bart était incapable de garder le secret, constata Eve en s'arrêtant devant la porte pour briser les scellés. Il s'est confié à deux gosses qui ont surtout retenu les mots « fête » et « nouveau jeu ». Mais s'il s'est lâché devant eux, il a peut-être aussi parlé à quelqu'un d'autre de moins naïf.

— Ce n'est pas en l'éliminant que le quelqu'un en question aurait récupéré le logiciel, fit remarquer Connors.

— Nous n'en avons pas la certitude. Nous ne savons pas ce qu'il a dévoilé à son assassin. Dubrosky couchait pour obtenir les données. Le meurtrier a très bien pu utiliser le sexe ou toute autre méthode de séduction. Les louanges, l'intérêt, la promesse de fonds... On en revient toujours au jeu, soupira-t-elle en fermant la porte à clé derrière eux.

Elle demeura immobile un moment sur le seuil de la salle de séjour, s'efforçant de la voir avec les yeux de la victime.

— Il a beau être doué, il est demeuré simple, commenta-t-elle. Toutes ces couleurs... stimulantes, certes, mais pas recherchées. Primaires. Affiches de jeux et de vidéos en guise d'œuvres d'art. L'ensemble reflète ses goûts, ce qu'il aime, ce qui le met à l'aise. Toutes les pièces sont équipées pour jouer... Il est loyal, mais là encore c'est la preuve qu'il est sans complication. On se fait des amis, on les garde. Les camarades de jeu deviennent des collègues. On les connaît, on les comprend. C'est confortable. Sa petite amie du moment ? Là encore, une relation sans complications. Une gentille fille avec un gentil garçon. Les gosses de l'immeuble ? Rien de tel qu'un môme qui voudra jouer aussi longtemps qu'on l'y autorisera, qui n'exigera pas un repas gastronomique quand on lui propose une pizza. Les enfants l'adorent parce qu'il est lui-même un grand enfant.

— Jusque-là, je suis d'accord avec toi.

Connors la regarda errer à travers le salon.

— En général, les gosses – hormis toi ou moi – sont plutôt confiants. Il a un bon système de sécurité. Il n'est pas idiot. Pourtant, il sort un programme en cours de développement sans le répertorier. C'est leur projet le plus important et il en emporte une copie chez lui où il se croit bien protégé. Et s'il avait été agressé dans la rue, renversé par un Maxibus, victime d'un pickpocket ? Il n'a pas envisagé cette possibilité parce qu'il est tout de même candide, et parce qu'il veut jouer à son jeu. Chez lui. Son jeu. Donc...

Elle revint vers l'entrée.

— Il arrive un peu plus tôt que d'habitude. Il est impatient. Le concierge ne ment pas, il était seul. La DDE rapporte que son droïde est programmé pour lui offrir un fizzy dès qu'il franchit le seuil et lui rappeler ses éventuels rendez-vous de la soirée. La sauvegarde confirme ces faits ainsi que l'ordre de le laisser tranquille. Il boit son fizzy et se rend presque aussitôt dans l'holopièce. Le droïde lui a suggéré de changer de chaussures. Elles étaient trempées à cause de la pluie. Il y a renoncé. D'après les disques de sécurité de l'entrée, il portait les mêmes baskets que celles qu'il avait aux pieds lorsqu'il est mort.

— Jeune, commenta Connors. Pressé de jouer. Il se fiche pas mal de ses chaussures mouillées.

Eve secoua la tête tandis qu'ils gravissaient l'escalier.

— Peut-être y avait-il déjà quelqu'un ? Peut-être a-t-il laissé entrer quelqu'un après avoir neutralisé le robot et avant de monter ?

— Quelqu'un qu'il connaissait et en qui il avait toute confiance.

— Aucun signe de lutte sinon l'entaille au bras, aucune substance chimique dans son organisme, aucune trace de liens. À moins d'avoir été hypnotisé, il a pénétré de son plein gré dans l'holopièce avec son assassin.

— Un camarade de jeu.

— Pas un nain. Ni Steven ni Michael n'auraient pu avoir raison de lui.

— Tu peux donc les supprimer de la liste.

— S'ils avaient été là et qu'ils aient été témoins d'un accident, ils auraient craché le morceau. Le cadet a cafté à propos des boissons. Attendrissant, mais surtout, honnête. Toutefois, il pourrait s'agir d'un accident en présence d'un individu moins innocent et moins intègre que deux petits garçons.

— Ils forment une famille sympathique.

Eve poursuivit son chemin, scrutant chaque recoin au cas où elle aurait négligé un détail lors de son dernier passage.

— Je ne sais pas pourquoi, mais ce genre de chose m'étonne toujours. Sans doute parce que je n'ai pas souvent l'occasion d'interroger des familles sympathiques. Stables. J'ai le sentiment que Bart est issu d'un milieu semblable. Peut-être est-ce, d'une certaine manière, un désavantage.

— Que veux-tu dire ?

— On devient trop intègre, trop confiant.

Eve pivota vers Connors.

— Ce n'est pas notre problème.

— Le flic et le criminel ? rétorqua-t-il en lui caressant l'épaule. Je parie qu'il y en a dans nombre de ces foyers sans histoires. Est-ce ce qui t'inquiète, Eve, dans l'idée de mettre un enfant au monde ? Je sais, le moment n'est pas encore venu, concéda-t-il, amusé par son air paniqué. Mais est-ce cela qui t'angoisse ? Que nous puissions élever des flics, des criminels ou des naïfs ?

— Je n'en sais rien. Mais prenons un exemple. Qui décrétera : « Plus de fizzy » ? Et si j'en veux un, moi ? Ou encore : « Plus jamais de pizzas pour le dîner. » Pourquoi pas ? Une liste interminable de règles à respecter alors que je n'ai pas encore digéré toutes celles du mariage.

— Pourtant, nous sommes toujours ensemble, murmura-t-il avant de déposer un baiser sur ses lèvres. Selon moi, c'est sur le tas que l'on apprend à élever les enfants.

— Quand je pense à ces bébés qui gigotent dans tous les sens comme Bella... Bon, revenons à Bart. Il entre seul ou avec son ami dans la salle. Non. Seul, ça n'a aucun sens. Il avait son communicateur de poche sur lui – éteint. Il entre, il débranche tous ses communicateurs pour ne pas être dérangé. Ou quelqu'un les débranche pour lui. Mais seul, cela signifie que quelqu'un a débarqué après lui, et par conséquent que cette personne a violé la sécurité non seulement du bâtiment, mais aussi de cet appartement et de cette pièce.

Elle poussa un profond soupir.

— Trop complexe. Si on est aussi bon que ça, on minimise les risques. Il y avait forcément quelqu'un avec lui. Peut-être était-ce prévu ainsi bien qu'aucun de ses appareils électroniques ne fasse mention d'un rendez-vous. Une décision impulsive. Un collègue de bureau, un voisin, un copain qu'il a croisé en chemin. Mais le concierge l'aurait vu à moins qu'il n'ait emprunté une autre entrée. Celle des livraisons, le toit, un appartement vide. Les Trevor sont en vacances. Il doit y avoir d'autres logements vacants, ou tout simplement déserts pendant la journée.

— Il fallait que cette personne soit certaine que Bart rentrerait chez lui.

— Exactement, acquiesça-t-elle. Ce qui me ramène à un collègue de U-Play. Il suffit d'un coup de fil. Le type se précipite ici, s'introduit dans le bâtiment et s'arrange pour croiser Bart – ou frappe à sa porte quelques instants après son arrivée. Le temps que Bart ait mis le droïde au repos et déconnecté ses communicateurs. « Salut ! Comment ça va ? J'étais dans le quartier et j'ai cru t'apercevoir. » Bart sifflote, il est heureux, surexcité. Il est sur le point de lancer son bébé, mais il veut le tester, le peaufiner. Il a devant lui un camarade de jeu.

Elle effectua quelques pas, s'immobilisa, plaqua les mains sur ses hanches.

— Ça ne me plaît pas. Trop flou, trop de variables.

Paupières closes, elle s'efforça de considérer le problème sous un angle différent.

— Minnock emporte le disque en omettant de le signaler. À moins qu'il l'ait fait et qu'on ait trafiqué l'enregistrement. Quoi qu'il en soit, cela a un rapport avec le boulot. Un employé de l'entreprise, quelqu'un qui est impliqué dans le projet, quelqu'un à qui il veut faire fignoler certains éléments. Mais en douce. Ils n'arrivent pas ensemble : le meurtrier s'arrange peut-être pour qu'ils se retrouvent sur place. « Je te rejoins tout de suite. » Il en profite pour s'introduire dans les lieux d'une autre manière, avant ou après le départ de Bart. Avant, c'est mieux. « J'ai une course à faire en route. » Le disque n'est pas encore enregistré. Bart habite tout près de l'entrepôt. Une ruche. Si on s'absente une heure, qui s'en apercevra ?

— Ça pourrait coller.

« Compliqué, mais réalisable », songea-t-elle.

— Il est dans l'immeuble, et le seul à le savoir sera bientôt mort.

— Et l'arme ?

— Un gros joujou étincelant. « Regarde-moi ça ! Il fallait que je te le montre ! » Le jeu est prêt à démarrer et ils s'y mettent. Forcément. Parce que tout est une question de jeu, de compétition. Ce n'est pas un putain d'accident. Ce meurtre était prémédité. Sans quoi, inutile d'éviter le concierge, de chronométrer. Un jeu de guerre, de combat, de sport – un thème qui puisse expliquer de légers hématomes. Un duel. À l'épée ? Des chevaliers en armure, des seigneurs de la guerre ou je ne sais quoi d'autre.

Elle déambula, s'efforçant de visualiser la scène.

— Bart a pris le dessus, il accumule les points. Ça t'énerve, ça t'aide à te mettre en état de le tuer. Tu lui donnes un avant-goût de ce qui l'attend, à moins que tu n'aies tout bêtement raté ton coup. Et vlan ! Une entaille dans le bras. Tu le vois blêmir, tu sens l'odeur du sang. Tu prends ton élan. Rideau. Fin de la partie. Le sang coule à flots. Tu nettoies, tu te changes, tu fourres tes vêtements souillés dans un sac. Tu repars par où tu es entré.

— En laissant le disque dans la machine ?

— S'il connaissait Bart, il savait que ce serait une erreur de tenter de le récupérer. Quand on essaie de l'éjecter sans utiliser tous les codes, il s'autodétruit. Ce n'est qu'une copie. Il ne s'agit pas seulement du disque, mais d'un ensemble : le jeu, la société, l'homme, tout. Parce que, pour commettre un tel acte, il faut être drôlement enragé. La passion, murmura-t-elle. La passion et l'ego plus que l'argent. Le fric compte un peu, mais ce n'est pas le but ultime.

Elle agita la main tandis qu'une nouvelle pensée lui venait.

— Minnock a apporté le disque ici. Le trajet dure cinq minutes à pied. Ce n'était sans doute pas la première fois. La DDE a-t-elle téléchargé la totalité du registre ?

— Depuis le début de l'année. Le reste est archivé. Je ne l'ai que vaguement parcouru, car notre priorité est d'analyser ses ordinateurs et d'essayer de rapiécer le disque. Je n'ai guère d'espoir de ce côté-là. Il est en miettes.

— Mais le registre pourrait nous suggérer une trame. Le registre, les disques de sécurité de l'immeuble ainsi que ceux de U-Play.

— La nuit s'annonce longue, devina Connors.

7

Sur le chemin de la maison, Eve prit des nouvelles des membres de son équipe et sauvegarda ses mises à jour. Elle transféra des copies de tous ses rapports à son commandant, puis sollicita une consultation avec Mira pour le lendemain.

— Deux arrestations aujourd'hui, marmonna-t-elle en pensant à DuVaugne et à Dubrosky. Tous deux méritent un séjour en cage, mais ni l'un ni l'autre n'est l'assassin de ma victime. C'est quelqu'un de plus proche. De plus distrayant.

Elle se rappela l'hypothèse de Peabody.

— Ces conventions où les gens se déguisent, jouent, concourent les uns contre les autres, assistent à des conférences. Je parie qu'on y rencontre toutes sortes d'individus amusants si on aime ça.

— Passions et sensibilités partagées. C'est ce que l'on y recherche.

— Et les armes. Une superbe épée magique. Et si c'était un dessous-de-table, une sorte de rémunération ? Laisse-moi jouer, laisse-moi être ton... Quel terme Bart a-t-il employé avec les enfants Sing ?... ton cobaye. Je te donnerai mon épée.

— En général, ce genre de vente est archivé. Je peux me pencher dessus, si tu veux.

Connors doubla un Maxibus, se faufila entre deux RapidTaxis. La circulation était dense.

— Il est aussi possible que la vente ait eu lieu en privé et qu'il n'en existe aucune trace, prévint-il.

— Ça vaut le coup d'essayer. Imagine que l'on puisse relier la transaction à un employé de U-Play. Un type qu'il a rencontré lors d'une convention et engagé par la suite.

Le regard d'Eve avait beau être rivé sur les trottoirs envahis par les touristes, elle ne voyait que l'holopièce sécurisée où sa victime était morte en baskets mouillées après s'être promenée en sifflotant sous la pluie.

— Il connaissait son meurtrier, murmura-t-elle. Ou celui qui lui a tendu le piège.

Tandis qu'ils franchissaient le portail de leur propriété, elle pensa de nouveau à DuVaugne. À la boîte en métal et en verre, si froide, si dure, si désespérément à la mode dans laquelle il vivait. Et voilà que se dressait devant eux l'œuvre de Connors, si élégante avec ses tourelles, ses plates-bandes fleuries, sa chaleur et ses couleurs.

Pourtant, l'homme qui l'avait bâtie avait connu, comme elle, une enfance froide et dure. Mais le jour où il avait eu le choix, il avait opté pour le confort et la joie.

Puis les lui avait offerts.

— Nous devrions manger, lâcha-t-elle.

Connors coupa le moteur et se tourna vers elle.

— À présent, c'est toi qui empiètes sur mon territoire, fit-il remarquer.

— Tu pourras lancer ta recherche sur l'arme pendant que je prépare le repas.

— Pas possible !

Elle ne pouvait guère lui reprocher son scepticisme.

— Je te promets de ne pas programmer de pizza.

Il descendit du véhicule, l'attendit, lui prit la main.

— Que fêtons-nous ? s'enquit-il.

— Ton bon goût.

116

Il déposa un baiser sur sa main tandis qu'ils gravissaient les marches du perron.

Elle gratifia Summerset d'un regard appuyé en le découvrant précisément là où elle s'y attendait, tel un oiseau de mauvais augure, Galahad, le chat, à ses pieds.

— J'ai vu votre jumeau aujourd'hui, lança-t-elle. Non, en fait, c'est vous l'odieux jumeau. J'ai l'impression que vous avez le même tailleur : monsieur Funèbre.

— Très malin, marmonna Connors en pinçant la main qu'il venait d'embrasser Nous dînerons là-haut, ajouta-t-il à l'adresse de Summerset.

— Ce n'est pas un scoop, commenta ce dernier. Je peux vous proposer un excellent espadon grillé, si vous souhaitez vous nourrir comme des adultes.

— De l'espadon, murmura Eve. Pourquoi pas ? Ce n'était pas la peine de me pincer, grommela-t-elle tandis qu'ils poursuivaient leur chemin et que le chat, sûrement affamé, se précipitait devant eux. J'ai vraiment vu son jumeau. Tu n'as qu'à poser la question à Peabody. Un droïde avec un faux accent britannique. Son sosie, je t'assure. Je suis sûre que tu pourrais le racheter pour trois fois rien si tu voulais remplacer le squelette ambulant.

— Attention, je vais te pincer !

— En fait, ce n'est pas une bonne idée, se ravisa-t-elle. Ça m'ennuie de l'avouer, mais le droïde est encore pire. Summerset t'a-t-il jamais reproché de boire trop de fizzy sous prétexte que c'était mauvais pour ta santé ?

— Possible. Probable.

Ils gagnèrent la chambre.

— Je vais me changer, annonça Connors.

— Et en même temps, il t'a appris à voler, continua Eve.

— Je savais déjà voler. Il m'a appris à le faire avec finesse, précisa-t-il. Le dîner, enchaîna-t-il alors qu'Eve ôtait sa veste. Si tu optes pour l'espadon, ouvre donc une bouteille de Lautrec 57. Il accompagnera parfaitement le poisson.

— Interdiction de me donner des conseils, rétorqua-t-elle en enfilant une paire de chaussons. Sinon, ça ne compte pas dans ma colonne.

Elle quitta la pièce, son harnais toujours en place. Elle avait dû oublier de l'enlever. Il faisait partie d'elle au même titre que la fossette qui ornait son menton.

Connors enfila un jean et un tee-shirt avant de s'atteler aux coups de fil qu'il préférait adresser en privé. Il programma à distance une série de recherches tout en se dirigeant vers son bureau, attenant à celui d'Eve.

Il l'entendit parler à Galahad, ordonner à son ordinateur d'entreprendre divers calculs de probabilités, puis se déplacer.

« Elle dresse son tableau de meurtre », conclut-il en s'installant à son bureau pour tenter de dénicher une épée qui existait ou n'existait pas.

Une soirée typique. Il ne s'en plaignait pas. À cause des événements, il devrait consacrer plusieurs heures de ce qui aurait dû être son temps libre à ses affaires. Mais son travail le passionnait, ce n'était donc pas un véritable sacrifice.

Du reste, c'était de son plein gré qu'il avait accepté de s'interrompre.

Vivant, Bart Minnock l'avait vivement intéressé – cet enthousiasme, ce dynamisme. Mort, il l'avait profondément touché – quel gâchis !

Il était d'autant plus ému que Bart lui avait fait confiance – à lui, un concurrent qui, vu son expérience et ses moyens, aurait parfaitement pu le trahir et écraser son entreprise comme un œuf sous le talon d'une botte.

Peut-être était-ce pour cette raison qu'il se sentait obligé de participer à l'enquête. Par loyauté, pas tant envers la société qu'envers l'homme.

Eve avait qualifié Bart de simple. En tout cas, ce n'était pas quelqu'un de compliqué. Ouvert, enthousiaste, honnête, brillant, se forgeant une renommée en exerçant un métier qu'il aimait avec des gens qu'il aimait.

« La vie devrait être ainsi pour tout le monde », songea Connors.

La bienveillance de Connors était sans doute davantage due à leurs différences qu'à leurs similitudes. Personne ne l'avait considéré comme quelqu'un d'ouvert et d'honnête. Et jamais, même dans l'enfance, il n'avait fait preuve d'un tel enthousiasme ni d'une telle intelligence nonchalante.

Pourtant, il avait acquis une réputation, alors que Bart ne faisait que commencer à gratter la surface de son propre potentiel.

Son ordinateur en mode recherche automatique, il franchit la porte qui menait au bureau d'Eve et la regarda s'affairer sur son tableau de meurtre. Comme souvent, ils dîneraient en compagnie de la mort.

Drapé sur le dossier du fauteuil telle une grosse couverture en fourrure, Galahad l'observait. Il fouetta l'air de la queue en guise de salut lorsque Connors s'approcha pour le caresser, puis se mit à ronronner.

— Je me suis avancée en t'attendant, lança Eve. J'ai nourri le fauve. S'il réclame, ignore-le.

Connors attrapa la bouteille de vin qu'elle avait posée sur la table près de la fenêtre (elle avait suivi son conseil) et remplit leurs verres.

— Les recherches sont en cours, fit-il.

Il souleva l'une des cloches : elle avait opté pour l'espadon, accompagné d'asperges et de frites.

— Les frites sont un compromis pour le poisson, se défendit-elle en tournant le dos à son tableau de meurtre pour s'emparer du verre qu'il lui tendait. J'ai failli te préparer un de ces plats de riz que tu affectionnes tant pour des raisons qui m'échappent, mais ç'aurait ressemblé à un menu de restaurant plus qu'à un repas maison. Du coup, tu mangeras comme moi.

— Tu as de curieux raisonnements, parfois.

Ils trinquèrent.

— Très appétissant, conclut-il.

— J'espère bien ! J'ai trimé au moins cinq minutes devant l'autochef.

Elle s'assit, lui sourit.

— On l'appelle espadon parce qu'il a la mâchoire supérieure en forme d'épée, reprit-elle. Pourquoi ?

— C'est une devinette ?

— Non, une question. Est-ce qu'il respecte certaines règles du style « en garde » ou « touché », ou est-ce qu'il se contente d'attaquer des poissons non armés parce qu'il en a le pouvoir ?

— Il se bat peut-être contre les requins-marteaux, suggéra-t-il.

— L'épée a une plus grande portée que le marteau, mais le marteau peut briser une épée. Intéressant, certes, mais je trouve stupide de s'équiper d'un marteau pour un combat d'épées, sauf si l'on n'a rien d'autre sous la main... Si Bart s'était engagé dans un combat d'épées, il ne se serait pas muni d'un marteau.

— Selon le jeu, le niveau et la programmation, il lui fallait peut-être gagner ses armes. On peut aussi les perdre ou les abîmer, les coincer ou tout simplement manquer de munitions. Là encore, tout dépend.

— Tu as eu l'occasion de jouer avec lui ? voulut-elle savoir.

— Deux ou trois fois. Jamais en holo, car il faut plus de temps et un matériel adéquat. Mais nous nous sommes lancé quelques défis par vidéo interactive. Il était remarquable, très rapide, et, bien qu'ayant tendance à prendre des risques inutiles, sa ferveur l'emportait. Cependant, nous discutions essentiellement technologie, business et marketing. Nous ne nous sommes vus que de façon espacée sur une période de deux ou trois ans.

— Tu ne l'as jamais reçu ici ?

— Non. Je suis plus méfiant que lui, et je n'avais aucune raison de l'inviter. Nous n'étions pas amis, nous n'avions pas grand-chose en commun hormis notre passion pour l'informatique. Comme beaucoup de jeunes de vingt ans, il considérait tout trentenaire comme un dinosaure.

— Jamie est encore plus jeune, argua-t-elle, faisant allusion au filleul de Feeney, lui aussi génie de l'informatique. Il n'est pas né de la dernière pluie. Tu as travaillé avec lui. Moi aussi.

— Bart ne ressemblait en rien à Jamie. Il n'était pas aussi affûté, aussi perspicace, et n'avait certes pas le désir de mettre ses talents, considérables, au service de la DDE. Jamie est quasiment un membre de la famille.

Connors marqua une pause, but une gorgée de vin.

— Cette conversation est-elle destinée à justifier que tu m'embauches, moi, un concurrent de ta victime, comme expert consultant ? s'enquit-il.

— Je n'ai rien à justifier, mais ce n'est pas plus mal vu les circonstances. D'autant que tu m'as avoué avoir un projet du même ordre en cours de développement. Autant que les choses soient claires.

— J'apprécie de savoir que je ne figure pas parmi les suspects.

Une lueur d'irritation brilla dans le regard d'Eve, et il se demanda ce qui lui avait pris d'appuyer sur ce bouton-là en particulier.

— D'un point de vue strictement objectif, tu aurais pu ruiner U-Play avant même son démarrage, observat-elle. Elle ne te menace en rien. Tu as le marteau *et* l'épée, en plus de quelques pistolets et d'une poche pleine de pétards. Si tu avais voulu la détruire, tu aurais utilisé l'argent, la stratégie et la ruse, pas une épée magique.

Elle planta sa fourchette dans son poisson, et poursuivit :

— Tu as un autre point de vue sur la victime : Minnock n'était pas un associé ; ce n'était pas vraiment un ami, mais ce n'était pas non plus un ennemi ; ce n'était un concurrent qu'au sens technique du terme. Par conséquent, en me décrivant la teneur de vos rapports, tu m'aides à mieux le cerner.

— Que d'explications !

— Possible.

— Tant qu'à mettre les points sur les *i*, à mon tour. J'ai lancé une recherche de niveau trois sur tous mes employés et les sous-traitants impliqués dans la conception de notre holojeu. Leurs relations, leurs comptes bancaires, leurs relevés de communications.

— Ce n'est pas ton boulot.

— Au contraire. Il s'agit de mes employés, et je veux m'assurer qu'aucun d'entre eux n'est concerné, de quelque façon que ce soit.

— La charte Informatique et lib…

— Peut aller au diable ! s'emporta-t-il, préférant se réfugier dans la colère pour chasser cette inexplicable tristesse qui l'envahissait tout à coup. Toute personne travaillant chez moi ou le souhaitant est régulièrement passée au crible et doit signer une décharge.

— Le niveau trois est réservé aux flics ou au gouvernement, lui rappela Eve.

— Selon ma jauge personnelle, le meurtre est une raison valable en soi.

— C'est une zone d'ombre.

— Ta zone d'ombre est plus vaste et plus sombre que la mienne, riposta-t-il. Un projet comme celui-là engendre une multitude d'encouragements, des primes lucratives.

Il se tut un instant, inclina la tête la tête de côté, puis :

— Mais tu le sais déjà puisque tu as pris l'initiative de lancer une recherche de niveau trois.

— C'est mon boulot.

— Tu aurais pu me le dire. Me faire suffisamment confiance pour te fournir ces informations.

— Tu aurais pu *me* prévenir, rétorqua-t-elle. *Me* faire confiance. Merde ! Je ne t'en ai pas parlé parce que tu connaissais la victime et que je ne voulais pas ajouter à ta peine. Quelle est ton excuse ?

— Je n'ai pas besoin d'excuse. Il s'agit de mes employés. Cependant, le fait est que, une fois ces données rassemblées et – quels que soient les résultats – transmises, cela te permettrait de réduire ou d'allonger ta liste de suspects.

— Il te suffisait de m'avertir.

— Et inversement. Inutile de te fâcher.

— Je ne suis pas fâchée. Je suis… contrariée.

— Contrariée ? Imagine combien je le serai, Eve, si je découvre qu'un individu auquel j'ai accordé ma confiance et que je rémunère royalement a participé à ça !

Il désigna le tableau.

— Tu ne peux pas être ou te sentir responsable de tous ceux qui touchent un salaire des Entreprises Connors. À savoir, la moitié de la population du monde !

— Bien sûr que si ! Et ce n'est pas une question de chiffres, c'est mon rôle de patron ! Tu réagis de la même manière vis-à-vis de chacun des flics de ta division, voire du département tout entier !

Elle faillit répondre à cela, puis se ravisa : là-dessus, il avait raison.

— Tous tes bilans doivent coïncider avec les miens et, officiellement, provenir des miens, que tes employés soient blancs comme neige ou pas.

— Je sais comment ça marche, lieutenant. J'y retourne tout de suite afin que tu puisses avoir ce dont tu as besoin et en récolter les fruits.

— Salaud ! marmonna-t-elle tandis qu'il quittait la pièce.

Restée seule, elle rumina. Pourquoi s'étaient-ils disputés ? Ils faisaient plus ou moins la même chose pour atteindre plus ou moins le même objectif.

Plus ou moins.

Mais il aurait dû la laisser faire ou attendre qu'elle lui attribue la tâche. Justement. C'était là que le bât blessait. Il n'appréciait pas d'être sous ses ordres. Tant pis… Elle était chargée de cette enquête, c'était donc elle qui commandait.

Elle n'était plus contrariée, à présent, elle était furieuse.

Elle avait simplement cherché à le protéger. N'était-ce pas aussi son rôle d'épouse attentionnée ? Pourquoi s'étaient-ils querellés alors qu'elle n'avait fait que son boulot ?

Cerise sur le gâteau, elle allait devoir s'occuper de la vaisselle quand elle comptait sur lui pour s'en charger.

Elle ramassa les assiettes et jeta un regard noir en direction de la porte qu'il avait fermée et au-dessus de laquelle la lumière rouge signifiant qu'il ne voulait être dérangé sous aucun prétexte la narguait.

Il était ainsi. Quand il était énervé, il s'enfermait le temps de se calmer. Au fond, ce n'était pas plus mal.

Comment deux personnes qui, comme eux, s'aimaient à la folie, parvenaient-elles à s'agacer mutuellement aussi souvent ?

Ce n'était pas le moment d'y réfléchir, décida-t-elle en remplissant le lave-vaisselle. Elle avait du boulot.

Elle commanda un café à l'autochef et regagna son bureau.

Puisqu'il effectuait ces recherches, qu'elle le veuille ou non, autant passer à autre chose.

Elle décida d'étudier les probabilités qu'elle avait ordonnées avant le repas.

Prenant en compte les données disponibles, l'ordinateur avait calculé qu'il y avait 99,2 % de chances que Bart Minnock ait connu son assassin. Pour la préméditation,

124

le taux retombait à un peu moins de 60 %. Le meurtrier travaillait-il dans ou fréquentait-il le milieu du jeu interactif ? Oui à plus de 90 %. 75 % pour le personnel de U-Play.

— Si ce n'était pas prémédité, comment s'est-il débrouillé pour tout nettoyer et repartir sans une tache de sang sur ses vêtements, bordel ? marmonna-t-elle.

S'était-il servi dans l'armoire de Bart ? Une chemise, un pantalon – Bart n'était plus en mesure de râler. Cela augmentait la possibilité qu'il s'agisse d'un accident ou d'une impulsion violente.

— L'arme. Il faut identifier l'arme. À qui appartenait-elle ?

Elle consulta de nouveau les relevés bancaires de Bart en quête d'un achat important auprès d'un particulier ou d'un vendeur spécialisé dans la vente des armes de jeux.

Elle recoupa les éléments financiers avec l'inventaire des armes, jouets et accessoires trouvés dans son appartement et dans son bureau.

— Sabre lumineux. C'est une sorte d'épée électrifiée. Mais la lame n'est pas assez large.

Elle s'attaqua ensuite aux comptes de la société. Une ascension constante, graduelle depuis sa création, de gros bénéfices. Preuve que les associés avaient une vision à long terme.

Tous quatre étaient férus de congrès auxquels ils se rendaient ensemble ou séparément s'ils n'envoyaient pas un employé à leur place. L'entreprise assumait les frais de déplacement et n'hésitait pas à débourser des sommes colossales pour un stand ou pour sponsoriser compétitions et manifestations diverses.

Beaucoup d'argent. Était-ce normal, pragmatique, malin ? Elle glissa un coup d'œil vers la porte fermée. Elle poserait la question à l'expert consultant civil quand il serait de meilleure humeur.

À l'aide des photos de la scène du crime, des observations de Morris et des rapports de la police scientifique, elle programma une reconstitution du meurtre. Les yeux plissés, elle examina les deux images face à face, vit l'épée entailler l'avant-bras de la victime, puis se lever avant d'exécuter un mouvement ample vers le bas.

— La première blessure. Surprise, douleur. Que fait-on en général quand on souffre, quand on saigne ? Pourquoi ne l'as-tu pas fait, Bart ? Pourquoi n'as-tu pas appuyé la main sur ta plaie ? Ta paume était propre. Tu n'as pas effectué ce geste instinctif : tu n'as pas cherché à étancher le sang. Mais tu ne le pouvais peut-être pas si tu tenais quelque chose, la poignée d'une épée, par exemple. Surtout si tu as tenté de te défendre, ou si le coup fatal est arrivé trop vite.

Elle poursuivit son analyse, modifia les variables, puis se passa la main dans les cheveux.

— Quel était le jeu ? Pourquoi t'es-tu muni d'une épée factice si celle de ton adversaire était réelle ? Parce que tu n'étais pas au courant. Tu aurais dû l'être.

Elle se leva, s'éloigna, revint à son bureau, puis craqua et alla frapper du poing à la porte de Connors.

Il mit un moment avant de lui répondre. Exprès ? Histoire de la faire poireauter ? Enfin la lumière passa au vert et elle put entrer.

— J'aimerais utiliser l'holopièce, annonça-t-elle. Il me faut un jeu à peu près semblable à celui auquel Bart jouait au moment du meurtre. J'ai besoin de toi pour l'installer et procéder à la simulation.

— Entendu. Je t'y rejoins tout de suite.

— Tu ne posséderais pas par hasard deux épées non mortelles ?

— Non, elles sont toutes authentiques. Tu vas devoir te contenter d'armes virtuelles.

— Bien.

N'ayant plus rien à lui demander, elle haussa les épaules et tourna les talons.

L'holopièce de Connors était plus grande que celle de l'appartement de Bart. « Ô surprise ! » pensa-t-elle avec une pointe d'ironie.

Mais la taille importait peu.

L'holoreconstitution d'un meurtre qui s'était déroulé au cours d'un holojeu l'aiderait, du moins l'espérait-elle, à mieux percevoir ce qui s'était passé. Après quoi, elle pourrait se poser les questions : pourquoi ? qui ?

Elle se déplaça dans l'espace en écoutant l'écho de ses pas. Elle n'était pas fan de jeux. En revanche, elle venait souvent ici s'entraîner.

Plus d'une fois, grâce à ce système, Connors l'avait emmenée en escapade – à Paris un soir de pluie, à bord d'un bateau dérivant sur l'océan.

Il apparut, un disque à la main.

— Tu n'as pas enlevé ton harnais, lui signala-t-il.

Elle avait complètement oublié. Elle s'empressa de l'ôter et le déposa par terre près de la porte.

— Tu voulais un jeu de la même veine que Fantastical, reprit-il. Nous avons disséqué ce qu'il en reste à la DDE, mais je n'ai ni les données ni les composants ici. Je n'avais pas très envie de poursuivre mon travail dessus dans cette… zone d'ombre.

— Je comprends.

— Toutefois j'ai la version la plus récente de notre propre projet. Nom de code HC84-K.

— Ici ? Ce n'est pas très prudent, non ?

— Primo, il faudrait que quelqu'un soit au courant, que cette personne pénètre dans la maison, dans mon bureau, qu'elle trouve le coffre-fort, qu'elle réussisse à l'ouvrir, puis qu'elle décrypte tous les codes d'accès au disque. Auquel cas, elle serait suffisamment douée pour avoir conçu elle-même le programme.

Tout en parlant, il glissa le disque dans une fente, utilisa les dispositifs d'identification digitale et rétinienne, ajouta une commande vocale et plusieurs manuelles.

— De toute façon, c'est un produit que je fignole moi-même, alors j'aime autant le faire ici. Donc...

Il s'écarta, la dévisagea.

— Tu veux un combat d'épées, mais tu ne connais ni l'époque, ni le lieu, ni le mode, ni l'objectif. Nous n'avons rien pu extraire du disque de Bart. Tu vas devoir choisir.

— Je ne sais pas. Combat d'épées. Lame large. Solide, droite.

Connors pencha la tête, ébaucha un sourire.

— Ne t'avise pas de me déguiser en pétasse.

Elle pointa l'index sur lui.

— Je ne plaisante pas.

— Dommage. Voyons un peu...

Il pianota sur sa console.

L'air se mit à onduler et, très vite, Eve se retrouva debout au milieu d'une forêt dense, vêtue d'une tenue asiatique d'un autre temps. Elle avait une épée à la main et des bottes souples aux pieds.

— Où et à quelle époque...

Elle s'interrompit, les yeux ronds. Si elle avait pensé en anglais, elle s'était exprimée en... japonais ?

— Comment diable...

— Traduction simultanée. Pour plus de réalisme, lui répondit-il dans la même langue. Malheureusement, ce n'est pas encore au point. Nous y travaillons.

— Je... Non, c'est trop bizarre. Je ne veux pas parler le japonais.

— Pas de problème. Essayons autre chose.

Cette fois, elle se tenait sur la crête d'une colline verdoyante, cheveux longs attachés dans le dos. Comme Connors, elle arborait une tunique en cuir qui s'arrêtait à mi-cuisses et un pantalon moulant glissé dans ses bottes.

Elle hésita.

— Où et à quelle... C'est du gaélique, n'est-ce pas ? Je perçois l'accent.

— Irlande, ère des Tudor.

— Ça... ça sent la verdure... la terre humide et la fumée.

— Les feux de tourbe. Tous les éléments sensoriels ont été renforcés. Pour les scénarios du monde réel, la langue, la syntaxe, l'habillement, on fait des recherches méticuleuses. Il existe des options déjà programmées, cependant, le joueur peut programmer les siennes à partir d'un menu ou manuellement. Il n'y a aucune limite.

— D'accord, c'est génial parce que je t'entends parler le gaélique, mais je réfléchis en anglais. Fantastical possède les mêmes atouts ?

— Je l'ignore, mais j'en doute d'après les données dont nous disposons. Nous lancerons une version moins coûteuse sans traducteur, mais je suis convaincu que tout le monde voudra l'autre. Ne négligeons pas l'aspect éducatif.

— Bien sûr. Éducatif, fit-elle avant de tendre l'oreille. J'entends...

Elle pivota sur ses talons, et tressaillit. Dans la vallée à ses pieds, une bataille faisait rage. Des centaines de guerriers, de chevaux, de brasiers. Sous ses yeux, on attaquait un château fort.

— Incroyable ! s'exclama-t-elle. J'ai l'impression de jouer dans un film.

— La seule limite, c'est ton habileté et ton imagination. Le programme va s'ajuster en fonction de tes choix, de tes stratégies.

— Comment l'arrête-t-on ?

— Il suffit de lui en donner l'ordre. Dans un jeu à multiples joueurs, cette démarche peut coûter des points ou entraîner la disqualification.

— Ah, oui ?

Elle se tourna de nouveau vers lui. Dieu qu'il était beau, cheveux noirs au vent, tout vêtu de cuir, une épée étincelante à la main !

— Ce n'est pas moi qui vais demander une pause, promit-elle en se mettant en position, les pieds fermement plantés sur le sol.

8

Elle brandit son épée, entendit le tintement des lames, sentit la force de l'impact remonter le long de son bras.

Ils s'observèrent par-dessus le V des épées entre-croisées.

— Si je comprends bien, tu as décidé que nous étions ennemis.

— C'est plus drôle, riposta-t-elle en s'écartant pour porter un deuxième coup.

Il le bloqua, la força à reculer de plusieurs pas.

— Tout dépend.

Il feinta, frappa à droite, encore à droite puis à gauche. Elle esquiva avant de plonger en avant pour l'obliger à reculer.

Il riposta, mais elle effectua un bond de côté et pivota, se servant de la rotation pour ajouter force et rapidité à son attaque.

— Tu t'es entraînée, observa-t-il.

— Toi aussi.

— Ça fait partie de mon boulot. Mais j'ai rarement vu des flics combattre à l'épée.

— On ne sait jamais.

Elle le connaissait. Elle savait qu'il se retenait, que la situation l'amusait, et elle décida d'en profiter. Elle lui sourit.

— C'est lourd, dit-elle.

Elle agrippa le manche à deux mains comme pour en tester le poids, et lorsqu'il abaissa sa lame de quelques centimètres, elle chargea.

Elle le toucha à l'épaule, à peine une petite morsure avant qu'il repousse sa lame.

Un flot de sang gicla.

— Seigneur ! Merde ! Je t'ai blessé. Comment…

— C'est du faux.

Il leva la main avant qu'elle puisse se ruer sur lui. Tous deux savaient qu'il aurait pu profiter de sa stupéfaction pour la toucher, et mettre fin à la partie.

— Un point pour toi, lieutenant.

— Il est possible que ça se soit passé ainsi pour Bart, ou à peu près, commenta-t-elle. Allez, enchaîna-t-elle en agitant les doigts de sa main libre en un geste de défi, on continue.

— À ta guise, riposta-t-il. Tu t'es suffisamment échauffée, on passe aux choses sérieuses, à présent.

Il revint à la charge. Eve faillit trébucher, sentit un courant d'air, en même temps qu'un flot d'adrénaline, comme la lame sifflait près de son visage.

Cette fois, lorsqu'elle saisit la poignée à deux mains, ce fut pour parer à l'assaut.

Quand Connors marqua un point en l'atteignant à la hanche, elle ressentit un choc et eut l'impression de humer son propre sang.

— Égalité.

Ils tournèrent l'un autour de l'autre tandis qu'au fond de la vallée la bataille continuait de faire rage. Le bras d'Eve commençait à s'engourdir, sa hanche l'élançait et elle ruisselait de transpiration.

Elle s'amusait comme une folle.

Elle brandit l'épée au-dessus de sa tête, la pointa sur son adversaire et, une fois de plus, planta les deux pieds sur le sol.

— *Tie-break.*

Il lui sourit, l'invita à poursuivre, l'index en crochet. Elle étrécit les yeux, pivota sur elle-même, abattit sa lame dans un mouvement en arc de cercle, évitant de justesse son visage.

Un rayon de soleil transperça les nuages et se refléta sur les lames affûtées qui sifflaient et se heurtaient. Le cœur d'Eve cognait dans sa poitrine.

Le vent et les déplacements rapides de Connors soulevaient ses cheveux autour de sa figure luisante de sueur. Une lueur d'excitation brillait dans ses prunelles.

Il ne l'épargna pas. Tant mieux. Élan, coup, attaque. Élan, coup, défense. Puissance contre puissance, vitesse contre ruse, Eve était aux anges face à cet adversaire idéal.

Une fois de plus, leurs épées se croisèrent et ils se dévisagèrent, haletants.

— Au diable le jeu, marmonna-t-il.

— Oui.

Ils jetèrent leur arme de côté et sautèrent l'un sur l'autre.

Ils roulèrent dans l'herbe grasse, bouches unies. À bout de souffle, désespérée, elle lui agrippa les cheveux, le mordit.

— Comment se débarrasse-t-on de ce truc ? s'écria-t-elle en tirant sur sa tunique.

— Comment veux-tu que je le sache ?

— C'est ton jeu !

— Nom d'un chien !

Connors la fit rouler sur le ventre pour s'attaquer aux lacets.

— Impossible de défaire les nœuds, grommela-t-il.

Mû par une inspiration soudaine, il dégaina le poignard à sa ceinture et les sectionna. Puis il enfonça la pointe dans la terre.

Se penchant sur elle, il contempla son dos nu, à la fois mince et musclé. Quand il posa la main sur sa hanche, elle tressaillit.

— Tu as mal ?

— Un peu – juste assez pour me rappeler que j'ai été touchée.

Elle bascula sur le dos, s'empara du poignard.

— Et ton épaule ?

— Je survivrai.

Elle sourit.

— Tu as intérêt à ne pas bouger si tu ne veux pas que je gagne par défaut. Tu me fais confiance ?

Il lui saisit le poignet et serra jusqu'à ce qu'elle lâche le couteau.

— Non, répondit-il.

En riant, elle l'attira sur elle.

Corps moites de transpiration, maculés de sang, ils s'embrassèrent avec ardeur.

Des volutes de fumée montaient de la vallée d'où leur parvenaient des échos de l'interminable bataille. « Un fond sonore approprié », songea Eve. Connors et elle avaient beau être en harmonie, un autre conflit couvait toujours derrière la façade paisible.

Et, comme d'habitude, ils partageaient ce besoin de prendre, de consumer, d'avoir, d'être. Même maintenant, au beau milieu de cette fantaisie guerrière, elle ne voulait rien de plus que les mains de Connors sur sa peau.

Elle bascula de nouveau, l'enfourcha. Il referma les mains sur ses seins avant de se redresser pour en happer tour à tour les pointes dans sa bouche. Elle sentait le goût de la bataille – chaleur, moiteur, odeur de cuir. Son cœur battait la chamade sous ses lèvres avides. Pour lui. Elle tremblait. Pour lui. Elle était son miracle, son trésor le plus précieux.

— Tu es à moi. Mon amour, murmura-t-il, et un frémissement le parcourut lorsqu'elle lui répondit dans sa langue maternelle.

Il enfouit les doigts dans ses cheveux qui tombaient en cascade sur ses épaules – une sensation nouvelle, à la fois insolite et exquise.

Il la fit rouler sous lui. Et lorsqu'il plongea en elle, le cri qu'elle laissa échapper fut uniquement plaisir.

Une nouvelle lutte s'engagea, un corps à corps voluptueux qui les fit passer de la violence à la paix.

Eve était étendue sur le dos, le visage caressé par la brise, paupières closes sous les rayons du soleil. L'herbe la chatouillait, mais elle n'avait aucune envie de bouger. D'autant que Connors était couché à ses côtés, pratiquement dans la même position.

Les battements de son cœur s'étaient apaisés. La guerre avait cessé au sommet de la colline, mais elle persévérait dans la vallée.

— Qui a gagné ? souffla-t-elle.

— Disons match nul.

— Je suppose qu'on est encore un peu fâchés l'un contre l'autre.

— Je croyais que tu étais contrariée.

— Du pareil au même. Mais entre le combat et le sexe, je me suis défoulée.

— Dans ce cas, disons là encore match nul.

À quoi bon discuter ? se dit-elle. Rien ne changerait ce qu'il faisait, qui il était. Rien ne changerait ce qu'elle faisait, qui elle était.

— C'est un bon jeu, déclara-t-elle. Réaliste, fascinant, palpitant.

— Nous en avons à peine effleuré la surface.

Elle se toucha la hanche, et examina sa paume souillée. La tache avait l'aspect, la consistance et l'odeur du sang.

— Ceci, fit-elle.

— Une illusion créée à partir d'enrichissements sensoriels et de l'analyse de tes signes vitaux, de ton état physique, de tes mouvements et réactions.

— Et si l'on coupe un membre… ou une tête ?

— Rideau. Ou dans le cas de joueurs multiples, fin de la partie pour celui qui a perdu le membre ou la tête.

— On pourrait le sentir, le voir ?

— Pas les humains. Si tu te mesures à l'ordinateur, à un personnage inventé, tu le verrais.

— Et s'il s'agit d'un droïde ?

— On peut le programmer pour jouer contre un droïde. Mêmes résultats. Le droïde est solide. Le logiciel le traiterait comme un être humain. Les armes sont factices, Eve. Elles ne peuvent pas faire de mal.

— Ce qu'a supposé Minnock, qu'il ait joué contre un être vivant, un robot ou un personnage imaginaire. Ce n'est qu'un jeu. Sauf que là, ça ne l'était pas… J'ai senti le coup, enchaîna-t-elle en observant le sang sur sa main. Pas fort, une sorte de secousse électrique. Discrète, mais suffisamment puissante pour que je sache que j'avais été atteinte. Et la blessure m'a élancé pendant la suite de notre combat.

— C'est le but.

— Je le conçois. Mais toutes ces brûlures sur la victime. Si on augmente le voltage, on est brûlé.

— Pas sans contact direct. Le programme décrypte la touche, l'enregistre et la transmet.

— Imaginons que quelqu'un ait trafiqué l'application et se soit servi d'une arme véritable.

Elle s'assit, repoussa ses cheveux – surprise et déconcertée par leur longueur.

— Cette chevelure. Ça change, commenta Connors. J'aime bien.

— Ça me gêne.

Comme il souriait, elle lissa une boucle avec ses doigts.

— La sensation est bizarre. Si je tire dessus, je les sens, pourtant ils ne sont pas réels. Mon arme de service est là-bas. Je ne peux pas la voir mais elle y est. Elle existe réellement. Supposons que l'assassin soit entré dans l'holopièce avec la sienne, comme moi. « Oups ! Désolé. » Il la pose à un endroit précis. Il ne lui reste plus qu'à se rappeler où il l'a mise, à la ramasser et à

s'en servir. Mais pourquoi se donner tant de peine ?
Pourquoi jouer d'abord ?

— Pour le sport ?

— Possible. Les hématomes, les brûlures. Si le logiciel a été saboté et les paliers renforcés, ça accroît le
niveau de la compétition, non ? Et si le meurtrier a utilisé un droïde, il n'était pas obligé d'être sur place. Vu
sous cet angle, les alibis n'ont plus aucune importance.
Il persuade Bart de tester le produit chez lui avec un
droïde.

— Il aurait fallu saboter aussi le droïde, ou en concevoir un tout spécialement. Il aurait fallu le programmer
pour qu'il ne reconnaisse pas l'arme comme étant réelle
ou qu'il l'ignore. Puis qu'il fasse le ménage et rebranche
la sécurité. À cette fin, il lui aurait fallu se servir d'un
ordinateur au risque d'alerter la CompuGuard.

— Toi, tu en serais capable.

— Oui. Mais je possède du matériel clandestin et les
moyens de travailler sans me faire repérer. La DDE a
passé l'entrepôt au peigne fin. Tous leurs équipements
sont officiellement enregistrés. Même chose chez Bart.

— Ce qui signifie que quelqu'un d'autre avait une
copie du disque et s'en est servi hors-site. Toute cette
affaire pue la frime, conclut-elle en se levant.

Elle se rappela soudain qu'elle était nue et que ses
vêtements imaginaires étaient lacérés et tachés de sang.

— Arrête-moi ça.

— Si tu y tiens. Terminer partie.

La colline disparut, les sons s'estompèrent. Le sang
maculant la paume d'Eve se dissipa. Elle ramassa son
chemisier, examina la déchirure irrégulière dans le dos.

— Il n'y avait pas de poignard, expliqua Connors. Par
conséquent, j'ai déchiré le vêtement que tu portais vraiment pour t'enlever la tunique qui n'était qu'une illusion.

— Cause différente, méthode différente, résultat
identique. Voilà ce que nous avons. Un assemblage
d'illusion et de réalité combiné à un meurtre.

Elle brandit la chemise déchiquetée.

— Voilà, en gros, ce qu'on a fait subir à Bart Minnock.

Le lendemain matin, parce qu'il n'y avait, semblait-il, aucune raison d'y renoncer, Eve compara les résultats de sa recherche de niveau trois avec celle de Connors.

— Il n'y a rien ici qui me frappe, du moins en ce qui concerne l'enquête en cours.

— Non, acquiesça-t-il, mais il continua d'étudier les données affichées à l'écran.

— J'ai négligé un détail ? s'enquit-elle.

— Non, rien qui s'applique à cette affaire. Je n'arrive pas à savoir si je suis soulagé ou frustré.

— Ce serait plus facile si quelque chose nous avait sauté aux yeux, parmi ces fichiers ou ceux que j'ai sur les employés de U-Play. Chez Synchro Divertissements, DuVaugne m'a sauté aux yeux, mais ce n'est qu'un voleur.

Elle avala une grande gorgée de café.

— Notre assassin est beaucoup plus créatif que DuVaugne, observa-t-elle. J'ai rendez-vous avec l'avocate et avec Mira aujourd'hui. J'aurai peut-être du nouveau.

— J'ai des réunions de mon côté. Je ferai de mon mieux pour me rendre utile auprès de la DDE dès que je serai disponible.

— J'ai décidé d'explorer une autre voie. L'épée. Je confierai la tâche à Peabody et à McNab : ils se compléteront à merveille. McNab possède le vocabulaire, il n'aura aucune difficulté à endosser le rôle de collectionneur. Un mini-congrès se tient actuellement à East Washington.

— Nous y avons un stand. Je peux leur fournir des passes.

— Parfait, ce sera ça de moins à faire.

Elle s'approcha du tableau de meurtre, tourna autour.

— Un peu plus tard, j'interrogerai les trois associés. Individuellement, cette fois.

— Des amis de longue date métamorphosés en assassins ? fit-il.

Eve lui jeta un coup d'œil.

— Il suffit d'une contrariété.

Connors haussa un sourcil.

— Dois-je craindre d'être décapité sous peu ?

— Sans doute pas. Nous parvenons d'ordinaire à nous expliquer avant d'en arriver aux pires extrémités. D'autres ont tendance à ruminer leur ressentiment. Peut-être sommes-nous en présence d'une personne de ce genre. Ces trois individus ont les moyens – les connaissances techniques, la créativité. La victime avait confiance en eux, ils pouvaient donc accéder facilement à son domicile ou à son bureau. Ils ont un mobile dans la mesure où ils bénéficieront de sa mort en augmentant leurs parts respectives dans la société. Quant à l'occasion, c'en était une comme une autre.

— Ils s'aiment.

— Raison de plus. Combien de femmes et d'enfants résident à Dochas aujourd'hui parce qu'un homme les aime ? rétorqua-t-elle, faisant allusion au refuge pour femmes battues ouvert par Connors.

— Ce n'est pas de l'amour.

— Celui qui distribue les coups pense souvent que si. Il en est convaincu. C'est une illusion, comme le jeu, mais il a la sensation que c'est vrai. L'amour mal... entretenu génère toutes sortes d'émotions nuisibles. Jalousie, haine, ressentiment, suspicion.

— Constatation cynique, mais malheureusement juste. Je t'aime.

Elle laissa échapper un petit rire.

— Curieux moment pour me le faire savoir.

Il s'approcha d'elle, encadra son visage des deux mains.

— Je t'aime, Eve. Et quelles que soient les erreurs que nous commettons, je pense que nous faisons de notre mieux pour entretenir notre amour... Tu sais, je n'étais pas vraiment fâché contre toi. Je me rends compte que j'espérais trouver un coupable dans cette liste, quitte à ce que ce soit l'un de mes employés. Au moins, j'aurais su où j'en étais... La mort de Bart m'atteint profondément, je ne sais pas pourquoi.

— Ç'aurait pu être toi si les choses avaient été différentes. Si, si, insista-t-elle quand Connors secoua la tête. Si ton enfance t'avait offert un autre scénario. Nous en sommes conscients tous les deux. C'est probablement pourquoi nous nous sommes emportés. Nous sommes bien ensemble, non ?

— Oui, confirma-t-il en appuyant son front contre le sien.

Elle s'écarta légèrement pour croiser son regard.

— Voici mon conseil. Cesse de culpabiliser, de te dire que si tu avais agi différemment, tenu un autre discours, Bart aurait choisi de travailler avec toi plutôt que de monter son entreprise. Et que dans ce cas, il serait encore vivant. La vie n'est pas un logiciel.

— Je ne culpabilise pas. Pas trop, rectifia-t-il. Mais j'aurais pu ouvrir d'autres portes, discuter davantage, opter pour d'autres solutions. Je ne l'ai pas fait parce que l'idée de le laisser suivre sa route en toute indépendance me plaisait. Je sais pertinemment que je ne suis pour rien dans cette tragédie.

— Tant mieux. Si tu as du nouveau côté épées magiques, préviens-moi.

— Entendu.

— Il faut que j'y aille. Avocats, psys et suspects m'attendent.

Il la serra contre lui.

— Vas-y, sois un flic. Je te tiendrai au courant si j'arrive à me libérer pour donner un coup de main à Feeney.

« Il y arriverait, songea-t-elle. Il y arrivait toujours. »

Eve retrouva Peabody au cabinet de Felicity Lowenstien. Quoique petit, le bureau d'accueil était élégant, bien conçu, tout en rouge, noir et argent. La femme qui s'y trouvait était tout aussi élégante, et, soit par goût, soit par choix, s'harmonisait parfaitement avec le décor, avec ses cheveux courts gris-argent, son tailleur noir et l'énorme rose en tissu rouge ornant le revers de sa veste.

Elle les conduisit directement au bout du couloir, passant devant un bureau, une petite bibliothèque, et une porte fermée. Elle frappa brièvement à la porte suivante, puis l'ouvrit.

— Le lieutenant Dallas et l'inspecteur Peabody, annonça-t-elle.

Maître Lowenstien se leva et contourna son bureau. Elle était juchée sur des talons aiguilles de huit centimètres sans doute destinés à compenser sa petite taille, devina Eve. Elle aussi portait un tailleur noir avec une pointe de dentelle blanche dans le V du décolleté. Ses cheveux châtain foncé striés de mèches plus claires étaient coiffés en un chignon banane.

Elle offrit à Dallas et à Peabody une poignée de main ferme, puis les invita à s'asseoir.

— Je vous remercie de vous être déplacées. Je pense avoir tout ce dont vous aurez besoin.

Elle marqua une pause, émit un soupir.

— Permettez-moi de vous fournir quelques renseignements d'ordre personnel. J'ai rencontré Bart à l'université par l'intermédiaire de Cill. Cill et moi étions devenues amies, et elle a décidé de me présenter Bart.

— Une rencontre romantique ?

— C'était l'idée. Ça n'a pas marché, mais Bart et moi sommes restés amis. Quand nous nous sommes tous installés à New York, je suis devenue son avocate. Je me suis occupée du montage de l'entreprise, et de ses affaires personnelles. Je ne suis pas une spécialiste du droit criminel, mais je suis sortie à une époque avec un adjoint au procureur.

Elle eut un petit sourire et Eve en conclut que cette histoire non plus n'avait pas connu une fin heureuse.

— Je sais que vous ne pouvez ou ne voulez pas me dire grand-chose, mais je ne peux pas m'empêcher de vous poser la question, reprit-elle. Avez-vous des pistes ?

— Nous en suivons plusieurs.

— Je m'attendais à cette réponse, avoua-t-elle avec un soupir en tournant les yeux vers la fenêtre. Nous ne nous voyions plus très souvent. Nous étions chacun pris par nos activités, notre travail. Mais Bart était un type bien. Un garçon gentil.

— Quand avez-vous été en contact avec lui pour la dernière fois ?

— Il y a quelques jours. Il souhaitait créer une bourse – par le biais de U-Play – pour le lycée où Cill, Benny et lui ont suivi leurs études secondaires. Nous avions prévu un rendez-vous pour la semaine prochaine, tous les cinq. Nous avons bavardé un moment, histoire de rattraper le temps perdu, car nous ne nous étions pas vus depuis plusieurs mois. Il fréquentait une femme sérieusement. Il semblait très heureux.

— A-t-il évoqué ses projets – professionnels ou autres ?

— Pas vraiment. Je suis assez ignorante en matière d'informatique, mais j'ai eu l'impression qu'il y avait anguille sous roche. Il était tout excité.

— Et les autres ? Ils étaient d'accord pour cette histoire de bourse ?

— Certainement. Pour autant que je sache, nuança-t-elle. Ils ne faisaient jamais rien sans être tous d'accord.

— Donc, il ne paraissait pas inquiet ou soucieux.

— Au contraire. Il flottait sur un petit nuage.

— Il flottait sur un petit nuage, répéta Eve en se glissant derrière le volant. Insouciant. Pas du genre à finir sur une table d'autopsie, la tête sur un plateau.

— Il était riche et réussissait plutôt bien dans un milieu compétitif. Un terreau fertile pour susciter la jalousie, souligna Peabody.

— En effet.

Eve sortit son communicateur de poche quand il bipa et lut le texto de Connors.

— On va se séparer, annonça-t-elle. Je veux que vous alliez avec McNab à East Washington. Vous assisterez à la mini-convention qui se tient à l'hôtel *Potomac*.

— Une balade ! s'exclama Peabody en brandissant les poings.

— Vous endosserez le rôle de collectionneurs. Vous vous intéresserez tout particulièrement aux épées.

— Une balade et une infiltration ! Youpi !

— Doux Jésus, Peabody, un peu de dignité, je vous en prie.

— Il faut que je rentre chez moi me changer. Je fais trop flic.

Eve lorgna le pantalon en coton léger, les baskets à rayures multicolores.

— Vraiment ?

— Je sais comment je vais m'habiller. Paillettes, couleurs...

— Épatant. Allez préparer vos bagages, chopez McNab au passage et prenez la première navette.

— La navette. Celle de Connors ?

— Non. Celle que prennent les citoyens normaux, y compris les flics en mission d'infiltration.

— Zut ! murmura Peabody avec une moue boudeuse.

— Je veux des infos sur U-Play, les rumeurs qui ont pu circuler à propos de ce jeu et de l'épée ou d'*une* épée. Et pas de bêtises.

— Il y a une minute, ça paraissait amusant.

— Vous voulez vous distraire ? Prenez des places pour le cirque. Pour l'heure, récupérez McNab et foncez là-bas. Des passes d'entrée à vos noms vous attendent au bureau central d'information. Pas question d'acheter des jouets ou des jeux aux frais de la maison.

— Et si on y est forcé pour maintenir notre couverture ?

— Non.

— De moins en moins drôle. Sommes-nous autorisés à louer une chambre d'hôtel si nous devons explorer une piste ?

Eve étrécit les yeux.

— À condition que ce soit une bonne piste et un hôtel pas cher, sinon le montant sera déduit de vos salaires.

— S'il existe des ragots, des sous-entendus ou des tuyaux béton sur cette épée, c'est à un congrès qu'on les découvrira. Vraiment.

— Si je n'en étais pas convaincue je ne vous y enverrais pas.

Eve se gara devant l'immeuble de Peabody.

— Rapatriez votre gugusse. Et prévenez-moi quand vous serez arrivés. Ne merdez pas.

— Votre confiance m'arrache des larmes de joie.

— Vous sangloterez toutes les larmes de votre corps si vous bâclez le boulot, l'avertit Eve avant de redémarrer en trombe.

Au Central, elle se rendit directement à son bureau. Inutile de faire un saut à la DDE : Peabody avait dû contacter McNab deux secondes après avoir posé le pied sur le trottoir. Elle verrait Feeney après avoir fait le point avec ses hommes et lu attentivement les documents que lui avait remis l'avocate.

Elle franchit le seuil de la pièce, et s'immobilisa.

— Commandant.

Le commandant Whitney opina.

— Si vous pouvez m'accorder un moment, lieutenant.

Grand, imposant, il parvenait toujours à se mouvoir comme un vrai flic malgré de longues années dans l'administration.

Elle entra, ferma la porte derrière elle.

— Pouvez-vous m'offrir un café ?

— Naturellement.

Elle le lui programma.

— J'ai rendez-vous avec le Dr Mira tout à l'heure au sujet de l'affaire Minnock, enchaîna-t-elle.

— En effet, vous l'avez mentionné dans votre rapport. Vous revenez d'un entretien avec l'avocate de la victime.

— Oui, commandant. Encore une amie de Bart depuis l'université. Elle s'est montrée très coopérative, et m'a remis tous les documents nécessaires : statuts de la société, testament, accord de partenariat.

Whitney hocha de nouveau la tête, et prit place dans le fauteuil des visiteurs. Eve resta debout.

— Les circonstances sont... étranges, murmura-t-il avant de goûter son café comme s'il s'agissait d'un grand vin. Les médias ont eu vent du drame.

Elle jeta un coup d'œil sur son communicateur. Le voyant rouge clignotait à toute allure, signe d'une multitude de messages.

— Pour l'heure, je pense que le plus raisonnable serait de se contenter d'un communiqué de presse standard, fit-elle. Il y a nombre de pistes et d'angles d'attaque possibles à envisager. Nous ne pouvons pas nier la décapitation, mais je préfère en dire le moins possible pour l'instant.

145

— Je suis de votre avis. Le public pourrait paniquer. Tous les jeunes de cette ville possèdent des consoles de jeu.

— Je me concentre sur l'identification de l'arme. Ou plutôt, j'ai confié cette tâche à Peabody et à McNab. Je viens de les envoyer à un congrès spécialisé à East Washington.

— Vous avez procédé à deux arrestations. Pour l'instant, nous nous appuierons là-dessus pour avoir la paix. J'ai eu une conversation avec le capitaine Feeney. La DDE est à votre entière disposition – y compris les experts consultants civils.

Il marqua une pause, savoura encore une gorgée de café.

— Connors connaissait la victime, semble-t-il, et sa propre entreprise travaille actuellement sur un projet similaire.

— En effet, commandant. J'ai effectué une recherche de niveau trois sur les employés concernés. Je n'ai rien trouvé.

— Soyons clairs, Dallas. Assurez-vous que Connors possède des documents incontestables qui montrent quand et comment il s'est intéressé au développement de ce jeu.

— Oui, commandant.

Il vida sa tasse, la posa, se leva.

— Je ne suis pas ici pour vous apprendre votre métier, mais uniquement pour vous encourager à procéder avec précaution là où le côté personnel chevauche le professionnel.

— C'est noté, commandant. Je vais demander à Connors de nous transmettre ces documents.

— Il les a déjà remis à Feeney.

Whitney inclina la tête de côté.

— Il répond en priorité à la DDE, n'est-ce pas, lieutenant ?

— Oui, commandant. C'est la procédure réglementaire.

— Je vais vous laisser travailler, conclut Whitney.

Restée seule, Eve rumina un moment. C'était peut-être la procédure réglementaire, mais il aurait au moins pu la *prévenir*. Bien sûr, si elle lui avait posé la question, il le lui aurait dit. Ou il était sans doute parti du principe qu'elle savait qu'il le ferait, ou... Merde !

Elle en avait assez d'essayer de comprendre les mécanismes du cerveau de Connors alors qu'elle avait déjà du mal avec les siens.

Abandonnant l'exercice, elle partit pour son rendez-vous avec Mira.

9

Une consultation avec Mira supposait un certain rituel. La psychiatre lui offrirait – et Eve se sentirait obligée de l'accepter – une tasse de thé parfumé. Toutes deux savaient qu'Eve préférait le café, comme toutes deux savaient que le thé symbolisait l'influence apaisante de Mira, une échappatoire à la pression. Du moins durant les premières minutes.

S'asseyant dans l'un des fauteuils bleus en forme de coquille, Eve s'émerveilla comme chaque fois de l'aspect à la fois fonctionnel et féminin de la pièce. Apparemment, Mira n'avait aucun problème à autopsier les cerveaux criminels et les horreurs infligées aux victimes entourée de photos de famille.

Sans doute choisissait-elle les couleurs douces de son décor et de ses tenues pour contrebalancer ces abominations, et disposait-elle ces portraits autour d'elle pour s'ancrer dans sa propre réalité.

Eve songea soudain qu'elle n'avait aucune photo dans ses bureaux, ni au Central ni chez elle. Par crainte d'être distraite dans son travail ? Parce qu'elle supporterait mal de se sentir observée pendant qu'elle travaillait ? Ou encore…

Aucune importance, aucun intérêt. De telles analyses et suppositions relevaient du domaine de Mira. Eve avait besoin de comprendre le raisonnement du tueur, de s'y plonger pendant un temps. Son univers spartiate lui convenait parfaitement.

Sa tenue, par exemple : elle s'était contentée d'enfiler ce qui lui semblait le plus pratique. Veste légère, débardeur, pantalon de coton et bottines. Le boulot, la température, seuls impératifs, point final.

Mira, en revanche, avait opté pour un tailleur estival, couleur menthe parsemé de minuscules flocons rose bonbon. Ses escarpins à talons assortis aux mouchetures du vêtement mettaient en valeur ses jambes magnifiques. Ses cheveux blonds ondulaient légèrement, encadrant de manière flatteuse son visage aux traits fins. En guise d'accessoires, elle portait un collier, des boucles d'oreilles et une montre scintillants.

Rien d'excessif. Tout dans la précision, la perfection. Et, oui… apaisant.

— Vous êtes bien silencieuse, fit remarquer Mira en lui tendant la traditionnelle tasse de thé parfumé.

— Désolée. Je pensais garde-robe.

Une lueur de surprise et d'humour se mit à danser dans les yeux bleus de Mira.

— Vraiment ?

— À la façon dont elle révèle une profession, une activité ou une personnalité. Je m'interroge… Peabody et McNab sont en route pour Washington – une petite mission d'infiltration dans un congrès. Peabody voulait à tout prix passer chez elle se changer, sous prétexte de troquer son look de flic pour une tenue de dingue de jeux. À mon avis, elle ressemblera toujours à Peabody parce que tout ce qu'elle a dans son armoire, c'est elle qui l'y a mis.

— Exact. Mais nous avons tous nos caprices, et souvent c'est l'occasion qui dicte nos choix. Vous ne vous présenteriez pas avec Connors à un bal de charité dans cette tenue, de même que vous ne viendriez jamais au Central en robe longue.

— Je n'hésiterais pas si j'étais en retard pour la soirée – ou si on me contactait en pleine réception pour me rendre sur une scène de crime, répliqua Eve, avant de hausser les épaules. Mais je saisis votre propos. Ce serait plus facile si l'on pouvait porter ce que l'on veut quand on veut.

— Paroles d'une femme qui respecte fidèlement les règles. De même, la société et la mode ont les leurs. Ajoutez à cela que ce que nous portons peut nous préparer à ce que nous avons à faire.

Eve pensa au déguisement que le logiciel lui avait programmé. Force était d'admettre que cette tunique de guerrière l'avait mise d'humeur belliqueuse.

— La garde-robe de la victime n'était pas très variée, fit-elle remarquer. Minnock possédait quelques costumes traditionnels, mais pour l'essentiel, il portait des tenues décontractées : jeans, pantalons cargo, tee-shirts et pulls. La plupart des tee-shirts arboraient le logo d'un jeu vidéo. Il vivait dans son boulot.

— Vous le comprenez ?

— Oui. Tout ce que j'ai découvert prouve qu'il adorait ce qu'il faisait. Son appartement était rempli de jouets, de souvenirs, de jeux et de consoles.

— Il devait être heureux de pouvoir faire ce qu'il aimait, ce en quoi il excellait du matin au soir. De gagner sa vie en exerçant un métier qui lui donnait tant de bonheur. Avec ses amis de longue date.

— Heureux, normal, gentil – tous les gens qui le connaissaient emploient ces termes.

— Logique. Il menait une existence agréable et de toute évidence très saine. Il avait une compagne à laquelle il tenait, gardait le contact avec sa famille, ses amis. Il avait pour ambition de développer son affaire, mais pas au point d'exclure ses relations personnelles.

Elle but une gorgée de thé et Eve comprit que Mira profitait de ces instants pour mettre de l'ordre dans ses idées.

— Dans votre rapport, vous signalez qu'il appréciait la compagnie des enfants de son immeuble et s'entendait bien avec leurs parents. Il avait beau vivre pour son travail, cela ne l'empêchait pas de s'ouvrir aux autres.

— Comment expliquer qu'un garçon aussi sain, affable et heureux se fasse décapiter dans son holopièce sécurisée ? La question ne s'adresse pas à vous, précisa Eve. C'est à moi et à la DDE d'y répondre. Mais pourquoi ? La méthode est significative, et a exigé beaucoup de préparation. Comment, pourquoi, qui ? Quelle sorte d'individu emploie ce genre de procédé, ces circonstances ?

— La décapitation est à l'évidence une forme de mutilation et indiquerait un besoin ou un désir de profaner – de conquérir absolument.

Mira secoua la tête et les brillants roses de ses boucles d'oreilles étincelèrent.

— Toutefois, la quantité de lésions ainsi que le soin pris par l'assassin pour atteindre la victime puis quitter la scène contredisent cette thèse. Ces éléments démontrent un grand sens de l'organisation, du détail. Séparer la tête du corps peut être symbolique, de même que l'arme utilisée et la méthode. Un jeu. La victime ne vivait, ne respirait que par le jeu, et se servait de sa « tête » pour bâtir un empire sur cette base.

— D'où la piste du concurrent, voire d'un abruti mécontent de ses scores. La théorie du cinglé semble plausible dans la mesure où il existe des moyens plus simples et moins tapageurs pour éliminer un rival professionnel. Ou, plus fou encore, quelqu'un qui rejette violemment les jeux en eux-mêmes. Si dingue soit-il, il doit avoir de solides connaissances en informatique pour avoir réussi à entrer et à ressortir sans être détecté. À moins qu'il n'habite ou ne travaille dans l'immeuble. Jusqu'ici, rien ne nous a sauté aux yeux.

— L'entreprise de la victime embauche ce genre de spécialistes.

— Oui. Et le meurtrier connaissait forcément la victime ; il devait savoir que Minnock serait chez lui prêt à jouer. Pour un concurrent, le disque à lui seul a une valeur considérable. Dans ce cas, pourquoi ne pas avoir frappé avant que Bart l'ait inséré dans la machine ? Ç'aurait été faire d'une pierre, deux coups : le rival est mort et le projet est dans la poche. Mais il le laisse sur place. J'en conclus que, soit il n'en voulait pas ou n'en avait pas besoin, soit ce n'est pas le mobile. La seconde option ne me plaît pas. Je pense qu'il n'en avait pas besoin, tout simplement.

— Vous, vous regardez du côté des associés et employés.

— C'est notre priorité, confirma Eve. Minnock n'aurait jamais entamé une partie avec un adversaire qui n'était pas impliqué dans le projet. Il utilisait les gosses comme cobayes pour certains jeux, et j'ai l'impression que cela l'amusait. Mais il n'était pas prêt à leur proposer celui-ci.

— Parce qu'à ce stade, ce n'était qu'un projet. Important.

— Oui. Il leur a dit, sans leur fournir de détails, qu'il aurait bientôt un nouveau logiciel à leur proposer. Il était tellement excité qu'il ne pouvait pas garder ça pour lui. Mais chez U-Play, ils testent régulièrement des jeux à toutes les étapes du développement.

— Et là, il aurait parlé davantage.

— D'après le registre, la victime y jouait beaucoup en solo ou à plusieurs. Il a eu divers partenaires. La DDE creuse pour savoir quels scénarios il privilégiait. Et contre qui. Je vais insister pour que l'on me remette une copie du disque. Les associés sont assez coopératifs, mais sur ce point, ils traînent les pieds.

Mira opina.

— Vous avez donc un meurtrier organisé, méticuleux et doué en informatique. Comme vous, je suis convaincue que la victime le connaissait et avait confiance en lui. Cependant, la méthode est violente et brutale – rapide, efficace, à l'aide d'une arme de guerrier. Une arme sophistiquée, peut-être, mais le procédé n'a rien de nouveau. La décapitation est un geste guerrier, aussi. La défaite totale de l'ennemi, la tête séparée du corps. Une mise à mort qui exige concentration, habileté et force.

— Tout le contraire d'un allumé de la cyberscience.

— Exactement. Les deux pathologies sont à l'opposé l'une de l'autre. Il se pourrait qu'ils soient deux.

— J'ai envisagé cette possibilité. Le premier planifie, le second exécute. J'ai même pensé à un droïde. Un individu capable de reprogrammer tout en évitant d'alerter la CompuGuard et de persuader Bart de lancer un défi à un droïde. Mais comment et quand a-t-il réussi à introduire le robot ? Comment et quand a-t-il réussi à introduire l'arme ?

— Un droïde ? Intéressant, murmura Mira en croisant et en décroisant ses jolies jambes. Voilà qui expliquerait la rapidité, la force, et l'efficacité. Et qui concorderait avec la pathologie du meurtrier – je parle de l'élément humain. L'utilisation de ses connaissances en informatique. Sa façon à lui de se battre contre la victime, de remporter la partie par procuration et de supprimer son adversaire grâce à une méthode qui met en valeur lesdites connaissances. On s'est déjà servi de droïdes pour se battre ou commettre des assassinats. C'est pourquoi les lois et mesures de protection sont si sévères. Les enfreindre représente un véritable défi. Or notre coupable est un provocateur.

— Nous devrions sans doute examiner de plus près le droïde domestique. La DDE a procédé à une analyse préliminaire et n'a rien trouvé. Mais Leia était déjà dans les murs, Minnock se reposait sur elle, et entre le crime et sa découverte, le tueur a eu largement le temps d'effacer toute trace de sabotage. À moins… qu'il ne l'ait remplacée par un clone.

« Encore un nouvel angle d'attaque », songea Eve, qui but son thé sans s'en apercevoir.

154

— Méticuleux, organisé, certes, reprit-elle. Mais frimeur, aussi. Et puéril dans ses prises de risques. Si Bart ne suivait pas le scénario à la lettre, tout s'écroulait. S'il n'était pas rentré chez lui plus tôt, s'il n'avait pas emporté le disque, s'il n'avait pas le temps de jouer, ça n'aurait pas marché.

— Risques calculés. La plupart des joueurs en prennent. Comme les tueurs.

— Surtout si le joueur connaît les habitudes de son adversaire. L'ego compte beaucoup dans cet univers, surtout quand on le prend au sérieux. Personne n'aime perdre. Certains s'exercent avec acharnement, d'autres trichent, d'autres encore vont bouder dans leur coin après une défaite… et leur déconvenue peut se transformer en soif de vengeance.

— Plus l'on prend le jeu au sérieux, plus celui-ci se confond avec la vie réelle, et plus l'échec est frustrant, commenta Mira.

Eve acquiesça.

— Les arcades sont régulièrement le terrain de bagarres, rappela-t-elle. Dans le cas qui nous préoccupe, il ne s'agissait pas d'une manifestation passionnelle, d'une colère subite et incontrôlable. Mais elle pourrait s'enraciner dans ce genre de terreau.

— Certains individus ont du mal à dissocier violence dans le jeu et comportement violent, expliqua Mira. La plupart y cherchent une forme de défoulement, une façon d'endosser le rôle de héros ou de méchant sans s'écarter du droit chemin. Mais chez d'autres, le jeu réveille des tendances agressives enfouies.

— Si ce n'était pas le jeu, ce serait autre chose. Mais je suis d'accord avec vous : la frontière entre monde virtuel et monde réel est floue. L'assassin l'a franchie. Peut-être en a-t-il terminé. Il a eu ce qu'il voulait. Il a gagné. Il me semble toutefois que lorsque la frontière est à ce point floue et qu'on l'a franchie une fois, il est facile de recommencer.

— Gagner peut créer une dépendance, convint Mira.

— Tuer aussi.

Passer du bureau de Mira à la DDE était aussi déboussolant que de quitter une demeure élégante où des gens entretenaient une conversation paisible et intellectuelle pour se retrouver dans un parc d'attractions géré par des ados hyperactifs.

Eve ne s'offusqua pas de ce choc des cultures : elle y était habituée. Mais à dix mètres de sa destination, ses oreilles se mirent à bourdonner et ses paupières à papillonner.

Ici, les employés exhibaient des couleurs et des motifs criards, et s'exprimaient dans un jargon codé incompréhensible pour le commun des mortels. Personne ne restait immobile à la DDE. Techniciens, officiers, inspecteurs gambadaient, sautillaient ou paradaient au rythme d'une musique intérieure poussée au maximum.

Même ceux qui étaient assis à leur poste de travail gigotaient, gesticulaient, pianotaient fébrilement, sifflotaient. Feeney, enchanté d'être aux manettes, dirigeait cet asile de fous de main de maître. Avec son pantalon trop large et sa chemise froissée, il donnait l'impression d'un îlot modeste mais solide au milieu d'une mer tumultueuse.

Dans son box, debout devant un écran, le front plissé et les cheveux hirsutes il déplaçait des cubes de chiffres et de lettres – de véritables hiéroglyphes – d'un endroit à l'autre.

— Tu as une minute ? s'enquit Eve.

— Oui, oui. Tu m'as pris mon homme.

Comme ils étaient tous ses hommes, quel que fût leur sexe, Eve mit quelques secondes à comprendre.

— McNab ? Je t'en avais touché deux mots d'abord.

— Je n'avais pas bu mon café. Tu me soumets tes idées au beau milieu de la nuit, ça me désavantage.

— Il était plus de 6 heures ce matin.

— Quand je me suis couché à 2 heures, c'est le beau milieu de la nuit, rétorqua Feeney. À présent, je suis obligé de faire le boulot à sa place.

Elle fourra les mains dans ses poches.

— Je t'avais prévenu, marmonna-t-elle. Qu'est-ce que c'est que ça ? enchaîna-t-elle en désignant l'écran.

— Des petits bouts de ce qu'on a réussi à récupérer sur le disque – à savoir pas grand-chose. Nous les faisons analyser par l'ordinateur, mais j'ai eu envie d'essayer la méthode ancienne.

— Ça marche ?

Il lui adressa un regard las.

— J'ai l'air content ?

— Fais une pause, suggéra-t-elle. Tiens ! ajouta-t-elle en sentant quelque chose au fond de sa poche. Un bonbon. C'est pour toi.

Il fixa le bonbon, puis haussa les épaules et s'en empara.

— Depuis combien de temps ce truc est-il là ?

— Pas longtemps. Summerset me reproche sans arrêt de ne pas vider mes poches. Ce sont les miennes. Et il est enveloppé dans du papier, non ?

Feeney le déballa et le goba.

— J'ai de nouvelles pistes potentielles, reprit Eve. J'aimerais qu'on réexamine le droïde domestique.

— Leia est clean.

— Oui, je sais, mais j'ai deux hypothèses. Soit l'assassin l'a programmée et utilisée pour commettre le crime, puis a rétabli ses circuits initiaux. Soit il l'a débranchée et a apporté son double.

— Tu penses qu'un droïde aurait pu décapiter un bonhomme ?

— Pourquoi pas ? Nous avons deux styles divergents – et Mira est de mon avis.

Pendant qu'il suçait son bonbon, elle lui résuma les points forts de son entretien avec la profileuse.

— Comment aurait-il échangé les droïdes ?

— Une étape à la fois, Feeney. D'autant que je ne sais pas si c'est le cas. Si tu acceptais de procéder à un deuxième diagnostic, plus élaboré, en prenant en compte ces facteurs, nous pourrions confirmer ou éliminer.

— Un type qui va s'amuser à trafiquer un droïde et à décrypter les systèmes de sécurité a besoin de temps et de tranquillité. Sans oublier le matériel *ad hoc*.

— Chez U-Play, ils ont tout ce qu'il faut. Nombre d'entre eux travaillent en dehors des heures ouvrables.

Il se gratta la joue.

— Mouais.

— Ensuite, j'aimerais que tu consultes le registre afin de déterminer les habitudes de Minnock. Quelle version préférait-il ? Avec qui jouait-il ? Qui battait-il régulièrement, à quel jeu ?

— Maintenant, tu me dis que quelqu'un l'a décapité parce que Minnock gagnait plus souvent que lui ?

— Pourquoi l'aurait-il assassiné au cours d'une partie s'il n'attachait aucune importance au jeu ? Il est frimeur. « Je suis le champion. J'ai transformé le virtuel en réel. »

— Toutefois, il ne peut pas répandre la nouvelle. Ce qui gâche son plaisir, supputa Feeney. Un joueur invétéré veut qu'on affiche son nom au tableau. Il veut les applaudissements. Le triomphe.

Eve arpenta la pièce.

— D'accord, d'accord. Mais peut-être savoure-t-il sa victoire autrement. Comme... comme ces gens qui volent des œuvres d'art ou les font voler, puis les enferment dans un coffre-fort où personne ne peut les admirer. Elles sont toutes à eux. Ils tirent leur gloire du secret. Ce qui exige maîtrise, volonté et un putain d'ego. Caractéristiques indispensables pour préparer ce meurtre. Il a fallu de la précision, de la brutalité et du sang-froid pour le commettre. Ce qui me ramène à la théorie des deux protagonistes. Deux individus, ou un individu et un droïde. Ou encore un individu avec des personnalités multiples, mais pour l'instant ce postulat figure tout en bas de ma liste.

— Leia est un modèle déposé parce que c'est la réplique d'un personnage de film, il faut donc payer des droits, etc. Par ailleurs, un droïde, ça se déclare officiellement. On peut contourner le problème si on l'achète au marché noir, mais celui-ci a été fabriqué sur mesure. Leia est équipée d'une puce d'identification et d'un numéro. Nous avons le certificat d'authenticité de la victime. Si elle a été bricolée, elle a passé l'examen standard. Nous pouvons insister. Quant à d'éventuelles copies, c'est un modèle très demandé, un classique. En ce qui me concerne, je suis presque sûr que Minnock aurait décelé la ruse. Allons lui jeter un coup d'œil.

Feeney entraîna Eve jusqu'à la salle des indices, tapa un code, pressa le pouce sur l'écran tactile.

— *Feeney, capitaine Ryan, accès accordé.*

Ils pénétrèrent dans une caverne de trésors électroniques. Ordinateurs, communicateurs, écrans, dispositifs de surveillance et de sécurité, tous étiquetés, remplissaient les étagères. Les droïdes étaient bien représentés : droïdes domestiques et jardiniers, minidroïdes de qualité médiocre, et toute une série de répliques d'humains alignées tels des suspects.

Eve contempla le modèle de droïde choisi par la victime.

— Sa tenue n'est pas adaptée au combat.

— Version esclave, épisode six. Mais elle est débrouillarde. Cette fille est une rebelle, elle a du courage. Elle a aidé à botter les fesses de l'empereur.

— Seigneur, Feeney ! C'est un automate – la réplique d'un personnage *fictif* d'une saga spatiale.

— Je t'explique juste, grommela-t-il. Cette Leia est un robot haut de gamme.

— Il jouait avec elle ?

— Enfin, Dallas !

— Pas de cette façon. Beurk !

— Elle est munie d'une interface du jeu, et peut donc télécharger le scénario, les règles. Ce doit être une adversaire redoutable.

À la voir, Eve en doutait, mais elle se fia à la parole de Feeney.

— Elle pourrait manipuler une épée ?

— Certainement.

Eve secoua la tête.

— Minnock était nettement plus grand. Le coup est venu d'en haut, en diagonale. Elle a pu grimper sur quelque chose.

— Si elle ou une de ses copies ont été programmés à cette fin, ils vont la détruire, commenta Feeney. Dommage. Elle est superbe.

Eve faillit lui faire remarquer une fois de plus que ce n'était qu'un robot, mais elle se rappela qui elle avait en face d'elle et s'en abstint.

— Au boulot ! décréta-t-elle. Je me charge de la recherche sur le modèle.

— Je m'occupe d'elle personnellement. Je vais confier à Callendar la tâche d'analyser les autres données.

— Merci. Je serai sur le terrain, chez U-Play.

— Un lieu magique, soupira Feeney. Pauvre garçon. Il avait une mine d'or entre les mains.

La morosité qui régnait chez U-Play n'étonna guère Eve. Le niveau sonore demeurait élevé, mais les visages des employés étaient graves. Nombre d'entre eux portaient un brassard noir.

— Lieutenant.

Var descendit l'escalier, les yeux cernés, le teint blême, signes qu'il avait passé une nuit agitée.

— Vous avez des nouvelles ? s'enquit-il.

— Nous suivons plusieurs pistes, répondit Eve. J'ai l'impression qu'il y a beaucoup d'absents aujourd'hui.

— Après avoir... informé le personnel, nous leur avons accordé la possibilité de prendre une journée de congé. Nous avions pensé à fermer la boutique quelques jours pour témoigner de notre respect. Puis nous nous sommes dit que nous encaisserions mieux le choc en continuant à travailler. Mais, en fait, ça n'aide pas vraiment. Ici, tout tourne autour de Bart. Je bosse sur un dossier, je me dis que je vais lui poser une question, puis je me rappelle qu'il n'est plus là. Nous avons parlé avec ses parents. Mon Dieu ! C'était horrible. Une cérémonie en son hommage aura lieu ici demain après-midi parce que... parce que c'est ici qu'il se sentait le mieux. Ce n'est pas une église ni un salon funéraire, mais...

— Je trouve que c'est une excellente initiative.

— Merci. Nous pensions... D'accord.

— Cill et Benny sont là ?

— Oui. Si vous souhaitez les voir, je peux...

— Plus tard. Puisque vous êtes là, commençons par vous. Pouvons-nous nous installer dans votre bureau ?

— Je... euh... Bien sûr.

La perspective d'un entretien sans ses copains semblait le mettre mal à l'aise, mais il la conduisit jusqu'à son box en verre.

— Vous n'avez jamais envie d'un peu d'intimité ? hasarda-t-elle.

— Euh...

Il regarda autour de lui avec surprise.

— Peu importe, fit-elle.

Elle balaya le bureau du regard. Table croulant sous les dossiers, ordinateurs et systèmes divers, quantité de jouets, un tabouret de bar en forme d'extraterrestre à tentacules.

— Je n'ai pas bien saisi qui fait quoi chez vous, reprit-elle. Vous êtes associés, mais chacun d'entre vous doit

161

avoir des fonctions, des tâches et des responsabilités spécifiques.

— Nous mettons nos idées en commun. Ensuite, en fonction de celle ou celui qui a émis le concept, nous intervenons à différentes étapes.

Il s'assit, débrancha son casque.

— Benny est spécialisé dans la recherche. Cill a un don d'organisatrice – elle est un peu notre mère à tous. Je me concentre sur le marketing. Mais rien n'est figé. Nous nous aidons les uns les autres.

— Et Bart ?

— Le développement, bien sûr. Il avait le don de s'emparer d'un concept et de l'améliorer. Il avait un sens affûté des affaires. Les grands comptes, les clients, les finances. Les marges, les coûts de production, ce genre de choses. Nous mettions tout en commun, mais il était capable d'en garder beaucoup là-dedans, poursuivit Var en pointant l'index sur son front. Il était plus ou moins l'image publique de U-Play.

— C'est lui qui retenait le plus l'attention des médias.

— Il aimait se trouver sous les projecteurs, là où Benny perd ses moyens et où Cill se sent mal à l'aise.

— Et vous ?

— Je suis davantage un gars des coulisses, de l'interne. La plupart de ceux qui font notre métier sont maladroits en société. Bart ne l'était pas. Voulez-vous un soda ou autre chose ?

— Non, merci. Qui remplira sa fonction désormais ?

— Je… je l'ignore. Nous n'en avons pas discuté. J'imagine que nous n'y avons pas vraiment réfléchi.

Il baissa la tête, contempla ses genoux.

— Nous verrons au jour le jour.

— Vous pourriez peut-être trouver un autre associé, suggéra Eve.

— Il n'en est pas question, répliqua-t-il vivement en relevant la tête. Nous nous débrouillerons.

— Qu'en est-il du lancement de Fantastical ?

— Nous respecterons le calendrier. C'était le bébé de Bart.

— J'ai besoin d'une copie de ce disque, Var.

— Nous le ferons porter en mains propres au capitaine Feeney à la DDE. Il est presque prêt. Euh… il y a des papiers à signer. Clause de confidentialité, etc.

— Entendu. Donc, Bart s'est beaucoup impliqué dans l'élaboration de ce jeu. Il a testé les différents scénarios, les niveaux.

— Oui. Comme nous tous. C'est indispensable. Si nous ne nous amusons pas, pourquoi les clients s'amuseraient-ils ? Pour réussir, il faut croire en son produit.

— Avait-il un scénario préféré ?

— Il aimait bien mélanger. C'est l'un des atouts de ce jeu. On peut faire ce que l'on veut selon son humeur.

— Quand vous jouiez tous les deux, que choisissiez-vous le plus souvent ?

— Nous sommes là-dessus depuis des mois ! Nous avons tout essayé. Rome antique, Far West, univers alternatif, quêtes, sauvetages, gangsters, guerres…

— Qui gagnait ?

Il s'esclaffa.

— Difficile de battre Bart, mais j'ai obtenu ma part de points… Sans lui ça va être dur, avoua-t-il, redevenant sérieux.

— Je m'en doute. Vous arrive-t-il de jouer contre des droïdes ?

— Des droïdes ? Bien sûr. Nous les utilisons comme cobayes à différentes étapes du développement. Personne ne garde mieux un secret qu'un droïde. Mais vers la fin, il faut passer aux êtres humains. Nos clients ne sont pas des robots.

— Excusez-moi, intervint Cill qui venait d'apparaître sur le seuil. Je vous ai aperçue, lieutenant. Avez-vous… du nouveau ?

— Non, je regrette. Je suis revenue vous poser quelques questions, histoire d'y voir un peu plus clair. Merci de m'avoir accordé ce moment, Var, fit-elle à l'adresse de ce dernier. Cill, si nous allions dans votre bureau, à présent ? Je m'efforcerai d'être brève.

— Pas de problème. Je suis à votre disposition. Var, quand le lieutenant en aura terminé avec moi, je rentrerai à la maison. Aujourd'hui, je ne suis bonne à rien.

— Veux-tu que l'un d'entre nous t'accompagne ?

— Non, c'est gentil. J'ai juste besoin d'un peu de temps, de solitude. Préviens Benny si tu le vois avant moi. Ça ira mieux demain.

— Je t'appellerai plus tard, promit-il avant d'aller la serrer contre lui en une étreinte à la fois sincère et gauche. Essaie de te reposer, d'accord ?

— Oui. Toi aussi… Par ici, lieutenant.

En chemin, Eve jeta un coup d'œil par-dessus son épaule. Var les suivait du regard derrière sa baie vitrée, l'air malheureux.

— Puis-je vous offrir à boire ? demanda Cill.

— Non merci, mais ne vous privez pas à cause de moi.

— Je n'ai envie de rien.

Cill fourra les mains dans ses poches, les ressortit, croisa les doigts.

— Vous avez l'habitude de parler à des gens qui viennent de perdre un être cher, reprit-elle. Savez-vous combien de temps il faut avant d'oublier que cette personne n'est plus là, de cesser de l'attendre ?

— C'est très dur. Vous devriez peut-être envisager une thérapie. Je peux vous conseiller plusieurs professionnels.

Cill repoussa ses longs cheveux noirs derrière ses épaules.

— Je n'ai jamais consulté de psy. Je vais y réfléchir.

— Vous connaissez Bart depuis de longues années. Vous avez dû travailler ensemble sur de nombreux projets.

— Des tonnes. On enchaînait les séances de brainstorming. On s'asseyait, on se commandait une pizza et on lançait des idées. Ensuite, on se mettait au boulot. Comment transformer cela en un programme digne de ce nom ?

— Vous lanciez des idées, répéta Eve.

— Oui. Ça rebondissait dans tous les sens.

— Qui a eu celle de Fantastical ?

— Euh… ma foi, marmonna-t-elle en fronçant les sourcils. Je ne m'en souviens pas exactement. Je… c'est peut-être Var qui a suggéré un jeu de rôle avec des scénarios contrôlés par l'utilisateur. Ensuite… oui, c'est ça, ensuite, j'ai souligné qu'il en existait déjà pas mal sur le marché. Comment faire évoluer le concept ? Et si on passait en mode holo ? Si on fignolait sérieusement l'imagerie, la remontée dans le temps ?

Elle détourna la tête.

— Après cela, si je ne me trompe pas, Benny nous a informés que nous ne serions pas les premiers, que l'entreprise de Connors était déjà sur le coup.

— Qu'a dit Bart ?

— Sur le moment, il n'a rien dit parce qu'il cogitait.

Cill se leva pour aller se servir une boisson énergétique. Elle se déplaçait avec grâce, nota Eve.

— Vous êtes sûre que vous ne voulez rien ?

— Non, merci.

Cill se rassit, décapsula la bouteille, but une gorgée.

— Moi non plus, en fait, murmura-t-elle. Je ne sais plus où j'en étais. Ah, oui ! On discutait, et Bart a déclaré : « On ne va pas se contenter d'améliorer l'imagerie. On va se focaliser sur l'aspect sensoriel, la technologie intelligente. Les militaires utilisent la technologie intelligente pour s'entraîner. On n'a qu'à l'appliquer au jeu. » C'était un énorme investissement en temps, en énergie et en argent, mais il nous a conquis. « On n'offre pas un menu classique, on se débrouille pour que l'utilisateur puisse programmer son scénario jusque dans les moindres détails. » Nous avons continué jusqu'à esquisser les bases. Il ne nous restait plus qu'à retrousser nos manches.

Elle ébaucha un sourire.

— Ce qu'on a fait. Ce sera le *nec plus ultra*.

— Vous l'avez testé.

— Oh, oui ! Tous les quatre, le plus souvent en dehors des heures ouvrables. Du moins au début. On voulait garder le secret. C'est la raison pour laquelle on a demandé à Felicity de s'occuper des dépôts légaux avant que Connors ne nous pique le concept.

— Je comprends. Quel était le scénario préféré de Bart ?

— Il aime les mélanges. Mais d'une manière générale, il opte pour le rôle du héros. Il aime se battre pour une cause, ou une fille, ou pour son âme.

— Il était doué ?

— Meilleur que nous tous, la plupart du temps. Il aimait gagner – et jouer. C'était… mon ami le plus précieux au monde, ajouta-t-elle d'une voix tremblante. Je ne sais pas ce que je vais devenir sans lui. Je ne sais pas ce que nous allons devenir.

Eve sortit une carte de visite, y inscrivit plusieurs noms.

— Prenez contact avec l'une de ces personnes. Parler vous soulagera.

— D'accord. Est-ce que je peux rentrer chez moi à présent ?

— Oui. Cill, connaissez-vous la famille Sing ?

— Bien sûr ! Les enfants sont adorables.

— Var m'a dit que vous organisiez une cérémonie en hommage à Bart ici même demain après-midi. Les Sing souhaiteraient y assister. Pourriez-vous les prévenir ?

— Bien entendu. Ils sont déjà sur ma liste, mais je vais m'en occuper dès que je serai à la maison.

— Parfait. Où puis-je trouver Benny ?

— Il était dans son bureau quand je suis passée devant tout à l'heure. Je doute qu'il en ait bougé.

10

Benny n'étant pas dans son bureau, Eve en profita pour étudier son espace. Porte ouverte, murs en verre, permission implicite. Comme les autres, il disposait d'un mini-réfrigérateur, d'un autochef, d'une série d'ordinateurs et d'une collection de jeux et de jouets.

Ses étagères étaient plus encombrées que celles de Var, moins que celles de Cill. Une pile de cubes mémo trônait à côté de son poste de travail, une autre de disques, juste derrière. Comme Mira, il s'était entouré de photos.

Benny avec Cill et Bart lorsqu'ils étaient enfants, le visage frais, le sourire niais. Déjà à cette époque, Benny, grand et maigre, coiffé d'une tignasse de cheveux roux, dominait ses compagnons tandis que les yeux verts de Cill brillaient de bonheur. Bart se tenait entre eux deux. Adolescents, au bord de la mer, lunettes noires, tee-shirts, chevelures au vent, penchés vers l'objectif. Déguisés : Cill, en perruque et robe vaporeuse blanche, brandissait un pistolet laser, Benny vêtu d'une espèce d'armure de soldat, Bart, en tunique blanche, tenant une épée tubulaire lumineuse.

Non, un sabre laser. Bien sûr ! L'obsession des Jedi. *La Guerre des étoiles*. Comme son droïde.

Eve l'examina de plus près, secoua la tête. Ce n'était pas l'arme du crime.

D'autres photos montraient Var plus âgé, cheveux longs, vêtements froissés, regard endormi. Ou encore, les quatre amis devant l'entrepôt en plein hiver, tee-shirts au logo de U-Play, sourires béats et coupes de champagne levées en signe de victoire.

Elle s'imprégna de ces témoignages du passé, puis quitta le bureau. Aujourd'hui, l'ambiance était moins agitée bien qu'il y eût toujours pas mal de mouvement.

Eve fronça les sourcils. Lorsque les rayons du soleil se reflétaient sur les cloisons en verre, certains endroits se retrouvaient plongés dans l'ombre.

« Intéressant », songea-t-elle. Murs transparents ou pas, selon les heures de la journée, certains secteurs devenaient quasiment invisibles.

Elle croisa un jeune homme en aérobaskets.

— Je cherche Benny.

— Euh... Dans son bureau ?

— Non.

— Alors il est peut-être rentré chez lui. Sale journée. Yo ! Jessie ? Benny ?

— Euh... je crois qu'il est au labo 3. Peut-être.

— Labo 3. Peut-être.

— Où est-ce ? s'enquit Eve.

— Euh... Troisième niveau. Par là.

— Merci.

Combien d'omelettes auraient-ils pu confectionner avec tous leurs « euh » ?

Elle emprunta le chemin des écoliers. Personne ne l'arrêta pour lui demander qui elle était ni ce qu'elle faisait. Les employés vaquaient à leurs affaires ou bavardaient par petits groupes, leur brassard noir telle une blessure sur les étoffes de couleurs vives.

De temps en temps, l'un d'entre eux se servait d'une carte à puce, mais dans la plupart des portes restaient grandes ouvertes.

Elle repéra Benny à travers la vitre d'un laboratoire. Il semblait exécuter une figure d'art martial, lèvres pincées, lunettes 3D sur le nez.

Il bougeait bien. Malgré sa silhouette dégingandée, ses mouvements étaient souples, contrôlés, vifs.

Celui-là ne se contentait pas de rester assis devant son écran à faire semblant.

Les pouces accrochés à ses poches arrière, Eve l'observa tandis qu'il exécutait le salut de fin traditionnel.

Lorsqu'elle frappa, il sursauta.

Il ôta ses lunettes. Son regard était vitreux, et Eve se demanda combien d'heures il venait de consacrer à cet exercice de réalité virtuelle.

Il tâtonna un peu au moment de composer le code, puis la porte s'ouvrit en glissant sur ses rails.

— Lieutenant Dallas. Désolé, j'ignorais que vous étiez là.

— Pas de problème. Vous êtes en forme, observat-elle. Quelle ceinture ?

— Aucune, avoua-t-il en haussant les épaules. Pas officiellement. Question holo et virtuel, je suis un champion, mais sinon, je ne m'entraîne pas, et je ne participe pas non plus à des compétitions.

— Dommage, vous devriez.

— Euh... Vous avez du nouveau ? Savez-vous qui l'a tué ?

— Nous poursuivons notre enquête. Vous étiez en train d'expérimenter un nouveau jeu ?

— Oh, non ! Pas vraiment. Nous ajoutons constamment des fonctions et des niveaux à nos programmes de réalité virtuelle. Mais surtout, je cherchais... à m'échapper un moment. Nous aurions dû fermer la boutique aujourd'hui. Var pensait que nous serions mieux ici, ensemble, avec de quoi nous occuper l'esprit. Il n'avait sans doute pas tort. Chez moi, j'aurais tourné en rond... Remarquez, je tourne aussi en rond ici. Vous voulez entrer ? Ou vous préférez qu'on s'installe dans l'espace de détente ?

— Ici, ce sera parfait, assura Eve en pénétrant dans le labo. C'est donc dans cette pièce que vous testez et améliorez vos produits ?

— Oui. Ce labo sert pour les essais sur la réalité virtuelle et l'interactif. On en a d'autres consacrés aux jeux sur ordinateur, aux consoles de poche. Je m'y installe pour effectuer certaines recherches, notamment des comparaisons entre les produits déjà en vente et ceux sur lesquels nous travaillons.

— Ce doit être amusant.

— Plutôt, oui. Bart... Bart a mis en place cette politique dès le début. Tout le monde joue. Cela fait partie du boulot. Tous les employés sont tenus de consacrer un nombre défini d'heures au jeu. Pour créer des jeux, il faut aimer jouer. C'est sa philosophie.

— Cela signifie-t-il que tout le monde a une chance de tester un logiciel en cours de développement ?

— Non. Tout dépend de leur niveau et de leur implication dans le projet. Cependant nous mettons à la disposition de nos collaborateurs tous nos jeux déjà en vente ainsi que ceux de nos concurrents. Vous voulez en essayer un ?

— Fantastical, pourquoi pas ?

Il grimaça.

— Désolé, c'est impossible. Nous n'en sommes pas encore au stade de proposer cette application au personnel. Nous serons prêts d'ici quelques semaines. Bart prévoit déjà le lancement et comment on va... Je veux dire... Merde !

Benny s'adossa au comptoir comme si ses jambes ne le soutenaient plus.

— Je n'y crois pas. Je n'arrive pas à me mettre dans la tête qu'il est parti pour toujours.

— Bart misait beaucoup sur le succès de ce jeu.

— Énormément. Il avait le don d'imaginer le tableau dans son ensemble. Il savait anticiper. Il prévoyait toujours un plan B et un plan C, au cas où.

— Vous vous connaissez depuis des années. Je suis passée par votre bureau. J'ai vu les photos.

— Oui. Je ne me rappelle pas un seul événement où Cill et Bart n'étaient pas là. Et Var, par la suite. Nous étions inséparables. Mon Dieu !

— C'est douloureux. Vous avez perdu un ami, un associé. Vous partagiez beaucoup de choses. La photo où vous êtes déguisés... *La Guerre des étoiles*, si je ne m'abuse ?

— Oui. *Un nouvel espoir*, épisode quatre.

Il poussa un profond soupir, se frotta les yeux.

— Leia, Luke et Han. C'était l'été juste avant notre entrée à l'université, lors d'un congrès mondial.

— Le costume, le droïde domestique... Bart était un fan.

— Ce film était précurseur d'une nouvelle ère, d'autant que l'infographie développée par Lucas... Ne me lancez pas sur ce sujet, fit-il en esquissant un sourire.

— Il devait y jouer souvent. Peut-être que certaines versions avaient sa faveur dans le nouveau jeu.

— Pas tant que ça. Nous avons quantité de jeux inspirés de *La Guerre des étoiles* et des Jedi.

— Mais il savait manipuler un sabre laser.

— Un truc génial. Il était aussi capable de recréer n'importe quel vaisseau spatial en holo ou en réalité virtuelle. Quand Bart s'y met, il s'y met à fond.

— Que préférait-il dans le nouveau jeu ?

— Tant que le projet n'est pas abouti, on a tendance à toucher à tout. Cela dit, il aime les combats. Sauver la demoiselle en détresse, le village ou la planète. Les quêtes et la sorcellerie, affronter le Chevalier noir, abattre le dragon. Avec ce genre de produit, on peut faire à peu près tout. Construire le monde, la mythologie.

Plus il en parlait, plus il était excité.

— Bart est le roi pour construire un monde. Il a rédigé les canevas et conseillé les scénaristes pour les versions vidéo de *Charrah* et de *Troisième étoile*. Il écrit remarquablement bien.

Benny se calma, soupira, parut se dégonfler.

— Je n'arrive pas à me mettre dans la tête qu'il est parti, répéta-t-il. Pour toujours. Je me demande ce que nous allons devenir sans lui. Vous croyez que ça s'arrangera quand vous aurez démasqué le coupable ?

— Je l'ignore. Mais au moins, vous saurez qui l'a assassiné et pourquoi. Vous saurez que justice lui a été rendue.

— C'est important, concéda-t-il. Bart avait un sens aigu de la justice. D'où sa préférence pour les rôles de héros, j'imagine. Le hic, lieutenant Dallas, c'est que lui rendre justice ne suffira pas à le ressusciter.

— Non, en effet.

Eve prit congé, se dirigea vers l'escalier, descendit quelques marches. Quand elle se retourna, il avait remis ses lunettes 3D et saluait son adversaire virtuel.

Une façon comme une autre de s'échapper.

Après la chaleur moite des rues d'East Washington, le flux d'air glacé dans le hall climatisé de l'hôtel était divin.

Cerise sur le gâteau, Peabody se sentait complètement dans le coup avec son pantalon prune à fermetures Éclair multiples (elle avait l'impression que la coupe et la disposition des zips l'amincissaient), ses bottes vernies et son débardeur très décolleté qui mettait sa poitrine en valeur.

Outre un tatouage provisoire sur un sein – un dragon ailé au milieu d'un cœur –, elle avait forcé sur le maquillage et s'était offert une coiffure tout en boucles et paillettes.

Impossible de la prendre pour un flic.

Le regard et le murmure d'approbation de McNab l'avaient rassurée, d'autant qu'il s'était empressé de lui pincer les fesses.

Une mission d'infiltration signifiait qu'ils devaient se mêler à la foule et elle décida qu'ils avaient passé l'examen avec brio, elle en violet et rose, McNab en vert pelouse et tee-shirt « Fils de Zark ». Main dans la main, ils se dirigèrent vers le bureau d'accueil.

Dans leurs nombreuses poches, ils avaient dissimulé des armes, ce qui les avait obligés à s'identifier auprès de la sécurité, de même que leurs insignes et communicateurs.

Ni l'un ni l'autre ne s'attendait à rencontrer des problèmes, mais tous deux en rêvaient secrètement.

Ils récupérèrent leur passe, leur dossier d'enregistrement et quelques cadeaux parmi lesquels des gobelets isothermes ornés des personnages d'un nouveau jeu, des logiciels gratuits, des bons de réduction et un plan du salon.

— C'est génial, décida McNab tandis qu'ils s'avançaient jusqu'au premier stand. Le top du top. Tu as vu qu'ils proposent des démonstrations 3D toute la journée et… Regarde ! Mince ! Le système 3-Z ! L'holoportable ! Cet appareil coûte le prix de la terre plus celui de deux satellites, mais il permet de jouer en holo sans holopièce.

Peabody s'immobilisa devant la démo.

— Mouais, fit-elle. Les personnages ressemblent à des spectres. Ils sont plats et flous.

— Oui, bon, c'est la première génération. Mais d'ici deux ans, tu verras le travail.

Ils déambulèrent entre extraterrestres et guerriers, bandits, héros et cracks de l'informatique dans une ambiance assourdissante.

Partout, on faisait la queue pour assister à une présentation, à une conférence sur tel ou tel jeu, rencontrer les personnages. Combats, guerres spatiales, poursuites et quêtes magiques explosaient sur les écrans.

— J'aperçois le stand de U-Play, dit Peabody. On devrait traîner par là, tâter le terrain.

— Oui. Oui, grogna McNab, l'œil rivé sur un écran. Je pourrais battre ce score. Je l'ai déjà battu. Je devrais m'inscrire à cette compétition. Jouer mon rôle à fond.

— Plus tard. Si Dallas me contacte pendant que tu fais le zouave, on en prendra tous les deux pour notre grade. On sonde, on s'émerveille devant les armes, on prend des notes. *Ensuite*, tu pourras faire mumuse.

Il la serra brièvement contre lui.

— Peabody, tu es d'une efficacité redoutable. En bas, ils sont des jeux réservés aux adultes.

Elle lui glissa un regard de biais sous ses cils teintés en violet.

— Vraiment ?

— J'ai consulté le plan.

— Après tout… c'est pour la bonne cause.

— Absolument. Si on n'essaie pas quelques jeux pendant qu'on est là, on risque d'éveiller les soupçons.

— On ira tout à l'heure, promit-elle.

Les curieux se pressaient sur et autour du stand de U-Play une foule bariolée sur un fond de crêpe noir. Un portrait de Bart Minnock trônait au milieu tandis qu'à l'écran, il dirigeait un séminaire sur le jeu.

Parmi les badauds, certains sanglotaient tandis que d'autres achetaient souvenirs, consoles, logiciels et figurines. Avec 10 % de remise en hommage au défunt.

Ils se frayèrent un chemin parmi eux. Peabody s'arrêta devant la jeune femme responsable d'un secteur du stand.

— Il est vraiment mort ? fit-elle en écarquillant les yeux. J'avais entendu dire que c'était un coup de pub pour lancer un nouveau jeu.

Les yeux de son interlocutrice s'humidifièrent.

— Il est parti. Nous sommes anéantis.

174

— Vous le connaissiez ? s'enquit McNab. Personnellement, je veux dire.

— Pas beaucoup. Je travaille à East Washington, je m'occupe du marketing pour la région. Mais j'ai eu l'occasion de le rencontrer. Un type formidable.

— Voyons, insista Peabody. Ce qu'on raconte ne peut pas être vrai. Décapité dans une holopièce. On dirait un jeu.

L'expression de la collaboratrice devint glaciale.

— Il a été assassiné, et cela n'a rien d'un jeu.

— Ben, excusez-moi, mais franchement, ça paraît invraisemblable. Qui ferait un truc pareil ?

— J'espère qu'on démasquera rapidement le coupable et qu'il paiera pour son crime. L'univers du jeu a perdu l'une de ses figures de proue. Pour U-Play, c'est une tragédie.

— C'est vraiment triste, acquiesça Peabody en lui tapotant le bras. Mon copain est un fan. Nous avons pris une journée de congé pour venir ici dès que nous avons appris la nouvelle.

— Je t'avais dit que ce n'était pas un canular, intervint McNab. Je vénérais Bart. Il était le symbole de ma génération de joueurs. J'ai acheté le premier système PS de U-Play et je ne l'ai jamais regretté. J'ai eu le PS-5 avec la console annexe pour Noël l'année dernière. Un bijou

— Nous en sommes fiers. Avez-vous vu la démo d'Excursion ?

— Pas encore.

— Permettez-moi de vous en offrir une copie en mémoire de Bart.

— Génial. Je veux dire, merci.

— Vous avez droit à dix parties avant qu'il ne s'efface. J'espère que cela vous plaira.

— Aucun doute. Mes préférés sont…

Il énuméra toute une liste de jeux axés sur le combat et les armes.

— Environ tous les deux mois, on organise chez nous un tournoi Mort d'un chevalier, conclut-il.

— Il s'apprêtait justement à envoyer un courrier électronique à U-Play pour inviter Bart, ajouta Peabody, inspirée.

— Vous auriez dû ! Il y serait peut-être allé.

— Je songe à en organiser un le mois prochain – costumes, décors, accessoires, tout le tintouin, expliqua McNab. Comme une sorte d'hommage.

— Si vous le faites, prévenez-moi, répliqua la jeune femme en sortant une carte de visite. Je pourrai peut-être vous donner un coup de pouce, vous envoyer des cadeaux.

— Waouh ! Ce serait trop ! J'ai beaucoup entendu parler de la collection de Bart. Là aussi, je suis sur la même longueur d'onde que lui.

— Totalement ! Mon homme a un faible pour les armes, surtout les armes phalliques, déclara Peabody avec un clin d'œil en prime. Notre salle de jeux en est remplie. Nous sommes toujours en quête d'un truc vraiment original. J'adore en dégoter et lui en faire la surprise.

— Vous trouverez des armes magnifiques au niveau au-dessus.

— Justement, on y allait.

— Demandez Razor, montrez-lui ma carte. Je n'y connais pas grand-chose, mais Razor est une mine. Si l'objet que vous cherchez existe, sous quelque forme que ce soit, il vous le dénichera.

— Razor. Super ! Pourvu qu'ils arrêtent le meurtrier, conclut McNab en jetant un coup d'œil à la photo de Bart.

— Nous le souhaitons tous.

Comme ils s'éloignaient, le communicateur de Peabody bipa. Elle tira sur l'une de ses fermetures Éclair. Après avoir lu le nom affiché à l'écran, elle passa en mode privé.

176

— Salut, maman !

— Très drôle, railla Eve. Je… Qu'est-ce que vous avez sur la figure ? Et qu'est-ce que c'est que ces cheveux en tire-bouchon ?

— Mission d'infiltration, murmura Peabody. Je me fonds dans le décor.

— Où ? À la Parade des pétasses du virtuel ?

— Vous y connaissez quoi en pétasses du virtuel ? Et qui est ici parce qu'*elle* s'y connaît ?

— Bon, bref… Je suis en route pour le Central. Rapport.

— Nous ne sommes pas là depuis longtemps. Cependant nous venons d'avoir une agréable conversation avec une charmante personne de U-Play. Le stand est drapé de noir, ils ont placé une photo géante de Bart en plein milieu… et ils accordent une réduction sur tous les produits en hommage au défunt. Dans le monde des affaires, on ne perd pas une minute.

— Faire du fric avec la mort. Intéressant. Je me demande qui a eu cette idée.

— Nous nous dirigeons vers la partie réservée aux armes. La fille nous a donné un contact.

— Parfait. Avertissez-moi s'il y a du nouveau. Combien de fois vous êtes-vous arrêtés pour jouer ?

— Pas une seule. Je vous le jure.

— Qu'est-ce que vous attendez, pour l'amour du ciel ? s'exclama Eve. Vous êtes censés être des joueurs. Vous ne pouvez pas vous contenter d'avoir l'air d'une pétasse passionnée par le jeu.

— C'est prévu. Et je prends le « pétasse » pour un compliment.

— Revenez au plus vite. Feeney réclame son équipier à cor et à cri.

— Nous…

Peabody soupira. Eve avait coupé la transmission. Elle reprit la main de McNab et ils gagnèrent l'étage.

— Elle veut qu'on marque des points, qu'on teste des jeux et qu'on rentre *illico*, annonça-t-elle.

Mais McNab ne réagit pas. Sidéré, il s'était arrêté net.

Revolvers, haches, épées, sabres, disques laser, il y en avait partout… Des centaines, des milliers. Étincelants, lumineux, chatoyants, la plupart dans leurs vitrines blindées.

Peabody claqua des doigts sous son nez.

— Tu peux m'expliquer pourquoi tu t'émerveilles devant des instruments fabriqués pour estoquer, découper en morceaux et tuer ?

Il cligna des yeux, sourit.

— Je joue juste mon personnage. Perso, je préfère les trucs qui explosent, mais aujourd'hui, je serai fan d'épées. Allons trouver Razor.

Il leur fallut près d'une heure pour le dénicher, mais Peabody se garda de précipiter le mouvement. Visiblement fasciné, McNab avait l'air d'un véritable geek ensorcelé par les armes, ce qui était le but de l'opération. Il engagea la conversation avec un nombre incalculable d'assistants, de collectionneurs, de représentants de sociétés. Peabody l'abandonna momentanément, le temps d'aller chercher deux fizzy au distributeur. Lorsqu'elle revint, il brandissait une épée à trois lames qui grésillait et lançait des rais de lumière rouge au moindre mouvement.

— Regarde-moi ça, bébé ! lança-t-il. Une des originales du film *À la limite du destin* !

— Je croyais que tu l'avais déjà ?

— Non. Tu penses au trident de La Rage de Poséidon.

— Ah, oui.

Elle lui tendit un fizzy.

— Voici ma dulcinée, annonça-t-il à un homme trapu au crâne luisant orné de tatouages. Ma chérie, je te présente Razor.

— Enchantée, fit Peabody. C'est vous que la responsable d'en bas nous a recommandé.

— Je suis le grand maître des armes, se vanta-t-il. Il n'existe que quatre exemplaires de ce modèle, dont deux seulement dans le commerce. Celle-ci est authentique, certificat à l'appui.

— Superbe ! commenta McNab en prenant une pose guerrière. Mais je suis à la recherche d'une lame simple. Une vraie de vraie. J'ai un permis. Je monte une collection d'armes blanches, si vous voyez ce que je veux dire. Style jouets, reproductions et objets réels.

— Je vois. Je peux vous procurer une Doom, une Gezzo ou une Lord Wolf, mais seulement en reproduction. Il n'en existe pas de vraie.

— Il paraît qu'on en vend au marché noir.

— Au marché noir ? ricana Razor. Rien que pour les voir il faut se farcir des tonnes de démarches.

— J'ai entendu parler d'une épée électrifiée utilisée dans un nouveau jeu ; ils ont dû en fabriquer plusieurs exemplaires pour créer le programme.

McNab se pencha vers Razor, et ajouta :

— Le copain d'un copain à moi a bossé au service recherche et développement de U-Play. Ils sont sur le point de lancer un produit révolutionnaire et cette arme en fait partie.

Razor scruta rapidement les alentours.

— Moi aussi, j'ai des copains de copains, mais s'ils mettaient au point une épée électrifiée, une vraie, je serais le premier informé. Demandez à n'importe qui dans le métier qui est au courant de ce qu'il faut savoir. On vous répondra Razor.

McNab fit la moue, fourra la main dans l'une de ses multiples poches.

— Je ne vois pas pourquoi ils m'auraient mené en bateau. On raconte que cette épée est *fantastique*.

— Pas si fort. J'ai capté. Mais les armes, c'est mon domaine, et je n'ai pas eu vent d'une telle invention. N'oubliez pas qu'on évolue dans le virtuel.

McNab afficha une expression aussi déçue que dubitative.

Ils discutèrent encore une vingtaine de minutes, comparant diverses épées plus menaçantes les unes que les autres mais toutes inoffensives. McNab finit par acquérir l'imitation à trois lames.

— Pour mon neveu, déclara-t-il. Écoutez, si vous avez vent de ce dont on a parlé, prévenez-moi, d'accord ?

Il gribouilla son adresse électronique sur un bout de papier.

— Entendu, répondit Razor, mais vous êtes à la poursuite d'une légende urbaine, camarade.

— Ou d'une aiguille dans une botte de foin, murmura McNab à Peabody tandis qu'ils s'éloignaient. Mon instinct me souffle que si quelqu'un sait quelque chose, c'est Razor.

— D'accord avec toi. Il a compris que tu avais l'envie et les moyens. S'il avait pu te la vendre, il aurait sauté sur l'occasion. Et s'il était dans le secret, il se serait débrouillé pour te le faire savoir. L'ego, toujours.

— Il s'agit peut-être d'un matériel militaire. Top secret.

— Réfléchis. Les militaires se battent-ils avec des épées ? À présent, si on descendait se divertir comme deux adultes ?

— Peabody, je t'adore.

— Tu ne vas pas tarder à me le prouver.

À New York, Eve rédigea une mise à jour de son rapport avant de lancer une nouvelle série de calculs de probabilités. Spéculations, perceptions, convictions intimes comptaient autant que les preuves.

Elle étudia les résultats, poussa un soupir, posa les pieds sur le bureau et ferma les paupières pour réfléchir.

— Dur, dur, comme boulot !

Elle ne prit pas la peine d'ouvrir les yeux. Elle avait reconnu le cliquetis et le rythme des talons de Nadine Furst, célèbre présentatrice de Channel 75 et animatrice d'un talk-show au succès incontestable.

— Je ne sens pas l'odeur des beignets, s'étonna Eve.

— C'est le milieu de l'après-midi. J'ai apporté des gâteaux.

Elle agita la boîte qu'elle tenait à la main.

— Je vous en ai réservé trois, précisa-t-elle, et ça n'a pas été facile.

— Quelle sorte de gâteaux ?

— Des cookies aux pépites de chocolat. Je vous connais, n'est-ce pas ?

— Moi aussi, je vous connais. Je ne vous révélerai rien sur cette enquête.

— J'ai reçu Bart Minnock dans mon émission à plusieurs reprises. C'était un garçon charmant. J'espère que vous allez rôtir les testicules de son assassin.

Eve ouvrit enfin les yeux et dévisagea Nadine.

— J'y travaille, répondit-elle.

— Je vois cela, répliqua Nadine en désignant le tableau de meurtre.

— Merde ! grogna Eve en posant les pieds à terre. Ça reste entre nous.

— Depuis combien de temps sommes-nous amies ?

— Pas tant que ça, en fait.

Nadine s'esclaffa.

— Décidément, vous êtes une dure à cuire, ce qui explique probablement que vous soyez mon amie. Je suis venue à titre personnel vous expliquer en personne que votre présence est vivement souhaitée à la soirée de lancement de mon livre demain soir.

Eve fronça les sourcils.

— Et, non, enchaîna Nadine, je ne m'attendais pas que vous vous en souveniez, mais Connors y pensera. Il sort après-demain. Mon bouquin. Donc…

Elle passa les doigts dans sa chevelure blonde impeccablement coiffée – signe indubitable de son désarroi.

— Je suis sur les nerfs, avoua-t-elle. Non, je suis terrifiée.

— Pourquoi ?

— Pourquoi ? *Pourquoi* ? Et si c'est un bide ?

— Pourquoi serait-ce un bide ?

— Eh bien… parce que c'est nul ?

— Ça ne l'est pas. Vous m'avez obligée à le lire. Pardon, vous m'avez priée de le lire, rectifia Eve. Pour être sûre de n'avoir commis aucune erreur, puisque c'est moi qui ai enquêté sur l'affaire Icove. Je l'ai lu. Ce n'était pas nul et je n'ai noté aucune erreur.

— Tant mieux. Épatant. Je me demande si les gars du service publicitaire accepteraient de vous citer. « Le lieutenant Eve Dallas affirme que l'ouvrage n'est pas nul. »

— Vous voulez une autorisation écrite ?

Nadine se laissa choir sur le siège des visiteurs.

— Faites comme chez vous, grinça Eve. Vous ne voyez pas que je suis en train de tenter de résoudre un crime ?

— Et vous, vous ne voyez pas que je suis en train de craquer ? aboya Nadine.

Eve marqua une pause. Jamais elle n'avait vu Nadine dans cet état. Elle se leva et se dirigea vers l'autochef.

— Vous pouvez boire un café, prendre le temps de vous ressaisir. Ensuite, vous dégagez.

— Trop aimable.

— Nadine, je vous ai donné ma bénédiction après avoir lu votre bouquin. Les critiques sont excellentes.

— Vous les avez vues ?

— J'ai dû en parcourir une ou deux, par-ci, par-là. Vous avez fait du très bon boulot. Vous avez su y mettre une touche d'humanité sans tomber dans la sensiblerie. Vous avez veillé à l'exactitude des faits, et c'est important, mais en même temps, vous avez réussi à rendre l'histoire vivante. Alors cessez de pleurnicher comme un bébé.

— Je savais bien que vous me réconforteriez, espèce de garce. Dallas, j'aimerais vraiment que vous passiez demain, ne serait-ce qu'un court moment. J'aurai peut-être besoin de vous pour me flanquer un nouveau coup de pied aux fesses.

— À quoi servent les amis ? Je tâcherai d'être là. Je le prévoirai dans mon emploi du temps, mais si j'ai un imprévu…

— N'oubliez pas qui vous avez en face de vous. Il est évident que votre boulot passe en priorité, surtout si vous avez à frire les testicules de l'assassin plutôt que de venir me botter le train !

Elle vida sa tasse.

— Bon, déclara-t-elle. Je devrais pouvoir tenir quelques heures.

— Allez embêter quelqu'un d'autre si vous avez besoin d'une piqûre de rappel.

— J'ai d'autres amis que vous, vous savez.

Elle jeta un coup d'œil sur le tableau de meurtre.

— Arrêtez-le, Dallas, lâcha-t-elle avant de sortir.

Eve se rassit, ouvrit le carton et s'empara d'un cookie. Elle l'examina, mordit dedans, soupira d'aise.

Et songea à l'amitié.

11

Tout en continuant à méditer sur l'amitié, Eve quitta son bureau pour rejoindre la salle commune. Ici, ses hommes s'affairaient, manipulaient ordinateurs et communicateurs, remontaient des pistes, besognaient sur l'éternelle paperasserie.

Bips, martèlements, éclats de voix et les sifflotements discordants de Reineke s'entrecroisaient dans les airs.

Des amitiés s'y nouaient, nées du port de l'insigne et nourries dans certains cas par des intérêts partagés ou des affinités de caractère. Il régnait aussi un esprit de compétition qu'Eve trouvait plutôt sain. Elle ne voulait surtout pas d'une bande de flics décontractés et complaisants.

Les frictions étaient inévitables quand on travaillait de longues heures sous pression. Seuls les droïdes opéraient sans jamais se brouiller. Eve préférait les hommes et les femmes qui suaient, saignaient et se chamaillaient à l'occasion.

Sa division tournait rond non seulement parce qu'elle l'exigeait, mais aussi (du moins était-ce son sentiment) parce qu'elle faisait confiance à ses collaborateurs.

Ils vivaient avec le meurtre. Ils n'avaient pas besoin qu'elle leur rappelle ce qu'elle, le département et la victime attendaient d'eux.

Entre coéquipiers, les relations étaient souvent plus profondes qu'entre amis, parfois plus intenses et plus intimes qu'entre amants. On se protégeait réciproquement, on partageait les risques, on parlait la même langue, on échangeait ses secrets.

La confiance était la base des relations entre flics et le filet de sécurité de tout partenariat.

Une deuxième visite à la DDE s'imposait, au risque de faire imploser son système nerveux. Juste avant qu'elle atteigne la porte, Reineke le siffleur l'interpella :

— Yo ! Lieutenant ! On est sur ce meurtre à la pizza.

— L'agression du côté de Greene Street.

Si elle les laissait tranquilles, elle n'en était pas moins au courant des dossiers qu'ils suivaient.

— Oui. Un type va acheter une pizza végétarienne et se fait tabasser avec une clé à molette. L'agresseur a emporté son portefeuille et la pizza.

— Il n'aime pas le gaspillage.

— Sûrement. La femme de la victime attend à la maison. Au bout d'une heure, elle commence à s'inquiéter. Elle essaie de joindre son mari sur son communicateur, mais il ne peut pas lui répondre vu qu'il est mort. Elle appelle la pizzeria : fermée. Elle cherche encore à le joindre deux ou trois fois et finit par nous alerter. On l'a découvert à trois pâtés de maisons de son domicile, en bas d'un escalier.

— Bien. Où en êtes-vous ?

— Pas d'empreintes sur la clé, pas de témoins. Il a pris un coup en pleine figure, puis un deuxième qui lui a éclaté le crâne. Ce qui me chiffonne, c'est que ce salopard s'est enfui avec une pizza à vingt dollars et a laissé derrière lui un outil qui en vaut soixante-quinze. Et quelle mouche a piqué la victime d'aller chercher une pizza au beau milieu de la nuit alors qu'il pouvait se la faire livrer ? Ça sent mauvais.

Sur ce point, elle ne risquait pas de le contredire.

— Vous soupçonnez l'épouse.

— Oui. Les voisins prétendent qu'ils ne se disputaient jamais.

L'air cynique, il secoua la tête.

— Pas normal. Et comme par hasard, elle a reçu un coup de fil cinq minutes avant de chercher à contacter le mari. « Erreur de numéro, dit le mec, désolé. » Impossible de remonter à la source.

— En effet, ça pue. Le couple était assuré ?

— Il a augmenté le montant de l'assurance il y a six mois. Rien de faramineux, mais une somme coquette. Et depuis quatre mois, elle sort deux soirs par semaine. Atelier de poterie.

— Avec ce machin, marmonna Eve en dessinant vaguement un tour. Et la boue visqueuse.

— Oui. On place la boue sur le bidule, et on lui donne une forme. Drôle d'idée. Si on a besoin d'un vase ou d'un pot, autant se le procurer dans un magasin.

— La femme de Feeney a suivi des cours de poterie. Je ne sais pas si elle continue. Elle fabrique des objets qu'elle donne ensuite. C'est bizarre.

— Des goûts et des couleurs… On a vérifié, la femme en question est bien inscrite et ne rate pas une séance. Le problème, c'est que ça dure une heure. Or deux voisins particulièrement attentifs nous ont signalé qu'elle partait avant le retour de son mari et ne rentrait guère avant 22 heures, parfois plus. L'horaire annoncé est de 19 heures à 20 heures. Elle part avant 18 heures. Question : qu'est-ce qu'elle fabrique pendant ces trois heures supplémentaires quand l'atelier est à cinq minutes à pied de chez elle ? Le prof habite sur place. Pratique, non ?

— On dirait qu'ils ne se contentent pas de fabriquer des vases, commenta Eve. Leurs antécédents ?

— Rien à signaler.

— Quelles sont vos intentions ?

— On s'efforce de déterminer les origines de la clé. On pourrait les convoquer, les faire transpirer un peu, mais ils sont sûrement persuadés qu'ils n'ont plus rien à craindre. Elle a pris l'habitude de fabriquer des pots deux fois par semaine, il se pourrait qu'elle commence à s'impatienter. Qu'elle veuille remettre les mains dans la boue. Ce soir, l'atelier est fermé. L'occasion me paraît idéale pour un cours particulier, si vous voyez ce que je veux dire.

— Je décrypte votre code malgré sa complexité, Reineke. Allez-y, surveillez ses allées et venues. Et quoi qu'il advienne, vous les embarquerez tous les deux demain pour interrogatoire.

— Entendu.

Eve s'éloigna, s'arrêta brusquement.

— Si c'est pour elle qu'il a tué le mari, il sera plus difficile à déstabiliser. Elle a un alibi en béton pendant qu'il se salissait les mains. Il va d'abord chercher à la protéger. C'est elle la tricheuse. Elle craquera la première.

« Le mariage est un terrain miné », songea Eve en empruntant une rampe électrique pour gagner la DDE. Mue par une intuition, et un vague espoir, elle évita le chaos de la salle commune et fonça directement au laboratoire. Décidément, les cracks de l'informatique avaient la manie de travailler dans des boîtes en verre. Claustrophobes ? Exhibitionnistes refoulés ? Besoin de voir et d'être vus ?

Quelle qu'en soit la raison, Feeney et ses hommes s'affairaient devant leurs ordinateurs derrière un mur transparent, leurs voix étouffées par la barrière du matériau. Eve avait l'impression d'observer une espèce rare dans son habitat naturel.

Feeney, les cheveux dressés en touffes, gobait une praline, sa friandise préférée. Callendar remuait les hanches et claquait des doigts tout en allant et venant devant un écran qui affichait une série de codes incompréhensibles. Un homme qu'Eve ne reconnaissait pas – comment les distinguer les uns des autres ?

– effectuait des allers-retours sur un tabouret à roulettes devant un long comptoir.

Et puis, il y avait Connors.

Il avait ôté sa veste et roulé les manches de sa chemise noire jusqu'aux coudes. La lanière de cuir retenant ses cheveux en catogan signifiait qu'il était en mode travail. Lui aussi était assis sur un tabouret à roulettes, mais, contrairement à ses compagnons, il demeurait immobile tandis que ses doigts pianotaient à toute allure sur le clavier.

Il était totalement concentré sur sa tâche. S'il rencontrait un problème, il réfléchirait et marmonnerait des jurons en irlandais.

Il avait laissé de côté ses affaires pour la journée. Pas seulement pour Bart ni pour le plaisir de résoudre un puzzle. Pour elle.

Tant pis s'ils n'étaient pas toujours d'accord sur les moyens et les méthodes à employer. Au cours de son existence, jamais personne n'avait si totalement mis Eve à la première place.

Elle sut à quel moment il avait perçu sa présence. Ses doigts s'immobilisèrent, et il tourna la tête. Son regard bleu croisa celui d'Eve avec la même intensité que la toute première fois qu'ils s'étaient rencontrés, à cet enterrement.

Elle sentit son cœur se gonfler d'amour.

Le mariage avait beau être un terrain miné, elle n'hésiterait pas à le fouler pour des instants tels que celui-là.

Il se leva, contourna Callendar, et rejoignit Eve dans le couloir.

Elle ne protesta pas lorsqu'il effleura ses lèvres d'un baiser.

— À quoi songeais-tu, *a ghra* ?

— Aux gens. Amis, amants, partenaires. Tu appartiens aux trois catégories.

Il lui prit la main.

— Conclusion ?

— Parfois on a de la chance avec ceux que l'on invite dans son existence. Parfois pas. Aujourd'hui, je suis consciente de la chance que j'ai.

Il sourit, l'embrassa de nouveau. Feeney ouvrit la porte à la volée.

— Si vous n'avez que ça en tête, allez donc vous défouler dans la salle de détente. Il y en a qui bossent, ici !

Si Eve avait été du genre à rougir, elle serait devenue écarlate. Honteuse, elle se recroquevilla sur elle-même tandis que Connors s'esclaffait.

— Je m'accorderais volontiers une pause.

— Tu t'accorderais l'éternité si tu le pouvais, grommela-t-elle. Pas de mièvreries en service.

— C'est toi qui as commencé.

N'ayant rien à répondre à cela, elle se tut donc et pénétra dans le box.

— Ça progresse ? s'enquit-elle d'un ton sec de flic.

— Nous épluchons les couches de l'holosystème de la victime, expliqua Feeney. Nous recherchons les ombres, les échos et les traces de sabotage. Jusqu'ici, nous sommes bredouilles. Pareil avec le droïde. Rien n'indique qu'il a été trafiqué ou reprogrammé.

— Même chose pour le dispositif de sécurité de la salle, renchérit Connors. Nous le disséquons pièce par pièce, mais personne ne semble être entré après Bart et avant que le droïde le déverrouille le lendemain matin.

— À croire que la tête de ce pauvre garçon s'est séparée toute seule de son corps, grogna Feeney. J'ai expédié une équipe sur place ce matin pour une fouille approfondie des lieux. Mes gars n'ont trouvé aucune autre issue.

— J'ai une semi-bonne nouvelle, annonça Callendar. J'ai analysé les registres de l'holopièce au bureau et chez la victime. Un joueur obsessionnel. Il était capable de jouer dix à douze heures dans la journée, et il lui est arrivé d'y consacrer des nuits entières. Souvent seul, mais aussi avec des partenaires, chez lui comme au bureau.

Elle but une gorgée de soda.

— Ces derniers mois, il s'est particulièrement inté-ressé au nouveau jeu, en solo et à son bureau. Et ce n'était pas la première fois qu'il emportait le prototype chez lui.

— Avait-il signé le registre les fois précédentes ? s'enquit Eve.

— Toujours. D'après nos recoupements, il jouait seul. Cependant les étapes et les versions du jeu varient.

— Des améliorations, conclut Eve. Il l'emportait chez lui pour le tester en toute tranquillité, gommer les défauts, ou peut-être ajouter des éléments.

— C'est notre hypothèse. Au tout début, ils l'avaient baptisé Projet Super X.

— Vous plaisantez.

— Pas du tout. Projet Super X ou PSX. Périodes d'utilisation recensées : après 17 heures ou 18 heures en semaine, et des séances plus longues à multiples joueurs les week-ends. Quiconque travaillait sur une partie de l'application devait connaître le mot de passe, puis taper un code d'utilisateur. Nous en avons identifié quatre, à savoir les quatre associés. Mais s'ils en discu-taient entre eux, ils devaient tous en être à peu près au même stade.

— Le jeu pouvait donc être dupliqué.

— À quelques détails près, confirma Callendar. Cela exigerait beaucoup de temps, d'efforts, d'habilité et de coopération, mais ce n'est pas impossible.

— Qu'en est-il du scénario qu'il avait programmé à l'heure du décès ?

— Là, ça se complique. Connors va prendre le relais.

— L'une des mesures de sécurité, ce que j'appellerais une précaution en temps réel, enchaîna ce dernier, consistait à changer régulièrement les codes d'utilisateurs et les mots de passe.

— Du coup, si quelqu'un tentait de pirater le jeu de l'extérieur ou de l'intérieur, il se serait heurté à un mur.

— Théoriquement, répondit Connors. Toutefois, malgré les pare-feu et autres obstacles, il suffit d'un coup de chance. J'ai découvert des tentatives de piratage et d'infections en provenance de sources extérieures, rien d'extraordinaire, et qui ont toutes échoué. Il y a eu aussi quelques tentatives de l'intérieur, mais elles coïncident avec les vérifications d'usage. Pour démarrer ce jeu sous sa forme holo, il faut fournir son mot de passe, son code d'utilisateur et s'identifier par empreintes digitales du pouce et vocale. Rien de totalement insurmontable, bien sûr.

Eve le fixa d'un regard froid.

— Bien sûr.

— Toutefois ils avaient prévu des dispositifs supplémentaires qui auraient déclenché une alarme en cas d'intrusion. À condition que le pirate ne les ait pas déjà sabotés. Les disques eux-mêmes, du moins celui que nous avons récupéré dans la machine de Bart et la copie dont nous disposons ici, sont conçus pour se bloquer si l'une des étapes n'a pas été respectée ou si le procédé d'identification échoue. Comme nous l'avons appris à nos dépens, essayer de sortir le disque ne sert strictement à rien : il s'autodétruit.

— Je sais tout cela.

— Je prépare le terrain, lieutenant. Ils ont fait preuve de prudence, de ruse et de vigilance. Malheureusement, rien n'est infaillible. Quoi qu'il en soit, ces précautions nous empêchent de certifier qui a joué à quoi et quand. Nous ne pouvons qu'extrapoler.

— Autrement dit : deviner.

— Une supposition raisonnée et étayée basée sur un calcul de probabilités. Bart employait toute une palette de codes et de mots de passe entre son domicile et son bureau mais, comme la plupart des gens, il avait tendance à les reprendre en boucle. Pour simplifier la tâche, j'ai demandé à l'ordinateur de l'étiqueter Util.1 – pour utilisateur numéro un – sur les deux sites.

Il commanda un affichage sur l'écran mural.

— Voici les dates, les heures et les lieux où il a téléchargé le PSX. Ainsi que le nombre de joueurs. Nous avons croisé ces informations avec celles des autres joueurs. Classés par ordre alphabétique, nous avons donc Cill Allen, Util.2, Var Hoyt, Util.3 et Benny Leman, Util.4. Nous avons en outre lancé une recherche sur tous les employés impliqués dans le projet : quand, combien de temps, en qualité de quoi. J'imagine que tu voudras une analyse des résultats. Qui est copain avec qui, qui couche avec qui, depuis quand ils travaillent chez U-Play. Je connais la chanson.

Il lui sourit.

— Si nous avons eu autant de mal à en arriver là, c'est tout simplement parce qu'à eux quatre ils ont employé des dizaines de codes et de mots de passe. Problème suivant.

— J'écoute.

— La variété infinie des scénarios. Ils ont tous éprouvé les canevas par défaut, mais le gros des téléchargements ne figure pas sur ce menu. Certains sont sauvegardés pour être repris avec les mêmes éléments, d'autres sont éliminés ou sauvegardés et repris avec des éléments différents. Ou encore, on peut assembler deux scénarios.

— Il n'y a pas d'archives ? Quel intérêt si on ne peut pas conserver les scores ?

— Il y a des archives, et l'holo-ordinateur les transfère sur son disque dur. Le hic, c'est que les données du disque de Bart ne correspondent avec rien.

— Un nouveau scénario ?

— Possible. Il est intitulé RCCN-BM.

— BM pour Bart Minnock, supputa Eve. Son jeu personnel ? Ou y apposaient-ils régulièrement leurs initiales ?

— Non. Nous n'avons relevé aucun listing de coordination sur la copie que U-Play nous a envoyée aujourd'hui. Ce scénario n'apparaît pas sur le disque sous ce nom ni sous ce code. Rien ne permet de penser qu'il était en train de le créer le jour où on l'a assassiné ou avant. Il a inséré le disque que nous nous efforçons de reconstituer et a lancé une partie de niveau quatre.

— On ne commence pas au niveau quatre si on n'y a jamais joué auparavant. On part du début.

— Vraisemblablement.

— Donc il y avait déjà joué, mais sur la copie dont il s'est servi il lui avait attribué un nouvel intitulé et un nouveau code.

Eve déambula en réfléchissant à voix haute.

— Il avait rendez-vous chez sa copine, le temps pressait, alors il a démarré directement sur la section qu'il voulait affiner, qui l'amusait le plus ou qu'il avait eu du mal à terminer. Mais il y avait déjà joué auparavant. Vous êtes sûrs qu'il était en mode solo ?

— Certains, répliqua Callendar.

— Le tueur a pu lancer le match, le programmer ainsi pour se couvrir.

— Dans ce cas, il apparaîtrait comme observateur ou spectateur, objecta Callendar. L'holopièce n'a identifié qu'un joueur, un seul occupant. S'il y avait quelqu'un d'autre, cette personne s'est débrouillée pour y pénétrer sans être détectée.

— Le meurtre exige deux joueurs au minimum, murmura Eve. Il joue. Il récolte quelques bleus, se déboîte l'épaule. Comment ?

Elle pensa à Benny, si souple et gracieux.

— Il sait se battre, se défendre, poursuivit-elle. Il prend le jeu très au sérieux, aussi il s'est entraîné, pourtant rien n'indique qu'il ait résisté. Pas de traces, pas de sang, pas de fibres, rien appartenant à l'assassin. Toutes les reconstitutions me portent à croire qu'il est resté là sans bouger tandis que l'épée s'abattait sur lui… Le scénario d'un autre ? s'interrogea-t-elle. Le meurtrier crée le disque, y ajoute des valeurs par défaut, des éléments ou des options, lui donne un nouveau code. De quoi transgresser le système assez longtemps pour accomplir sa mission. C'est leur dada, non ? Ces gars-là passent leur vie à inventer de nouvelles méthodes de jeu. Avait-il un scénario préféré ?

— Il en avait quatre, répondit Connors. Il mélangeait et altérait des éléments ici ou là, mais s'en tenait d'ordinaire à une intrigue de base et à une grille de personnages. Quête un, Usurpateur, Croisé, et Confrontation.

— Ils sont sur la copie ?

— Oui.

— Statistiques ?

— Nous sommes en train de les extraire.

— Parfait. Et quand vous étudierez les jeux, privilégiez tout ce qui tourne autour des épées. C'est le coup de la pizza et de la clé à molette.

— Qu'est-ce que tu racontes ? s'exclama Feeney. Tu délires, petite.

— Inutile de gaspiller une bonne pizza. Inutile de se munir d'une épée quand on va se battre au lance-flammes. Il a emporté l'épée, mais il a laissé le disque. Pour ne pas se compromettre et parce que, une fois autodétruit, le disque ne nous servirait à rien.

Elle fourra la main dans sa poche, hocha la tête.

— Évidemment. Une femme dit à son mari dont elle souhaite se débarrasser : « Chéri, je meurs d'envie d'une pizza. Sois gentil et cours nous en chercher une. ». Il lui rétorque : « On n'a qu'à la faire livrer. » Mais elle a préparé son coup. « Oh, non ! Ils mettent une éternité et je meurs de faim. Je t'en prie, mon bébé. J'ouvrirai une bouteille de vin et j'enfilerai une tenue sexy. On se fera une petite soirée coquine. »

— Quel est le rapport ? glapit Feeney en rougissant.

— Je cogite. Le type obtempère – après tout, il aura droit à sa petite récompense. L'amant de l'épouse l'attend au tournant avec une clé à molette. Vlan ! Paf ! Exit le divorce compliqué, l'assurance-vie est conséquente et, en plus, ils vont pouvoir déguster une pizza toute chaude. C'est cruel, mais efficace, et pratique d'emporter la tarte et de laisser l'outil.

— J'ai capté, grogna Feeney avec un petit sourire.

— Cruel, mais efficace, et pratique aussi, d'assassiner Bart au cours d'un jeu qu'il adore, et d'employer une méthode en harmonie avec l'un de ses fantasmes, observa Connors. Cruel, mais efficace, et pratique d'officier chez lui. D'autant qu'un deuxième jeu vient s'ajouter au premier. Comment les flics vont-ils résoudre l'énigme ? Ton meurtrier a dû y songer, et se préparer soigneusement jusqu'à être sûr de remporter la victoire.

Eve acquiesça.

— Mais tout bon jeu comporte une inconnue, continua Connors. Un défi encore plus grand. En l'occurrence, toi.

— Copiez la copie, ordonna Eve. Je veux travailler à la maison. Nous n'avons pas de quoi requérir des mandats pour fouiller les résidences privées. Tout le monde a un alibi, le mobile est flou, les preuves physiques, inexistantes. Il nous faut davantage.

— Les résidences privées de qui ? s'enquit Callendar.

— Une association, c'est comme un mariage. Un champ de mines. L'un des associés de Bart a opté pour la pizza et la clé à molette.

De retour dans son bureau, elle décida qu'il était urgent de s'intéresser aux trois associés restants de U-Play.

Elle avait besoin d'un prétexte, même fallacieux, pour convaincre le procureur de lui octroyer une commission rogatoire.

Le tueur avait sûrement déjà trafiqué ses ordinateurs personnels. Il n'était pas idiot. Mais la DDE avait ses recettes, de même que son expert consultant civil.

Pendant que son propre ordinateur travaillait, elle réorganisa son tableau de meurtre. L'étudia, recommença.

Elle croyait comprendre, du moins partiellement, le pourquoi. C'était petit et mesquin, mais on avait déjà commis des meurtres pour beaucoup moins. Sans le flair de Reineke, la mort d'un homme aurait très bien pu se résumer au contenu de son portefeuille et à une pizza végétarienne.

Sous le petit et le mesquin gisait quelque chose de plus grand et de plus profond, mais pour l'heure, cela devrait suffire. Elle avait de quoi créer son propre scénario.

— Je suis de retour ! Je vous ai manqué ?

Peabody entra comme un tourbillon et se laissa tomber sur le siège des visiteurs.

— Seigneur ! La navette à cette heure-ci, quel cauchemar ! s'exclama-t-elle. On se croirait dans un zoo – férocité animale et odeurs fétides. En plus, l'air climatisé a lâché vingt minutes après le départ. Je veux une douche de deux heures.

— Vous vous êtes envoyée en l'air.

— Quoi ? Quoi ? Qu'est-ce qui vous fait croire ça ? On ne peut pas s'envoyer en l'air à bord d'une navette ! On mourrait de chaleur, et on se ferait arrêter.

— Vous avez fait ça avant. Vous n'avez pas intérêt à me déposer sur mon bureau une note de frais pour une chambre miteuse.

— Nous ne sommes pas descendus dans une chambre miteuse. Nous…

Peabody s'éclaircit la voix.

— On a joué. Comme vous nous l'avez ordonné.

— Je ne veux pas savoir à quoi.

— Des jeux formidables, qui exigent d'excellents réflexes et une résistance physique exceptionnelle. On va faire des économies et s'en offrir mutuellement pour Noël.

— C'est votre rapport ?

— Non, c'est du babillage post-navette. Ouf !

— Qu'est-ce que c'est que ce truc sur votre poitrine ?

— Ah, ça ! C'est mon dragon d'amour. Un tatouage effaçable.

— Un dragon d'amour ? Vous avez un dragon d'amour sur un sein qui déborde littéralement de cette chose qui vous couvre à peine.

— C'est un look – et ça marche. Trueheart a failli avaler sa langue quand j'ai traversé la salle commune. Très satisfaisant, acheva Peabody avec un soupir.

— En tout cas, je ne veux plus le voir demain. À présent, si vous vous êtes remise de votre mission fastidieuse, j'aimerais entendre votre rapport.

— Pas de problème. Le contact, Razor, le roi de toutes les armes, n'a jamais entendu parler de l'épée que nous recherchons – du moins pas l'objet réel. Des prototypes, des jouets du même genre inoffensifs, mais rien qui décapite ou laisse des traces de brûlures.

— Elle a peut-être été fabriquée sur mesure.

— Nous y avons pensé après... Après. Nous sommes retournés voir Razor et nous avons fini par le convaincre de nous fournir les noms de quelques sources susceptibles de créer un tel produit moyennant finances. Dans le lot, l'un d'entre eux accepterait peut-être de le faire clandestinement. Mais pour le double d'un prix déjà exorbitant. Or d'après les relevés bancaires des associés, aucun d'entre eux n'en a les moyens.

— Je suis en train de creuser le sujet. On aura peut-être un ticket. Certains individus jouent pour de l'argent. En douce. Il pourrait s'agir de quelqu'un qui a empoché le pactole en espèces non déclarées.

— Pendant le trajet, nous avons exploré quelques sites de jeux illégaux. Razor n'a pas perdu une minute : il tâte déjà le terrain. Nous lui avons fait croire que nous étions prêts à payer. À présent, nous le surveillons. McNab est aux aguets. Si Razor a une touche, nous l'aurons aussi.

— Bravo. Rentrez chez vous prendre votre douche. Je vous sens d'ici.

— Ce n'est pas ma faute. D'autant qu'en plus de transpirer je viens sans doute de perdre un ou deux kilos à m'empêcher de respirer. Ah ! J'oubliais. On a un cadeau pour vous.

— Pourquoi ?

— Parce que.

Elle tira sur la fermeture Éclair d'une de ses poches et en sortit un minuscule pistolet.

— Qu'est-ce que c'est ?

— Un jouet. Un Derringer comme ceux que portent les filles des saloons dans les westerns. Ça ressemble à une pièce d'embrayage.

— Hmm.

Peabody l'arma et une voix féminine lascive ronronna :

— *Mets tes mains là où je peux les voir, cow-boy.*

— Il existe toutes sortes d'options, mais j'ai pensé que vous préféreriez la femme. En plus…

Elle braqua le canon sur Eve, appuya sur la détente.

— Hé !

Le petit calibre émit un « pan » courageux.

— *La prochaine fois, je viserai plus bas et tu ne pourras plus jamais tirer un coup de ta lamentable vie.*

— Mignon, non ? Vous pourriez endosser le rôle de la fille du saloon et Connors serait le joueur invétéré. Ensuite… ça ne me regarde plus, conclut Peabody avec un grand sourire.

— Oui, c'est mignon, et non, ça ne vous regarde plus.

Eve s'empara du Derringer, l'arma.

— *File d'ici avant que je perde patience.*

— Le texte est convenu mais adapté. Filez.

— Oui, lieutenant.

— Peabody ? Merci.

Eve contempla le pistolet, secoua la tête. Incapable de résister à la tentation, elle visa son ordinateur, son auto-chef, et s'amusa des insultes pitoyables qui s'ensuivirent.

C'était aussi cela, être partenaires. L'autre savait ce qui vous ferait rire. Souvent avant vous.

12

À une époque pas si lointaine, Connors aurait tout fait pour éviter de passer plusieurs heures d'affilée chez les flics. Aujourd'hui, il y traînait si souvent qu'il savait quels distributeurs éviter, quelles rampes électriques emprunter pour aller plus vite et à quel point le café était infect.

Sa vie avait basculé à l'instant où il avait posé le regard sur un flic, son flic, en manteau mal coupé et affreux tailleur gris.

Il tripota le bouton dudit tailleur, celui qu'il conservait en guise de porte-bonheur au fond de sa poche.

Lui qui croyait avoir fait tout ce qui valait la peine d'être fait au moins une fois en était resté stupéfait. Souffrait-il d'ennui chronique ? se demanda-t-il en bifurquant en direction du tapis roulant pour descendre. Non, pas d'ennui, mais d'insatisfaction.

Et voilà qu'elle était apparue, chamboulant son existence. Il était incapable d'expliquer ce qui avait changé. Avec Eve, rien n'était simple, pourtant certaines pièces avaient commencé à s'imbriquer les unes dans les autres. L'un comme l'autre avait dû s'adapter, et ils devraient continuer au fur et à mesure que le tableau de leur union prenait forme.

Il croisa une paire d'uniformes. Entre eux, un homme maigrichon protestait violemment.

— On a dû me tendre un piège, me coller ce porte-feuille dans la poche. J'ai des ennemis. Si je courais, c'était juste pour attraper le bus. Est-ce que j'ai l'air d'un pickpocket ? Hein ? Hein ?

« Absolument, pensa Connors. Et si tu es incapable de détrousser un passant sans te faire prendre, tu mérites tes trois mois de taule. »

Eve ne serait pas d'accord. À ses yeux, ce n'était pas la maladresse, mais l'acte commis qui lui vaudrait une sanction. La plupart du temps – et de plus en plus souvent – il était de son avis. Mais une main un peu agile ? Tout le monde avait le droit de gagner sa pitance, non ? Même un pickpocket.

Il en savait quelque chose.

Il pénétra dans la zone réservée à la Criminelle où les images, les sons et les odeurs lui étaient désormais aussi familiers que ceux du siège de sa propre entreprise.

Debout à côté de son bureau, l'inspecteur Baxter rajustait sa cravate. Il marqua une pause, gratifia Connors d'un salut militaire.

— Le lieutenant est dans son antre.

— Et votre perle ?

— J'ai renvoyé Trueheart chez lui. Il a un rendez-vous galant.

— Pas possible !

— Si, si, notre Trueheart a enfin trouvé le courage d'inviter la jolie rousse du service des archives. Il sortait avec une autre fille, mais ça n'a pas marché. Les civils ont souvent du mal à supporter les flics. Vous excepté.

— Compris.

— Bref, il tente le coup du dîner suivi d'une séance de ciné, après quoi ils échangeront probablement une poignée de main amicale. En matière de séduction, ce môme bouge aussi vite qu'un glacier. Pour le reste, c'est une flèche.

— Vous vous entendez bien.

— Qui l'eût cru ? Bon, j'y vais. Je sors, moi aussi, et j'espère davantage qu'une poignée de main à la fin de la soirée.

— Bonne chance.

— Ce n'est pas une question de chance, camarade.

Sur ce, il s'éloigna d'un pas nonchalant. Amusé, Connors pénétra dans le bureau d'Eve. Elle était plantée devant son tableau de meurtre, les mains sur les hanches.

— Ordinateur, sauvegarder et transférer toutes les données à mon domicile.

— J'arrive à point nommé, observa Connors.

— J'ai besoin d'un moment pour ruminer.

— J'ai ta copie. Scellée et enregistrée.

Elle lui prit le disque des mains.

— Tu fais très officiel.

— J'espère que non, rétorqua-t-il. Tu rumineras en route.

— J'ai encore deux ou trois…

— Ça peut attendre, coupa-t-il. J'ai faim.

Elle sortit le Derringer de sa poche. Connors leva obligeamment les mains.

— Ne tire pas. Je ne suis pas armé.

— Tu parles !

Il ébaucha un sourire.

— Tu n'auras qu'à me fouiller plus tard. Bel objet. D'où vient-il ?

— Cadeau de la part de Peabody et de McNab.

Elle l'arma.

— *Petit mais méchant. Comme moi.*

Connors s'esclaffa et s'avança pour l'examiner de plus près.

— Il y avait une émission – de télévision, précisa-t-il, car c'était il y a bientôt un siècle. Comment s'appelait-elle, déjà ? L'histoire se déroulait dans le Far West et le héros était un mercenaire – un tireur à gages. Il avait le même.

— J'espère que ses tarifs étaient raisonnables.

— Il possédait aussi un fusil. Il faudra qu'on pense à visionner un DVD quand nous aurons un moment de libre. Pour l'heure, lieutenant, allons dîner.

— D'accord, d'accord, marmonna-t-elle en rassemblant ses affaires. Tu prends le volant. Je veux réfléchir.

— Tu soupçonnes ses trois amis et associés, devina Connors tandis qu'ils gagnaient le parking.

— Tous trois ont un accès facile à son espace personnel et beaucoup à gagner. Ils connaissent les habitudes de la victime, l'affaire en elle-même et le jeu en cours d'élaboration.

— Tu penches davantage pour l'un d'entre eux.

Avec résignation, ils s'engouffrèrent dans un ascenseur surchargé.

— Lequel ? reprit Connors.

— J'en suis encore à structurer ma théorie. Et toi ? lui demanda-t-elle en se frayant un chemin hors de la cabine. Qui choisirais-tu ?

— J'ai du mal à imaginer qu'ils soient capables d'un tel crime. Je ne les connais pas particulièrement bien, mais ce que je sais d'eux me pousse à rejeter cette idée.

— Pourquoi ?

— En partie parce qu'ils ont parcouru un long chemin ensemble. Ce sont des amis de longue date.

— Tu avais les tiens, à Dublin.

— En effet. Et si nous n'hésitions pas à tricher de temps en temps, ce qui est un jeu en soi, nous ne nous serions jamais fait mutuellement du mal.

— Justement, j'ai réfléchi à cela. Les amitiés, à long terme, à court terme, ce qui fait tilt et pourquoi. Les amitiés peuvent se renforcer, s'enrichir. Elles peuvent aussi s'éroder, bouillonner sous la surface. Si on ajoute l'argent, le sexe ou l'ego au mélange, la casserole risque de déborder.

— Je ne suis pas du genre à regarder le monde à travers des lunettes roses, ni à mettre en doute ton instinct.

Néanmoins, j'ai eu l'occasion de les observer ensemble, de les écouter, d'entendre Bart parler de ses copains.

— Je parie qu'au début de leur relation, la dame à la pizza qui voulait se débarrasser de son mari n'avait que du bien à dire de lui.

Connors secoua la tête, mi-amusé, mi-résigné.

— Si je comprends bien, on revient à la case départ ?

— Je dis simplement que les relations évoluent, que les gens changent, et que parfois un événement ou une série d'incidents peuvent déclencher la colère de quelqu'un.

Elle s'installa du côté passager et attendit que Connors ait pris place derrière le volant.

— Je te propose un jeu, continua-t-elle. Appelons-le Déduction. Si tu devais désigner celui qui a commis ou commandité l'assassinat de l'ami et associé, qui choisirais-tu ? Et pourquoi ?

— Primo, si l'un d'entre eux est coupable, Cill n'a pas la musculature nécessaire.

— Là-dessus, tu te trompes peut-être, contra Eve. Comme les autres, elle pratique les arts martiaux, la boxe, l'autodéfense, la manipulation d'armes, et ce, de façon régulière. Elle est même ceinture noire de karaté, et espère bientôt en obtenir une en taekwondo.

— Ah ! Il ne faut pas sous-estimer les petits modèles.

— Elle est sûrement plus agile, plus rapide et plus forte qu'elle n'en a l'air. Et l'arme a pu lui donner davantage de puissance. Ce n'est pas parce qu'elle est menue et de sexe féminin qu'on peut la rayer de la liste.

— Le coup est venu d'en haut, mais je suppose qu'elle a pu grimper sur quelque chose ou exécuter un saut pour gagner en hauteur et en élan… Bon, d'accord, on ne peut pas l'éliminer d'emblée. Quant à Var, ce n'est pas un gros gabarit non plus, mais je suppose qu'il s'entraîne autant que les autres.

— Exact.

— De mon point de vue, Var et Bart étaient comme les deux doigts de la main.

— Parfois, on se lasse de n'être qu'une partie. On voudrait devenir le tout.

— Flic un jour, flic toujours, murmura Connors. Tous deux se passionnaient autant pour l'aspect business et marketing que pour l'aspect création. Ils aimaient se consulter mutuellement, fignoler leurs concepts en matière de promotion et d'expansion. Bart m'a raconté que lorsqu'ils ont rencontré Var, c'était un peu comme s'ils avaient bouclé la boucle. Je sais ce que c'est.

Eve allongea les jambes tandis qu'il manœuvrait dans les embouteillages.

— Et s'ils n'étaient pas d'accord ? hasarda-t-elle.

— J'ignore comment ils réglaient leurs problèmes puisque je n'étais pas là. Mais je n'ai jamais entendu Bart exprimer la moindre frustration sur ce plan.

— Partons du principe que la victime était loyale et satisfaite du *statu quo*. Cela ne signifie pas que Var ou les autres l'étaient. Le sont.

— On n'est pas obligé d'aller jusqu'au meurtre pour dissoudre un partenariat ou modifier un *statu quo*.

Eve afficha un sourire sarcastique.

— On n'est pas obligé de fracasser le crâne de son mari avec une clé à molette pour s'en débarrasser, objecta-t-elle.

— Je crois que je vais veiller à ce que tous les outils de la maison soient rangés en lieu sûr. En ce qui concerne Benny, c'est le plus intellectuel des quatre selon moi. Il passe des heures en recherches en tout genre, faire des revues de détails, théoriser sur le sens sous-jacent du jeu et sur les raisons pour lesquelles on joue. C'est lui qui se plonge dans la mythologie, les crimes avérés, les personnages historiques, les guerres, batailles et stratégies afin d'alimenter un programme.

— Il est méticuleux, doué pour la tactique et l'art du combat.

— Tu ne crois tout de même pas que…

— Je constate les faits.

Eve sortit son mini-ordinateur personnel de sa mallette et compléta ses notes.

— Au fond, ils avaient tous les moyens et le mobile, et auraient tous pu trouver l'occasion. Et s'ils s'y étaient mis à plusieurs ?

— Dans quel but ? riposta Connors. La curiosité et la soif du scandale publique vont dans un premier temps booster les ventes. Mais sans Bart, ils sont handicapés. Il était le ciment qui soudait le quatuor.

Eve opina, pianota sur son clavier, jeta un coup d'œil distrait à Connors.

— Certes. Mais c'est oublier l'ego, et cette rage profonde que seules des personnes vivant une relation intime peuvent éprouver les unes envers les autres, répliqua-t-elle. Ils vivaient une relation intime.

— Ils formaient une famille.

— Justement. Nombre d'homicides sont perpétrés par des proches.

— En fait, je crois que je vais carrément supprimer tous les outils de la maison.

Apercevant une place libre, il déboîta vivement. Eve fronça les sourcils.

— On ne rentre pas à la maison ? s'étonna-t-elle.

— Pour une fois, tu étais suffisamment absorbée par un jeu pour ne pas prêter attention au paysage. De surcroît, je n'ai pas dit qu'on rentrait à la maison. J'ai dit qu'on allait dîner.

— J'ai des rapports à mettre à jour, des analyses à…

Il n'entendit pas la suite, car il était déjà dehors et avait claqué la portière. Il contourna le véhicule pour lui ouvrir la sienne.

— Allons, lieutenant, oublions tout ça pour l'instant. La soirée est belle. Profitons-en.

Elle lui enfonça l'index dans la poitrine.

— Tu vois ? Voilà pourquoi les personnes qui vivent une relation intime finissent par se taper dessus.

Il lui prit la main, y déposa un baiser.

— Une heure ne nous tuera pas.

— Il faut que j'examine les différents scénarios sur le disque.

— J'en ai éliminé la moitié. Tu es à la recherche d'un duel. Il n'y en a que deux. Quête-1 et Usurpateur. Les autres utilisent des armes plus modernes.

— Oui, mais…

Elle s'interrompit tandis qu'elle prenait conscience de son environnement. Son visage s'éclaira de surprise, puis de bonheur comme ils s'arrêtaient devant une pizzeria qui ne payait pas de mine.

— *Chez Polumbi.* Je ne suis pas venue ici depuis des lustres. Ça n'a pas changé.

— Tu m'as dit qu'à ton arrivée en ville, c'est là que tu as dégusté ta première pizza new-yorkaise en regardant les passants. Tu étais heureuse. Tu te sentais libre.

— Assise à ce comptoir face à la baie vitrée, j'avais la sensation que ma vie débutait enfin. Je n'avais pas d'amis, pas d'amants. J'étais seule. Incroyablement bien.

Elle le dévisagea et, l'espace d'un instant, eut l'impression qu'ils étaient seuls au monde.

— Aujourd'hui, ma situation a évolué et j'en suis ravie, reprit-elle. Mais je suis contente que certaines choses n'aient pas bougé. Allons manger notre pizza, ajouta-t-elle en glissant sa main dans la sienne.

Ils se juchèrent sur des tabourets mal rembourrés autour d'une sorte de guéridon.

Il aurait pu l'emmener n'importe où. Claquer des doigts et obtenir une table dans un restaurant huppé. Un endroit grouillant de serveurs obséquieux, où l'on servait des grands crus, et où un chef capricieux inventait des plats compliqués avec la dextérité d'un artiste.

Mais il avait opté pour un boui-boui bruyant, où les clients étaient serrés comme des sardines, où les odeurs d'épices, d'oignons frits et de vin en carafe bas de gamme imprégnaient l'atmosphère.

Mieux, il lui offrait un souvenir.

En attendant leur commande, Eve cala le menton sur sa main. Oui, les choses avaient changé. Elle n'était presque plus gênée quand il la faisait fondre.

— Tu as acheté ce troquet ? s'enquit-elle.

— Non. Cependant, je garde un œil dessus, au cas où les propriétaires décideraient de prendre leur retraite ou de le vendre.

Pour que rien ne change, même si plusieurs années devaient s'écouler avant qu'elle revienne.

— Décidément, c'est la journée des cadeaux, observa-t-elle. J'en ai un pour toi.

— Vraiment ? Je me demande ce que c'est.

— Un cookie, dans ma mallette. Un délicieux cookie rien que pour toi.

— Quelle sorte ?

Elle lui sourit.

— Maxi-pépites de chocolat. Nadine a fait un saut au Central. Elle est obligée de soudoyer mes hommes avec des pâtisseries pour traverser la salle commune, mais c'est sa faute.

— Elle voulait des infos sur l'enquête ?

— Curieusement, non.

Vendue en bouteille, la bière semblait un choix plus judicieux que le vin. Eve but une gorgée de la sienne dès que la serveuse l'eut posée devant elle.

— Elle m'a signalé qu'elle avait reçu Bart deux ou trois fois dans son émission. Elle en aurait peut-être dit davantage si elle n'avait pas été aussi nerveuse.

— Son livre sort cette semaine.

— Exactement. Quand allais-tu me rappeler qu'il y avait une soirée de lancement demain ?

— Demain, rétorqua-t-il avec un sourire. Pour que tu puisses te concentrer sur son enquête au lieu de t'angoisser.

— Je ne m'angoisse pas.

— Non, tu ronchonnes et tu te plains.

Elle le fixa un instant. Inutile de discuter.

— Tu as déjà décidé de ma tenue, je suppose.

— J'ai prévu une sélection, admit-il. Mais, bien sûr, tu peux choisir autre chose. Tu n'as qu'à fouiller dans ton armoire tout à l'heure et réfléchir à la question.

— Dans tes rêves ! Je ne peux pas ne pas y aller. Si j'ai du nouveau avec l'enquête, je me débrouillerai pour au moins y faire une apparition.

— Si tu démasques le coupable et si c'est l'un des trois associés, il ne s'agira pas de criminels de carrière ; ta vie ne sera pas en jeu. Au bout du compte, ça reste des accros au virtuel.

— L'un ou plusieurs d'entre eux ont tué un camarade accro comme eux d'une manière abominable. Mais, oui, je devrais être capable de gérer.

— Alors explique-moi pourquoi tu te sens obligée d'assister à cette réception, toi qui as horreur de cela ?

On leur apporta leur pizza et elle poussa un soupir.

— Parce que Nadine était vraiment dans tous ses états. Une pile électrique. Elle semblait terrifiée. Pourtant, elle est plutôt sûre d'elle d'ordinaire.

— Elle s'est donné beaucoup de mal, et pour elle, c'est un domaine inconnu.

— Je comprends, concéda Eve en haussant les épaules. C'est la raison pour laquelle je dois me montrer, la soutenir moralement. L'amitié a ses inconvénients.

— Je te reconnais bien là.

Elle rit, se servit une part de pizza, mordit dedans. Ferma les yeux. L'émotion l'envahit.

Elle rouvrit les yeux, contempla son ami, son amant, son partenaire.

— Sacrément bonne pizza ! déclara-t-elle.

Il avait eu raison de l'amener là. Cette heure de répit l'avait aidée à se vider la tête, à se calmer. À présent, elle était prête à se remettre au travail.

— J'aimerais m'arrêter chez U-Play en chemin.

210

— À cette heure-ci, la boutique est probablement fermée, observa Connors. Remarque, je peux sans doute y remédier si tu y tiens.

— Pas question d'entrer par effraction. D'ailleurs, ce ne sera pas utile.

— Ah bon ?

— Ils ont dû baisser le rideau, mais les locaux ne sont peut-être pas déserts pour autant.

Connors obtempéra, et ils bravèrent la circulation pour s'enfoncer dans le centre-ville. La lumière estivale teintait d'or cette fin de journée. Une brise légère combattait la chaleur.

Touristes et citadins foulaient les trottoirs, jambes et bras nus. Eve suivit des yeux une ravissante blonde qui marchait à grands pas, juchée sur des talons aiguilles.

— Comment réussissent-elles à faire cela ? demanda-t-elle en indiquant la fille. Comment les femmes, les transsexuels et les travestis parviennent-ils à marcher, voire à courir comme des gazelles, avec ces échasses aux pieds ?

— J'imagine que c'est le résultat d'un entraînement acharné, peut-être même pour les gazelles.

— Et s'ils refusaient ? Si les femmes, les transsexuels et les travestis décidaient qu'ils en avaient assez, les sadiques qui fabriquent ces instruments de torture seraient forcés de jeter l'éponge, non ?

— J'ai le regret de t'annoncer que les femmes, les transsexuels et les travestis ne se révolteront jamais. Parce que la plupart aiment être perchés.

— Et que la plupart des hommes aiment que les femmes tortillent du derrière. Tu n'es qu'un pervers.

— Je plaide coupable.

— Les hommes continuent à régner sur le monde. Je ne comprends pas.

— Sans commentaire… Tu avais raison, constata-t-il en ralentissant devant l'entrepôt. Quelqu'un fait des heures supplémentaires.

Elle étudia le reflet du soleil couchant sur la paroi de verre, se demandant comment il pouvait éclairer l'intérieur à cette heure-ci. Les ombres projetées, le rayon aveuglant sous certains angles. Ils travaillaient certainement à la lumière artificielle. Pour plus de confort. Et plus d'efficacité.

De même, elle imagina qu'ils étaient réunis tous les trois. Pour le confort. Voire l'efficacité.

— Tu les imagines vraiment en train de discuter du succès de leur plan et de la suite des événements ? reprit Connors.

— Pourquoi pas ?

Eve inclina la tête, plongea son regard dans celui de son mari.

— Cette idée te déplaît parce que tu les aimes bien, parce que tu vois un peu de toi en chacun d'entre eux. À cause de cela, parce que tu ne tuerais jamais un ami ni un innocent, parce que tu ne tuerais jamais par opportunisme, tu refuses de croire que l'un d'entre eux ait pu perpétrer ce crime.

— Ce n'est pas faux. Cependant nous avons tué, toi et moi, et nous savons qu'ôter la vie n'a rien d'un jeu. Seul un fou pourrait affirmer le contraire. Penses-tu que l'un d'entre eux soit fou ?

— Non. Selon moi, ils sont très sains. Je ne suis pas à la recherche d'un savant dément ou d'un geek devenu psychopathe.

Elle aperçut une silhouette qui se déplaçait derrière une fenêtre.

— Le coupable a peut-être des remords, poursuivit-elle, la sensation d'avoir commis une erreur irréparable, de vivre un cauchemar. L'horreur et la culpabilité le pousseront vraisemblablement à avouer quand nous en serons à ce stade… Mais dans certains cas, et ça aussi nous le savons tous les deux, le fait d'ôter la vie vous durcit, calcifie votre conscience. « Il l'a mérité, je n'ai fait que mon devoir. » Ou pire, cela vous excite, vous ouvre une porte si étroite, si solidement verrouillée que vous n'en soupçonniez pas l'existence. « Voyez ce que j'ai fait ! Voyez le pouvoir que j'ai. » Ceux-là ne reviennent jamais en arrière, murmura-t-elle, le regard dur. Ils recommencent parce que tôt ou tard ils en éprouvent le besoin irrésistible. Certains psychiatres prétendent que c'est une forme de folie. Pas du tout. C'est de l'avidité, point à la ligne.

Elle se tourna vers son mari.

— Je le sais. J'ai ressenti ce pouvoir, cette excitation même, quand j'ai tué mon père.

— Dans ton cas, il s'agissait de légitime défense, lui rappela-t-il. Tu n'étais qu'une enfant face à un monstre.

— Ce n'était pas un meurtre, mais je l'ai tué. Je lui ai ôté la vie. J'avais du sang sur les mains.

Il prit celle qu'elle lui tendait, l'embrassa tendrement.

— Connors, j'ai éprouvé cette griserie éphémère et nauséabonde, puis la culpabilité taraudante, et le durcissement du cœur et de l'âme au fil du temps. Je ne me considère pas comme une meurtrière, mais je sais ce qu'on ressent lorsqu'on tue. Ça m'aide à les retrouver. C'est un outil.

Elle lui effleura la joue d'une caresse. Il souffrait au moins autant qu'elle de ce qu'elle avait subi jusqu'à l'âge de huit ans. Peut-être davantage maintenant.

— La fois suivante, j'avais vingt-trois ans, reprit-elle. Quinze années plus tard. Feeney et moi étions sur les traces d'un suspect. Il avait battu deux personnes à mort devant témoins, et laissé son ADN partout sur la scène du crime. Facile. Il ne nous restait plus qu'à le dénicher. Nous l'avons filé jusqu'à son repaire. Un club de strip-tease où travaillait sa petite amie. Nous avons décidé de la cuisiner. Le hic, c'est qu'il était là. Cette idiote lui crie de prendre ses jambes à son cou et s'enfuit avec lui. Il bouscule les clients à droite et à gauche, en piétine d'autres. On le pourchasse jusque sur le toit, et là, il plaque une lame de vingt centimètres sur la gorge de sa copine qui ne chante plus du tout la même chanson. C'est l'été, enchaîna-t-elle. Une chaleur à crever. Il sue à grosses gouttes. Elle aussi. Il hurle. Il menace de lui trancher la gorge si on s'approche. Il se sert d'elle comme d'un bouclier, et Feeney n'est pas en position de le neutraliser.

— Mais toi, si.

— Oui. On s'efforce de négocier, mais il refuse. Il entaille la chair de son amie, histoire de prouver qu'il ne plaisante pas. Feeney parle, parle, parle pour le distraire, puis me fait signe d'intervenir. Je tire, son corps tressaute. La fille se libère de son étreinte, bondit en avant, le repousse. Il est secoué de spasmes. Il chute et atterrit huit étages plus bas. Quand je me suis penchée, je n'ai ressenti ni excitation ni culpabilité. J'étais ébranlée, forcément. Nous n'avions pas prévu un tel dénouement. On ne m'a fait aucun reproche. Nous avions enregistré notre intervention dès le départ ; tout était là, en images. On voyait la fille le pousser, le type tomber. Pas de chance pour lui.

Elle expira lentement.

— Mais c'est moi qui ai visé, tiré. Quinze ans entre les deux. Il m'a fallu tout ce temps pour être absolument sûre que je n'éprouverais ni excitation ni culpabilité si je devais ôter de nouveau la vie.

Elle contempla le bâtiment.

— Là-haut, l'un au moins des trois associés se pose peut-être cette question. L'un d'entre eux aura peut-être envie de recommencer.

— J'espère que tu te trompes.

— Je ne me trompe pas, répliqua-t-elle, impassible.

— J'en doute fort, en effet.

13

Eve passa un long moment à éplucher les biographies des trois associés, recueillant les détails les plus infimes concernant leurs antécédents familiaux, leur éducation, leurs finances et leurs communications.

Elle compara chaque fichier au profil de Mira, et l'ordinateur les croisa avec le portrait général pour en extraire des calculs de probabilités.

Organisés, méticuleux, esprit compétitif, savoir informatique approfondi, connus et appréciés de la victime.

Mais la violence – le face-à-face, la cruauté de l'acte ne collaient pas avec leurs personnalités.

Elle ne trouva nulle part un indice, encore moins une preuve que l'un d'entre eux avait commandité le crime.

« L'argent n'est pas la seule devise », pensa-t-elle. Une faveur, une liaison, des informations pouvaient s'échanger contre des dollars sans jamais apparaître sur les relevés bancaires. Mais c'était négliger le fait que Bart connaissait son assassin. Rien ne permettait d'imaginer qu'il avait autorisé un étranger à pénétrer dans son appartement, dans son holopièce, dans son jeu.

« On reprend tout de zéro », décida-t-elle en se levant pour étudier son tableau de meurtre.

Minnock rentre chez lui en sifflotant. Il est heureux. D'après le concierge et les caméras de surveillance, il est seul. La DDE est catégorique : personne n'a saboté les systèmes de sécurité, personne ne s'est introduit dans l'appartement avant Bart.

Toutefois, elle avait affaire à trois associés qui excellaient en informatique. S'il existait un moyen de contourner le dispositif sans laisser de traces, ils l'auraient trouvé.

Ou, de façon plus réaliste, l'un d'entre eux ou une tierce personne avait rencontré Minnock à l'extérieur et était entré avec lui.

Seul le droïde démentait cette hypothèse. Or, là encore, la DDE était catégorique : personne n'avait trafiqué ou reprogrammé Leia le droïde.

Eve ferma les yeux.

« Supposons qu'il ne verrouille pas tout de suite la porte. Il est excité, joyeux. Le droïde lui apporte son fizzy, et il lui donne l'ordre d'éteindre ses circuits pour la soirée. Le meurtrier a pu surgir à ce moment-là, après l'extinction du droïde et avant que Minnock se soit enfermé à double tour.

» Le copain apparaît, supposa Eve, et dit à la victime : *Je n'ai pas pu résister à la tentation. Je veux assister à la séance en tant que participant ou observateur. Un partenaire. Joue, je vais en profiter pour prendre des notes.*

» Possible. Pourquoi attendre ? On approche du but. Faisons un essai. Si le tueur l'a apporté, cela explique pourquoi la victime n'a pas consigné le disque comme à son habitude, hasarda-t-elle. Ou alors, il ou elle lui a promis de s'en charger. Soit l'arme est déjà sur place, soit l'assassin l'a sur lui. Le jeu démarre. Le système décrypte un défi en solo. Bart joue, l'autre observe. Logique. Cohérent. Sauf qu'au bout d'un certain temps le meurtrier cesse d'observer. Les bleus, l'épaule déboîtée indiquent qu'il y a eu lutte. C'est là que ça ne colle plus. »

L'arme est là, le plan se déroule comme prévu. Pourquoi la bagarre ? Bart est en forme, et il a étudié les arts martiaux. Pourquoi se battre au risque de prendre des coups ?

Une querelle ? La passion de l'instant ? Non, l'acte n'avait rien d'impulsif.

L'ego ?

Eve se concentra sur les trois visages.

— Oui, l'ego, devina-t-elle. Je suis meilleur que toi. Il est temps que tu découvres à quel point. J'en ai assez d'être le sous-fifre, l'ami loyal et l'associé.

Elle étudia les photos de l'autopsie, les données, se balança d'avant en arrière.

Tout en réfléchissant, elle ouvrit le panneau dissimulant l'ascenseur, pénétra dans la cabine et demanda la salle d'armes de Connors. Elle plaqua la main sur l'écran tactile, tapa son code, puis émergea un instant plus tard dans un musée du combat. Des dizaines de vitrines contenaient tout ce dont, au fil des siècles, l'homme s'était servi contre l'homme et l'animal. Pour tuer, se défendre, protéger sa terre, pour l'argent, l'amour, pour le pays, pour les dieux. Les prétextes pour faire couler le sang ne manquaient pas.

Des pierres taillées en pointe aux épées à manches incrustés de joyaux, des mousquets grossièrement façonnés aux mitraillettes automatiques en passant par les lances, masses en forme de boules d'acier cloutées de dents de dragons, pistolets mitrailleurs utilisés pendant les Guerres Urbaines, un stylet et une hache à deux lames... tous ces objets évoquaient le passé violent de l'espèce humaine, et probablement son avenir.

À la fois fascinée et troublée par leur quantité, Eve ouvrit l'une des vitrines et sélectionna une épée à lame large. « Bonne prise, bon poids », décida-t-elle. Elle quitta la salle et réenclencha le système de sécurité.

— Vous avez un problème ? s'enquit Summerset, jaillissant de l'ombre.

Eve se félicita de ne pas avoir sursauté et arbora un sourire.

— Non. Pourquoi ?

— Ces armes ne doivent pas sortir de là.

— Mince ! Je devrais peut-être appeler un flic.

Il la toisa.

— C'est un objet d'une valeur inestimable que vous tenez à la main.

— Raison pour laquelle je ne m'en sers pas contre vous. Ne vous inquiétez pas. C'est Connors qui va s'en servir.

— Vous avez intérêt à la remettre en place dans l'état où vous l'avez trouvée.

— Mais oui, mais oui, blablabla.

S'engouffrant dans l'ascenseur, elle appliqua le plat de la lame contre son front en guise de salut moqueur juste avant que les portes se referment.

— J'espère ne pas avoir à recoudre quelqu'un ce soir, marmotta Summerset.

Eve sortit de l'ascenseur et traversa son bureau pour rejoindre celui de Connors.

— Coucou !

Il lui répondit d'un vague grommellement sans détourner les yeux de son ordinateur.

— Tu peux venir un instant ? demanda-t-elle.

— Dans cinq minutes.

Pendant qu'elle l'attendait, elle se réinstalla devant son écran et entreprit de reconstituer la scène à l'aide de personnages de la taille et du poids des associés.

— De quoi as-tu besoin ? s'enquit Connors. Et qu'est-ce que tu fabriques avec cette épée ?

— J'essaie de comprendre comment ça s'est passé. Donc…

Elle vint se placer au milieu de la pièce et, imaginant la panique de Summerset, lança l'épée à Connors.

— Attaque-moi.

— Quoi ? Non.

— Pourquoi ? s'étonna-t-elle.

— Il est hors de question que je me batte contre toi avec une épée.

— Pour l'amour du ciel, je ne te demande pas de me frapper ! Il s'agit juste d'une démonstration. Tu es l'assassin, je suis la victime. Tu as une épée étincelante et affûtée, moi, je ne dispose que d'une lamentable arme virtuelle, aussi si tu pouvais...

Elle s'interrompit tandis qu'il s'avançait d'un pas et plaçait le plat de la lame à quelques centimètres de sa gorge.

— Excellent, commenta-t-elle. D'instinct, je remonterais mon jouet comme ceci.

Elle se positionna pour bloquer le mouvement de Connors et repousser l'épée.

— Le hic, c'est qu'il a été blessé au bras gauche. Minnock était droitier, la logique voudrait qu'il se soit servi de sa main droite. Il s'est déboîté l'épaule droite, mais d'après Morris, c'est un problème de sur-rotation.

— Peut-être qu'il a levé l'autre bras parce qu'il était pris de court.

— Oui, seulement vois-tu, dans ce cas, l'entaille ne correspond pas.

Elle illustra son propos.

— La plaie devrait être en travers, pas dans le sens de la longueur. D'ailleurs, si tu avais une épée et pas moi, ne te contenterais-tu pas de me l'enfoncer dans les entrailles ?

— Si. Histoire d'en finir.

— Mais il n'était pas pressé. Il y a des ecchymoses sur les bras et les jambes. Si on se bat... Pose ce machin... Et maintenant, jette-toi sur moi.

Elle esquiva, pivota. Il bloqua son assaut latéral.

— Nous sommes à peu près à égalité, observa-t-elle. Et si nous nous battions vraiment, j'aurais eu des bleus, que je reçoive ou que je repousse un coup. Mais tu ne vas pas m'immobiliser avec le bras si tu tiens cette épée... J'ai tenté des reconstitutions. Elles ne riment à rien.

— On se dispute, on s'énerve, suggéra-t-il. Je perds la tête, j'attrape mon épée et je fais tomber la tienne à terre.

— Si les événements se sont déroulés ainsi, pourquoi l'épée était-elle là au départ ?

Elle s'éloigna, fronça les sourcils devant son tableau de meurtre.

— Pourquoi Minnock n'avait-il pas consigné le disque ? Pourquoi l'assassin est-il arrivé une fois le droïde au repos ? Et pourquoi a-t-il contourné la sécurité de l'immeuble en entrant ?

— Coïncidences ?

Poings sur les hanches, elle se tourna vers lui.

— Ça en fait beaucoup.

— En effet, acquiesça-t-il. Bon, on s'est querellés. Comment réagis-tu quand je m'empare de l'épée ?

— Je hurle : « Qu'est-ce que tu fous, bordel ? »

— Ou quelque chose d'approchant. Et quand je me rue sur toi ?

— Je détale comme un lapin, ou j'essaie au moins d'esquiver cette pointe acérée.

— Pour t'enfuir, tu te précipiterais vers la porte.

— Si le jeu était en cours, il a peut-être perdu ses repères.

— Pas bête.

À son tour, Connors s'efforça de visionner la scène, de s'y immerger, puis :

— Dans ce cas, tu aurais deux solutions. La première, te servir des éléments du décor pour te cacher. La seconde, ordonner la fin de la partie, puis foncer vers la porte.

— Oui. Sauf que le cadavre était en plein milieu de la pièce, le dos tourné, si l'on peut dire, à la porte. Je n'y comprends rien. Je ne visualise pas les étapes. D'après Mira, il y avait peut-être deux personnes.

Elle inclina la tête devant l'image qu'elle avait figée sur son écran. Devait-elle y ajouter un autre personnage ?

— Le tueur et le planificateur, suggéra-t-elle. Si oui, une fois de plus, Minnock devait les connaître et leur faire confiance, sinon il ne les aurait pas autorisés à entrer dans la salle. Il attachait trop d'importance à ce projet pour risquer la moindre fuite.

— J'en déprime d'avance, mais peut-être s'y sont-ils mis à trois.

— Possible. J'ai du mal à concevoir qu'ils aient tous trois souhaité sa mort, mais... Deux exécuteurs et un guetteur.

Eve se remit à arpenter la pièce.

— Selon toute apparence, l'entreprise était en bonne santé, reprit-elle. Rien ne permet de penser que Minnock ait abusé de son autorité ou menacé de claquer la porte.

— C'était donc personnel.

— Je pense que oui. Bien que l'acte se soit produit à cause du partenariat, de l'entreprise. Ils vivent pratiquement ensemble. Ils travaillent ensemble, jouent ensemble. Le seul à entretenir une relation un peu sérieuse en dehors du boulot, c'était Bart. Je dois la revoir. La dulcinée... On s'offre une petite partie ?

— J'aurai besoin de mon épée ?

— Ha ! Laquelle ? railla-t-elle. Prends aussi celle-là avec toi.

— Ha ! Très drôle.

— J'aimerais tester les deux scénarios que tu as conservés, expliqua-t-elle en ramassant le disque. À partir du niveau où Bart a démarré. Mode solo, précisa-t-elle tandis qu'ils appelaient l'ascenseur pour rejoindre l'holopièce. Tâchons de reproduire au plus près son programme.

— Question : quelle importance, ce à quoi il jouait ?

— Je n'y vois pas clair, avoua-t-elle, exaspérée. J'ai beau tout essayer, ça ne colle pas. Les blessures, la chronologie, l'entrée et la sortie du tueur. Chaque fois qu'une pièce s'imbrique dans le puzzle, une autre s'en détache. Il manque un élément. Je pourrais les convoquer tous les trois au Central, continua-t-elle alors qu'ils émergeaient de la cabine. Leur mettre la pression, tenter de les monter les uns contre les autres. Je finirais peut-être par leur faire cracher le morceau. Quel qu'il soit, le coupable sait que je patauge. Pour l'heure, ils pensent qu'ils n'ont rien à craindre. Avec un peu de chance, l'assassin prendra moins de précautions et commettra une erreur... Ils pourraient recommencer.

Connors se figea, la dévisagea.

— Pourquoi ? S'ils en voulaient spécifiquement à Bart, quel intérêt ?

— Parce que ça a marché. Par addiction. L'enjeu est plus élevé maintenant qu'ils ont tué. Ils ont franchi une étape. Certains joueurs, Bart entre autres, sautent les premiers niveaux une fois qu'ils les ont maîtrisés. Reprendre de zéro chaque fois, c'est ennuyeux, non ?

— Absolument.

— Difficile de redescendre d'un échelon quand on s'est surpassé. Ce qui compte, c'est le défi. De surcroît, si c'est l'un d'entre eux, ils sont proches, ils se serrent les coudes. Du matin au soir. Le moindre faux pas, un mot, un geste et les autres s'interrogent. Bonne excuse pour réitérer l'exploit. Histoire de se protéger.

— Le meurtre d'un autre associé te pousserait à te concentrer sur les deux restants, souligna Connors.

— Les vrais joueurs aiment le risque, les défis. Non ? Ils veulent trembler. Ils en ont besoin.

— Tu crois que le meurtrier joue contre toi maintenant ?

— Oui, du moins sur un plan. Et son ego lui dit : « Super ! Je suis meilleur qu'elle ! »

— L'ego peut se tromper, commenta Connors en insérant le disque dans l'holo-ordinateur.

— J'ai l'impression de tourner en rond.

222

— Sûrement pas. Il y a vingt-quatre heures, je n'aurais jamais imaginé que l'un ou plusieurs de ses amis aient pu échafauder un tel complot. Ta manière de disséquer l'affaire et de la mettre à plat me convainc du contraire. Selon moi, tu as un train d'avance.

— J'aurais préféré me tromper.

— Pour moi ou pour Bart ?

— Les deux.

Il programma Quête-1, niveau quatre, puis appela la dernière séance de Bart sur la copie.

— Je garde l'épée, déclara Eve tandis que les murs se métamorphosaient en une forêt où les rayons du soleil filtraient à travers les feuillages.

Connors portait une tunique marron, une culotte rudimentaire et des bottes aux genoux. Il était équipé d'une épée dans son fourreau, d'un carquois contenant des flèches à pointes argent et d'un arc doré.

Le costume lui seyait. Il avait l'air à la fois héroïque et dangereux.

Un cerf blanc surgit soudain.

— Quel est le scénario ? s'enquit Eve.

— Ce monde est sous la coupe d'une méchante sorcière qui a emprisonné le roi et sa fille aussi ravissante que capricieuse.

Tout en parlant, Connors disparut derrière un tronc d'arbre, mais sans s'approcher de l'animal.

— Je suis l'apprenti du magicien qu'elle a tué pour jeter son sort, enchaîna-t-il. Avant de mourir, il m'a dit que je devais accomplir sept actes de courage, collectionner sept trésors. Alors seulement je pourrai affronter la sorcière, et libérer le roi et sa fille.

Il jeta un coup d'œil à Eve, qui se tenait dans le cercle d'observation.

— Le cerf blanc est un symbole classique, expliquat-il. Il me montre comment mon maître, le magicien, peut me guider.

La bête bondit et s'éloigna au galop dans les bois. Connors s'élança à sa suite.

Sous le regard d'Eve, le soleil disparut et le ciel s'assombrit. La pluie qui s'abattit était rouge comme le feu et grésillait en atteignant le sol.

À travers les trombes d'eau, Eve devina ensuite des yeux jaunes qui se transformèrent en ombres noires, et devinrent à leur tour une meute de loups encerclant Connors.

Son épée siffla lorsqu'il l'arracha de son étui pour les combattre. Le sang gicla de part et d'autre.

Puis, à l'immense surprise d'Eve, la main de Connors se mit à lancer des flammes.

— Pas mal, concéda-t-elle quand les loups, fumants, s'effondrèrent sur le sol.

— Chaque fois que l'on monte d'un niveau, on gagne en magie, précisa-t-il.

Une flèche passa à un centimètre de sa tête.

— Merde, grommela-t-il avant de plonger sous un buisson.

Au bout de quarante minutes, il avait gagné le défi. Il en était à la moitié du deuxième, s'apprêtait à franchir un ravin pour atteindre une grotte gardée par un dragon.

— Stop chrono ! ordonna Eve.

— Je viens à peine de commencer !

— Tu abattras le dragon la prochaine fois. Tu as dépassé le temps de jeu de Bart.

Avec un regard de regret, Connors commanda la fin de la partie.

— Pas de duels, observa-t-elle.

— Et avec les loups, c'était quoi ?

— Homme contre animal. La main lance-flammes était intéressante. Il avait des brûlures, mais... Passons à l'autre. Usurpateur, c'est bien ça ? Quelle est l'intrigue ?

— Tu es le roi – la reine, dans ton cas – de Juno. Quand tu étais enfant, ta famille a été massacrée par le Seigneur Manx, le bras armé de ton oncle qui aspirait au trône. Tu es la seule survivante, mise à l'abri par les loyalistes. Tu as fait la guerre toute ta vie, tu es maîtresse dans cet art. Tu te bats pour venger les tiens et reprendre le trône à celui qui a commandité leur assassinat, puis opprimé le peuple pendant deux décennies. À ce niveau, tu as récupéré le château, mais l'oncle, un lâche, s'est échappé. La forteresse est en état de siège, défendue par l'homme que tu aimes. Pour l'atteindre, et amener du renfort, tu dois te frayer un chemin jusquelà, puis te battre contre le Seigneur Manx.

— Je parie qu'ils sont plus nombreux que nous.

— Naturellement, tu as déjà prononcé ton discours de la Saint-Crispin.

— Mon quoi ?

— Nous parlerons plus tard de *Henry V*. Une pièce de Shakespeare qui te plairait. Prête ?

— Prête !

Elle était affublée d'une armure légère et de grosses bottes. Et – Dieu du ciel !– elle était juchée sur un cheval.

— Je devrais peut-être apprendre à monter avant... Non ?

Connors lui sourit depuis son poste d'observation.

— Ça viendra tout seul.

— Facile à dire. Seigneur ! Il est énorme. Bon ! Je suis la reine guerrière et vengeresse.

Elle était entourée de collines et de vallées, de forêts et de ruisseaux. Elle s'efforça de les voir avec les yeux de Bart. Il avait dû se fondre dans son personnage. Elle nota que les hommes qu'elle menait étaient las et meurtris. Certains étaient blessés depuis peu. Mais elle était leur héros, leur chef.

Bart Minnock aimait être le héros, le chef. C'était toujours lui le gentil, le bon garçon luttant pour une cause, en quête de réponses.

Le parcours était rude et rocailleux. Elle entendait le grincement de la selle sous ses fesses, le claquement des sabots du cheval sur le chemin. À l'ouest, le ciel s'assombrit.

Puis elle perçut le bruit de la bataille.

Le château avait subi de gros dégâts. Alignés sur les parapets, ses défenseurs tiraient des flèches enflammées. D'autres se battaient vigoureusement à l'épée ou à la hache sur les terres tout autour.

À quoi devait-il penser ? se demanda Eve. À rentrer chez lui, à retrouver sa maîtresse. À se venger.

« Merde ! Pourvu que je ne dégringole pas de cette bête », pria-t-elle.

Avant de charger. Elle dégaina son épée, pressa instinctivement les genoux contre les flancs de sa monture pour ne pas perdre l'équilibre. Le vent lui soulevait les cheveux, lui fouettait le visage. La vitesse, la sensation de puissance lui donnaient des ailes.

Puis elle cessa de penser et se concentra sur sa tâche.

La bataille faisait rage. Elle *sentit* sa lame lui transpercer la chair, atteindre l'os. Elle respira l'odeur du sang et de la fumée, tressaillit en recevant un coup tandis que son cheval se cabrait.

Elle le vit, son armure noire maculée de sang, perché sur un énorme étalon noir devant le château – son château. Le bruit de la bataille s'estompa comme elle s'avançait vers lui.

— Enfin nous nous rencontrons. Dommage pour vous, notre relation sera de courte durée.

— C'est ça, c'est ça, grogna-t-elle. Finissons-en.

— Aujourd'hui, mon épée portera votre sang et celui de votre amant.

— Oh, ça va !

— Vous êtes pressée de mourir ? Alors approchez-vous !

Les programmateurs avaient créé un Seigneur Manx imposant. Bloquer ses assauts provoquait des douleurs fulgurantes dans les bras et l'épaule.

« L'épaule déboîtée », se rappela-t-elle.

Elle transpirait à grosses gouttes. Elle ne le battrait jamais, se rendit-elle compte. Elle n'avait ni l'adresse ni la force nécessaires.

Elle sentit une secousse électrique comme l'épée de Manx lui entaillait la chair.

« La blessure au bras », se souvint-elle.

Il brandit son épée, une lueur assassine dans les prunelles. Elle esquiva et enfonça sa lame dans le cheval de son adversaire.

L'animal laissa échapper un hennissement. Eve eut le temps de trouver ce dernier étrangement humain avant que le cheval trébuche. Comme il s'écroulait, elle toucha son rival au flanc. « Un coup qui n'était pas mortel », décida-t-elle. Il était temps d'en finir.

— Pause. Sauvegarder, puis arrêter.

Haletante, elle pivota vers Connors.

— Tu ne me laisses pas abattre le méchant ? s'étonna-t-elle.

— Tu as dépassé le temps de Bart d'environ une minute. Intéressante, la stratégie qui consiste à occire le cheval.

— Ça marchait. Ce type est invincible. Il allait me trancher la gorge.

— Oui. Et s'il y était parvenu, la partie se serait arrêtée. Tu aurais dû reprendre ce niveau de zéro jusqu'à ce que tu l'aies vaincu pour passer au suivant.

— C'est le jeu auquel Bart jouait quand il est mort. Tout concorde. Les hématomes, l'épaule, la plaie sur le bras et la décapitation.

— Les chevaux et les cadavres au sol étaient virtuels, mais l'assassin a reconstruit le jeu en se servant d'une arme authentique.

— Je suis d'accord, mais cela n'explique pas comment il s'est introduit dans la pièce ni comment il a réussi à effacer du disque dur la compétition entre deux hommes sans laisser la moindre trace.

« Au diable, la logique », pensa-t-elle.

— Le Chevalier noir a éliminé le roi, reprit-elle. Bart avait déjà joué ce même scénario, c'est la raison pour laquelle il est sur le disque. Mais il n'a pas blessé le cheval, donc il a perdu. Cette fois, il se serait mieux préparé, il aurait probablement remporté la victoire sauf que...

— Quand l'épée de son adversaire l'a blessé pour de vrai, il était trop stupéfait pour réagir, compléta Connors.

— Et le jeu s'est terminé en vrai de la même manière que la fois précédente. Il faut absolument que j'obtienne mes mandats de perquisition. Selon leurs propres déclarations, les trois associés ont travaillé sur l'élaboration du logiciel et sont les seuls à l'avoir testé. Tous trois connaissaient ce niveau et les résultats de la fois précédente, ils sont donc les seuls à avoir pu s'en servir pour tuer Bart.

— Tu as sans doute raison. À mon grand regret. Je suis furieux d'avoir pu commettre une telle erreur de jugement. Jamais je ne les aurais crus capables d'un acte pareil.

— Lui non plus, répliqua Eve, et il les connaissait depuis sacrément plus longtemps que toi. Comme quoi, il ne faut jamais se fier aux apparences. Tu as sauvegardé la partie, n'est-ce pas ?

— Certainement. Tu étais superbe. Un de ces jours, nous nous offrirons une véritable promenade à cheval.

— Je n'y tiens pas. On verra, rectifia-t-elle en se rappelant la sensation de vitesse et de puissance. Je veux visionner la partie, puis l'analyser. Il a dû en faire autant afin de relever ses erreurs de tactique.

— Naturellement.

— Le disque qu'il a utilisé le jour de sa mort est inutilisable.

— Nous nous efforçons d'en extraire des informations.

Eve opina, puis appela l'ascenseur.

— Peut-être était-ce son disque perso, celui sur lequel il sauvegardait toutes ses parties, tous les niveaux, suggéra-t-elle. Ou peut-être, puisqu'il ne l'avait pas répertorié, le meurtrier le lui a-t-il donné. « Au fait, Bart, j'ai rajouté quelques enjolivures. J'aimerais que tu le testes. »

— Dans ce cas, il existe une autre copie, celle de Bart. Que le tueur a détruite s'il a un minimum de jugeote.

— Les gens conservent parfois des trucs bizarres.

Cette nuit-là, elle rêva de sang et de batailles, de châteaux et de rois. Elle observait la scène, les pieds solidement plantés sur le sol, tandis qu'une odeur de mort flottait dans l'air. Un peu partout, des blessés gémissaient, suppliaient.

Elle connaissait ceux qui tournaient le visage vers elle. Des victimes, tant de victimes qui la hantaient, et dont elle avait étudié, évalué, reconstitué la fin afin de retrouver celui qui leur avait ôté la vie.

Elle connaissait aussi ceux qui se battaient, qui massacraient. Elle avait aidé à verrouiller la porte de leur cage. Mais ici, dans les rêves, ils avaient renoué avec la liberté. Ils pouvaient tuer de nouveau et n'hésiteraient pas.

Dans les rêves uniquement.

Avec pitié et résignation, elle vit Bart se lancer dans un combat qu'il ne gagnerait jamais. Épées et magie, sorcellerie et rêves. Vie et mort.

Elle assista à son exécution. Elle l'étudia et l'évalua tandis que la tête de Bart, les yeux agrandis de surprise, roulait jusqu'à elle.

Le Chevalier noir fit pivoter son cheval et lui adressa un sourire féroce. Lorsqu'il fonça sur elle, elle dégaina son arme, mais elle n'avait qu'un petit couteau, déjà maculé du sang de son père.

Dans les rêves uniquement, se rappela-t-elle. Mais la terreur l'envahit tout de même.

14

Elle se redressa brutalement, s'arrachant à son rêve. L'espace d'un instant, d'un battement de cœur, elle aurait juré que la lame acérée pesait sur sa gorge.

Ébranlée, elle leva la main, s'attendant presque à sentir son propre sang lui poisser les doigts.

— Chuut ! Tout va bien.

Connors l'entoura de ses bras et la serra contre lui.

— Ce n'est qu'un rêve. Tu es à la maison. Je suis là.

— Ça va, souffla-t-elle.

Pas de sang. Elle était vivante.

— Ce n'était pas un cauchemar. Pas exactement. J'avais conscience de rêver, mais tout paraissait si réel.

Elle inspira, expira lentement.

— Comme ces jeux, reprit-elle. On perd la notion de ce qui est réel et de ce qui ne l'est pas.

À la lueur de la lune et des étoiles filtrant à travers le dôme en verre, il plongea son regard dans le sien.

— Nous sommes réels tous les deux, murmura-t-il.

Pour le lui prouver, il lui effleura les lèvres d'un baiser.

— Raconte-moi ton rêve.

— Le champ de bataille, le dernier jeu...

Le dernier pour Bart, pas pour elle.

— Je ne participais pas. Je me contentais de regarder. D'étudier les détails. Mais j'ai éprouvé un truc étrange.

Elle soupira, se frotta les joues.

— À savoir ?

— Les morts, les mourants, leurs visages. Tous ces êtres que je ne rencontre qu'après leur mort.

— Tes victimes, devina-t-il.

— Oui. Je ne peux pas les aider, je ne peux pas les sauver. Or leurs meurtriers sont dans la nature, libres, ils continuent à tuer. C'est un massacre, enchaîna-t-elle d'une voix empreinte de colère. Nous nous débarrassons d'eux, mais nous ne les empêchons pas de continuer. Nous le savons. Ils sont toujours plus nombreux. Il était là.

— Ton père.

— Mais ce n'est plus qu'un individu parmi tant d'autres... Je ne suis pas impliquée. Je ne joue pas. Je suis là en simple observatrice.

— C'est ainsi que tu les arrêtes, murmura-t-il. Que tu sauves ceux que tu peux.

Cette remarque allégea le poids qui l'oppressait.

— Sans doute. J'ai suivi le combat de Bart. Je savais ce qui allait se passer, mais je me sentais obligée de regarder parce que j'avais pu louper un détail. J'espérais remarquer quelque chose de nouveau. Mais le duel s'est déroulé exactement comme je l'imaginais. Puis le Chevalier noir, son assassin, s'est tourné vers moi. Il m'a dévisagée. Ce n'était qu'un cauchemar, pourtant j'ai dégainé pour me défendre. J'ai senti la terre trembler sous mes pieds, le vent. Malheureusement, tout ce que j'avais pour lutter contre cette putain d'épée, c'était le petit couteau dont je me suis servie il y a des années dans cette horrible chambre à Dallas.

Elle contempla sa main.

— C'est tout ce que j'avais, et c'était insuffisant cette fois. J'ai senti l'épée sur ma gorge une seconde avant de me réveiller... Parfois, mes fantômes m'envahissent.

— Je sais.

— Les meurtriers et les victimes. Ils s'installent dans votre tête et n'en repartent jamais complètement. Ils s'installeront aussi dans la tienne, murmura-t-elle en prenant le visage de Connors entre ses mains, parce que tu ne peux pas te contenter de te tenir à l'écart, et de me regarder faire mon boulot. Je suis dans le jeu, je suis l'un des joueurs. Maintenant, tu l'es aussi.

— Tu crois que je le regrette ?

— Tu le pourrais, un jour. Je ne t'en voudrais pas.

— J'ai su que tu étais flic à l'instant où j'ai posé les yeux sur toi. Et j'ai su aussi, sans comprendre comment ni pourquoi, que tu allais bouleverser mon existence. Je n'ai jamais regretté ce moment ni aucun de ceux qui ont suivi.

Il la secoua légèrement, et c'était aussi réconfortant qu'un baiser.

— Tu n'es pas seule sur le champ de bataille, Eve. Et depuis ce tout premier instant, moi non plus.

— Autrefois, j'étais persuadée que j'étais mieux seule, que j'en avais besoin. C'était peut-être le cas. Désormais, ça ne l'est plus.

Elle posa ses lèvres sur les siennes, et il resserra son étreinte. Il savait qu'elle avait besoin de sentir ses bras autour d'elle. Ses mains sur son corps étaient douces, si douces après la brutalité de son cauchemar. Ses baisers tendres lui offraient paix, sérénité et amour.

La passion jaillirait. Un feu incandescent brûlait toujours entre eux. Mais pour l'heure, il lui offrait ce qu'elle recherchait, ce qu'elle trouverait toujours chez lui. Le réconfort.

Se doutait-elle de ce que cela représentait pour lui quand elle se tournait vers lui, s'ouvrait ainsi à lui ? En toute confiance.

Sa force et son courage ne cessaient de l'émerveiller, de même que son acharnement à défendre ceux qui n'étaient plus là pour le faire eux-mêmes. Dans ces moments où elle se mettait à nu, dévoilant ses vulnérabilités et ses angoisses, il n'avait qu'un désir : prendre soin d'elle. Lui montrer qu'il ne chérissait pas uniquement la guerrière, mais la femme dans son entier. L'ombre et la lumière.

Il entreprit de la masser doucement pour dénouer ses muscles crispés. Et quand elle soupira, il posa les lèvres sur son cœur.

Il battait pour lui.

Elle s'arqua vers lui, s'abandonna. Sa respiration s'accéléra, un gémissement lui échappa.

Perdue dans ce plaisir tranquille, elle l'attira sur elle. Corps contre corps, bouche contre bouche, elle respira avec bonheur son odeur, puis s'ouvrit comme une fleur pour l'accueillir en elle.

— Je t'aime, Connors. Je t'aime.

— *A grah*, souffla-t-il dans sa langue natale. Mon amour.

Le lendemain matin, Eve but la première moitié de sa première tasse de café avec le sérieux d'une femme uniquement concentrée sur sa survie. Puis elle soupira avec presque autant de plaisir que la veille sous les caresses expertes de Connors.

Une chose était sûre, songea-t-elle en posant sa tasse le temps de sauter dans la douche. Elle était trop gâtée.

Comment avait-elle fait pour vivre avant Connors – et sans vrai café ? Comment avait-elle supporté le débit ridicule de la douche de son appartement avant de découvrir le bonheur des jets multiples à haute pression ?

Ces petits riens dont elle s'était passée toute sa vie – le souffle d'air chaud et parfumé de la cabine de séchage, par exemple. Elle s'y était habituée au point de ne plus y prêter attention.

Émergeant de la cabine, elle aperçut le peignoir suspendu à la porte. Court, moelleux, rouge vif, et probablement flambant neuf. Elle n'en était pas tout à fait certaine, son homme ayant la manie de lui acheter de jolies choses sans lui en parler.

Elle le revêtit, récupéra sa tasse et retourna dans la chambre.

Scène matinale typique, nota-t-elle. Assis sur le canapé du coin-salon, Connors dégustait son propre café en caressant Galahad et en parcourant les cours de la Bourse. Déjà habillé, il avait sans doute tenu au moins une vidéoconférence avant qu'elle ouvre les yeux.

Il insisterait pour qu'elle déjeune, à moins qu'elle ne le lui propose la première. Et si la veste qu'elle avait sortie au hasard n'allait pas avec son pantalon, il ne manquerait pas de le lui faire remarquer.

Des petits riens.

Leurs petits riens.

Si elle appréciait ces habitudes, elle avait parfois envie de les bousculer.

— De quoi as-tu envie ? s'enquit-elle.

— Pardon ?

— Que veux-tu manger ?

Il inclina la tête, haussa les sourcils.

— Tu n'as pas vu ma femme ? Elle était ici il y a quelques secondes.

— Rien que pour ça, tu avaleras ce que je présenterai.

— Ah ! Je retrouve celle que nous connaissons et aimons, dit-il au chat. Et pourtant…

Il se leva, s'approcha d'elle puis, d'un geste preste, la renversa en arrière et la gratifia d'un baiser ardent.

— Mais oui, c'est bien toi, admit-il. Je reconnais cette bouche.

— Continue comme ça, gros malin, et tu n'auras rien d'autre à goûter.

— Je m'en remettrai.

Elle le repoussa.

— Je n'ai pas le temps de me bagarrer avec toi. J'ai des mandats à requérir, des suspects à cuisiner et des assassins à coffrer.

Elle commanda des gaufres, de la salade de fruits rouges et un autre pot de café. Connors avait dû nourrir Galahad, mais elle lui programma une coupe de lait. Il sauta dessus comme un puma.

— Comme ça, il nous fichera la paix, déclara-t-elle en s'asseyant.

— Toute la famille réunie pour le petit-déjeuner, commenta Connors. C'est pas mignon ? Tu as l'air reposé. Tu n'as pas fait d'autres cauchemars ?

Il choisit une mûre charnue dans son assiette, la glissa entre les lèvres d'Eve.

— Non. Un type a su me distraire et me détendre. Cependant j'y ai réfléchi. Les rêves sont le grenier du subconscient.

— Un terme psychologique peu connu.

— Peu importe. J'arrive plus ou moins à l'analyser. Ce n'est pas si compliqué. J'ai un suspect principal dans la tête, alors pourquoi est-ce le personnage virtuel qui tue Bart dans mon rêve ? Parce que j'étais encore imprégnée par le jeu, ou parce que le rêve cherche à me faire comprendre que je me suis trompée.

— Tu devrais en discuter avec Mira.

— Si j'ai le temps. Quand j'aurai mes mandats de perquisitions, les recherches risquent de durer un moment.

— Mira pourrait te donner un coup de pouce.

— Je la tiens en réserve. Le tueur connaissait les habitudes de Bart, savait comment il se comportait chez lui, ce qui suppose une certaine intimité. Comme nous... En sortant de la douche, je savais que tu serais assis ici, en train de boire ton café en caressant le chat et que tu suivrais les cours de la Bourse. C'est ton rituel. Tu t'en écartes parfois lorsque c'est nécessaire, mais dans l'ensemble, tu le respectes.

— Mmm, murmura Connors en mordant dans une gaufre. Selon toi, l'assassin a misé là-dessus.

— Il y a des chances. De même qu'il y a des chances que le meurtrier de Minnock veuille prendre la place de leader chez U-Play. La mort de Bart laisse un vide.

— Si je comprends bien, tu penches de plus en plus pour la thèse du joueur solo.

— Pas forcément, mais tuer un ami et associé, c'est la trahison absolue.

Il opina.

— Et un individu capable d'une telle déloyauté n'accorderait pas facilement sa confiance aux autres, devina-t-il.

Elle agita sa fourchette.

— Dans le mille. Ces gens-là vivent en créant des scénarios, et en calculant chaque étape de leurs projets. Opter pour telle solution, obtenir tel résultat, et ainsi de suite. D'après moi, l'assassin aura soigneusement pesé le pour et le contre avant d'entraîner quelqu'un dans l'aventure.

— Si l'autre faiblit, commet une erreur, menace, il devient un problème. Difficile d'éliminer un autre partenaire. Tous les projecteurs se braqueraient sur les deux restants. Mais...

Il avait parfaitement suivi le cheminement de sa pensée.

— ... tu crains que cela n'arrive.

— Tout dépend de l'enjeu final, et des effets de ce premier crime sur son ego. Un être qui se croit plus intelligent, plus doué, le *meilleur* de tous, peut devenir très, très dangereux.

Eve tenta d'abord de contacter Cher Reo, substitut du procureur. Encore une amie et, au sens large du terme, une partenaire. « Moi, je les arrête, songea-t-elle en bravant les embouteillages matinaux. Vous, vous les enfermez. »

Lorsqu'elle parvint à joindre le bureau de Reo, on lui annonça que celle-ci était déjà au Central pour l'affaire Reineke.

Ils n'avaient pas perdu de temps, pensa Eve en coupant à l'ouest, à l'opposé de Broadway et de la foule.

La pizza dénoncerait la clé à molette, ou vice versa. L'un accepterait un marché, l'autre paierait le prix fort.

Il faudrait s'en contenter.

Elle laissa un message sur la boîte vocale de Reo, mais eut la surprise de la découvrir dans son bureau – un café à la main.

— Je ne pensais pas que vous en finiriez aussi vite, avoua Eve.

— Ils y étaient depuis deux heures du matin, heure à laquelle vos gars ont décidé que les heureux amants avaient eu assez de temps pour se peloter, expliqua Reo en s'étirant. Elle est allée chez lui aux alentours de 20 heures. Extinction des feux vers minuit. Tout est dans le rapport.

Elle bâilla, ébouriffa ses cheveux blonds.

— Ils ont été négligents. Ils n'ont même pas pris la peine de baisser les stores. Vos hommes ont eu droit à un joli spectacle avant qu'ils n'éteignent.

— Je parie que l'épouse a trahi l'amant.

— Comme une roue qui dévale une pente abrupte. Apparemment, elle a commencé par le topo habituel. Elle s'est précipitée chez lui parce qu'elle était bouleversée.

Reo écarquilla les yeux et battit des cils.

— « Ô mon Dieu, il a tué mon mari ! » Stupéfaction, désarroi, larmes. Bref, enchaîna-t-elle en haussant les épaules, les deux ont tout confessé en long et en large, et les contribuables apprécieront. Elle en prendra pour dix ans ferme. Pour lui, ce sera le double. Certes, si on avait opté pour le procès, ils auraient été condamnés à perpétuité, mais au moins, ils sont en cage.

Eve aurait volontiers discuté pour la forme, mais elle ne voulait pas contrarier Reo.

— J'ai besoin de trois mandats de perquisition, annonça-t-elle.

— Pour quoi ?

Eve se servit un café, s'assit, exposa la situation.

— Vous n'avez aucune preuve ? s'enquit Reo en tapotant le côté de sa tasse, le front plissé.

— Voilà pourquoi j'ai besoin de ces mandats. Pour les trouver.

— Vous ne savez pas vraiment ce que vous cherchez.

— Je le saurai quand j'aurai mis la main dessus. La balance penche de leur côté, Reo. Le mobile, les moyens, l'occasion, le génie informatique... et une connaissance intime des habitudes de la victime, de son domicile, de son système de sécurité. De surcroît, d'après leurs propres déclarations, ils sont les seuls à avoir eu un accès au jeu dans sa totalité.

— Ils ont des alibis.

Eve éluda cet argument d'un signe de tête.

— Leurs alibis sont mous, tellement mous qu'ils en deviennent visqueux. Vous n'avez pas vu les lieux. On dirait une ruche avec des abeilles qui bourdonnent dans tous les sens. À cinq minutes à pied de la scène du crime. N'importe lequel d'entre eux aurait pu s'éclipser pendant une heure sans qu'on s'en aperçoive. Et si quelqu'un l'avait remarqué, le meurtrier aurait eu un autre alibi en réserve. Ils fonctionnent ainsi – cause et effet, action et réaction. Le profil de Mira renforce ma conviction. Bart Minnock connaissait son assassin.

Reo prit une inspiration.

— Je vais voir ce que je peux faire. Vous dites qu'ils ont coopéré jusqu'à présent ?

— Oui.

— Vous pourriez demander à visiter leurs domiciles.

— Ce qui leur laisserait le temps de se débarrasser de tout élément compromettant.

— Je m'en occupe, promit Reo en se levant. J'espère que vous ne rentrerez pas bredouille. Vous savez que ce siège est horriblement inconfortable ?

— Oui.

Reo s'esclaffa, se frotta les yeux.

— Il n'empêche que si vous aviez tardé encore dix minutes je me serais endormie dessus. J'ai besoin de faire une sieste. À ce soir ? À la réception de Nadine ?

— J'y serai.

— Je vais devoir forcer sur le maquillage si je veux avoir figure humaine. Vous obtiendrez vos mandats, conclut-elle en quittant la pièce.

— Merci.

« Une bonne chose de faite », se dit Eve en allant récupérer Peabody à son poste de travail.

— Je vous propose une nouvelle conversation avec CeeCee, annonça-t-elle.

Comme elles se dirigeaient vers le tapis roulant, Eve aperçut Reineke devant l'un des distributeurs automatiques.

— Bon boulot, inspecteur ! le félicita-t-elle.

— Merci, lieutenant. Jenkinson se charge de la paperasse.

La machine lui cracha une viennoiserie d'aspect pitoyable.

— Au bout du compte, ces deux-là étaient des imbéciles. Il avait encore le communicateur jetable dont il s'était servi pour la joindre avant d'aller fracasser le crâne du mari, et le carton de la pizza était bien en vue sur le comptoir. Quant à elle, deux heures après avoir appris le décès de son époux, elle s'était offert de la lingerie fine. Leur stupidité aurait dû leur valoir plus que dix et vingt ans.

— Je vous parie qu'ils n'en ressortiront pas plus intelligents. Bon boulot, répéta-t-elle. Ah ! Interdiction de diffuser l'enregistrement de surveillance à vos collègues.

— Dommage. Ils sont bêtes, mais qu'est-ce qu'ils sont souples !

Eve attendit de s'être éloignée pour s'autoriser un sourire.

— Vous ne soupçonnez tout de même pas la petite amie ? CeeCee ? demanda Peabody.

— Non. C'est l'un des associés, mais elle en sait peut-être davantage qu'elle ne le croit. Elle a eu le temps de se remettre. Je veux titiller sa mémoire, recueillir ses impressions.

CeeCee était chez elle – un petit appartement impeccable qu'elle partageait avec trois poissons rouges dans un bocal.

Eve s'interrogea sur les propriétaires de poissons. Aimaient-ils les regarder tourner, tourner, tourner avec leurs yeux bizarres ? Quel intérêt ?

— J'ai demandé un congé, expliqua CeeCee en se calant dans un fauteuil.

Elle avait rassemblé ses cheveux en queue-de-cheval et n'était pas maquillée. Elle apparaissait pâle et fatiguée.

— Je ne peux pas retourner travailler tout de suite. Je tenais énormément à Bart.

— Avez-vous consulté ?

— Non. Je suppose que... que je ne suis pas prête à aller mieux. Ça doit vous sembler absurde.

— Pas du tout, assura Peabody.

— Je ne sais pas si notre relation aurait tenu. Nous nous entendions bien, et je pense que peut-être... Mais je l'ignore, et ça me ronge. Aurions-nous emménagé ensemble ? Nous serions-nous mariés ?

— L'aviez-vous évoquée ? s'enquit Eve. La possibilité de vivre ensemble ?

CeeCee esquissa un pauvre sourire.

— On a plus ou moins tourné autour du pot. Je ne pense pas que nous étions prêts. D'ici quelques mois, nous aurions sans doute abordé de nouveau le sujet. Nous n'étions pas pressés. Nous pensions avoir tout le temps.

— Et vous aviez chacun vos activités, insista Eve. Vos habitudes, vos amis.

— En effet. J'ai eu un fiancé à une époque. Trop envahissant. Si nous n'étions pas ensemble vingt-quatre heures sur vingt-quatre, il me reprochait de ne pas l'aimer suffisamment. Avec Bart, ce n'était pas le cas. Nous nous voyions beaucoup, il appréciait mes amis et moi les siens. Mais nous avions notre indépendance.

— Vous vous entendez bien avec ses associés. Ses meilleurs copains.

— Bien sûr ! Ils sont formidables. Tant mieux, parce que je ne crois que j'aurais pu être avec Bart si je n'avais pas aimé ses amis, et si eux ne m'avaient pas aimée.

— Vraiment ?

— Ils forment une sorte de famille. Pour certaines personnes, les relations familiales sont compliquées. Prenez ma sœur, par exemple.

Elle leva les yeux au ciel, et Eve perçut le charme et l'énergie qui avaient dû séduire Bart.

— Bon, je ne sais pas, mais il me semble que quand on *choisit* sa famille, c'est différent. On peut ne pas être d'accord, se disputer même, mais on se serre les coudes. C'est le cas avec ma sœur, même quand je suis fâchée contre elle.

— Bart s'emportait-il parfois contre ses partenaires ?

— Non. Il secouait la tête en disant « Seigneur ! Cill raconte n'importe quoi » ou « Pourquoi Benny fait-il ça ? » ou encore « Var n'est pas du tout dans le coup ».

— Il parlait d'eux avec vous.

— Souvent. Après une journée difficile, j'étais une sorte de sas de décompression. Ces temps-ci, ils travaillaient sur un très gros projet. Des heures et des heures d'essais. Ils se querellaient peut-être un peu comme on le fait dans ces cas-là, surtout si on est surmené.

— Vous pensez à un incident en particulier ? Le moindre détail peut nous aider, ajouta Eve en voyant CeeCee se mordiller la lèvre. Une chose peut mener à une autre. Soyez plus précise.

— Voyons… Je sais qu'il était énervé contre Cill il y a environ deux semaines. Rien de grave, mais il lui en voulait parce qu'elle avait dépassé le budget pour une campagne de promotion. De son côté, elle était agacée parce qu'elle y avait passé du temps et estimait que ça valait le coup. Pas lui. Elle s'emporte plus que lui. Il m'a dit qu'ils s'étaient crié après, mais lui ne crie – ne criait – jamais. Je pense donc que c'était plutôt elle. Ils se sont réconciliés, comme chaque fois. Il lui a acheté des fleurs. Var et lui se sont chamaillés à propos de l'objectif de leur nouveau jeu. Bart ne s'est pas étendu parce que le sujet était trop technique. Il m'a juste dit qu'il jugeait indispensable de s'en tenir à leurs objectifs, que tout ne devait pas nécessairement atteindre son potentiel. Bizarre, non ?

— Oui. Qu'entendait-il par là ?

— Je l'ignore. Il a dit que le but de U-Play était de créer des jeux, point final. Il pouvait se montrer obstiné parfois. Pas souvent, mais quand il vous tenait tête, c'était assez… mignon.

— Des tensions entre Bart et Benny ?

— Leur amitié remonte à loin. Ils se taquinaient. La semaine dernière, je suis allée chercher Bart parce qu'on avait décidé de sortir après le boulot. Benny et lui testaient un des jeux, et Bart l'a massacré. En plus, il a enfoncé le clou. Ils devaient être fatigués parce que Benny fulminait. Avant de s'en aller, Benny lui a promis de prendre sa revanche dans la vraie vie. Bart a ri. Je lui ai fait remarquer qu'il avait blessé son ami.

Elle haussa les épaules.

— Une brouille stupide entre garçons.

— Elle est charmante, déclara Peabody lorsqu'elles remontèrent dans la voiture. Ça ne sert à rien de spéculer mais, à mon avis, leur histoire aurait duré. Il n'était pas du genre volage.

— Oui. Et elle nous a décrit un type normal, qui s'énerve contre ses amis, se dispute.

— Rien de grave.

— Pas à ses yeux à lui. En ce qui concerne l'ami, le doute persiste. Cill : il a mis en cause son autorité, sa créativité. Var : il a refusé sa suggestion de faire évoluer le produit. Benny : il a titillé son ego. Son comportement apparaît normal. Il a rejeté les requêtes de deux de ses associés et humilié le troisième en public. Ce n'était sûrement pas la première fois qu'ils s'accrochaient ainsi, mais il est possible que, pour l'un d'eux, ç'ait été la goutte d'eau qui a fait déborder le vase.

— Nous nous querellons, vous m'avez déjà envoyée balader ou botté les fesses, observa Peabody Je ne planifie pas pour autant de vous tuer. Pas encore.

— Je parie que vous rêvez de me botter les fesses.

Peabody fit mine d'admirer le plafond du véhicule.

— Rêver n'est pas interdit par le règlement.

— Précisément. Il suffit d'un rien pour transformer le rêve en réalité, marmonna Eve en pianotant sur son volant. Selon moi, ils correspondent tous trois au profil. Et transformer le rêve en réalité est leur métier. Un pas de plus, et c'est le drame.

Elle jeta un coup d'œil sur le communicateur de son tableau de bord, sourit en lisant le texte qui s'affichait à l'écran.

— Reo a nos mandats. Rassemblez trois équipes, ordonna-t-elle.

— Moi ?

— Vous avez quelqu'un de mieux à me proposer ?

— Non, mais...

— Affectez un gars de la DDE à chaque équipe. Confisquez toutes les armes, même les jouets. Je veux qu'on analyse tous les disques, les ordinateurs et les communicateurs sur site, continua Eve tandis que Peabody s'empressait de noter. S'il y a un doute, on embarque le matériel. Je veux qu'on inspecte les éviers, les baignoires, les douches, les lavabos et les canalisations en quête de sang. Tous les droïdes devront être vérifiés sur place.

— Entendu, fit Peabody. Je vous suis.

— Parfait. Lancez la machine. Nous allons faire un saut chez U-Play pour prévenir les associés.

— Reçu cinq sur cinq. Dallas, si l'un d'eux a tué Bart, pensez-vous vraiment qu'il ou elle aura laissé traîner des indices dans son espace personnel ?

Eve pensa à la boîte à pizza.

— Ça arrive.

15

Pendant que Peabody réunissait les équipes, Eve contacta son commandant pour le mettre au courant de l'évolution de l'enquête.

— Vous pensez que les trois associés ont agi de concert ?

— Non, commandant. Ils en auraient été incapables. Je ne pense pas non plus que les trois aient pu ou voulu se retourner contre la victime au point de l'éliminer. Certes, le profil de Mira indique qu'il pourrait y avoir deux assassins. Mais…

Comment expliquer ?

— La thèse de la conspiration est bancale. Si la moitié d'un tout est avariée, l'autre moitié s'en aperçoit forcément. À mon avis, ils sont tous sous pression depuis le démarrage de ce projet, ce qui a pu causer des frictions au sein du groupe. Cependant, planifier un meurtre exige du temps et de la réflexion ; une simple brouille entre associés ou amis ne suffit pas à justifier une telle initiative. C'est peut-être le prétexte, le catalyseur qui pousse à agir, mais il y a là-dessous quelque chose de plus profond, qui était là depuis toujours.

— Quoi ?

Elle hésita.

— Je serai mieux à même de vous répondre après les perquisitions. La fouille de leur espace personnel va accroître la pression. Je veux voir leurs réactions.

Sa conversation terminée, elle jeta un coup d'œil à Peabody qui l'observait d'un regard froid.

— Quoi ?

— Vous savez.

— Je sais beaucoup de choses.

— Vous savez lequel est coupable.

— Je penche pour l'un d'entre eux.

— Qui ?

— À vous de me le dire.

— Ce n'est pas juste ! protesta Peabody avec une petite moue. Nous sommes coéquipières. Vous êtes censée me répondre.

— Vous êtes inspecteur. Réfléchissez.

— D'accord, d'accord. Bon, j'ai compris le coup de la moitié avariée. Pour moi, ils sont deux. Pas seulement à cause du profil de Mira, auquel je souscris, mais parce que c'est plus sûr d'un point de vue logistique. Le premier met le plan à exécution, le deuxième le couvre.

— Vous avez raison. Cette thèse tient mieux la route.

— Et vous maintenez la théorie du soliste ?

— Oui. Ils formaient un cercle fermé – ou plutôt un carré. Un groupe uni. L'un d'eux se détourne du clan. Cet individu dissimule peut-être un ressentiment, de l'envie, de la haine ou de l'ambition, ce qui lui sert de prétexte ou de moteur. Mauvaise humeur, surmenage, inattention. À présent, convertissez le solo en duo, ce qui sous-entend que le meneur dans cette histoire a une confiance totale en son partenaire.

« Bancal, songea Eve. Trop de poids – ou de haine – d'un seul côté. »

— Vous avez donc deux personnes qui s'efforcent de cacher leur intention de commettre un meurtre, continua-t-elle. De manière générale, les gens ont du mal à contenir leurs sentiments passionnels. Une fois la mission accomplie, tous deux doivent paraître atterrés et anéantis devant nous, mais aussi devant le membre restant du groupe.

— S'ils étaient trois ?

— Il aurait fallu que Bart Minnock soit complètement aveugle à ce qui se passait dans son entourage immédiat. J'en doute, surtout après notre conversation avec sa petite amie. Ce garçon était sensible, perspicace. Et au fond, cette théorie ne rime à rien. À trois, ils formaient la majorité. S'ils voulaient quelque chose ou s'ils en avaient eu assez de lui, ils auraient voté son éviction.

Le meurtre et la méthode valaient davantage que l'entreprise, devina Eve. Davantage qu'une part supplémentaire du gâteau.

— Leur accord de partenariat stipule que toutes les décisions doivent être prises à la majorité, rappela-t-elle. Bart n'avait pas plus d'autorité ni de pouvoir que les autres. Ils lui ont *conféré* cette autorité et ce pouvoir par une sorte d'accord tacite. Ils l'ont laissé mener la barque parce qu'il était le plus apte à le faire et que ça fonctionnait.

— Je comprends. L'un d'entre eux ne voulait plus qu'il mène la barque, mais se serait retrouvé seul contre trois. La solution ? Le supprimer. Et le problème disparaît.

— En partie. La cause est plus profonde, mais la méthode trahit une haine incontrôlable. Elle a pu s'amplifier au fil du temps. Bart était la coqueluche des médias et le pilier de U-Play. S'il disait « non » ou « on va faire comme ça », ils avaient tendance à suivre.

— Aujourd'hui, il y a un vide. Il faut le remplir.

— Exact, inspecteur.

— Vu leurs antécédents, leurs capacités et leurs personnalités, les trois présentent les qualités requises.

— Question personnalités, je n'en suis pas persuadée. Pour l'heure, allons gâcher leur journée, conclut Eve en se garant sur le parking.

Au sein de l'entrepôt, l'activité était plus intense que la veille. Les machines bipaient et ronronnaient, formes et couleurs emplissaient les écrans. Les employés s'affairaient, un bandeau noir autour de leur bras nu ou de leur chemise chamarrée.

Eve aperçut Cill dans l'un des ascenseurs transparents, ses longs cheveux noirs tressés en une natte impeccable. Elle portait un tailleur noir et des escarpins noirs à petits talons.

« Respectueuse. Raisonnable. Elle sait », songea Eve.

Par curiosité, elle interrogea au hasard l'un des techniciens.

— Où puis-je trouver Cill ?

— Euh... Dans son bureau ? Elle est arrivée tôt ce matin.

— Merci.

Eve jeta un coup d'œil à Peabody et lui indiqua l'escalier d'un signe de tête.

— La plupart de ces gens vivent dans leur bulle ou dans la bulle de celle ou de celui avec qui ils travaillent. Ils ne l'éclatent que s'ils en ont reçu l'ordre ou ont besoin de quelque chose. Les alibis ne tiendront pas.

Cill n'était pas dans son bureau, mais dans la salle de repos. Seule, assise, le regard rivé sur sa boisson énergique, elle se frottait la tempe. Elle redressa vivement la tête et ses doigts se crispèrent autour de son gobelet.

— Vous êtes de retour, fit-elle. Est-ce que cela signifie... ?

— Non, répondit Eve. Pas encore.

Elle se voûta.

— Je ne sais pas pourquoi c'est si important. Vous aurez beau démasquer le coupable, Bart ne ressuscitera pas pour autant.

— Vous n'avez pas envie de savoir qui l'a tué ? s'étonna Eve.

— Si. Si. Mais... à cet instant précis, ça m'est égal. Désolée. Je suis au fond du trou. Vous avez d'autres questions ?

— À vrai dire, nous sommes ici pour vous avertir que nous avons obtenu des mandats pour fouiller votre domicile et ceux de Benny et de Var. Les perquisitions auront lieu ce matin.

— Je ne comprends pas. Vous allez inspecter mon appartement ?

— En effet.

— Mais pourquoi ? Dans quel but ?

Son expression changea, une lueur de colère s'alluma dans ses yeux verts et ses joues s'empourprèrent.

— Vous croyez que j'ai pu faire ça à Bart ? À *Bart* ? Qu'est-ce que c'est que ce délire ? Vous êtes censée être une experte dans votre domaine, et vous m'accusez d'avoir assassiné Bart ?

— Personne ne vous accuse. Nous devons explorer toutes les pistes.

— N'importe quoi ! Vous êtes dans une impasse, alors vous avez décidé de nous harceler. Vous perdez votre temps avec nous pendant que le tueur court dans la nature.

Son regard se voila de larmes, mais sa rage en vint à bout.

— Vous venez de me dire que ça vous était égal qu'on retrouve le meurtrier de Bart, objecta Eve.

Cill serra les poings.

— Je vous interdis de prononcer son nom devant moi, articula-t-elle d'une voix haut perchée. Je ne veux pas que vous mettiez vos sales pattes dans mes affaires.

— Nous avons un mandat et nous allons l'exécuter. Votre présence est autorisée et vous pouvez faire appel à un conseiller juridique si vous le souhaitez.

— Vous n'êtes qu'une salope. Je l'*aimais*. Il était ma famille. Nous – Seigneur ! –, nous avons prévu une cérémonie à sa mémoire cet après-midi. Ses parents viennent. Je dois m'occuper de tout, et vous, vous m'annoncez ça ? Vous croyez que je peux m'absenter pour vous regarder prendre votre pied à fourrer le nez dans mes affaires ?

— Votre présence est un droit, pas une obligation.

— Que se passe-t-il ? s'exclama Var en se ruant dans la pièce, Benny sur les talons. Cill, on t'entend depuis la planète Mars. Quel est le problème ?

— Contacte Felicity. De toute urgence. Ce pseudo-flic croit que nous avons tué Bart.

— Quoi ? Allons donc ! Mais non !

Var la rejoignit, lui pressa le bras. Benny l'imita, se plaçant de l'autre côté. Les trois pointes du triangle.

— Qu'est-ce que ce que tout cela signifie, lieutenant ? s'enquit Var.

— Elle va fouiller nos domiciles, répondit Cill. Ce matin.

— En quel honneur ? vociféra Benny en fixant Eve du regard tout en entourant du bras les épaules de Cill.

Var dévisagea tour à tour Eve et Peabody.

— C'est légal ? risqua-t-il. Vous n'avez pas besoin d'un mandat de perquisition ?

— Nous en avons. Par courtoisie, je vous informe que les perquisitions se dérouleront dans la matinée. Nous n'accusons personne. Nous menons simplement notre enquête.

— Vous auriez pu vous adresser directement à nous, observa Benny en serrant davantage Cill contre lui. Jusqu'ici, nous avons coopéré, il me semble. Ce n'est pas bien ce que vous faites. Bouleverser Cill ainsi, surtout aujourd'hui.

— C'est la cérémonie en hommage à Bart, renchérit Var. Vous n'auriez pas pu patienter une journée ? Vingt-quatre heures ? Les parents de Bart seront présents. C'est déjà suffisamment dur pour eux, non ?

Il se détourna et alla s'appuyer au comptoir.

— Nous essayons de faire ce qu'il y a de mieux pour Bart, ce qu'il aurait souhaité.

— Moi aussi, riposta Eve.

— Il n'aurait pas supporté que vous fassiez de la peine à Cill, intervint Benny. Que vous puissiez nous considérer comme suspects.

— Je ne suis pas responsable de vos émotions. Je suis en charge d'une enquête. Votre présence ainsi que celle d'un représentant légal est autorisée.

— Je veux Felicity, insista Cill.

— Je m'en charge, la rassura Benny. Ne t'inquiète pas. Nous ne pouvons pas tous nous absenter en même temps. Vas-y, Cill, si tu veux.

— Impossible. Je suis en pleins préparatifs pour la cérémonie.

— Je peux m'en occuper.

— Non, répliqua-t-elle en posant brièvement le front contre la poitrine de Benny. Je reste.

Var poussa un soupir.

— Vas-y, Benny. L'un d'entre nous devrait être présent. Cill et moi tiendrons le fort. Ce n'est qu'une procédure de routine, je suppose.

— Alors, quoi, ça n'a rien de *personnel* ? glapit Cill.

Elle ferma aussitôt les yeux.

— Désolée. Pardon, Var.

— Ce n'est pas grave, répondit-il, et son expression était plus lasse qu'irritée. Nous sommes tous à fleur de peau. Finissons-en. Benny, tu pourrais peut-être passer chez nous aussi.

— Bien sûr, fit ce dernier. J'irai d'abord chez toi, Cill. Je serai là quand ils commenceront. Pas de souci.

— Mon appartement est un chantier.

Il lui sourit.

— Quel scoop ! Ne t'inquiète pas. J'avertis Felicity. Tu as raison, Cill, il faut qu'elle soit au courant.

— Parfait. Si vous en avez terminé, lieutenant, vous pouvez vous en aller, conclut Cill en levant le menton. Nous ne voulons pas de vous ici.

— Votre avocate n'aura qu'à me joindre directement si elle veut une copie des mandats.

Eve se dirigea vers la sortie en secouant brièvement la tête au cas où Peabody se mettrait à parler avant qu'elles aient quitté le bâtiment.

— Vos impressions ? s'enquit-elle dès qu'elles eurent rejoint la voiture.

— Cill a un sacré tempérament. Ça bouillonne là-dedans.

— Passionnée. Possessive concernant son territoire.

— Oui. Benny est protecteur. Lui aussi était énervé, mais il s'est contenu et a tenté de calmer Cill.

— Il en pince pour elle.

— Oh que oui ! confirma Peabody en opinant vigoureusement du bonnet. Il ne le montre pas, preuve qu'il sait se maîtriser, voire refouler ses sentiments. Var a semblé ébranlé au début, mais il s'est vite repris. Lui aussi était furieux. Il lui a fallu une minute pour se ressaisir. Ils ont reçu la nouvelle comme une insulte. Beaucoup de gens réagissent ainsi dans ces circonstances. Chacun d'entre eux a assumé un rôle. Aucun ne s'est avancé en disant : « Toi tu fais ci, toi tu fais ça et moi ça ». Personne n'a encore endossé le rôle du chef.

— Subtil, mais sous-jacent, contra Eve. Cela dit, je manque peut-être d'objectivité, ajouta-t-elle en haussant les épaules.

— Autre chose. Offensés et fâchés, oui, mais pas spécialement angoissés à l'idée de ce que l'on pourrait découvrir chez eux.

— L'assassin a effacé toutes les traces. Il est méticuleux. Mais on n'est jamais aussi prudent qu'on le croit. Nous ne trouverons pas l'arme du crime dans une armoire ni une sauvegarde informatique du complot. Je pense toutefois que ces visites se révéleront intéressantes. Commençons par l'appartement de Cill.

Eve se gara devant un immeuble banal de trois étages.

— Ils habitent tous à proximité les uns des autres et de leur travail, observa-t-elle. Bart a un faible pour le luxe : concierge, triplex. Cill a opté pour un loft. Pour le côté bohème, sans doute. Les locataires ne sont pas nombreux.

— La sécurité est béton, fit remarquer Peabody.

— En effet. Je parie qu'elle y est pour quelque chose. Qui avez-vous envoyé ici ?

— Jenkinson et Reineke – ils viennent de clôturer une affaire si bien qu'ils étaient disponibles. McNab les accompagne. Je vérifie leur heure estimée d'arrivée.

— Bien, fit Eve alors que son propre communicateur bipait.

Elle haussa les sourcils.

— C'est l'avocate. Elle n'a pas perdu de temps. Dallas, dit-elle, prenant la communication.

D'un geste, elle fit signe à Peabody d'entrer avec l'équipe. Elle n'avait pas terminé sa conversation avec l'avocate qu'elle vit Benny arriver au pas de course. Il avait troqué ses mocassins pour des baskets usées.

Eve glissa son communicateur dans sa poche tandis qu'il composait le code.

Il ne l'avait pas remarquée. Trop concentré sur la mission en cours.

Elle pénétra dans l'édifice, puis dans un ascenseur ancien qui ressemblait à une cage mais remis aux normes de 2060. Elle demanda le dernier étage avant d'obéir aux requêtes de l'ordinateur en soumettant son nom, l'objet de sa visite et son insigne.

Les hommes s'étaient déjà attelés à la tâche lorsqu'elle pénétra dans l'immense salle de séjour. Benny était planté là, les mains dans les poches. Poings serrés. Sérieusement énervé.

— Cill est très pudique avec les étrangers, expliqua-t-il à Eve. Cette histoire la met dans tous ses états. Elle était déjà déprimée, mais là, c'est le bouquet.

— Nous faisons tous ce que nous avons à faire, répliqua Eve. Bel espace, ajouta-t-elle en balayant la pièce du regard.

Couleurs gaies, lithographies encadrées, fauteuils accueillants.

— Et alors ? Ce n'est pas un crime.

— Je n'ai jamais dit le contraire. Calmez-vous, Benny. La journée risque d'être longue.

Elle déambula à travers l'appartement, jeta un coup d'œil dans la cuisine qui devait remplir sa fonction, vu les plats et les assiettes disséminés sur le comptoir et empilés dans l'évier.

Elle ouvrit le réfrigérateur. Bières, sodas, boissons énergétiques, eau, un carton de lait périmé depuis la veille, une laitue fanée.

Cill n'avait pas fait de courses depuis un moment.

— Vous espérez trouver un indice dans ce putain de frigo ? lâcha Benny.

Eve referma la porte et pivota pour lui faire face.

— Vous n'arrangerez rien en essayant de me provoquer, Benny. Vous perdriez la partie et je serais obligée de vous traîner jusqu'au Central pour entrave à une perquisition légale.

Le laissant ruminer, elle poursuivit son exploration. L'endroit était vaste, confortable, dénué de fanfreluches mais féminin. Les jouets et les consoles de jeux abondaient.

À première vue, le bureau semblait aussi désordonné que celui d'une adolescente. Pourtant Eve décela une méthode dans le fatras. Elle aurait volontiers parié un mois de salaire que Cill savait exactement où étaient ses affaires. À l'opposé du poste de travail étaient installés un écran et plusieurs consoles de jeux.

Elle pouvait procéder à des tests ici.

Il n'y avait pas de chambre d'amis. Eve en déduisit que Cill recevait peu.

Son lit était défait, les draps emmêlés comme si elle avait passé une nuit particulièrement agitée.

— Elle a acheté le tailleur et les escarpins qu'elle portait tout à l'heure pour l'occasion, annonça Peabody. Les sacs sont là avec le reçu. Pas plus tard qu'hier. C'est triste. Elle n'en possède pas d'autre, encore moins des vêtements noirs. Elle a dû se sentir obligée de s'habiller pour la circonstance.

— Le dressing est grand pour une femme qui n'avait pas un seul tailleur avant-hier.

— Déguisements, pantalons et tee-shirts. Deux ou trois robes dont une style cocktail. Mais pour l'essentiel, tout tourne autour du jeu et du boulot.

Eve ouvrit l'un des tiroirs de la table de chevet. Il contenait plusieurs sex-toys, des blocs-notes inutilisés, un journal intime électronique.

— Elle tenait un journal.

— C'est du domaine privé ! s'écria Benny, suintant de colère par tous les pores.

— Désormais, plus rien n'est privé, rétorqua Eve. Je me fiche de ses pensées personnelles à moins qu'elles n'aient un lien avec l'enquête. Et votre attitude m'inciterait à penser que ce lien existe.

— Vous délirez. Vous ne la connaissez pas. Elle n'a jamais fait de mal à qui que ce soit.

— Alors elle n'a rien à craindre. Inspecteur, consignez cet appareil et veillez à ce qu'il soit transporté au Central avec le reste du matériel électronique.

— Oui, lieutenant.

Peabody s'empara du journal et s'éclipsa.

— Vous tenez absolument à vous opposer à moi, Benny ? s'enquit Eve. Vous êtes entraîné, ça pourrait être intéressant. Avant que je vous fasse inculper pour agression sur un officier de police et obstruction à la justice. Vous voulez passer la cérémonie à la mémoire de Bart derrière les barreaux ?

— Je n'oublierai jamais cet épisode. Jamais.

Il tourna les talons et s'éloigna.

— Je m'en doute, marmonna Eve.

Elle sortit de la chambre et traversa le loft pour gagner l'holopièce. L'accès lui en fut refusé. Aussitôt, elle partit à la recherche de McNab.

— Je veux toutes les données dès que vous les aurez extraites. Je veux savoir quand elle y est entrée pour la dernière fois et pour y faire quoi.

— Pas de problèmes. Ces gens savent vivre, commenta-t-il en laissant échapper un petit sifflement.

— Oui, répondit-elle brièvement. Peabody, avec moi !

Elle dédaigna sa voiture. L'immeuble de Benny était situé à une centaine de mètres de là, pourtant elle préféra se rendre chez Var, trois pâtés de maisons plus loin.

— Qui avons-nous ici ? demanda-t-elle.

— Carmichael, Foster et Callendar, répondit Peabody. On annonce des orages pour ce soir. Vous croyez qu'il va pleuvoir ?

— Comment voulez-vous que je le sache ? J'ai l'air d'une météorologue ?

— J'ai prévu de porter une superbe paire d'escarpins pour la réception de Nadine, mais s'il tombe des cordes et qu'on doit aller jusqu'au métro parce qu'il n'y a pas de taxis, je vais les abîmer.

Peabody scruta le ciel en quête de réponse.

— En cas de mauvais temps, j'ai des bottes qui conviendraient, mais elles ne sont pas neuves. Et les escarpins sont…

— Peabody ? Vos problèmes de chaussures ne m'intéressent pas, et auraient même tendance à m'énerver légèrement.

— Puisque votre irritation est légère, je continue. Je me suis offert une nouvelle tenue en prime. Le prétexte était idéal : le livre de Nadine, une soirée chic. D'autant que c'est nous qui avons résolu l'affaire Icove. Je suis citée dans le bouquin. Je veux être à la hauteur. Et vous ? Comment vous habillerez-vous ?

— Aucune idée. Je m'en fous.

— Mais c'est important ! protesta Peabody. Vous êtes la vedette du livre !

— Faux ! s'exclama Eve, horrifiée par cette idée. La vedette, c'est l'enquête.

— Qui en était la responsable ?

— Peabody, vous n'allez pas tarder à voir ma bottine de près quand elle va vous exploser le nez.

— Ça change. D'habitude ce sont mes fesses.

Elle s'immobilisa, baissa ses lunettes de soleil pour étudier l'immeuble de Var.

— Bâtiment post-Guerres Urbaines, nota-t-elle. Un de ces édifices provisoires qui n'ont jamais été remplacés. Il est toutefois en bon état. Haut niveau de sécurité. Var occupe les deux derniers niveaux et a un accès au toit. La vue doit être spectaculaire.

Elles empruntèrent l'ascenseur jusqu'au dixième étage.

— Je suppose que vous y allez en limousine, ce soir ? murmura Peabody avec une pointe d'envie.

— Aucune idée. Je m'en fous.

— Facile de s'en foutre quand il suffit de claquer des doigts pour avoir une limousine.

Eve poussa un soupir. Peabody n'avait pas tort.

— Écoutez, si je vous envoie une limousine, vous me promettez de cesser de geindre et de ne plus me parler de vos putains d'escarpins ni de cette putain de réception ?

Peabody poussa un cri de joie et étreignit Eve avant que celle-ci ait le temps de réagir.

— Oui ! Oui ! Waouh ! Merci, Dallas. Mille mercis. Je pourrai porter mon… Je n'ai plus besoin de m'inquiéter de la météo.

Eve la repoussa, se drapa dans sa dignité et sortit de la cabine.

Var occupait la moitié ouest du bâtiment. Il affectionnait les nuances sourdes. Son décor était plus masculin et plus reposant que ceux de ses deux partenaires. Côté mobilier, il avait une préférence pour les lignes élancées, avant-gardistes.

« Ordonné, songea Eve. Du style, impeccable. » Contrairement à Cill, il n'aimait pas le bazar, en revanche il partageait sa prédilection pour les ordinateurs ultrasophistiqués, consoles, écrans et jouets. Une collection d'armes – toutes factices – remplissait une vitrine entière.

Eve examina le contenu de son réfrigérateur – rien que des liquides. Vins, bières, sodas, boissons énergétiques. Il comptait sur l'autochef pour s'alimenter, et celui-ci comportait un joli stock. Comme Bart, il se nourrissait surtout de pizzas, de hamburgers, de tacos et de confiseries. Il mangeait aussi des steaks et beaucoup de frites. De la nourriture de mec.

— C'est plus propre que chez Cill, commenta Peabody. Plus organisé, et nettement plus stylé.

— Elle a son propre sens de l'ordre mais, oui, c'est mieux rangé.

Eve pénétra dans le bureau. Callendar était déjà au travail.

— Yo ! la salua celle-ci.

— Belle installation.

— Belle ? Le top du top, vous voulez dire ! Un véritable centre de commandes. Depuis l'ordinateur principal, on peut contrôler tous les systèmes, tous les écrans, y compris ceux des autres pièces. Écran intelligent intégré. Un petit creux ? On peut passer sa commande à l'autochef d'ici ou d'ailleurs. Donner l'ordre à l'un des droïdes d'assurer le service.

— Combien en a-t-il ?

— Trois, des robots purs et durs, pas des répliques à figure humaine. Je ne les ai pas encore analysés, mais d'après moi, ils servent pour le ménage, le service et la sécurité.

— Disséquez-moi tout ça.

— Avec plaisir. Je resterais volontiers ici toute la journée.

Eve sortit.

— On comprend qu'ils soient amis, fit remarquer Peabody en désignant la garde-robe de la chambre. Déguisements, tenues décontractées pour le boulot. Ses vêtements sont de meilleure qualité que ceux de Cill mais, dans l'ensemble, le principe est le même. Comme elle, et comme la victime, d'ailleurs, il est équipé pour pouvoir jouer n'importe où.

Posé sur une plate-forme et doté d'une tête de lit matelassée, le lit – fait – était recouvert d'une couette en duvet naturel et de quelques oreillers moelleux.

— Pas de sex-toys, constata Eve. Des blocs-notes inutilisés, deux consoles à manettes, un somnifère vendu sans ordonnance.

— La salle de bains est époustouflante ! lança Peabody. Bains à remous, douche à multijets vapeur, sauna, musique, écran, appareils encastrés, cabine de séchage, le *nec plus ultra*.

— Vérifiez l'armoire à pharmacie.

Eve reprit sa visite, déambula à travers la deuxième chambre entièrement équipée pour le jeu, le petit gymnase, et atteignit enfin l'holopièce.

Elle donna à Callendar les mêmes instructions qu'à McNab, puis appela Peabody pour se rendre chez Benny.

— Baxter, Trueheart et Feeney, annonça Peabody avant qu'Eve lui pose la question. Feeney était curieux de voir les jouets.

— Il voulait faire mumuse. Vos impressions jusqu'ici ?

— Ils vivent et travaillent comme ça leur plaît, et sont passionnés par leur boulot. Cill entreprend plusieurs tâches à la fois, d'où le désordre parce qu'elle ne termine pas forcément la première avant de se lancer dans la deuxième. Elle cuisine, et comme rien ne l'y oblige, c'est sûrement qu'elle aime ça. Pas de droïde, ce qui paraît un peu bizarre étant donné son métier. D'après moi, c'est pour préserver son intimité. Dans son espace perso, elle veut être seule. Var est davantage dans le vent, sensible aux tendances. La deuxième chambre est réservée au jeu, mais il y a installé un canapé convertible, au cas où.

— D'accord. Voilà notre ombre, murmura Eve en avançant le menton.

De l'autre côté de la rue, Benny se tenait sur les marches de son immeuble. À leur approche, il fourra les mains dans ses poches, courba les épaules, puis se dirigea d'un pas vif vers le domicile de Var.

— Il est furieux, mais il est triste aussi, commenta Peabody.

— On peut tuer et éprouver les deux sentiments.

Le loft de Benny occupait deux étages à l'arrière du bâtiment. Peabody ne put retenir un cri en y pénétrant.

— Incroyable ! Le QG du commandant Black.

— Qui ?

— Le commandant Black. *La Quête des étoiles*. C'est une reproduction de son espace de vie à bord de l'*Intrépide*, expliqua Peabody en caressant l'accoudoir d'un canapé marron. Jusqu'aux marques de brûlures provoquées pendant son combat avec Voltar. Et regardez ! Ce bureau appartenait à son arrière-grand-père, le premier commandant de l'*Intrépide*.

— Il vit dans un décor de film ?

— Et de jeu. Somptueux jusqu'au moindre détail. Avec quelques suppléments, ajouta Peabody en indiquant une paire de chaussettes blanches usées, un sachet de chips au soja ouvert et deux bouteilles de bière vides. Tout de même, il est plus ordonné que Cill.

Eve répéta l'exercice, passant d'une pièce à l'autre, absorbant tout ce qu'elle voyait.

Comme Bart, Benny s'était offert un droïde réplique d'un personnage célèbre. De sexe masculin.

— Il s'appelle Alfred, lui annonça Feeney. Majordome de Bruce Wayne, confident du Chevalier noir.

Eve se retourna vivement.

— Quoi ? Le Chevalier noir ?

— Batman, petite. Même toi, tu as entendu parler de Batman.

— Oui, oui. Un mercenaire à tendances psychotiques qui se déguise en chauve-souris. Play-boy fortuné le jour si je ne m'abuse ?

Elle pivota vers le droïde, fronça les sourcils.

— Le Chevalier noir est une icône, riposta Feeney, offusqué. Il mettait ces prétendues tendances psychotiques au service du bien. Bref, ce cher Alfred est débranché depuis deux jours. Il est programmé pour faire le ménage, servir les repas, accueillir les invités. J'analyserai sa mémoire mais, au premier coup d'œil, RAS.

Eve ouvrit le réfrigérateur.

— Il n'a plus de bière, constata-t-elle.

— Tu as soif ?

— Il en a bu. Assis dans son QG de commandant.

— J'en ferais volontiers autant. Il est passé ici récemment.

— Je l'ai vu repartir, en effet.

— Il a essayé d'emporter quelque chose.

— Quoi ?

— Une photo. Elle était dans un tiroir de sa table de chevet. Trueheart l'a récupérée. Il est là-haut.

Elle rejoignit Trueheart dans la chambre. Le lit était fait – plus ou moins soigneusement. Deux autres bouteilles vides trônaient sur la table de chevet.

— Lieutenant.

Le regard de Dallas s'arrêta sur un objet de grande taille drapé d'un drap bariolé.

— C'est Mongo, expliqua Trueheart. Un perroquet. Benny a recouvert sa cage pour éviter qu'il ne s'excite.

Intriguée, Eve s'avança et souleva l'étoffe. Un énorme oiseau multicolore inclina la tête et la dévisagea.

— Salut ! Comment vas-tu ? Tu veux jouer ? Sors-moi d'ici. Tu veux jouer ?

— Doux Jésus ! murmura Eve.

— Be-nny ! hurla Mongo.

Eve laissa retomber le tissu.

— Merde ! lâcha Mongo d'un ton amer.

Le visage de Trueheart s'était fendu d'un large sourire.

— Rigolo, non ? Quand je suis arrivé, il s'est mis à jacasser. Il m'a même demandé mon nom. Benny m'a dit qu'il avait environ trente-cinq ans et...

Trueheart marqua une pause, s'éclaircit la gorge.

— Benny m'a prié de le découvrir quand j'aurai terminé.

— Entendu. Où est la photo qu'il tentait de subtiliser ?

— Ici, lieutenant. Je l'ai examinée. Cadre standard, format digital standard. Il était plus gêné que fâché que je l'aie surpris.

Eve reconnut Cill, presque de profil, riant aux éclats.

Il y avait d'autres photos ici et là, comme dans son bureau chez U-Play. Mais celle-ci était la seule où Cill n'apparaissait pas avec les autres membres du groupe.

— Je la mets avec les pièces à conviction, lieutenant ?

— Non. Remettez-la où elle se trouvait.

Elle acheva son tour, réfléchit.

Contrairement à Cill, Benny n'était pas un solitaire. Il avait un droïde et un animal domestique. Un oiseau qui parlait. Il avait besoin de compagnie et de conversation. Il était moins ordonné que Var ou Bart. « Un être mélancolique qui broie du noir », conclut-elle en repensant aux bouteilles de bière vides.

Avant de s'en aller, elle se planta devant la baie vitrée. Depuis cet angle, elle apercevait l'immeuble de Cill, elle distinguait ses fenêtres.

Que ressentait un homme qui pouvait observer de loin la femme qu'il aimait, nuit après nuit ?

Il était furieux et triste, comme l'avait deviné Peabody.

16

Eve expédia Peabody chez Cill pour donner un coup de main à ses collègues pendant qu'elle partageait son temps entre les deux autres appartements.

Selon elle, ce qu'ils cherchaient et espéraient trouver était enfoui dans l'électronique. Ce qui la gênait considérablement.

— S'il y a quelque chose à dégoter, on y parviendra tôt ou tard, lui promit Feeney.

— Mieux vaudrait tôt que tard.

— Tu ne nous fais pas confiance, à mes gars et à moi, observa Feeney.

— Au contraire.

Mains sur les hanches, elle fit le tour du bureau de Benny.

— Ces trois-là ne vivent que pour l'informatique. Quoi qu'ils fassent, ils y reviennent. Et d'après Connors, ils sont exceptionnellement doués.

— Ce ne sont pas des hackers.

— Pourquoi pas ? La tentation n'est-elle pas irrésistible quand on a de telles aptitudes ? C'est une autre forme de jeu. Ne me dis pas que tu n'as jamais enfoncé le doigt dans ce gâteau.

Il sourit.

— Je suis un officier de police assermenté. Le piratage est un crime. En théorie, il pourrait s'agir d'un processus expérimental destiné à se maintenir à niveau.

— Un groupe de cracks hors norme, qui jouent du matin au soir, cherchent forcément à faire de nouvelles expériences. Pour aller plus loin – espionner un concurrent, par exemple –, il faut du matériel clandestin.

— Sage précaution, convint Feeney. Un achat coûteux, mais ils ont les moyens. Ils pourraient probablement construire eux-mêmes les machines à partir de pièces détachées. Cependant, tout, ici et chez U-Play, est dûment enregistré.

— En effet, j'ai visité chacun des appartements deux fois. Si l'un d'entre eux dissimule une pièce secrète, elle se situe dans une autre dimension. Hors-site, peut-être, mais dans les parages. Ils ne s'éparpillent pas.

— Un repaire où travailler tranquillement. Logique.

— Où esquisser le plan d'un meurtre.

Une autre piste à explorer. Mais d'abord, elle devait se rendre chez U-Play assister à la cérémonie à la mémoire de Bart Minnock.

La salle était comble. Des montages de la vie de Bart défilaient sur les écrans muraux. Eve entendit sa voix par-dessus celles de ses proches venus lui rendre hommage, manifester leur chagrin. Interviews avec les médias, discours lors de différents congrès, voyages, fêtes. Les petits et les grands moments de son existence, mis bout à bout.

Fleurs et collations disposées avec soin et créativité. Bouquets sobres, nourriture simple et une profusion de sodas.

Les rires se mêlaient aux larmes tandis qu'elle se frayait un chemin pour rejoindre les parents.

— Monsieur et madame Minnock, je suis le lieutenant Dallas. Je vous présente toutes mes condoléances.

La mère, qui avait transmis ses yeux et la forme de sa bouche à son fils, agrippa la main d'Eve.

— Merci d'être venue. Avez-vous... Le moment est mal choisi pour vous demander...

— Le département de police fera tout ce qui est en son pouvoir pour rendre justice à Bart.

— Il avait l'avenir devant lui, dit le père.

— J'ai appris à le connaître ces deux derniers jours. Il me semble qu'il était heureux.

— Merci, lieutenant.

Eve s'éloigna, se faufila à travers la foule, scrutant les visages, écoutant des bribes de conversations.

Elle aperçut la famille Sing, les deux garçons vêtus d'un costume sombre qui les faisait ressembler à des adultes en miniature. Susan Sing avait le bras autour des épaules de CeeCee. À eux cinq, ils composaient un petit clan fusionnel. Unis par la vie et la mort de Bart.

Eve s'apprêtait à les saluer quand Cill la repéra. Son expression trahissait à la fois la rage et la passion. Eve fonça vers elle, l'obligeant à lui adresser la parole.

— Vous n'êtes pas la bienvenue ici. Comment osez-vous ?

— Vous auriez tort de provoquer une scène, Cill.

— Nous sommes ici chez nous. Chez Bart. Et vous...

— Cill, interrompit Connors en posant la main sur son bras. Votre colère est déplacée.

— Ne me parlez pas de ma colère, riposta la jeune femme en repoussant sa main. Bart est mort. Il est mort, et elle essaie de nous faire passer pour ses assassins. C'est une honte. Si ça se trouve, elle profite de l'occasion pour vous transmettre nos données.

— Attention, murmura Eve. Faites très attention à ce que vous dites.

Cill avança le menton et ses yeux lancèrent des étincelles.

— Vous comptez faire quoi ? M'arrêter ?

— Venez avec moi, suggéra Connors. Dehors. Juste vous et moi, et vous pourrez dire tout ce que vous avez sur le cœur. Mais pas ici. Vous risquez de faire de la peine aux parents de Bart.

— Parfait. J'ai beaucoup de choses à dire.

Eve laissa Connors l'emmener. Un instant après, Benny l'aborda.

— Que se passe-t-il ? Que lui avez-vous dit ?

— Rien. Elle a besoin de se défouler. Il vaut mieux qu'elle le fasse à l'extérieur, en l'absence de témoins.

— Seigneur ! marmonna-t-il en se frottant le visage.

Au loin, Eve vit Cill aller et venir, visiblement agitée. Immobile et impassible, Connors l'écoutait.

— Je préfère qu'elle soit furieuse contre vous et le monde entier que triste, murmura Benny.

— Sait-elle que vous êtes amoureux d'elle ?

Il se raidit.

— Nous sommes amis.

— Ce doit être pénible de côtoyer ainsi quelqu'un jour après jour sans pouvoir lui avouer ses sentiments.

— Nous sommes amis, répéta-t-il. Et c'est mon problème.

Var les rejoignit, lèvres pincées.

— Lieutenant Dallas, vous n'avez pas le droit. Vous ne pouvez pas venir nous interroger comme ça. Nous sommes là pour Bart. Ses parents méritent... Que fait Cill dehors avec Connors ?

— Elle se défoule, répondit Benny. Non, Var, fiche-lui la paix, ajouta-t-il comme son ami pivotait vers la porte. Ne nous disputons pas aujourd'hui, d'accord ?

— Tu as raison. Excuse-moi.

Paupières closes, Var se ratissa les cheveux.

— Vous ne pourriez pas nous laisser tranquilles juste aujourd'hui ? demanda-t-il à Eve.

— Je ne suis pas là pour vous harceler. Je suis venue présenter mes condoléances aux parents de Bart, car c'est moi qui ai dû leur annoncer le décès de leur fils.

— Merde ! souffla Benny. Désolé. Je suppose que... Désolé.

— Nous devons nous serrer les coudes. Nous comprenons que vous faites votre devoir. Enfin, Benny et moi, rectifia Var en jetant un coup d'œil vers la baie vitrée. Pour Cill, ce sera plus difficile. Elle souffre, alors que pour vous, c'est la routine.

— Pas dans le cas d'un meurtre, répliqua Eve. Désormais, Bart est à moi autant qu'à vous. Croyez-moi quand je vous assure que je retrouverai son meurtrier. Quoi qu'il arrive.

Elle s'éloigna en se disant qu'elle avait semé quelques graines. Il ne lui restait plus qu'à attendre qu'elles germent.

Elle retourna à sa voiture, s'y adossa. Connors parlait à Cill, à présent. Celle-ci secoua la tête et se détourna en triturant sa natte.

Cependant, elle paraissait plus calme. Un instant plus tard, elle s'effondrait en larmes contre la poitrine de Connors.

Plutôt que d'attendre sans rien faire, Eve décida de lancer une recherche de triangulation entre l'entrepôt et les quatre appartements. Elle leva les yeux comme Connors la rejoignait.

— Alors ? s'enquit-elle.

— Bof. Tu es une salope, au fait. Mais elle a décidé que je n'étais pas une ordure sans cœur qui utilise la mort de Bart à son profit.

— Heureusement pour moi, je suis fière d'être une salope. J'ignore ce qui amorce ses plombs, mais ils pètent vite.

— Oui. Je me suis senti obligé de lui avouer que nous avions mis au point un projet presque semblable au leur.

— Elle a dû apprécier, ironisa Eve.

— Je t'ai toujours considérée comme une championne en matière de jurons, mais là, elle te bat haut la main.

Imitant Eve, il contempla l'édifice, les silhouettes qui se mouvaient derrière les vitres.

— Je lui ai même fourni quelques détails. D'ordre technique, précisa-t-il. Tu n'y comprendrais rien.

— En effet, votre jargon me passe au-dessus de la tête. Pourquoi lui as-tu raconté ça ?

— À l'époque où j'avais la fâcheuse manie de voler, cela m'était égal qu'on m'en accuse. Mes employés ont travaillé dur sur ce produit et ne méritent pas que leurs efforts soient réduits en miettes. Cill est brillante. Les détails que je viens de lui fournir lui ont montré que nous avions un train d'avance sur eux. Cela ne remet pas en cause leurs recherches. J'ai davantage de ressources et de personnel. Elle sait que si j'en avais eu envie, j'aurais pu phagocyter U-Play depuis longtemps.

— Elle n'a pas non plus oublié à qui Bart demandait parfois conseil ni qui leur a vendu le bâtiment qui abrite leurs locaux.

— La compétition apporte du piquant et de l'intérêt à l'aventure. Dans quelques années, ils me mèneront par le bout du nez… Et toi ? Ta journée ?

— Les recherches continuent. Je vais retourner au Central explorer une nouvelle piste. Les perquisitions les ont exaspérés, mais aucun d'entre eux n'a tenté de les empêcher ou de les retarder.

— Ce qui te laisse à penser que celui qui a tué Bart s'était déjà débarrassé de tout élément compromettant.

— Du moins le croit-il. Je me demande à présent s'il n'existe pas un autre lieu de travail, plus secret, où l'on pourrait pirater, s'entraîner et comploter sans attirer l'attention.

— Un endroit où serait stocké du matériel clandestin. J'y ai songé aussi. Toutefois, certaines personnes sont fondamentalement honnêtes.

— Tu es l'exception qui confirme la règle.

Il lui sourit.

— Le meurtre est le comble de la malhonnêteté, n'est-ce pas ? Donc, oui, c'est une idée à prospecter. Bonne chasse.

Il l'embrassa sur la bouche.

— J'ai du travail de mon côté. N'oublie pas la réception de Nadine ! lança-t-il en se dirigeant vers son propre véhicule.

— Je suis capable de me souvenir de plusieurs choses en même temps.

Il déverrouilla sa portière.

— À quelle heure sommes-nous conviés ?

— Dans la soirée.

— 20 heures. À plus tard à la maison.

— Attends ! Merde ! J'ai promis à Peabody de lui envoyer une limousine si elle arrêtait de me bassiner avec ses chaussures.

— Naturellement. Je m'en occupe.

— C'est ta faute ! cria-t-elle. Tu rends tout trop facile.

— Eve chérie, le monde est assez dur comme ça.

À quoi bon discuter ? Elle jeta un ultime coup d'œil à l'entrepôt, pensa aux fleurs, au buffet, aux larmes. Oui, le monde était assez dur comme ça.

Jonglant avec les noms, les anagrammes et les sous-entendus, elle était plongée dans sa recherche d'une éventuelle annexe consacrée aux expérimentations secrètes quand Peabody l'appela.

— Nous avons terminé, et j'ai contacté les autres équipes. Tous les appareils électroniques suspects sont en route pour le labo.

— Je veux ce journal intime.

— McNab est dessus. Il s'est mis en tête que c'était sa mission personnelle d'en décrypter les codes de sécurité. Si vous êtes d'accord, nous filons chez nous. Nous ne sommes pas en avance.

— En avance pour quoi ?

— Nous devons nous préparer pour la réception de Nadine. À propos, merci pour la limousine ! Summerset m'a prévenue. À tout à l'heure.

— C'est ça.

Eve coupa la communication, sauvegarda tous les fichiers et transféra l'ensemble sur l'ordinateur de son domicile.

Puis elle partit en courant.

« Non, je ne suis pas en retard », se dit-elle en enfonçant le frein au pied du perron. Elle avait du temps devant elle puisqu'elle ne passait jamais des heures à se pomponner devant un putain de miroir. Du reste, personne n'arrivait à l'heure pile à ce genre de soirée. Alors pourquoi indiquer un quelconque horaire ?

Les manifestations mondaines étaient étranges et complexes, gouvernées par des règles encore plus étranges et plus complexes.

Elle fit irruption dans la maison, et s'arrêta net en découvrant Summerset. Il était tout en noir – quelle surprise ! –, mais au lieu de son uniforme habituel, il portait un smoking et une chemise amidonnée, aussi raide que son cou.

— Épargnez-moi vos excuses, attaqua-t-il. Vous n'avez que quelques minutes pour vous métamorphoser.

— En quel honneur, ce costume de pingouin ?

— C'est un événement solennel.

— Vous y allez ?

Il inclina la tête.

— Oui, et comme j'y serai à l'heure, j'expliquerai à votre amie pourquoi vous êtes, comme d'habitude, en retard. On vous attend là-haut.

— D'accord, d'accord. Je me dépêche, marmonna-t-elle en se ruant vers l'escalier. On m'attend là-haut ? Qui ?

Mais Summerset s'était volatilisé.

— Ce type n'est pas humain, grogna-t-elle en courant jusqu'à sa chambre. Je ne suis pas en retard parce que tout le monde arrive en retard, raison de plus pour...

Elle pila, transie d'horreur.

— Qu'est-ce qu'elle fabrique ici ?

Trina, yeux étrécis et cheveux rouges, leva ce qui ressemblait furieusement à une coupe de champagne. Elle en but une gorgée.

— Si vous croyez que vous allez vous présenter là-bas avec une tête pareille, vous rêvez. Nous sommes installées dans ce palace que votre homme ici présent appelle une salle de bains.

— Pas le temps.

Le sourire de Trina la glaça.

— Tout le monde arrive en retard, rappela cette dernière. Vingt minutes me suffiront parce que je suis un foutu génie.

Elle pointa un ongle verni sur Eve et enchaîna :

— J'ai une réputation, un salon. Je prépare Nadine pour son émission – et j'ai fini avec elle il y a une heure. Vos cheveux sont à moi.

— Pas du tout, protesta Eve en tirant dessus. Ils sont fixés sur mon crâne.

— Vous vous êtes enfuie avant que je puisse vous coiffer lors de la soirée de Louise – un meurtre et tout le bataclan. On dirait qu'on vous a coupé les tifs avec un pic à glace. Vous avez l'intention de vous rendre à cette réception prestigieuse en compagnie de ce spécimen supérieurement viril avec cette tignasse qui vous donne l'air de sortir d'une bagarre avec un animal de ferme ?

— Vous avez parlé de pic à glace.

— Un animal de ferme armé d'un pic à glace. Êtes-vous plus belle après être passée entre mes mains, oui ou non ?

Eve ouvrit la bouche, coula un regard noir à Connors.

— Sans commentaire, murmura-t-il.

— Un spécimen supérieurement viril doté d'un cerveau, approuva Trina. Vous avez touché le jackpot, Dallas. Et maintenant, filez poser ce derrière maigrelet dans la salle de bains.

Perchée sur des talons de douze centimètres en forme de cœur, Trina y pénétra la première.

— Traître, cracha Eve à l'adresse de Connors.

— Je n'y suis pour rien. Tu n'as qu'à t'en prendre à Summerset. C'est lui qui lui a ouvert la porte.

— Dallas ! Gare à vous si je dois venir vous chercher.

Eve se voûta.

— Je m'occuperai de toi plus tard, promit-elle avant de foncer dans la salle de bains. Trina, faites au plus vite. Et ne…

— Est-ce que je vous explique comment dézinguer vos assassins ?

— Merde !

Eve se laissa choir dans le fauteuil transportable que Trina n'avait certainement pas pu monter toute seule. L'un des deux, Connors ou Summerset, l'avait aidé. Ils le paieraient.

Trina lui drapa une cape de protection sur les épaules.

— Nadine est superbe, grâce à moi. Vous le serez aussi. Ah ! constata-t-elle en saisissant une mèche de cheveux. Ils sont propres. Tant mieux.

Elle les rassembla en une queue-de-cheval, puis abaissa le dossier du siège.

— Une seconde ! s'exclama Eve tandis que Trina versait une espèce de mousse dans sa main. Vous avez parlé de me coiffer.

— Vos cheveux sont fixés sur votre crâne, non ? Votre visage fait partie de votre tête. Je vous fais un masque éclair.

— Qu'est-ce qu'il a, mon visage ?

— Il est magnifique et nous allons faire en sorte qu'il le reste. Lâchez prise, fermez les yeux. Ça ira plus vite.

Piégée, Eve obéit. Jamais elle ne réussirait à expliquer pourquoi il lui était si désagréable qu'on lui touche la figure – hormis lorsqu'il s'agissait de Connors. Mais il n'avait pas besoin de l'enduire de crème pour la caresser.

— Attendez un peu de voir Mavis. Leonard lui a dessiné une tenue fantastique. Je me suis occupée d'eux cet après-midi, et j'ai eu l'occasion de jouer avec Bella. Quel amour ! Elle me donnerait presque envie d'avoir un bébé. Comme je suis ici, c'est Mavis qui va s'occuper de Peabody.

Eve s'abandonna. Le fauteuil vibrait légèrement sous elle, dénouant ses muscles crispés. Elle ne s'était pas rendu compte à quel point elle était tendue et fatiguée. Elle s'aperçut qu'elle s'était assoupie lorsque Trina redressa le dossier.

Coupe, brushing... Eve n'eut pas l'impression que le supplice durait trop longtemps, mais sa montre était sous la cape et elle n'osait pas bouger le bras pour la consulter.

Enfin, Trina s'éloigna d'un pas, vida sa coupe de champagne.

— Parfait, commenta-t-elle. Élégant. Très classe.

Elle rangea ses instruments.

— Debout ! Je suis pressée.

Elle posa ses mallettes sur le siège qu'Eve venait de libérer.

— On se voit là-bas !

Trina disparut en poussant son matériel devant elle. Eve se tourna prudemment vers la glace.

Ses cheveux étaient lisses et brillants, ses yeux paraissaient plus grands, ses pommettes plus saillantes, ses lèvres mieux dessinées.

— Mais c'est toujours toi sous ce maquillage, se rassura-t-elle à voix haute. Ce n'est qu'une illusion. Un... déguisement.

Connors s'immobilisa sur le seuil, puis vint l'admirer de plus près.

— Trina est décidément très douée. Tu es différente, mais ravissante, et chic. En parfait accord avec l'événement. Tiens, j'ai pensé que cela te remonterait après cette épreuve.

Il lui tendit une coupe de champagne.

— Je suppose que maintenant, je suis enfin digne du spécimen supérieurement viril.

— J'ai l'impression d'être un homme objet.

— Tu parles !

Il s'esclaffa, désigna le lit.

— Si cette tenue ne te convient pas, nous en choisirons une autre.

La robe était d'un jaune profond, riche. Couleur d'ambre. Lumineuse – pas du tout clinquante, juste lumineuse. Simple, sans froufrous, un fourreau aussi lisse que ses cheveux, aussi fluide que l'eau.

— Je serais stupide de la dédaigner, observa-t-elle. Or je ne suis pas stupide. Et j'ai de la chance que tu penses à ces choses-là à ma place.

— J'y prends plaisir. Pas toi. Leonardo est un styliste exceptionnel. Il connaît ton corps, ton style, tes préférences.

« Indiscutablement », dut-elle admettre, surtout après l'avoir enfilée. Léger comme une plume, le tissu tombait à merveille. Il mettait en valeur ses épaules nues et sa poitrine.

Mais les poches dissimulées dans les coutures la réjouirent plus que tout. Elle pouvait facilement y glisser son pistolet d'un côté, son insigne de l'autre.

Elle était une femme comblée.

— Passons aux accessoires, dit Connors en lui tendant des boucles d'oreilles en forme de gouttes d'eau et un bracelet de diamants jaunes et blancs.

Elle ajouta d'elle-même le pendentif qu'il lui avait offert le jour où il lui avait avoué qu'il l'aimait.

— Tu es magnifique, murmura-t-il.

Étincelante, chatoyante. Un déguisement, songea-t-elle.

— Difficile de ne pas être belle avec cette robe.

— Elle est assortie à tes yeux.

Il lui effleura la joue.

— Nous ferions mieux d'y aller si nous ne voulons pas que notre retard dépasse les limites de la décence.

— Tu peux m'expliquer pourquoi il est de bon ton d'arriver en retard ?

— Parce que cela donne l'impression qu'on est débordé, je suppose.

— Ha ! s'esclaffa-t-elle en lui prenant la main. Qui l'eût cru ? Je suis une femme de bon ton. Viens, mon spécimen viril.

La musique montait de la terrasse sur le toit jusqu'au ciel crépusculaire. Les gens scintillaient, déambulaient, s'embrassaient sur la joue, bavardaient joyeusement en buvant du vin pétillant. Les flammes des bougies, déjà allumées, vacillaient. Le vent commençait à se lever.

L'orage serait là avant la fin de la soirée.

— Ils vont devoir fermer le dôme, dit Eve à Connors.

— En attendant, profitons de la douceur de la nuit. Tu devrais aller féliciter Nadine.

— Elle est assaillie de toutes parts.

Trina n'avait pas menti. Nadine était superbe en rouge pivoine, la chevelure parsemée de paillettes qui accrochaient les derniers rayons du soleil.

— J'attends qu'elle puisse respirer.

— Vous voilà ! s'exclama Peabody juchée sur ses fameux escarpins, main dans la main avec McNab. C'est fabuleux, non ? Le top du top. Tout le monde est là, et Nadine est si heureuse ! La musique est sensationnelle. Mavis a accepté de chanter plus tard. Dites donc ! continua-t-elle après avoir repris sa respiration. Vous êtes époustouflants tous les deux. Sérieusement.

— Vous êtes ravissante, répondit Connors en lui baisant la main. Vous avez beaucoup de chance, Ian.

McNab sourit.

— Absolument, et si tout se passe comme prévu, j'en aurai encore plus tout à l'heure.

Peabody gloussa et le gratifia d'un coup de coude dans les côtes.

Eve entendit le couinement strident et pivota. Personne ne couinait comme Mavis Freestone. Ses boucles blondes et rose barbe-à-papa rebondirent dans son dos tandis qu'elle se propulsait vers Eve sur des talons vertigineux. Sa robe fuchsia, attachée sur la hanche par une énorme broche incrustée de pierres et fendue jusqu'à mi-cuisse, flottait et virevoltait.

— Je savais que ce fourreau t'irait comme un gant ! s'écria-t-elle.

Elle serra Eve dans ses bras, s'écarta.

— Quelle réception ! C'est somptueux ! Mon chou, viens voir ta création sur Dallas.

Le chou – alias Leonardo – les rejoignit, vêtu de sa version personnelle d'un smoking. La longue veste argentée seyait à son teint cuivré et à sa taille impressionnante.

— C'est Dallas qui la met en valeur, déclara-t-il. Elle te plaît ?

— Énormément. Merci d'avoir pensé aux poches.

Il sourit, embrassa Eve sur la joue.

— Je vais vous chercher un verre, proposa-t-il.

— Je t'accompagne, décréta Connors.

Après un deuxième coup de coude de la part de Peabody, McNab leur emboîta le pas.

— Ah ! J'aperçois Trina, fit Peabody. Je reviens tout de suite ! J'ai une question à lui poser.

— C'est toi qui as manigancé cette séance avec Trina, pas vrai ? attaqua Eve.

Mavis arrondit les yeux, feignant l'innocence.

— Tu n'es pas censée me citer mes droits avant de m'interroger ?

— Insolente. La dernière fois que je t'ai cité tes droits remonte à loin.

— Oui. À ce jour où tu m'as arrêtée dans la rue. Et vois ce que je suis devenue. Je suis une femme mariée et une maman et j'ai fait carrière. Je n'ai rien volé de tout cela. La vie nous réserve parfois de sacrées surprises.

— En effet. Tu es ma plus vieille amie.

— Et réciproquement.

— On se connaît par cœur. On pourrait même dire qu'on s'aime... Je me demande ce qui pourrait déclencher chez toi l'envie de me tuer. Au sens propre, j'entends.

— Facile. Si tu me piquais mon nounours, j'enfoncerais le premier instrument pointu qui me tomberait sous la main dans ton cœur et dans ses couilles. Je le regretterais sans doute après, mais il serait trop tard.

— Coucher avec Leonardo ? C'est tout ? s'étonna Eve. Et si je te dépouillais, si je t'insultais ou que je me moquais de toi quotidiennement ?

Mavis hocha la tête d'un air songeur.

— Si tu me dépouillais, c'est que tu serais vraiment dans le besoin. Si tu m'insultais, je t'insulterais en retour. Si tu te moquais de moi, j'en serais blessée et je t'enverrais balader.

— Donc, le seul motif qui t'inciterait à me planter un couteau dans le...

— Ou une lime à ongles très acérée. Voire une brochette de kebab. Plus original. Oui, c'est ça. Je t'ai surprise dans la cuisine en train d'embrasser mon chéri, j'ai saisi ce que j'avais sous la main. J'obtiendrai une réduction de peine pour folie passagère.

— Lime à ongles ou brochette, si tu me tuais, ce serait dans un élan de passion.

— Exactement. Tu n'as pas intérêt à l'oublier.

— Reçu cinq sur cinq.

Mavis sourit.

— Au fait ! J'ai une mini-vidéo de Bellamia, reprit-elle en ouvrant un sac minuscule en forme de tulipe du même rose que ses cheveux.

Eve posa la main sur la sienne.

— Tu ne me tuerais pas. Tu en aurais envie, tu y penserais, tu me détesterais, mais tu ne le ferais pas.

— Non. Cela dit, tu ne te jetterais jamais sur mon homme, pas plus que tu ne tromperais Connors. Les vrais amis, les vrais amoureux ne s'infligent pas ce genre de saloperies.

— Tu as parfaitement raison, acquiesça Eve. Alors, cette vidéo ?

17

Eve n'avait aucune expérience en matière de bébés, mais Bella était incroyablement jolie, surtout quand on passait outre à la bave sur son menton.

Cependant, à son grand soulagement, elle n'eut pas à revoir la petite battre des mains et souffler des baisers en babillant, car les hommes étaient de retour avec les boissons. Eve se tourna vers McNab pendant que Connors avait droit aux gazouillements et bisous de Bella.

— Où en êtes-vous avec le journal électronique ?

— Elle est maligne. J'ai franchi le premier niveau, mais elle en a ajouté une couche. Une vraie parano – et très douée.

— Je pourrais sans doute obtenir une injonction du tribunal pour l'obliger à nous l'ouvrir.

— Et me gâcher mon plaisir ? Accordez-moi deux heures de plus.

— Si vous n'avez pas réussi à 11 heures, je contacte Reo. Une femme qui vit seule dans un appartement hyper sécurisé et qui tient un journal à ce point cuirassé a quelque chose à cacher.

— Tout, chez elle, est bouclé à double tour, même l'interphone. Parano, je vous dis. Callendar et Feeney m'ont dit que les deux autres avaient pris de sacrées précautions, mais Cill ?

— Nous ferons le point à 11 heures, décida Eve. Cela vous laisse le temps à vous et à vos camarades de passer au peigne fin ce que nous avons pendant que Peabody et moi épluchons le reste de ce que l'équipe a trouvé.

— Dans ce cas, autant profiter de la fête parce qu'il va falloir se lever aux aurores demain. Tiens, voilà Baxter ! Sur son trente et un.

— Baxter ? répéta Eve en se retournant. Nadine a invité tout le département de police de New York ou quoi ?

— On dirait, oui. J'ai vu Tibble près du bar. Une invitation au préfet s'imposait. Il semblait d'excellente humeur.

— Dépêchons-nous de clore cette affaire afin qu'il le demeure.

— Ah, non ! Vous n'êtes pas ici pour discuter boulot ! protesta Nadine en saisissant McNab et Eve par la taille. C'est une fête. Avec les gens que je préfère.

— Apparemment, vous en avez des tonnes, observa Eve. Dont une bonne partie sont flics.

— Quand on travaille dans le crime, on se lie d'amitié avec des flics. Sinon, on ne dure pas longtemps

— C'est une sacrée réception, la félicita McNab. La musique déménage un max. Je vais entraîner Peabody sur la piste, histoire de leur montrer comment on danse. *Ciao !*

— Il est mignon, murmura Nadine en le suivant des yeux avec un sourire. C'est la première fois de ma vie que je vois un homme en smoking orange.

— Le nœud papillon fluorescent apporte une touche de fantaisie à l'ensemble, ironisa Eve.

— Absolument. Regardez-les ! ajouta Nadine en riant. Quelle souplesse. Ils ont l'air si heureux.

Elle poussa un soupir.

— Je savoure mon bonheur. Je n'ai plus du tout le trac.

— Félicitations, intervint Connors, qui se pencha pour embrasser Nadine sur la joue. La fête est superbe, et vous l'êtes tout autant.

— Merci. Merci à tous les deux. Je suis si...

— Heureuse, compléta Eve. Elle est très heureuse.

— Grisée, corrigea Nadine en levant son verre dans leur direction avant d'en boire une longue gorgée. Grâce à des litres de champagne. Connors, si cela ne vous ennuie pas, j'aimerais vous voler Dallas quelques instants. Ce ne sera pas long, je vous le promets.

— Vous n'allez pas me présenter à des dizaines de personnes à qui je vais devoir faire la conversation, j'espère, marmonna Eve. C'est le problème avec ce genre de manifestation. Il faut se pomponner, puis discuter avec des individus qu'on ne reverra probablement jamais.

— Vous êtes un véritable papillon mondain, Dallas. Je me demande comment vous parvenez à mener à bien vos enquêtes.

La main sur le bras d'Eve, Nadine la guida à travers la foule.

« Une sorte de ballet fluide », songea Eve. Aucun rapport avec les gesticulations de Peabody et de McNab. Une pause par-ci pour échanger quelques mots, un geste par-là pour saluer un nouvel arrivant, un tour sur elle-même, un éclat de rire, le tout en continuant d'avancer sans paraître pressée.

Elles passèrent devant une affiche géante de la couverture du livre. Sur un fond d'un bleu intense, des visages superposés. Toujours le même, celui d'une jolie femme au sourire discret, les yeux brillants.

— À la fois effrayant et irrésistiblement attirant, commenta Eve.

— Exactement.

— Vous n'avez pas choisi Avril ni aucun de ses clones.

— Non. Certains d'entre eux étaient encore des enfants. Ils méritent de mener une existence à peu près normale. Ou du moins d'avoir une vie privée. Vous avez laissé partir Diana, celle de l'école.

— Elle a profité du chaos pour s'échapper.

— C'est ce que j'ai écrit. Mais ce n'est pas la vérité. J'espère que j'aurais agi de la même manière, avoua Nadine en laissant glisser sa main jusqu'à celle d'Eve en signe de solidarité silencieuse. On m'a réservé une pièce par ici, enchaîna-t-elle en franchissant les portes en verre. Pour les interviews, et si j'ai besoin de reprendre mon souffle.

Elles pénétrèrent dans un petit salon rempli de fleurs. Une bouteille de champagne rafraîchissait dans un seau à glace près d'un plateau de fruits exotiques.

— Sympa, commenta Eve.

— Louise et Charles ont envoyé le champagne et un bouquet. L'éditeur... l'éditeur me traite comme une star. Pourvu que je ne le déçoive pas !

— Stop !

— Le bouquin est bon, admit Nadine. Très bon, même, vous avez raison à ce sujet. Et question promotion, je connais le métier. Mais on ne peut jamais présager de la réaction du public. Nous verrons. Pour moi, l'essentiel est d'avoir été au bout d'un projet dont je suis fière.

Nadine s'approcha d'un comptoir et s'empara d'un exemplaire.

— Celui-ci est pour vous, fit-elle en le tendant à Eve. Vous possédez une vraie bibliothèque, c'est pourquoi je tenais à vous offrir une version papier plutôt que la version électronique.

— En ce moment, j'en ai par-dessus la tête de l'électronique.

— Je m'en doute. Bref, Connors ayant un faible pour les livres véritables, j'ai pensé que ce serait le meilleur moyen de m'introduire dans votre bibliothèque.

— Merci, murmura Eve. Sincèrement.

— Inutile de le trimballer toute la soirée. Je vous le ferai expédier, mais je voulais vous le remettre personnellement.

Eve le retourna, examina la photo de Nadine en tailleur impeccable sur fond de tours new-yorkaises.

— Sexy et efficace, commenta-t-elle. « Je couvre New York et rien ne m'échappe. »

Nadine s'esclaffa.

— C'est l'idée de base.

Elle reprit le volume et l'ouvrit à la page de garde.

— Il y a un petit ajout ici, précisa-t-elle en rendant le livre à Eve.

Pour le lieutenant Eve Dallas,
courageuse, acharnée, perspicace,
qui fait honneur à son insigne jour après jour
en prenant la défense des vivants et des morts.

Émue, touchée et vaguement gênée, Eve leva les yeux sur Nadine.

— Euh... Merci. Je ne fais que mon boulot.

— Moi aussi. Et nous le faisons sacrément bien, Dallas, vous comme moi, pas seulement parce que nous en avons la capacité, mais parce que nous nous y investissons corps et âme. Les Icove ont commis un crime monstrueux et il fallait raconter cette histoire. Cet ouvrage compte beaucoup pour moi et ce qu'il relate comptait beaucoup pour vous. Vous avez mené cette enquête au péril de votre vie.

— J'étais bien entourée. Je ne les ai pas arrêtés seule.

— Lisez la page des remerciements quand vous aurez un moment, suggéra Nadine avec un sourire. Acceptez le livre et le sentiment.

— Volontiers. Ce n'est pas comme une boîte de pâtisseries, n'est-ce pas ? s'enquit Eve, les yeux plissés.

Nadine battit des cils en riant.

— Un dessous-de-table ? De ma part ? Quelle drôle d'idée. Tenez, poursuivit-elle en remplissant deux coupes. Buvons à deux jeunes femmes efficaces et sexy qui aiment New York et exercent leur métier avec brio. Je le fais envoyer, conclut-elle en allant remettre le livre sur le comptoir.

— Dédicacé.

— Bien sûr. Nous devrions rejoindre les autres, à présent. Ma mission est de me mêler aux invités, la vôtre est de vous amuser. Je ne vous traînerai pas derrière moi pour vous présenter des gens.

— Encore mieux qu'une boîte de pâtisseries.

Un éclair zébra le ciel tandis qu'elles ressortaient sur le toit. Le tonnerre gronda.

— Mince ! s'exclama Nadine. Nous allons devoir fermer le dôme.

— Dommage, concéda Eve en scrutant le ciel. Il n'empêche que c'est une sacrée fête.

Au même moment, Cill pénétrait dans son appartement. Sachant que la police avait fouillé dans ses affaires, retourné ses biens personnels, envahi son espace privé, elle avait failli ne pas rentrer.

Sa mère et son beau-père avaient agi de même. Sautant sur le moindre prétexte pour la sermonner, l'humilier, la blâmer, la punir. Elle n'avait jamais rien eu *à elle*, jusqu'au jour où elle avait quitté le domicile familial.

Aujourd'hui, une fois de plus, on avait fureté dans son intimité, ce qui lui appartenait, ce qui ne regardait qu'elle.

Mais où aller ? Pour rien au monde elle ne serait restée au bureau, pas avec toutes ces fleurs, l'écho des voix de tous ceux qui étaient venus rendre un dernier hommage à Bart.

À l'entrepôt, sa présence dominait. Et voilà qu'elle se sentait mise à nu dans sa propre demeure.

Le mieux serait peut-être de déménager. Ou de passer outre.

Var et Benny avaient raison. Il s'agissait d'une procédure de routine, rien de personnel. Sauf qu'à ses yeux, c'était *bel et bien* dirigé contre elle. Tout le problème était là.

Elle constata immédiatement qu'ils avaient emporté un certain nombre de choses. Felicity les avait prévenus qu'un mandat de perquisition autorisait les policiers à confisquer et analyser. Pourquoi leurs droits devaient-ils faire fi des siens ? Ne souffrait-elle pas déjà assez comme ça ?

Elle se rendit dans la cuisine, choisit une boisson énergétique. Elle n'avait rien avalé de la journée, mais n'avait ni l'envie ni l'énergie de se préparer un en-cas maintenant.

Sa boisson à la main, elle se planta devant l'une des fenêtres pour contempler l'orage. Elle but une gorgée de soda. Trop froid. Elle le posa. Elle était glacée de l'intérieur.

Elle avait envie de chaleur et de soleil, pas de pluie. Elle avait envie de transpirer. Un bon combat la défoulerait. Elle serait suffisamment épuisée pour s'endormir sans penser à Bart, sans imaginer les étrangers qui avaient farfouillé dans sa chambre, ouvert ses tiroirs, qui l'avaient jugée.

De toute façon, elle avait promis de travailler sur le programme.

Elle extirpa le disque qu'elle avait sorti de chez U-Play du bonnet droit de son soutien-gorge. Une cachette ridicule, mais au moins, personne ne pouvait le lui voler à moins de la tuer d'abord.

Elle ôta ses escarpins neufs qui la faisaient souffrir et se rendit pieds nus dans l'holopièce.

Elle adorait le principe de la réalité virtuelle. Elle pouvait aller n'importe où. Elle avait visité le monde entier grâce à ce système, sans compter une foule d'univers imaginaires. Les recherches de Benny étaient d'une précision rare. Elle s'était promenée autour de Picadilly Circus, elle avait frissonné au bord d'un loch en Écosse, exploré la jungle amazonienne.

Pas besoin de se farcir les transports en commun bondés, les complications à la douane, les hôtels où des dizaines d'inconnus avaient dormi dans le lit avant elle. Elle avait la 3D.

Aussitôt après avoir glissé le disque dans la fente, elle sentit son humeur s'alléger. Elle téléchargea le logiciel, puis prit une profonde inspiration.

La chaleur l'enveloppa, la moiteur étouffante d'une forêt tropicale. Au lieu du tailleur noir qu'elle ne porterait plus jamais, elle était habillée de coton léger, de bottes confortables et coiffée du chapeau à bords enroulés d'un chasseur de trésor.

Ce qui lui plaisait tout particulièrement dans ce jeu, c'était sa complexité. Il fallait se montrer fin stratège, surmonter des défis imprévus, et, oui, se bagarrer contre tous ceux qui s'opposeraient à sa quête de l'œuf du dragon.

Elle décida de reprendre au début, par l'arrivée dans l'ancien village de Mozana. Il lui faudrait des heures pour aller jusqu'au bout, et c'était tant mieux. Elle s'immergerait totalement dans son aventure et oublierait le monde extérieur.

Elle se lança, franchissant les étapes, remportant les victoires.

Dans un coin de son cerveau, elle était Cill la chasseuse de trésor – impitoyable, téméraire, astucieuse. Dans l'autre, elle demeurait Cill la spécialiste, observant les images dans leurs moindres détails, les mouvements, écoutant les sons, à l'affût d'éventuels défauts de conception.

Elle se fraya un chemin dans la jungle, repéra un serpent enroulé autour d'une branche, pataugea dans des rivières et se rua vers une grotte quand la terre se mit à trembler sous ses pieds.

Là, à la lueur de sa torche, elle découvrit les fresques. Comme à de nombreuses reprises depuis l'élaboration du jeu, elle les recopia à la main dans un carnet de notes et prit des photos.

La simplicité de ce premier niveau devait inciter le joueur à persévérer. Il voudrait avancer, se colleter avec de nouveaux défis. Comme elle.

Elle collectionna les indices, marqua des points, essuya son front en nage, but un peu d'eau de sa gourde.

Celle-ci était fraîche, et le sel de sa sueur lui piquait les yeux.

Jusqu'ici, tout était parfait.

Au niveau trois, une flèche fusa à quelques centimètres de sa tête. Elle connaissait le chemin à emprunter – ce qui revenait plus ou moins à tricher. Mais c'était tellement amusant ! D'ailleurs, elle travaillait en même temps, se rappela-t-elle en gravissant une pente abrupte. Ses talons dérapèrent dans la boue accumulée après un récent orage et, lorsqu'elle tomba, elle sentit la matière tiède et visqueuse entre ses doigts.

Elle se releva aussitôt, bifurqua à gauche, puis à droite.

Et s'empara du Bowie à sa ceinture.

Son rival, qu'elle avait baptisé Delancy Queeg, lui barrait le passage, couteau au poing.

— Les hommes de main que vous avez engagés manquaient d'endurance, lança-t-elle.

— Ils vous ont conduite là où je le voulais. Rebroussez chemin et je vous laisserai vivre.

— C'est ce que vous avez dit à mon père avant de lui trancher la gorge, espèce de salaud ? siffla-t-elle.

Il sourit – beau, bronzé, cruel.

— Votre père était un imbécile, et sa fille l'est tout autant. L'œuf du dragon est à moi. Il l'a toujours été.

Il fit un signe de la main, et elle jeta un coup d'œil derrière elle, le temps d'apercevoir cinq indigènes torse nu, l'arc bandé.

— Trop lâche pour vous battre seul contre moi ? lâcha-t-elle.

— Allez-vous-en, ordonna-t-il à ses hommes. Vous avez fait ce pour quoi vous avez été payée.

Les autres s'éclipsèrent, mais elle ne fut pas dupe. Ils attendaient dans l'ombre. Elle avait intérêt à être rapide.

Le couteau à la main, elle se mit en position de combat et commença à se déplacer en cercle autour de lui.

Touches, feintes, tintement des lames. « Parfait, songea-t-elle de nouveau. Rien à remanier. » L'odeur du sang lui chatouilla les narines lorsqu'elle égratigna le bras de cette ordure de Queeg, juste au-dessus du poignet.

Ensuite, ce serait son tour, pensa-t-elle, anticipant les étapes du programme. Il lui entaillerait l'épaule, puis il sourirait, persuadé d'avoir l'avantage.

C'est alors qu'elle lui enfoncerait sa lame dans le ventre, puis sauterait de la falaise dans une rivière jonchée de rochers tandis que des dizaines de flèches voleraient autour d'elle.

Elle aurait pu esquiver le coup puisqu'elle savait quand et comment il viendrait, mais elle préférait étudier les détails, chercher les failles.

Il frappa vite et fort, transperçant le coton de sa chemise et sa chair. Mais au lieu de la décharge électrique habituelle, elle sentit une douleur fulgurante.

Elle recula en titubant, lâcha son couteau pour porter la main à son épaule dégoulinante de sang. Incrédule, elle vit que la lame de son adversaire était trempée de sang.

Rien de virtuel là-dedans. C'était la réalité.

Les lèvres de Queeg se retroussèrent sur un sourire féroce. Comme il brandissait de nouveau son arme, elle glissa dans la boue et bascula de la falaise en poussant un hurlement.

Le lendemain matin, Benny arpentait le bureau de Var.

— J'essaie encore.

— Tu as essayé il y a cinq minutes, rétorqua Var, debout devant la fenêtre, le regard tourné en direction de l'immeuble de Cill. Elle ne décroche pas son communicateur.

Il se frotta la figure.

— Elle ne répond ni aux textos ni aux courriers électroniques. Rien ! explosa-t-il en faisant volte-face. Tu es sûr qu'elle devait venir aujourd'hui ?

— Oui. Elle m'a assuré qu'elle serait là aux aurores. Elle n'avait pas envie de s'attarder chez elle. Je lui ai proposé de dormir chez moi. Tu sais comment elle se comporte à propos de ses affaires, de son espace.

— Je sais, oui. Elle m'a même déclaré que si elle ne passait pas la nuit chez elle, elle n'y remettrait jamais les pieds. Nom de Dieu ! Tu as vu l'heure ? Elle n'a pas dû se réveiller. Panne d'oreiller. Si elle a pris un somnifère…

— Elle en a peut-être avalé trop.

— Seigneur ! On devrait aller voir. Au cas où… Elle a sans doute décidé de s'isoler un moment, mais mieux vaut vérifier.

— Allons-y tout de suite. Tant que nous n'aurons pas de ses nouvelles, nous serons incapables de travailler. Elle a emporté sa copie de Fantastical, ajouta Benny tandis qu'ils s'engouffraient dans l'ascenseur.

— Vraiment ? Tant mieux. Elle a dû se coucher tard, ce qui explique son absence. Oui, bien sûr. Elle s'est prise au jeu, elle a travaillé jusqu'aux petites heures du matin, et a avalé un somnifère.

— Nous avons probablement tort de nous inquiéter. Mais tout est tellement chamboulé depuis la mort de Bart.

— Je sais, murmura Var en posant la main sur l'épaule de Benny. Je préviens Stick que nous quittons le site quelques minutes.

Dès qu'ils furent dehors, ils accélérèrent l'allure.

— Elle va nous en vouloir de l'avoir réveillée, prévint Var.

— Je l'entends d'ici. « Merde ! On ne peut plus pioncer tranquille ? » On va lui extorquer un café.

— Bon plan. Quel orage, hier soir, hein ?

— Le ciel était éclairé comme lors de la lutte des rapaces dans Troisième planète. Ça a sérieusement pété.

— Oui.

Lorsqu'ils atteignirent l'immeuble, Var composa le code d'alerte visiteur de Cill.

Ils patientèrent, les mains dans les poches. Un instant plus tard, l'ordinateur leur annonça qu'il n'y avait pas de réponse. Var voulut retenter sa chance, mais Benny secoua la tête.

— Entrons.

Il se servit du passe-partout que Cill lui avait confié, s'identifia à l'aide de l'écran tactile, tapa les codes d'accès.

— Elle dort, marmonna Var. Elle dort profondément, c'est tout.

Benny cogna à la porte avec le poing.

— Bon Dieu, Benny !

— Je refuse d'attendre.

De nouveau, il utilisa le passe-partout, l'écran tactile et tapa sur le clavier.

— Cill ! appela-t-il en entrouvrant la porte. Cill ! C'est nous, Benny et Var !

— Pas la peine de sortir ta bombe lacrymogène.

— Cill ?

Benny ouvrit le battant en grand, hésita, balaya du regard la salle de séjour. Il repéra ses escarpins, son sac, pointa le doigt sur ce dernier.

— Elle est là. Elle ne sort jamais sans un cabas rempli de bazar. Je vais jeter un coup d'œil dans la chambre.

— Et moi, dans le bureau.

Ils se séparèrent.

— Elle n'y est pas, annonça Benny en rejoignant Var d'un pas pressé. Impossible de savoir si elle a dormi dans son lit, il n'est jamais fait.

— Elle n'est ni dans le bureau ni dans la chambre d'amis, encore moins dans la cuisine. Elle...

— L'holopièce !

Pivotant sur ses talons, Benny s'y précipita. Il commença à composer le code.

— Ce n'est pas verrouillé, vieux, fit remarquer Var. La lumière est verte.

Benny ouvrit la porte et se rua dans la pièce.

— Cill ! Seigneur, Cill ! Vite, appelle les secours ! hurla-t-il. Dépêche-toi !

Var enfonça la touche d'urgence de son communicateur.

— Elle est vivante ? Benny ? Benny, dis-moi qu'elle est vivante !

— Je n'en sais rien, souffla ce dernier.

Il caressa la joue de la jeune femme avant de rassembler son courage pour presser les doigts sur sa gorge, là où devait battre son pouls.

Dans son bureau, Eve préparait le débriefing. Elle avait requis la présence de Mira. Elle avait besoin d'une opinion professionnelle sur ses conclusions après avoir fouillé les appartements des associés. Avec un peu de chance, la DDE lui fournirait des éléments concrets, et elle pourrait convoquer son principal suspect.

McNab fit irruption dans la pièce, surexcité.

— Elle est douée, mais je suis meilleur qu'elle, annonça-t-il en tendant le journal électronique de Cill à Eve.

— Merci, fit-elle. Vous l'avez lu ?

— Non, je n'étais pas autorisé à... Enfin peut-être deux ou trois pages, admit-il sous le regard froid de Dallas. Rien de... Enfin, de ce que j'ai lu, rien de transcendant. Des commentaires sur le boulot, le quotidien, un type avec qui elle est sortie il y a deux mois. Elle a décidé que c'était un looser. Je suis d'accord avec elle.

— Juste deux ou trois pages.

— Bon, quelques pages. Pour m'assurer que tout fonctionnait.

— Je ne vous le reprocherai pas parce que vous m'évitez de lui mettre la pression pour qu'elle l'ouvre elle-même. Vous avez plus d'une heure d'avance sur la réunion. Dehors – et n'embêtez pas ma partenaire.

Il s'apprêtait à lui répondre quand le communicateur d'Eve bipa. Il s'esquiva sans demander son reste.

— Dallas.

— *Dispatching à Dallas, lieutenant Eve. Présentez-vous de toute urgence au 431 rue Spring, appartement 3.*

— Le domicile de Cilla Allen. Elle est morte ?

— *Négatif. Allen, Cilla est en cours de transport à l'hôpital St. Ignace. État critique, multiples blessures. Rejoignez les officiers sur place et sécurisez la scène.*

— Bien reçu.

Eve fonça dans la salle commune. McNab, qui embêtait sa partenaire, ébaucha un sourire. Puis il remarqua son expression. Il serra brièvement l'épaule de Peabody.

— Merde, souffla-t-il.

— Une ambulance emmène Cill à St. Ignace. Elle est dans un état critique. Allons-y.

— Que s'est-il passé ? demanda Peabody en lui emboîtant le pas.

— Nous n'allons pas tarder à le découvrir, riposta Eve. Non, ne dites rien. Essayez de contacter U-Play. Je veux savoir si Var et Benny s'y trouvent.

Peabody s'exécuta pendant qu'elles se rendaient au parking.

— Ils n'y sont pas. Tous deux ont quitté les lieux il y a environ une demi-heure.

— Ensemble, murmura Eve. Ils sont rusés. Je veux un flic devant sa porte, aux urgences, en réanimation ou au bloc opératoire. Elle est désormais sous notre surveillance vingt-quatre heures sur vingt-quatre. Tâchez d'obtenir des précisions sur ses blessures, son état. Je veux des putains de détails !

— Oui, lieutenant.

Peabody lui glissa un regard de biais en montant dans la voiture.

Elle s'accrocha à la portière tandis qu'Eve démarrait en trombe.

18

Eve ignora l'ascenseur et gravit l'escalier à toute allure. Un officier de police était posté devant la porte de l'appartement.

— Je vous écoute, ordonna-t-elle en sortant une bombe de Seal-It de son kit de terrain.

— Lieutenant. Levar Hoyt a appelé d'ici à 9 h 56 avec son communicateur. Mon coéquipier et moi sommes venus aussitôt avec une équipe médicale. Nous sommes arrivés à 10 h 02, précédant les médecins d'environ deux minutes.

Ils avaient réagi très vite. Eve lui fit signe de continuer.

— Nous avons été accueillis par M. Hoyt qui nous a immédiatement conduits à l'holopièce du côté est de l'appartement. La victime, Mlle Cilla Allen, domiciliée à cette adresse, gisait à terre, inconsciente et gravement blessée. Un certain Benny Leman était auprès d'elle. Il nous a déclaré qu'il n'avait pas bougé la victime de peur d'aggraver son état, mais qu'il avait vérifié son pouls. Il paraissait relativement incohérent. Mon partenaire et moi avons placé les deux hommes dans ce qui semble être une salle de projection en compagnie de l'officier Uttica. Ils se sont montrés très agités parce qu'ils voulaient rester aux côtés de la victime, dont ils ont dit qu'elle était leur associée. Le médecin a relevé entre autres une fracture du crâne, un coude broyé, une jambe et aux moins deux côtes cassées ainsi que de nombreuses lacérations et contusions. L'ambulance est partie pour l'hôpital St. Ignace aux alentours de 10 h 15.

— Excellent rapport, officier Kobel.

— Je suis du genre minutieux.

— Restez où vous êtes.

— Oui, lieutenant.

Elle gagna l'holopièce où le sang de Cill devait maculer le sol.

— Prélevons des échantillons, histoire de s'assurer qu'il n'y a que son sang à elle.

Elle s'approcha de la console.

— Cette machine contient un disque intitulé Fantastical.

— Même mise en scène que pour Minnock, observa Peabody. Sauf que d'après la description de ses blessures, on dirait que le meurtrier avait décidé de la frapper à mort.

— Alors pourquoi n'a-t-il pas fini le boulot ? Elle est à terre, brisée, inconsciente. Pourquoi la laisser en vie après s'être donné tant de mal ?

— Il a peut-être paniqué, suggéra Peabody. Ou il a cru qu'elle était morte.

« Non, pensa Eve. Pas possible. »

— Il est trop intelligent pour la laisser en vie. Il a vraiment commis une grosse erreur.

— Pas si elle succombe.

Eve secoua la tête.

— Appelez les techniciens et la DDE. Nous verrons si les associés connaissent ses codes de sécurité. Espérons que cette fois, on réussira à récupérer le disque sans le détruire. Quoi qu'il en soit, je veux savoir à quelle heure elle a commencé à jouer et pendant combien de temps.

— Tout de suite. Voulez-vous que j'emmène l'un d'entre eux dans une autre pièce pour prendre sa déposition ?

— Non. Nous les interrogerons ensemble. On verra comment ils vont nous la jouer. Rejoignez-moi dès que vous aurez terminé ici. Ensuite, interrompez-moi, attirez-moi à l'écart pour me faire part d'une bonne nouvelle. Exprimez-vous à voix basse mais je veux entendre : « DDE, percée, données recouvrées. »

— S'ils sont… si l'un d'entre eux est coupable, ce sera une mauvaise nouvelle.

— Justement. Parfois il faut arroser les graines.

— Pardon ?

— Rien.

Eve abandonna Peabody et pénétra dans la salle de projection. Benny et Var se levèrent d'un bond et parlèrent en même temps.

— Silence ! Officier, allez retrouver votre coéquipier et sécurisez les lieux. Les techniciens et la DDE sont avertis. Ne laissez entrer personne d'autre.

Elle se tourna vers Benny et Var.

— Assis.

— Ils n'ont pas voulu qu'on reste près d'elle. Ils nous interdisent même de contacter l'hôpital. Je vous en supplie, lieutenant ! implora Benny, la voix tremblante et les yeux brillants de larmes.

Eve sortit son communicateur.

— Ici le lieutenant Dallas, annonça-t-elle avant de citer son numéro d'insigne. J'aimerais connaître l'état de santé d'une patiente, Cilla Allen, que l'on vient de vous amener.

Elle leva la main, intimant le silence aux deux hommes, et gagna l'autre bout de la pièce. Elle écouta, murmura quelques mots, glissa l'appareil dans sa poche et revint vers eux.

— Ils s'occupent d'elle. Ils tentent de la stabiliser avant de la monter au bloc.

— Au bloc ? Ils vont l'opérer ? demanda Var tandis que Benny se contentait de la fixer.

— Ses blessures sont graves, et ils font tout ce qu'ils peuvent pour la sauver. Elle est dans un état critique. Vous devez vous préparer au pire.

— Elle ne va pas mourir. Elle ne peut pas mourir. Elle ne va pas mourir, répéta Benny en boucle, en se balançant d'avant en arrière.

Var drapa un bras sur ses épaules.

— Allons, allons, Benny. Elle est solide. Cilly est une battante. Nous devrions être à son chevet, lieutenant.

— Il me faut d'abord entendre vos déclarations. Je tâcherai d'aller vite, et je donnerai l'ordre aux deux officiers arrivés les premiers sur la scène de vous conduire à l'hôpital. Expliquez-moi ce qui s'est passé.

— Nous l'ignorons, murmura Benny, anéanti. Comment pourrions-nous le savoir ? Elle était… étendue par terre quand nous sommes arrivés.

— À quelle heure ?

Benny enfouit le visage entre ses mains.

— Aux alentours de 10 heures, ou juste avant. Je ne sais pas exactement, répondit Var. Nous nous sommes inquiétés de ne pas voir Cill au travail. D'autant qu'elle ne décrochait pas son communicateur. Nous aurions dû venir plus tôt. Nous aurions dû…

— J'ai eu tort de la laisser rentrer chez elle hier soir, intervint Benny. J'aurais dû l'obliger à dormir chez moi.

— À quelle heure est-elle partie ? lui demanda Eve.

— Pas tard. 21 heures, 21 h 30. Nous avions vaguement envisagé d'aller manger un morceau ensemble, ou de nous soûler. Mais au fond, aucun de nous n'en avait envie.

— A-t-elle emporté un jeu ? Fantastical ?

— Oui, répondit Benny. Nous avons constaté ce matin qu'elle l'avait consigné. Je n'y comprends rien. On a tué Bart. On a cherché à la tuer. Pourquoi ?

— Nous nous efforçons de le découvrir.

Eve jeta un coup d'œil à Peabody, qui s'était encadrée sur le seuil et lui faisait signe.

— Une minute, je vous prie.

Elle s'approcha de sa partenaire, se pencha vers elle.

— Méga-fête, hier, n'est-ce pas ? chuchota Peabody, modulant sa voix juste assez pour appuyer sur les mots clés. Mes pieds *DDE* me font un mal de chien. Mais *percée* en valait la chandelle parce qu'à force de danser, *données recouvrées*, j'ai dû perdre au moins un kilo.

— Décidément, votre poids vous obsède. À présent, remuez la tête comme si je venais de vous donner un ordre, puis sortez en saisissant votre communicateur. Laissez passer quelques minutes, revenez, opinez du bonnet. Ensuite, vous resterez pour l'interrogatoire.

— Compris… *À vos ordres, lieutenant* ! ajouta-t-elle pour faire bonne mesure.

— C'est au sujet de Cill ? s'enquit Benny.

— Non. Donc, la dernière fois que vous avez vu Cill, c'était hier soir aux environ de 21 h 30 ?

Elle consulta Var du regard.

— À peu près, confirma-t-il.

— Quel était son état d'esprit ?

— À votre avis ? répliqua Benny, les poings crispés sur les genoux. Elle était effondrée. Nous l'étions tous. C'était déjà difficile pour elle d'organiser la cérémonie, de réaliser le montage vidéo, de prévoir de quoi boire et manger. Mais au moins, elle avait – nous avions tous – des tâches dans lesquelles nous absorber. À présent…

— Nous étions fatigués, soupira Var. Éreintés.

— Où êtes-vous allés ensuite ?

— Chez nous, répliqua Var en haussant les épaules.

— Vous avez fait le chemin ensemble ?

— Oui. Nous avons raccompagné Cill, puis je suis rentré chez moi et Benny, chez lui.

— Avez-vous remarqué quelqu'un qui rôdait dans les parages ? Autour de son immeuble ?

Peabody reparut, adressa un signe de tête à Eve.

— J'ai attendu qu'elle soit à l'intérieur, précisa Benny. Nous avons même bavardé quelques minutes. Je ne l'aurais pas laissée seule si j'avais eu l'impression que quelqu'un traînait dans le coin. Une fois dans mon appartement, j'ai vu par la fenêtre qu'elle avait allumé la lumière. Je sais qu'elle est entrée sans problème.

— Vous vérifiez toujours ?

Il changea de position.

— Quand nous quittons le boulot ensemble, j'aime m'assurer que tout va bien. Elle est assez grande pour prendre soin d'elle, mais c'est une habitude.

— Avez-vous vu ou discuté avec quelqu'un après 21 h 30 ?

— Seigneur ! souffla Var en se frottant les yeux. J'ai mangé, essayé de regarder un film. J'étais incapable de me concentrer, j'ai donc surfé sur le Net pendant quelques heures. J'ai participé à un tournoi de Domination du monde. J'ai dû m'arrêter vers 2 heures. Je ne suis pas sorti. Je n'en avais aucune envie.

— Benny ?

— Je n'ai parlé à personne. Nous avions vu défiler un monde fou tout l'après-midi. J'ai rédigé quelques courriers électroniques personnels, effectué des recherches sur des projets en cours. J'ai dû me coucher vers minuit. Il y avait encore de la lumière chez elle. J'ai failli l'appeler, juste pour lui proposer de lui tenir compagnie, mais j'y ai renoncé. J'ai pensé qu'elle préférait qu'on lui fiche la paix. J'aurais dû y aller… J'aurais dû…

— Arrête, Benny, l'interrompit Var. Tu n'y es pour rien. Lieutenant, si nous pouvions aller la voir…

— Bientôt. Comment êtes-vous entrés dans l'immeuble, dans son appartement ?

— J'ai un passe et ses codes d'accès, expliqua Benny. C'est moi qui habite le plus près. Quand elle s'absente quelques jours, je lui arrose ses plantes. Elle en a de magnifiques. Je veille à ce que son espace soit protégé. C'est important pour elle.

— Pourquoi ? Pourquoi est-elle à ce point obnubilée par la sécurité et le secret ?

— Je…

Benny se tourna vers Var.

— Vas-y. Ce sera peut-être utile.

— Sa mère et son beau-père la harcelaient. Ils n'avaient de cesse de fouiller sa chambre, de fourrer le nez dans ses affaires. Un jour, ils ont même poussé le vice jusqu'à installer une caméra pour l'épier. Comme si c'était une criminelle. Elle… elle veut juste qu'on respecte son intimité. Rien de plus. D'où son énervement quand elle a su que vous alliez perquisitionner chez elle. Je… je suppose que je me suis emporté pour la même raison. Parce que je savais ce qu'elle ressentait.

— D'accord. Le dispositif de sécurité était-il enclenché à votre arrivée ?

— Oui, répondit Var. Nous avons pensé qu'elle avait pris un somnifère. Nous avons vérifié la chambre, le bureau, et ensuite l'holopièce où nous l'avons découverte. Nous… j'ai immédiatement alerté les secours.

— Et pris son pouls.

— C'est moi qui l'ai fait, intervint Benny, les lèvres pincées. Au début, je le sentais à peine. Elle était couverte de bleus, de coupures et de sang. Pouvez-vous rappeler l'hôpital ? Pour l'amour du ciel.

— Peabody, contactez les urgences. Nous avons presque fini. L'holopièce était-elle fermée à clé ?

Benny fronça les sourcils.

— Non. Mais nous nous sommes souvent réunis ici pour jouer. Je ne pense pas qu'elle ait l'habitude de verrouiller cette porte. Chez moi, je ne la verrouille quasiment jamais. C'était la manie de Bart. Super Espion Minnock, murmura-t-il en fermant les yeux.

— Bien. Pouvez-vous retirer le disque qui se trouve dans la console ? voulut savoir Eve.

Benny secoua la tête.

— Je n'ai ni le code ni la séquence. Var ?

— Moi non plus. On pourrait y aller au pif, mais si on se trompe, il s'autodétruira.

— Entendu. Nous nous débrouillerons.

— Elle est au bloc, intervint Peabody. Apparemment, l'intervention devrait durer plusieurs heures.

— Y a-t-il une famille à prévenir ? s'enquit Eve.

— Juste sa mère, répondit Var. Elles ne sont pas proches, vous vous en doutez, mais j'imagine qu'elle a le droit de savoir.

— Sa famille, c'est nous, déclara Benny d'un ton farouche.

— Je vais donner l'ordre aux officiers de vous conduire à l'hôpital. L'inspecteur Peabody et moi vous y rejoindrons d'ici peu.

Après leur départ, Eve ferma la porte à clé derrière eux.

— Je veux des yeux braqués sur ses deux-là, décréta-t-elle. En civil.

— Leurs alibis sont faciles à contrôler. La DDE peut confirmer ou infirmer l'activité en ligne. S'ils sont complices, ce sont d'excellents comédiens, mais cela collerait avec l'hypothèse de Mira.

— S'ils ont conspiré ensemble, comment imaginez-vous le déroulement des événements ? s'enquit Eve.

— Ils la raccompagnent, comme ils l'ont dit, mais ils montent avec elle, la convainquent de jouer pour se changer les idées. L'holopièce est parfaitement sécurisée et insonorisée. Elle s'immerge dans la partie, ils l'attaquent, ou l'un l'attaque pendant que l'autre fait le guet. Ils la laissent pour morte, retournent chez eux. Et ce matin, ils nous font le coup de « on s'inquiétait pour elle » afin d'être les premiers à la trouver.

— Vivante. Pourquoi ne pas l'achever à ce moment-là ?

— L'heure du décès coïnciderait avec leur présence dans l'appartement. Il faut qu'ils réfléchissent vite. Ils décident d'alerter les secours, de la faire transporter à l'hôpital. Elle est dans un état pitoyable, Dallas, ses chances de s'en sortir sont infimes. Là-bas, l'un ou l'autre pourrait parfaitement terminer le boulot. Si nous n'avions pas un uniforme chargé de la protéger.

— Une théorie intéressante. Lancez un calcul de probabilités.

— Elle ne vous plaît pas.

— Elle ne figure pas en haut de ma liste. Cette bouteille de soda n'était pas là hier, enchaîna-t-elle en désignant ladite bouteille, et elle n'a remis les pieds chez elle qu'hier soir.

— Oui. Et alors ?

— Si elle a reçu du monde, pourquoi a-t-elle ouvert une seule boisson, à laquelle en outre elle semble n'avoir pas touché ? Nous vérifierons le stock et la benne de recyclage, mais à mon avis nous ne trouverons rien. Non... elle s'est postée là, devant la fenêtre, et tout à coup, elle a décidé qu'au fond elle n'avait pas envie de cette boisson. Elle a eu la même réaction le jour où nous lui avons appris la mort de Bart. Elle s'est servi un soda, l'a ouvert, l'a mis de côté.

— Elle était trop bouleversée après la cérémonie, concéda Peabody.

Eve indiqua les escarpins.

— Que faites-vous quand vous rentrez chez vous et que vous avez mal aux pieds ?

— J'enlève mes chaussures.

— Si vous avez des invités, vous n'allez pas les laisser au beau milieu de la pièce. Cela n'a peut-être pas de signification particulière, mais il y a des petits détails qui modifient le tableau.

— L'holopièce n'était pas verrouillée. Ils ont pu y entrer pendant qu'elle jouait.

— Comment pouvaient-ils savoir qu'elle était en train de jouer ?

— L'un ou les deux savait qu'elle avait sorti le disque.

Eve hocha la tête.

— J'irais même plus loin, fit-elle. L'un d'eux le lui avait confié pour qu'elle l'emporte chez elle. Le jeu est l'arme du crime. L'assassin aime l'arme.

Eve alla ouvrir elle-même aux techniciens. Pendant qu'elle les conduisait dans l'holopièce, Peabody réfléchit.

— Ils lui laissent le temps de monter seule, dit-elle à Eve quand celle-ci revint. Le temps de se mettre à l'aise, de démarrer le jeu. Ils entrent. Elle est concentrée sur sa partie. Le reste se déroule selon ma précédente théorie.

— Plausible. Élargissez vos calculs en fonction des variables éventuelles.

— Ce qui m'intrigue, c'est le pourquoi. Pourquoi Cill ? Pourquoi maintenant ? Si vite après Bart, il me paraît plus qu'évident que nos soupçons vont se porter sur les deux associés rescapés. Était-elle devenue une menace ? Avait-elle découvert quelque chose ? Avait-elle posé les mauvaises questions ?

— Possible. Hier, Connors lui a avoué que depuis des mois ses équipes élaboraient un jeu et une technologie analogues aux leurs.

— La nouvelle n'a pas dû les réjouir.

— En effet. Elle en aura discuté avec eux. On a peut-être jugé nécessaire d'éliminer la messagère. Que cela reste entre vous et moi. Je ne veux pas que Connors s'en mêle.

— Compris.

— D'autres facteurs me chiffonnent. Quand on joue, on prend des décisions, l'une entraîne la suivante. On affronte différents obstacles et adversaires. Une bonne tactique consiste à jeter un nouveau problème à la figure de l'ennemi actuel.

— En d'autres termes, nous ? Vous croyez qu'elle servait de pion ? Que la cogner pratiquement à mort est un stratagème ?

— Oui, d'autant qu'il augmente l'enjeu. Naturellement, tous nos soupçons se portent sur les deux associés restants. N'est-ce pas excitant ? Surtout pour un individu qui se croit tellement plus intelligent, tellement plus fort que ses camarades. Risqué mais malin.

— Si elle se remet, elle l'identifiera.

— C'est le hic. Je travaille dessus.

Eve retourna à la porte d'entrée, cette fois pour accueillir Feeney et McNab.

— Holopièce. Récupérez tout ce que vous pouvez. Mais avant de commencer, j'aimerais vous exposer une idée.

Cill était toujours au bloc opératoire lorsque Eve arriva à l'hôpital.

— Allez voir les associés, ordonna-t-elle à Peabody. Soyez compatissante, tâchez de les faire parler.

Eve partit à la recherche d'une infirmière, lui montra son insigne.

— Je dirige l'enquête sur l'agression de Cilla Allen. Dites-moi tout ce que vous savez.

— Ils l'ont mise sous coma artificiel. Elle a de la chance que le Dr Pruit soit de garde aujourd'hui. Elle est neurologue. Les lésions à la tête sont sévères et doivent être traitées en priorité, mais elle souffre d'une multitude d'autres blessures. Elle va rester au bloc un bon moment.

— Elle va s'en sortir ?

— Je ne peux rien vous affirmer.

— À votre avis ?

— Qu'elle ne soit pas morte est en soi un miracle. On dirait qu'elle a été jetée du haut d'une falaise.

Eve lui saisit le bras avant qu'elle puisse s'éloigner.

— Une chute ? Elle n'a pas été battue à mort ?

— Je vous le répète, je ne peux rien vous affirmer. Si elle se réveille, elle vous le dira elle-même.

Eve fronça les sourcils tandis que l'infirmière s'éloignait d'un pas pressé. Elle aperçut Connors qui se dirigeait vers elle.

— J'ai appris la nouvelle, dit-il. Il fallait que je vienne.

— Les associés sont dans cette pièce ?

— Oui. Peabody est avec eux, à présent.

— Tes impressions ?

— Ils sont sous le choc, terrifiés – ce qui était prévisible. Ils se serrent les coudes.

— T'ont-ils interrogé au sujet du jeu que tu prépares ?

— Non. Je ne pense pas que ce soit leur préoccupation pour l'instant.

Eve jeta un coup d'œil du côté de la salle d'attente.

— Ça l'est pour au moins l'un des deux.

— Tu crois que Var ou Benny aurait pu massacrer cette fille ?

— Absolument. Désormais, j'en ai la certitude. Il ne me reste plus qu'à trouver le moyen d'épingler le coupable. Gagner du temps, détourner l'attention, tirer sur les cordes sensibles. Elle était le segment court du triangle, soupe au lait, impulsive, le maillon faible. Elle représente donc un sacrifice logique dans le jeu. Elle...

— Doux Jésus, Eve ! Elle est en miettes, il va falloir un miracle pour la rapiécer, et toi, tu es là, à me parler d'un putain de jeu ?

Elle lui adressa un regard glacial.

— De toute évidence, cela fait vibrer tes cordes sensibles.

— Peut-être parce que j'en ai, tout simplement, rétorqua-t-il. Parce que je ne suis pas obsédé par un foutu *jeu* au point de considérer la mort d'une jeune femme comme un sacrifice logique. Elle est vivante, lieutenant. Elle n'est pas encore affichée sur ton tableau.

— Si tu retournais dans la salle d'attente ? Vous pourrez tous vous prendre par la main. Prononcer une petite prière, pourquoi pas ? Vas-y pendant que celui qui l'a amochée rigole sous cape. J'ai mieux à faire.

Profondément blessée, elle tourna les talons. Se réfugiant dans les toilettes désertes, elle s'adossa au mur et s'efforça de se ressaisir. Puis elle joignit Feeney, mit son commandant au courant des derniers événements, et consulta Mira.

Elle n'avait pas le choix, se rappela-t-elle. C'était ainsi qu'elle fonctionnait. Passer ses journées à tapoter des têtes et à caresser des bras ne servirait ni à sauver Cill ni à jeter l'assassin de Bart en prison.

Sous aucun prétexte elle ne s'excuserait de faire son métier comme elle l'entendait.

S'étant calmée, elle héla une autre infirmière dans le couloir, lui présenta son insigne et lui demanda l'autorisation de suivre l'intervention depuis une salle d'observation privée. Seule, un gobelet de café infect à la main, elle regarda l'équipe médicale s'affairer.

Quand bien même elle survivrait, Cill ne serait plus jamais comme avant.

« Pas encore affichée sur mon tableau ? songea-t-elle. Tu parles ! Cill y a figuré à l'instant où elle s'est écroulée à terre. »

La porte s'ouvrit, livrant passage à Connors. Eve se concentra sur l'écran.

— Je suis impardonnable, commença-t-il. Je n'aurais jamais dû… Je suis vraiment désolé, Eve.

— Laisse tomber.

— Non. Je m'en veux terriblement.

Il s'approcha d'elle, mais ne la toucha pas.

— J'espère que tu me pardonneras.

— Ces derniers jours nous ont épuisés.

— Ce n'est pas une excuse. Ce n'est même pas une raison.

— Parfait, alors donne m'en une.

— Hier, elle a sangloté dans mes bras. Je savais qu'elle comptait parmi tes suspects et je me suis demandé l'espace d'un instant si elle avait participé à la fin tragique de Bart. En outre, d'après ce que j'ai compris, elle gisait déjà sur le sol pendant que nous buvions du champagne sur un toit.

— Tu es trop impliqué.

— En effet. Et je ne m'explique pas vraiment pourquoi. Il n'empêche que je ne peux pas me tenir à l'écart. Ce sont peut-être des raisons, Eve, mais ce ne sont pas des excuses pour t'avoir insultée comme je l'ai fait.

— Tu m'as blessée.

— Mon Dieu, je sais, murmura-t-il en lui saisissant doucement les bras. Tu me connais. Et tu peux être certaine que je suis le premier à en souffrir.

— Tu n'avais pas complètement tort.

— Bien sûr que si.

— Non. Quoi que je pense de ça, dit-elle en désignant l'écran, je dois tenir. Ce n'est pas un putain de jeu pour moi, mais c'en est un pour lui. Je dois réfléchir comme lui pour pouvoir l'arrêter.

— Je sais comment tu raisonnes, et combien tu te soucies des victimes. Je te le répète, je suis sincèrement désolé.

Elle plongea son regard dans le sien, et éprouva un indicible soulagement.

— Oublions cet incident. Tu as gagné une grosse croix noire dans la colonne conneries.

Il sourit, pressa les lèvres sur son front.

— Quel est le score à ce jour ? s'enquit-il.

— Dans ce domaine, nous sommes à égalité.

— Je te conseille de vérifier les statistiques. À mon avis, tu as une sérieuse avance sur moi.

— Tu veux une autre grosse croix noire ?

— Non.

Il l'attira à lui, poussa un soupir quand elle se blottit contre lui.

— J'aime mieux ça, murmura-t-il.

Elle tourna la tête pour qu'ils puissent regarder l'écran ensemble.

— Pourquoi était-elle une cible ? demanda Connors.

— Parce que, aux yeux du meurtrier, personne n'est indispensable en dehors de lui. À partir de maintenant, c'est lui qui va mener la barque et personne ne pourra le doubler. Il a sans doute éprouvé beaucoup de plaisir à se répandre en pleurs après la mort de Bart. Avoir les flics sur le dos l'excite. Cela fait partie du jeu, il récolte les points, anticipe la suite des événements. Ce type est un joueur, il considère le plateau, les joueurs, les scénarios, les options. Cill ? Elle était en colère, déprimée, apparemment plus atteinte que les autres, et par conséquent, plus vulnérable. Elle est la plus en phase avec les autres membres du personnel. C'est une jolie femme, l'image publique idéale pour la société. Mais il veut la place pour lui. Et il y a déjà goûté. La nature humaine est ainsi faite.

Elle s'écarta légèrement.

— J'ai des questions d'ordre technique qui sont peut-être complètement à côté de la plaque, mais…

Elle s'interrompit en voyant les médecins s'agiter.

— Quelque chose ne va pas ! Ils ont un souci.

Connors ordonna un zoom sur le moniteur.

— Sa tension baisse, dit-il. Ils sont en train de la perdre.

— Nom de Dieu ! s'exclama Eve. Il faut qu'elle se batte ! Elle veut vivre, oui ou non ?

En silence, ils regardèrent Cill osciller entre la vie et la mort.

19

Quand Eve apparut sur le seuil de la salle d'attente, Var et Benny se levèrent d'un bond, puis se rassirent comme deux ballons qui se dégonflaient.

— Nous attendons le médecin, dit Var en jetant un coup d'œil sur la pendule. C'est interminable.

— Ils nous avaient promis de nous tenir au courant, enchaîna Benny. Mais nous n'avons vu personne depuis plus d'une heure.

— J'étais en salle d'observation, commença Eve.

Elle leva la main tandis qu'ils se relevaient d'un même mouvement et se mettaient à parler en même temps.

— Du calme ! Ils font tout ce qu'ils peuvent. Il y a eu un problème… Du calme ! Je n'ai pas apporté mon diplôme de médecin, mais je peux vous assurer qu'ils font tout ce qu'ils peuvent.

— Vous avez pu la voir ? Où ? s'écria Benny. On pourrait y aller aussi. Ce serait mieux que d'être coincés ici.

— Vous n'y êtes pas autorisés. C'est un privilège réservé au personnel, à la police dans le cas d'une affaire criminelle, et aux membres de la famille.

— Mais nous… commença Benny.

— Vous n'êtes pas sa famille, coupa Eve.

— Pas du point de vue légal, intervint Peabody avec douceur. Je comprends votre point de vue. J'ai moi-même des amis que je considère comme des proches. Mais vous n'êtes pas officiellement de la famille, et ils sont très pointilleux sur ce genre de chose. J'ai l'impression qu'il y en a encore pour un moment. Vous devriez aller prendre l'air, manger un morceau, marcher un peu. Le temps passera plus vite.

— Il pourrait y avoir du nouveau pendant notre absence, répliqua Benny.

— J'ai vos numéros. Je vous avertirai immédiatement, promit Peabody.

— Ce ne serait pas une mauvaise idée d'aller respirer un peu. Je suppose qu'ils ont une chapelle ou un centre de méditation. Nous pourrions...

Var rougit, leva les mains en un geste de désarroi.

— ... tu sais.

— D'accord, céda Benny. Tu as raison. Juste quelques minutes. S'il arrive quoi que ce soit...

— Comptez sur moi, assura Peabody.

Dès qu'ils furent sortis, elle s'empara de son communicateur.

— Dites aux ombres de ne pas trop s'approcher, recommanda Eve. Je ne veux pas qu'ils se doutent qu'on les fait suivre. Connors, continua-t-elle, je sais que tu préférerais rester ici, mais si tu ne rentres pas tout de suite acheter l'hémisphère nord, Feeney pourrait te trouver de quoi t'occuper.

— Tu cherches à me distraire ?

— C'est la cerise sur le gâteau. Peabody et moi nous nous relaierons pour surveiller les associés et prendre des nouvelles de Cill. Je vais tenter d'obtenir une chambre où je pourrai m'installer pour travailler.

— Permets-moi de m'en charger. Ensuite j'irai voir si Feeney a besoin de moi.

— Entendu.

— Tu m'as parlé de questions d'ordre technique tout à l'heure.

— En effet, répondit Eve, qui songea que ce n'était ni le lieu ni le moment. Laisse-moi le temps de les reformuler d'abord.

— Comme tu voudras, répliqua-t-il en lui pressant brièvement la main. On reste en contact.

Eve se tourna vers Peabody.

— Rien à signaler ?

— Non. Ils agissent et réagissent comme n'importe qui en de telles circonstances. Je vous le jure, je ne sens aucune mauvaise onde.

— Si je ne suis pas là lorsqu'ils reviendront, persuadez-les d'accepter que l'on renvoie des officiers chez eux afin de vérifier leurs alibis. Procédure de routine afin de pouvoir nous concentrer sur Cill et découvrir ce qui s'est passé. Vous connaissez la chanson.

— Par cœur.

— Enregistrez leur consentement. Ensuite, demandez à la DDE d'envoyer un homme dans chaque appartement. Des gars méticuleux capables de repérer des détails hors ordinateur. Qu'ils se contentent d'examiner, de noter. Nous avons l'enregistrement des fouilles d'hier. Voyons ce qui a changé aujourd'hui, le cas échéant.

— Oui, lieutenant. C'était très dur, en salle d'observation ?

— Seigneur, Peabody, elle est dans un état pitoyable !

Eve fourra les mains dans ses poches. Le souvenir de son cauchemar lui revint.

— Ils ont un spécialiste qui fourrage dans sa cervelle, un autre qui essaie de lui raccommoder le bras. S'ils ont commencé par là plutôt que par la jambe fracturée, c'est que c'est vraiment grave. Ils ont monté une de ces bulles stériles. On dirait qu'on lui a défoncé le visage à coups de batte. Ils doivent aussi soigner les blessures internes. J'ai eu l'impression qu'elle était littéralement pulvérisée... Je ne suis pas sûre qu'il s'agisse d'un simple passage à tabac.

— Je ne vois pas ce que ça pourrait être d'autre.

Eve secoua la tête.

— Tant que nous n'aurons pas étudié son dossier médical et discuté avec les médecins, nous ne pourrons que supputer.

— J'ai reçu le rapport concernant les échantillons de sang. Il n'y a que le sien.

— Je ne suis pas étonnée.

Une infirmière s'encadra sur le seuil.

— Lieutenant Dallas ? Nous vous avons préparé un bureau.

— Comment va ma victime ?

— Elle tient le coup malgré quelques complications.

— Nous allons nous relayer, annonça Eve à Peabody. Je reviens.

Elle suivit l'infirmière le long du corridor. Arrivées au bout, elles bifurquèrent à droite dans un autre couloir.

— Je suis allée en salle d'observation, fit Eve. C'est vrai qu'elle semble être tombée d'une falaise.

— Ce n'était qu'une expression.

— Possible. Vous avez des radios et des scanners, je suppose ? Je souhaiterais les voir.

— Je ne suis pas autorisée à vous les remettre.

— Obtenez l'autorisation. Vous l'avez vue de près.

— Oui.

— Les médecins font tout ce qu'ils peuvent pour la sauver. Quant à moi, je fais tout ce que je peux pour retrouver le salaud qui l'a massacrée. Son nom est Cilla Allen, mais ils l'appellent Cill. Vingt-neuf ans depuis six semaines. Il y a deux jours, l'un de ses meilleurs amis a été assassiné, et hier, elle a commandé les fleurs et la nourriture pour la cérémonie à sa mémoire. Elle l'a pleuré. Puis, hier soir ou tôt ce matin, celui qui a tué son ami a tenté de l'éliminer. Plus vite je saurai ce qu'il lui a infligé, plus vite je découvrirai comment il s'y est pris et qui il est, et plus vite je coffrerai cette ordure.

L'infirmière ouvrit une porte.

318

— J'obtiendrai l'autorisation. Cette pièce est d'ordinaire à la disposition des proches de nos patients en chirurgie. Vous pouvez vous servir du matériel.

— Merci.

Bien que petit, le bureau était deux fois plus grand que le sien au Central. Il était équipé d'un fauteuil-lit, d'un autochef et d'un réfrigérateur. Sur la table se trouvaient un ordinateur, un communicateur et un bouquet de fleurs jaunes dans un vase.

Le soleil filtrait à travers l'unique fenêtre munie d'un store.

Eve commanda un autre gobelet de café infect et se mit au travail.

Ce qu'elle envisageait était probablement absurde. Non, *c'était* absurde. Pourtant, elle entama une recherche sur une multitude de sites de jeux clandestins.

Plus ils seraient bizarres, mieux cela vaudrait, décida-t-elle.

Elle consulta les forums de discussion que McNab lui avait signalés, et nota que Razor continuait à tâter le terrain à l'affût de l'arme – sans succès.

Du moins, en apparence.

Elle tenta de joindre Mira, fut rembarrée par son assistante qui lui déclara d'un ton glacial qu'elle était en rendez-vous. Eve requit une consultation par communicateur dès que Mira serait disponible.

— Entrez ! répondit-elle quand on frappa à la porte.

Elle s'attendait à voir l'infirmière avec le dossier. Au lieu de quoi, un serveur entra avec un plateau.

— Voici votre déjeuner.

— Je n'ai rien commandé. Vous vous trompez de chambre. Dégagez !

— Chambre 880, aile est, service chirurgie. Vous êtes Dallas ?

Le front plissé, Eve lorgna le plateau.

— Oui.

— Voici votre déjeuner. Il y en a un aussi pour Peabody. Salle d'attente A, aile est, service chirurgie.

— Qui vous les a commandés ?

— Connors.

— Tiens donc ! Bien, et que m'apportez-vous ?

Il posa son chargement sur le bureau, souleva le couvercle de protection.

— Un hamburger, avec de la vraie viande de bœuf. Frites, salade. Un café – du vrai. Double, noir.

— Il n'en rate pas une.

Eve plongea la main dans sa poche et en sortit une poignée de crédits qu'elle tendit au serveur en le remerciant.

— Bon appétit, lança-t-il avant de quitter la chambre.

Elle goûta une frite tout en appelant Feeney.

— Alors ? s'enquit-elle.

— Nous n'allons pas chercher à retirer le disque. Nous avons d'autres idées. Question chronologie : la victime a téléchargé le... C'est un hamburger ?

— Non, un gant de boxe. À ton avis ?

— On dirait un hamburger. Avec de la vraie viande ?

En guise de réponse, elle croqua une grosse bouchée et sourit.

— C'est méchant, petite, grommela Feeney, l'air sincèrement attristé.

— Récupère-moi ce disque sans le détruire, je t'offre cinq kilos de viande de bœuf. Chronologie ?

— Le programme démarre à 21 h 46, jusqu'à 22 h 52.

— Plus d'une heure. Plus longtemps que Bart.

— Elle jouait en solo, comme lui. Elle a démarré au premier niveau.

— Il avait commencé au quatrième. Donc, elle a suivi le scénario quel qu'il soit depuis le début, soit parce qu'elle ne le connaissait pas – ce qui n'arrangerait pas mes affaires. Soit parce qu'elle travaillait plus qu'elle ne jouait. Pour oublier son chagrin. As-tu pu détecter où elle s'est arrêtée ?

— Elle avait presque terminé le niveau trois.

— Presque ?

— À quatre-vingt-onze pour cent. Elle n'est pas arrivée au bout.

— Tu joues. Qu'est-ce qui pourrait t'inciter à arrêter une partie à ce stade ?

— Si je merdais.

— Soit. Quoi d'autre ? Si on t'interrompait ?

— Personne ne pourrait m'interrompre à moins d'être en flammes ou de pisser le sang. Et encore, à condition que ce soit quelqu'un que j'aime beaucoup.

On frappa de nouveau. Cette fois, l'infirmière apparut. Eve leva la main pour la faire patienter.

— Peux-tu savoir si elle a merdé ? demanda-t-elle à Feeney.

— Pas d'après le programme, mais jusque-là, si j'en juge par le temps écoulé, elle se débrouillait parfaitement. J'ai pu analyser des parties plus anciennes. Elle atteint régulièrement les niveaux dix, onze, voire douze.

— Mais nous ignorons s'ils existaient dans ce scénario.

— Je ne le saurai que lorsque j'aurai réussi à sortir le disque et que tu m'auras remis mes cinq kilos de viande de bœuf.

— Cependant, il est peu probable, vu son habileté et son expérience, qu'elle ait merdé aussi vite. Ou qu'elle se soit arrêtée volontairement avant de compléter un niveau. Compris. À plus !

Elle coupa la communication.

— J'ai l'autorisation de vous montrer ce que nous avons transféré sur disque, annonça l'infirmière. J'ai besoin de votre signature.

— Merci.

Eve gribouilla son nom sur le formulaire, nota le regard envieux de la jeune femme sur son assiette.

— Vous en voulez la moitié ?

Elle sourit.

— Non, merci, je surveille mon poids. Mais c'est gentil. Je suis passée aux nouvelles. Elle s'accroche toujours mais… elle est encore loin du but.

Elle se dirigea vers la porte, s'immobilisa.

— J'espère qu'elle va s'en sortir.

— Moi aussi, murmura Eve lorsqu'elle fut seule.

Elle inséra le disque.

Elle étudia les clichés et les rapports des secouristes.

Cill gisait sur le sol de l'holopièce, brisée telle une poupée de porcelaine lancée contre le mur par un enfant capricieux. Une mare de sang était répandue sous son corps, son bras et sa jambe formaient des angles singuliers. L'os fracassé transperçait la peau de son tibia. Déchiqueté, songea Eve, ignorant les mouvements des flics et le son de leurs voix pour se concentrer sur la victime. Plusieurs entailles, dont une à l'épaule qui paraissait plus nette que les autres.

Des contusions autour des yeux, des égratignures aux tempes.

Elle passa à l'étude des scanners. Plusieurs lésions internes, des organes meurtris. Mais les hématomes externes…

Elle retourna en arrière, repassa la séquence. Son communicateur bipa.

— Docteur Mira.

— Eve. J'ai appris ce qui était arrivé à Cilla Allen. Comment va-t-elle ?

— Elle est toujours au bloc. Je suis en train de consulter son dossier médical. Une abomination. Comme précédemment, il a utilisé l'holopièce, le jeu en cours de développement – Fantastical. Elle a noté qu'elle le sortait, à moins qu'on ne l'ait fait à sa place. Le scénario de base est identique – elle jouait, semble-t-il, en solo. Toutefois la méthode d'attaque diffère radicalement. Pourquoi ?

— Il a déjà gagné à ce jeu, ce scénario. Il voulait un nouveau défi face à un nouvel adversaire. De préférence un jeu qu'elle appréciait. Histoire de corser l'affaire.

— C'est aussi ce que je pense. Mais l'escalade de la violence m'inquiète. Il en veut peut-être davantage pour son argent. Sauf que... Pourriez-vous jeter un coup d'œil ? Je vous transfère le rapport des secouristes.

— Aucun problème.

— Une petite minute, fit Eve, le temps de lui envoyer les documents. Les deux associés restants l'ont découverte ce matin. Tous deux ont déclaré s'être inquiétés de ne pas la voir au bureau. Ils ont donc décidé d'aller chez elle. Ils ont appelé les secours immédiatement.

— Elle a subi un traumatisme épouvantable, constata Mira d'un ton neutre tout en fronçant les sourcils. Abondante perte de sang. La jambe... Il semblerait qu'il se soit acharné. Je suis étonnée que son visage ne soit pas plus atteint.

— Selon vous, ça ressemble à un passage à tabac ?

— Quoi d'autre ?

— Ces blessures pourraient-elles être le résultat d'une chute ?

— Une chute ? Vous croyez que l'holopièce serait le site où on l'a déposée plutôt que celui de l'attaque ?

Eve hésita. « Pas encore », songea-t-elle.

— J'envisage diverses possibilités.

— Ce n'est pas mon domaine d'expertise, et j'ai des scrupules à rendre des conclusions uniquement basées sur ces documents mais, oui, ce pourrait être le résultat d'une chute. Que disent les médecins ?

— Je n'ai pas encore pu les interroger.

— Je peux essayer de faire un saut à l'hôpital plus tard dans la journée si vous voulez.

— Non, inutile. Pourquoi est-elle vivante ? C'est là que le bât blesse. Pourquoi ne l'a-t-il pas achevée ?

— Il a peut-être cru qu'elle était morte, bien que ce genre d'erreur ne corresponde guère à son profil. Il est aussi possible que cela ajoute au plaisir du jeu en prolongeant la partie.

— Si elle survit, il pourrait perdre.

— Oui. Cela titille son sens de la compétition. Là encore, cela ne correspond pas à son profil, mais souvent, l'esprit criminel ne s'embarrasse pas de logique. Néanmoins...

Mira secoua lentement la tête.

— Il aurait dû terminer le jeu.

— Il est bloqué à ce niveau, observa Eve. Il ne peut plus avancer à moins ou jusqu'à ce qu'elle meure.

— J'imagine que vous la protégez.

— En effet.

— J'aimerais réfléchir, réviser mes notes et ces données.

— Merci. Je vous rappellerai.

Eve raccrocha pour contacter quelqu'un dont l'expertise lui apporterait peut-être quelques réponses – et d'autres questions.

Tout en patientant, elle lança un calcul de probabilités quant à sa théorie, et obtint un pourcentage qui aurait pu se traduire par : « Tu as perdu la boule ! »

— C'est bien ce que je pensais, marmonna-t-elle.

Privée de son tableau de meurtre, elle s'efforça d'en reconstituer un sur l'écran. Puis elle se cala dans son fauteuil et savoura son café en l'étudiant.

— Une théorie débile, murmura-t-elle. Loufoque.

Elle plaça les deux victimes côte à côte.

Associés. Amis. Ces mots, ces concepts avaient un sens différent selon les gens.

Histoire, intérêts communs, confiance, émotion, passion. Ils partageaient tout.

L'entreprise, les bénéfices, le travail, les risques.

Tous deux avaient été attaqués alors qu'ils jouaient chez eux. Le premier était mort, la deuxième ne tenait que grâce à l'efficacité et aux efforts de la médecine – et à sa propre volonté.

Pas d'arme, pas de signes d'effraction, aucune trace.

À quoi il fallait ajouter la chronologie.

L'homme n'avait de cesse de trouver de nouveaux moyens de créer et de détruire. La technologie était un outil, un atout et une arme.

On frappa et elle se leva pour aller ouvrir.

— Merci d'être venu, Morris.

— Ça fait du bien de quitter la maison de temps en temps.

Comme chaque fois qu'elle le voyait depuis le décès de Coltraine, il était en noir, mais sa cravate rouge vif prouvait qu'il commençait à dominer son chagrin.

— J'aimerais que vous regardiez des clichés.

— Je serais plus efficace si j'avais le corps.

— Elle n'est pas encore morte.

— Tant mieux pour elle. Puis-je vous faire remarquer que vous êtes dans un hôpital et que les médecins sont là pour vous renseigner.

— Ils sont auprès d'elle. Et je ne les connais pas… D'après vous, comment cette femme de vingt-neuf ans a-t-elle pu subir de telles lésions ?

Elle se tourna vers l'écran et appela l'image de Cill sur le sol de l'holopièce.

— Aïe ! Vous dites qu'elle est vivante ?

— Pour l'heure.

Il se rapprocha, inclina la tête.

— Si elle s'en sort, j'espère qu'elle aura un chirurgien orthopédiste exceptionnel pour cette jambe. Pouvez-vous l'agrandir ? Encore un peu… Hum. La cheville, à présent. Même jambe.

— Asseyez-vous à ma place. Prenez votre temps.

Elle alla chercher deux tubes de Pepsi dans le réfrigérateur.

— Merci, grogna-t-il. Vous avez les scans ?

— Oui.

Eve les afficha, puis appuya la hanche contre le bord du bureau.

— Elle va avoir besoin du dieu des neurologues, murmura-t-il. Et même là, j'ai bien peur qu'elle ne finisse sur ma table d'autopsie. Ils vont devoir lui remplacer un rein, puis la rate, il faudra qu'elle subisse de nombreuses interventions sur la jambe, le bras, l'épaule. Des séquelles sont aussi à craindre du côté du cerveau. Elle pourrait survivre, mais je ne suis pas sûr que ce soit pour le mieux. Il n'empêche, c'est un miracle qu'elle ne se soit pas brisé la colonne vertébrale au cours d'une telle chute.

— Une chute, répéta Eve. Pas un tabassage.

— Une chute. Les contusions, les fractures, les lacérations proviennent d'une chute. Elle a atterri d'abord sur le dos sur une surface dure, irrégulière. Des blocs de béton, des rochers, quelque chose de ce genre... Je suis désolé. Où l'a-t-on retrouvée ?

— Là, répondit Eve en rappelant la photo de l'holopièce.

— Une surface lisse, grommela-t-il, perplexe. Elle n'est pas tombée sur ce sol.

— Aurait-on pu la déplacer ? La déposer à cet endroit ?

— Je ne vois pas comment elle l'aurait supporté. Regardez cette mare de sang. Non, non...

Il but une gorgée de soda.

— C'est agaçant. J'ai l'impression de vous décevoir. Laissez-moi revoir les clichés et le rapport.

— Non, vous ne me décevez pas. Vos constatations collent avec les miennes.

— Vraiment ? fit-il en tournant la tête pour dévisager Eve. Allons-nous nous expliquer mutuellement comment cette jeune femme a pu tomber sur une surface lisse et subir des blessures correspondant à une chute de six mètres minimum sur un sol rocailleux ?

— Bien sûr. Quand quelqu'un me l'aura démontré.

— J'adore les énigmes. J'espère qu'elle pourra vous le raconter elle-même. Il est rare que nous discutions ensemble d'un être dont le pouls bat encore. Parlez-moi d'elle.

— Elle était l'associée de ma précédente victime.

— Ah ! La décapitation. L'holopièce. Là aussi, c'est une holopièce, je présume ? fit-il en indiquant l'image sur l'écran.

— C'est la sienne. Dans son appartement verrouillé à double tour. D'après les indices relevés sur la scène du crime, elle jouait au même jeu – mais pas forcément avec le même scénario – que Minnock.

— A-t-on remarqué des brûlures internes ?

— Je ne le sais pas encore.

— Reprenons les agrandissements.

— Faites comme chez vous. Autrefois, vous vous serviez uniquement d'un clavier, pas vrai ? Vous ne disposiez ni de commandes vocales ni d'écrans intelligents.

— À l'époque de mes études de médecine, nous commencions à peine à utiliser le scanner de façon systématique. La 3D n'était pas assez fiable, et très chère. Je me souviens quand j'étais enfant... Ah, regardez là !

— Que suis-je censée voir ?

— Ces ombres, le long de la fracture de la jambe. Des petits points, en fait. Minuscules, à peine visibles. Mais présents.

— Des brûlures.

— J'en suis presque sûr. Oui, oui, regardez, il y en a un peu partout. Difficile de les distinguer tellement elle est abîmée. Là, sur l'épaule !

— Près de l'entaille.

— Ce pourrait bien être une plaie causée par un coup de couteau. Ou, comme votre précédente victime, une épée. Il faudrait que je la voie en chair et en os, si je puis dire, que je prenne des mesures, procède à des analyses. Mais d'après le visuel, je penche pour une lame acérée. Quant aux brûlures... Fascinant.

— Elle aurait dû être armée, elle aussi. Mais elle l'ignorait.

— Pardon ? Comment aurait-elle pu l'ignorer ?

Eve haussa les épaules.

— Je travaille sur une hypothèse un peu folle.

La porte s'ouvrit.

— Dallas ! Oh, bonjour, Morris ! Euh... vous êtes un peu en avance, plaisanta Peabody. La victime sort du bloc. Le médecin va nous rejoindre dans quelques instants.

— Folle ou pas, votre hypothèse m'intéresse, dit Morris dès que Peabody eut refermé la porte. Je suis à votre disposition.

— Je veux d'abord la soumettre à un autre expert. Grâce à vous, cela me paraît un peu moins dingue que cela.

— J'espère ne pas avoir le plaisir de la rencontrer, conclut Morris juste avant qu'Eve éteigne l'ordinateur.

— Le corps humain ne change guère, n'est-ce pas ? La technologie bouge, la science avance. Cette fille ? Au départ, elle est solide, c'est un atout. À présent, c'est à la technologie et à la science de la sauver.

— Pas uniquement le corps, mais aussi l'esprit. La technologie et la science n'arrivent pas à la cheville de l'esprit humain. Si le sien est assez fort, elle tiendra peut-être.

20

Les deux associés allaient et venaient, creusant un sillon dans le sol d'un côté et de l'autre de la salle d'attente. Si elle s'était fiée uniquement à ce qu'elle voyait, Eve en aurait conclu qu'ils étaient épuisés et s'efforçaient désespérément de garder espoir.

— Vous devriez vous asseoir, suggéra-t-elle.

Elle voulait les avoir devant elle afin de pouvoir scruter leur visage, leurs mains, leur langage corporel.

— Assis, insista-t-elle d'un ton autoritaire. Nous aurons des nouvelles en temps et en heure. En attendant, sachez que l'enquête progresse. À petits pas, s'empressa-t-elle de préciser. Je ne peux rien vous dévoiler de précis.

— Je me fiche de l'enquête, répliqua Benny, les yeux rivés sur la porte. Ce n'est pas ma préoccupation pour l'instant.

— Nous voulons ne penser qu'à elle, expliqua Var. Comme pour... je sais, ça peut paraître idiot, mais comme pour lui transmettre notre énergie.

Il haussa les épaules.

— Vous avez raison, approuva Peabody avec un sourire compréhensif. Je crois en ce genre de phénomène.

— Adepte du Free Age, éluda Eve.

Elle s'écarta légèrement tandis qu'une femme en tenue de chirurgien pénétrait dans la pièce.

Elle était plutôt petite, mais carrée. Ses cheveux d'un noir d'encre étaient coupés court. Ses yeux en amande passèrent d'un visage à l'autre, s'arrêtèrent sur Eve.

— Vous êtes l'officier responsable ?

— Lieutenant Dallas.

— Docteur Pruit.

— S'il vous plaît, intervint Var, comment va Cill ?

Eve lui fit signe qu'elle pouvait répondre et elle prit place en face d'eux.

— Elle est sortie du bloc. Vous êtes de la famille ?

— Oui, répondit Benny avant que Var ouvre la bouche.

— Ses blessures sont graves.

— Mais vous avez réussi à la soigner ?

— Nous avons réuni une équipe de médecins et effectué plusieurs interventions simultanément. Elle souffre d'un sérieux traumatisme à la tête.

Eve écouta Pruit leur exposer la situation, les fractures, les réparations, le pronostic. Elle les observa attentivement. Mais elle l'avait déjà vu – ce tressaillement imperceptible.

— Je ne comprends pas ce que vous dites, marmonna Benny. Et toi, Var ? Qu'est-ce que cela signifie ?

— Cill est dans le coma, expliqua Pruit. Nous nous y attendions plus ou moins, et cela pourrait permettre à son corps de se remettre.

— À moins qu'elle ne se réveille jamais, riposta Var avec une pointe d'amertume. C'est ce que vous êtes en train de nous dire ?

— Exact. Nous avons fait tout ce que nous pouvions pour elle et nous allons la surveiller de près. Elle a survécu aux opérations, ce qui est déjà un point positif. Cependant vous devez vous préparer au pire. Son état demeure critique, et si elle se réveille, on ne peut écarter l'hypothèse de lésions cérébrales.

— Mon Dieu ! Ô mon Dieu !

— N'y pense pas, Benny, fit Var en serrant la main de son ami. Pas encore.

— Vous souhaiterez peut-être avoir une conversation avec mes confrères. Je peux d'ores et déjà vous confirmer que les blessures internes étaient tout aussi sévères, que l'on n'a pas pu sauver son rein. Nous avons aussi procédé à l'ablation de la rate, et si elle reprend conscience, nous envisagerons éventuellement une greffe de rein. Il faudra intervenir de nouveau sur sa jambe. Nous ne pouvions pas continuer au risque de mettre sa vie en péril.

Var aspira une bouffée d'air.

— En somme, il n'y a aucun espoir, c'est ça ?

— Il y a toujours de l'espoir. Dès qu'elle sera en réanimation vous pourrez la voir. Très brièvement. Soyez assurés que nous ne l'abandonnerons pas.

Pruit se leva.

— Si vous avez d'autres questions, demandez à une infirmière de m'appeler. Ou adressez-vous aux autres chirurgiens. On viendra vous chercher dès qu'elle sera installée.

Eve lui emboîta le pas.

— Quelles sont ses chances de survie ? demanda-t-elle une fois dans le couloir. Soyez franche.

— Cinquante-cinquante serait généreux, mais je lui en donnais beaucoup moins à son arrivée. Elle a une solide constitution. Elle est jeune, en bonne santé. Vous avez posté un de vos officiers devant le bloc opératoire ?

— En effet, et j'en posterai un dans sa chambre vingt-quatre heures sur vingt-quatre. Vous faites tout votre possible pour qu'elle s'en sorte. Moi aussi.

— Vous craignez qu'on n'attente encore à ses jours ?

— Pas tant qu'un de mes hommes sera près d'elle.

— Entendu. Si elle tient jusqu'à demain, nous pourrons croiser les doigts. Pour l'heure, nous gérons la situation minute par minute.

— Prévenez-moi au moindre changement, dans un sens comme dans l'autre.

— Je transmettrai l'information.

— J'aimerais la voir avant eux.

— Allez-y. J'avertis le personnel.

Eve gagna l'étage, notant au passage les entrées et les sorties, les mesures de sécurité de base, les mouvements des employés, les procédés d'identification. Dans l'ensemble, le système était convenable. Mais il existait toujours un moyen de le contourner.

Elle montra son insigne à l'infirmier derrière le comptoir d'accueil, et apprécia qu'il ne se contente pas d'y jeter un simple coup d'œil, mais l'étudie attentivement avant de la laisser passer.

Comme chez U-Play, tous les murs étaient en verre. Aucune intimité pour les patients. Cill n'aimerait pas cela, mais Eve en était soulagée. Chaque chambre, chaque patient était surveillé par des caméras et des machines. Les soignants ne devaient guère prêter attention aux écrans de surveillance, mais elle espérait qu'ils se déplaçaient dès qu'un moniteur bipait anormalement.

Un uniforme était assis sur une chaise tournée vers la porte. Il se leva dès qu'Eve franchit le seuil.

— Prenez cinq minutes.

— Oui, lieutenant.

Eve s'approcha du pied du lit. La jambe et le bras protégés par des arceaux, Cill avait l'air d'un droïde en cours de construction. Ses membres dans les cages présentaient des marques rouges et violacées. Des tuyaux serpentaient un peu partout, reliant la jeune femme à des appareils qui bourdonnaient et bipaient à un rythme lent et régulier. Les hématomes autour de ses yeux contrastaient violemment avec la pâleur de sa peau et les entrelacs de pansements.

Son crâne rasé reposait sur un coussin de gel afin d'atténuer la pression. « Ces beaux cheveux », songea Eve. Le choc serait terrible, aussi pénible que les parois transparentes et les caméras.

Si elle se réveillait.

— J'ai connu mon lot d'agressions, mais j'avoue que vous remportez la victoire haut la main. La guérison sera sans doute aussi douloureuse que l'assaut. Nous verrons à quel point vous êtes forte.

Elle s'approcha du chevet, se pencha.

— N'abandonnez pas. Je sais qui vous a fait cela. Je sais qui a tué Bart. Je vais le pourchasser, et je vais remporter la partie. Il paiera pour ses crimes. Ne l'oubliez pas, et *accrochez-vous*, bordel de merde ! Nous le vaincrons, vous en vous remettant, moi en l'enfermant.

Elle se redressa.

— Il n'a jamais été votre ami. Ça non plus, vous ne devez pas l'oublier.

Eve demeura les yeux rivés sur la jeune femme jusqu'au retour du policier.

Quand les associés pénétrèrent dans la chambre, Eve s'attarda un peu, histoire de les observer sur l'écran du couloir.

— Vous croyez qu'elle va s'en sortir ? demanda Peabody lorsque Eve se glissa derrière le volant.

— Elle n'est pas du genre à lâcher prise. Un atout considérable. Réservez une salle de conférences et convoquez l'équipe de la DDE dans trente minutes. Non, une heure, rectifia-t-elle.

Pendant que Peabody s'exécutait, elle se servit du communicateur du tableau de bord.

— Lieutenant, répondit Connors.

— Elle a quitté le bloc et elle tient bon.

— Bonne nouvelle. Tu as pu parler au chirurgien ?

— La neurologue, oui. Ils connaissent leur boulot. À nous d'exercer le nôtre. Peux-tu me rejoindre à mon bureau dans vingt minutes ?

— Bien sûr.

— Viens avec un esprit ouvert.

Il ébaucha un sourire.

— Je l'emporte partout avec moi.

— Tu vas en avoir besoin.

— C'est réglé, annonça Peabody. Salle B. Vous avez quelque chose, devina-t-elle en pointant le doigt sur Eve. Du nouveau.

— J'ai un type mort sans tête et une femme dans un état critique suite à une chute sur le sol d'une holo-pièce. Aucune arme, aucune trace, aucun signe d'effrac-tion. Argumentez.

— L'assassin a emporté les armes, il s'était protégé. Les victimes le connaissaient et avaient confiance en lui. Jusqu'ici, son expertise informatique a embrouillé les cracks de la DDE. Mais ils finiront par déceler les failles.

— En admettant qu'elles existent. Avec Cill, il a commis une erreur de calcul. Elle ne devait pas tomber.

— Tomber où ?

— C'est la grande question, et nous ne connaîtrons peut-être jamais la réponse à moins qu'elle ne reprenne conscience et ne nous le dise elle-même. En attendant, on tâche d'innover.

Elle pénétra dans le parking du Central.

— Affichez tous les documents dont nous disposons, y compris les radios et les rapports que nous a fournis l'hôpital.

— D'accord, mais…

— Moins de mots, plus de boulot.

Eve se rua dans son bureau pour préparer sa réu-nion. Elle s'énerva sur son ordinateur et regretta de ne pas être plus douée en informatique. Elle voulait avoir au moins un canevas avant l'arrivée de Connors.

— Bien, espèce de salaud, essayons ceci.

Elle s'assit pour tenter de procéder à une reconstitu-tion fondée sur le dossier médical.

Plus ou moins satisfaite, elle opina alors que Connors apparaissait.

— Tu veux la bonne ou la mauvaise nouvelle ? lança-t-il.

— La mauvaise d'abord.

— Nous avons scanné, creusé, dépecé et remis en marche le système de sécurité de Cill. Nous avons utilisé tous les tests, toutes les méthodes connues de l'homme et de la machine sur celui de Bart. Nous n'avons pas trouvé la moindre anomalie. Au risque de ternir ma réputation, et la tienne par la même occasion, j'affirme que personne n'a pénétré dans ces appartements après que la victime avait verrouillé sa porte.

— Parfait.

Une expression irritée froissa le beau visage de Connors.

— Je suis enchanté que tu nous félicites d'avoir gâché une quantité incroyable de neurones sur cette tâche.

— Personne n'est entré après la victime. C'est un fait. Les faits me sont utiles. Quoi d'autre ?

— En ce qui concerne le disque retrouvé chez Bart, nous avons progressé.

— Encore mieux.

— Ma foi, tu es d'humeur allègre, ironisa-t-il en allant se programmer un café à l'autochef.

— Je sais qui est le coupable, et j'ai une idée de la manière dont il s'y est pris.

— Parfait. Commençons par le coupable.

— Var.

— Pour la plupart, la probabilité serait de cinquante-cinquante, mais te connaissant…

— Merci de me croire.

— Tu ne le désignerais pas si tu n'étais pas absolument sûre de toi. Donc, c'est Var. Parce que ?

— C'est le vilain petit canard. Les trois autres sont inséparables depuis l'enfance. Lui est intervenu beaucoup plus tard dans le jeu – il a dû rattraper le temps perdu. Je parie qu'il n'a jamais aimé ça. Mais il ne s'intègre au groupe qu'une fois à l'université. Avant cela, si l'on examine ses archives, il était le meilleur, et de loin, en électronique, maths, sciences, informatique et théorie. Personne ne lui arrivait à la cheville.

— Il avait l'habitude d'être la star. Le champion.

— À l'université, il rencontre les trois autres. Non seulement ils sont aussi brillants que lui, mais Bart le surpasse. Et il est populaire. Sorcier suprême du club de jeux. Où vont-ils chercher ces titres à la noix ? En deuxième cycle, il assure quelques heures de cours en échange d'une bourse d'études. Il est nommé gérant de sa résidence. Il est fiable, enjoué. Intelligent, doué. Les gens l'aiment bien.

Connors se cala dans le fauteuil des visiteurs.

— Le mobile ?

— À la racine. Qui as-tu approché lorsque tu as envisagé de les recruter ?

— Bart. En effet. C'était déjà lui, le leader *de facto*. Continue.

— Il a refusé ton offre parce qu'il voulait monter sa propre société. Son concept initial d'après toutes les déclarations, les données, les chronologies. Associés à parts égales, certes, mais Bart était le meneur et le visage public.

— Ce n'est pas faux, mais on pourrait arguer que Cill et Benny étaient en compétition avec lui depuis beaucoup plus longtemps. Benny, par exemple, a toujours été l'auxiliaire.

— J'y ai songé. J'ai eu une illumination dans son appartement en voyant son droïde. Le lien avec le Chevalier noir.

Connors posa sa tasse, visiblement perplexe.

— Que vient faire Batman là-dedans ?

— Comment le sais-tu ? s'exclama-t-elle. Je dis « Chevalier noir » et aussitôt tu me réponds « Batman ». Comment connais-tu tout ça ?

— La question serait plutôt : comment peux-tu l'ignorer ? Batman appartient au lexique de la culture populaire depuis plus d'un siècle.

— Peu importe. C'est juste bizarre. Je pourrais...

Elle plissa les yeux.

— Qui a assassiné seize prostitués mâles âgés de dix-huit à vingt-trois ans sur une période de trois ans, et donné leurs restes à manger à ses porcs primés ?

— Seigneur Dieu ! s'esclaffa Connors malgré lui. J'ai le plaisir de t'annoncer que je n'en ai aucune idée.

— Hanson, J. Flick, 2012-2015. Tu ne sais pas tout.

— Ton domaine d'expertise est parfois répugnant.

— Bref... Benny en pince pour Cill, ce qui aurait pu le pousser à vouloir éliminer Bart, sauf qu'il ne s'est jamais rien passé entre eux. Par ailleurs, Benny est satisfait de sa position au sein de la société. Il est passionné par la recherche. L'appartement de Cill était un fouillis – une sorte de chaos organisé. Celui de Benny était chaleureux, et il a Mongo et Alfred pour lui tenir compagnie quand il en a envie. Curieux mais assez sain, au fond.

— Mongo ?

— Un perroquet. Il parle. Beaucoup, même. Tu ne me demandes pas qui est Alfred ?

— Tu as dit Benny, Chevalier noir, donc Alfred est le majordome.

Eve poussa un soupir rageur.

— Bon. Chez Benny, j'ai senti le chagrin et... la simplicité. L'appartement de Var était impeccable, comme s'il attendait des invités. Il avait prévu une perquisition, il avait donc anticipé les étapes du jeu. Il était prêt. Il a un stock de bons vins, il achète sa nourriture chez le traiteur, il dépense davantage que ses amis en vêtements et en mobilier. C'est lui qui a ouvert la porte aux flics chez Cill.

— Ce qui... Ah ! Benny était seul avec elle. Il aurait facilement pu l'achever.

— Benny s'est précipité vers elle en premier et il est resté auprès d'elle. Var n'y pouvait rien. Il était convaincu qu'ils la trouveraient morte. Il a dû éprouver un choc quand Benny a senti son pouls. Cependant, il a la tête sur les épaules. Il devait espérer, croire même, qu'elle ne survivrait pas à l'intervention chirurgicale. Il a été à la fois surpris et agacé qu'elle en soit sortie. Il s'est trahi l'espace d'une seconde. Var est un remarquable comédien. La plupart des sociopathes le sont, et à force de pratiquer les jeux de rôle, il s'est amélioré au fil des ans.

— Tu penses qu'il a joué le rôle de l'ami et associé durant toutes ces années.

— Il était peut-être sincère par moments. L'affaire prospère, il empoche un bon salaire. C'est le désir d'obtenir davantage qui l'a poussé ou lui a fourni le prétexte indispensable. Et le fait que Bart le dominait. Var a déjà plus ou moins pris les rênes chez U-Play. Avec la disparition de Cill, la place lui est acquise. Benny n'a aucune envie de mener la barque. Il veut poursuivre dans la même voie. Il n'est donc pas une menace mais un atout. Cill aurait pu diriger l'entreprise. Benny l'aurait soutenue. Exit Cill, et la voie est libre.

— Supposons que tu aies raison. Comment ? Il lui était facile d'entrer avec Bart. Avec Cill, c'était plus compliqué puisque Benny prétend qu'il a attendu qu'elle soit à l'intérieur, et que Var est reparti de son côté. Il a pu contourner l'immeuble, s'y introduire par une porte latérale, l'intercepter avant qu'elle pousse la porte de son appartement, mais…

— Il n'a jamais mis les pieds chez eux, ni au moment du meurtre ni à celui de l'attaque.

— Dans ce cas, comment s'est-il débrouillé ? Par commande à distance ?

— D'une certaine manière. Je fais appel à l'esprit ouvert que tu emportes partout avec toi. Le bourreau, c'est l'hologramme.

— Eve, même une faille dans le système – et nous n'en avons trouvé aucune – ne suffirait pas pour décapiter un joueur.

— Pas le système. L'hologramme. Bart a combattu le Chevalier noir et le Chevalier noir a gagné. Il lui a coupé la tête. Dans le scénario qu'avait choisi Cill, il l'a poussée ou a provoqué sa chute.

Connors but une gorgée de café.

— Laisse-moi réfléchir. Tu es en train de suggérer qu'une image holographique, essentiellement composée de lumière et d'ombres, a perpétré un meurtre et tenté d'en commettre un autre.

— Il ne s'agit pas seulement de lumière et d'ombres. La neuro et la nanotechnologie ont avancé, les images produites agissent et réagissent en fonction du programme. Elles sont tridimensionnelles, elles paraissent avoir de la substance. Les sens du joueur sont impliqués, engagés.

— C'est une illusion.

— Oui. Mais avec précision. Et certains affirment qu'on pourrait accroître les ondes, augmenter la puissance des faisceaux et les remarier avec une réalité virtuelle complexe…

— Résultat : le système saute, et c'est l'échec, acheva-t-il. L'holographie ne permet pas de créer une substance réelle. C'est de l'imagerie dupliquée.

— Mais si l'on découvre une méthode pour contourner l'échec du système, accroître les faisceaux et les ondes, il faudrait, afin de canaliser ces intensifications, renforcer le courant de lumière. Ce ne serait pas une véritable substance, mais une réplique électronique de ladite substance. Une sorte de laser.

— Hmm… Intéressant, murmura-t-il en se levant et en allant s'appuyer contre le bureau.

— Les décharges électriques. Ajoutées à l'illusion du contact lors d'un combat à l'épée avec le Chevalier noir, par exemple. Imagine qu'on réalise cet exploit technologique, l'épée pourrait couper, entailler, tailla-der. Ou c'est le courant qui le pourrait – sous la forme de l'hologramme programmé. Ou encore, dans le cas de Cill, reproduire un impact là ou ces courants pour-raient infliger les mêmes dommages que ce pour quoi ils avaient été programmés à l'origine.

Comme Connors restait silencieux, Eve changea de position.

— Les scalpels au laser coupent. Les pistolets au laser produisent... des détonations. Pourquoi ne pour-rait-on pas manipuler l'imagerie lumineuse ?

— La chaleur grillerait le système. Cependant...

— Comment se fait-il que tes cracks personnels ne soient pas sur le coup ?

— Oh, nous jouons avec l'idée ! Mais d'un point de vue pratique, le produit ne serait pas vendable. On ne peut pas mettre sur le marché des jeux dans lesquels les joueurs se déchiquettent. Les autorités fermeraient la boîte et nous traîneraient devant les juges.

Elle étrécit les yeux.

— Dans ce cas, pourquoi jouer avec l'idée ?

Il afficha un sourire décontracté.

— On ne sait jamais ce que l'on pourrait découvrir en cours de route, n'est-ce pas ? En certaines circonstances, une telle application pourrait intéresser les militaires. Quoi qu'il en soit, ce n'est pas notre priorité. Du moins, ça ne l'était pas, corrigea-t-il. Et ceci expliquerait...

— Beaucoup de choses. J'ai éliminé tout le reste. Il ne reste donc plus que cette possibilité.

— Nous n'avons rien relevé à propos de cette techno-logie chez U-Play ni chez les associés. Il doit avoir ce repaire secret dont tu parlais.

— C'est là qu'il mordra à l'appât. Nous allons le cher-cher, et nous y trouverons bien davantage qu'un jeu.

Elle consulta sa montre.

— Merde. Je suis en retard. J'aimerais que tu me réalises une reconstitution des deux événements sur la base de ma théorie afin de la présenter lors de ma réunion.

— Pas de problème ! J'ai dix minutes pour réaliser un exploit technologique.

— Le sarcasme ne m'a pas échappé. Regarde, j'ai commencé. Il suffit de peaufiner.

— Ce n'est pas aussi simple que de dévisser le bouchon d'un tube de ketchup après l'avoir descellé.

— Trop difficile pour toi ? D'accord. J'appelle McNab.

— Garce ! Là-dessus ? fit-il en désignant son ordinateur.

— Oui. J'ai à peu près réussi à…

— Dehors, coupa-t-il en prenant sa place. Tout de suite.

— Entendu. Inutile de passer un siècle à fignoler. J'ai juste besoin d'un…

— Ferme la porte derrière toi.

— Pas la peine de râler, grommela-t-elle avant de claquer ladite porte.

Ayant oublié de se prendre un café avant qu'on ne la vire de son propre bureau, elle s'arrêta devant les distributeurs.

— Dallas ! Les grands esprits se rencontrent !

McNab arriva au sprint, tapa son code, commanda un fizzy clémentine/mangue. Eve lui tendit une poignée de crédits.

— Tenez. Prenez-moi un Pepsi.

— Avec plaisir.

— Ça bouge sur le scan ?

— Pas encore. On a prévu un portable pour que je puisse garder un œil dessus pendant la réunion. À la moindre tentative de piratage, je serai au courant… Et voilà ! ajouta-t-il en lui lançant le tube. Peabody dit que Cill Allen s'accroche. J'espère qu'elle va s'en sortir mais j'avoue que j'en serais malade si elle déboulait en criant : « Dites ! C'est le colonel Moutarde dans la bibliothèque avec le chandelier », après tout le temps qu'on a passé là-dessus.

— Qui diable est le colonel Moutarde ?

— Vous ne connaissez pas ce jeu ? Cluedo. Vous devriez essayer. Vous feriez un massacre.

— J'en ai par-dessus la tête des jeux de massacre.

Elle le dévisagea en ouvrant son Pepsi. Il était jeune et joueur. De surcroît, il était flic. La violence faisait partie de sa vie.

— Ça vous plairait ? Un jeu dont les enjeux sont réels ?

— Un jeu où je pourrais gagner des milliards de dollars, vous voulez dire ? Bien sûr que ça me plairait.

— Non. Enfin si, supposons que le prix soit une somme d'argent. Mais pour gagner, voire se qualifier, il faudrait se battre contre des adversaires équipés d'armes véritables.

— Au risque d'être battu, mutilé ou de mourir pour la gloire et/ou le fric ? Je fais ça jour après jour.

Il eut un sourire, haussa les épaules.

— Pourquoi le ferais-je pour m'amuser ? Le jeu sert à échapper à la réalité.

— Oui. Vous êtes moins stupide que vous n'en avez l'air.

— Trop aimable, fit-il en levant son soda tandis qu'elle s'éloignait.

Elle pénétra dans la salle de conférences, adressa un signe de tête à Peabody qui achevait les préparatifs. Elle désigna les appareils et les écrans.

— C'est le moniteur des dossiers factices ?

— Oui. Si quelqu'un essaie d'accéder aux fichiers, de les lire, de les copier ou d'injecter un virus dans le système, la DDE le saura et remontera aussitôt à la source. Je le surveille le temps que McNab revienne avec des boissons. Les autres arrivent.

— Connors sera sans doute légèrement en retard. Il travaille pour moi.

— Je ne détesterais pas qu'il travaille aussi avec moi.

— Pardon ?

— Hein ? Oh, rien, je parle toute seule ! Vous savez ce que c'est !

Eve s'approcha d'elle et lui donna une tape à l'arrière du crâne.

— Aïe !

— Oh, pardon, un réflexe involontaire ! Vous savez ce que c'est.

Elle déplaça la photo d'identité de Var et l'afficha au centre du tableau de meurtre.

— Lui ? fit Peabody.

— Lui.

— Excellente nouvelle. Je viens de gagner cinquante dollars contre moi-même.

— Comment peut-on gagner un pari contre soi-même ?

— Voyez-vous, j'ai parié cinquante dollars contre moi-même que c'était Var. J'ai gagné, je vais donc mettre cette somme dans ma tirelire. Quand j'aurai atteint un montant convenable, Connors va me l'investir.

— Et si vous aviez perdu ?

— J'aurais mis les cinquante dollars dans ma tirelire, mais c'est plus agréable de gagner.

— D'accord. Pourquoi avez-vous parié pour – ou contre, peu importe – Var ?

— Deux choses. Nos équipes ont fouillé chez lui à deux reprises, et chaque fois, l'appartement était impeccable. Je sais, beaucoup de gens sont maniaques, mais un joueur sérieux laisse toujours traîner quelques disques ici ou là, des miettes là où il a cassé la croûte en jouant. Or il nous a affirmé qu'il jouait le soir où Cill a été attaquée. Peut-être aussi que je ne voulais pas que ce soit Benny parce qu'il est amoureux d'elle, et que si je m'étais trompée ça m'aurait déprimée. Qui aime être déprimé ?

— Les poètes.

— Mais encore ? En outre, j'ai l'impression que Benny est davantage un suiveur. Pour imaginer un plan pareil, il faut être un meneur. Enfin, à mon avis. Donc, à choisir entre les deux, j'ai parié sur Var.

— Je suis fière de vous.

L'équipe de la DDE entra.

— Nous allons commencer sans Connors, annonça-t-elle. Il ne devrait pas tarder, et je lui ai déjà résumé la situation.

Pendant que tout le monde s'installait, elle commanda l'affichage des premières images.

— Victime numéro un, Minnock, Bart, décapité au cours d'une partie de Fantastical dans son holopièce sécurisée, dans son appartement lui aussi sécurisé. À ce stade, rien n'indique que quelqu'un d'autre se soit introduit dans les lieux, ni sur invitation ni par la force.

— Nous n'avons rien trouvé, déclara Feeney. Nous sommes obligés de conclure que le meurtrier était avec lui, et que le droïde a mal fonctionné. Nous allons le disséquer une deuxième fois.

— Pas nécessairement.

Eve ne s'attarda pas sur cette question, préférant exposer sa théorie.

— La victime a joué en solo pendant plus de trente minutes. Elle a démarré au niveau quatre. Nous pensons que Minnock avait opté pour le fichier RCCN qui, par élimination, pourrait être Usurpateur. Nous reviendrons plus tard sur les détails de ce scénario. Victime numéro deux, enchaîna-t-elle. Allen, Cilla, agressée et gravement blessée alors qu'elle jouait avec le même jeu, dans son holopièce non sécurisée, dans son appartement qui, lui, était sécurisé. Personne ne se serait introduit dans les lieux, ni sur invitation ni par la force, avant que ses associés, Leman et Hoyt, ne la découvrent ce matin. Après interrogatoire, tous deux affirment que son scénario préféré est « l'œuf du dragon » – une chasse au trésor. Explications à venir.

Elle vérifia sa montre. Pourvu que Connors parvienne à ses fins !

— Cill Allen a commencé au niveau un, et joué pendant un peu plus de deux heures. Elle était sur le point de compléter le niveau trois. Ses blessures seraient dues à une chute d'environ quinze mètres sur une surface rocailleuse.

— Impossible, répliqua Feeney en acceptant distraitement le chewing-gum que McNab lui offrait. Ça ne colle pas avec la chronologie et les indices prélevés sur la scène du crime. L'attaque a eu lieu dans l'holopièce.

— Je suis d'accord.

Eve s'écarta pour qu'ils puissent voir les images de la scène du crime.

— Comment une jeune femme peut-elle subir de tels traumatismes en tombant sur un sol lisse et plat ? Comment un jeune homme peut-il être décapité alors que tout démontre qu'il était seul ? La seule explication logique est que Bart a été tué et Cill agressée par leur adversaire dans le jeu.

— S'ils étaient seuls, Dallas, il n'y avait pas d'opposant.

Eve regarda Feeney.

— Pourtant, si. Chacun devait vaincre le rival pour atteindre le niveau suivant. Pour Bart, le Chevalier noir. Pour Cill, un chasseur de trésor.

— Tu es en train de nous dire qu'un hologramme a surgi du jeu pour décapiter la victime ? s'écria Feeney. Tu travailles trop, petite.

— Je dis que l'assassin s'est servi du jeu, rectifia-t-elle. Il a utilisé une nouvelle technologie et l'a programmée en tant qu'arme. Il a renforcé les ondes, augmenté la puissance des faisceaux et du système d'illusion, recentré les angles laser et la lumière pour former des électrons et une source lumineuse aux contours des images programmées – pour dupliquer la substance.

Callendar inclina la tête.

— Vicieux, commenta-t-elle. Machiavélique.

21

— De la science-fiction de merde ! lâcha Feeney.

— C'est de la fiction jusqu'à ce que la science la rattrape, riposta Eve en se balançant sur ses talons. Feeney, tu travailles avec la science tous les jours. Songe à tes débuts, et compare cette époque avec le présent. Ce n'est pas mon domaine, il m'est donc plus facile de considérer l'hypothèse. Si l'on prend en compte les preuves, les chronologies, les circonstances, les personnalités et les centres d'intérêt... ça colle.

— Les sites clandestins fourmillent de rumeurs, intervint McNab les yeux brillants. De théories et d'applications improbables.

Sourcils froncés, Feeney semblait réfléchir.

— Les deux victimes souffraient de brûlures minuscules, internes et autour de leurs blessures, reprit Eve. Nous sommes allés à la chasse à l'épée électrifiée. Nous ne faisions pas complètement fausse route, mais elle n'existe qu'au sein du programme. Je pense que Levar Hoyt a tué un partenaire et tenté d'éliminer l'autre par le biais du logiciel. Concentrons-nous quelques instants sur le personnage.

Elle exposa ses arguments et ses conclusions sur le suspect.

— Le profil correspond, concéda Feeney. On a une belle pile d'indices indirects. Admettons que je sois d'accord avec toi, comment diable allons-nous le prouver ?

— Il va me le dire. Il aura envie de me le dire.

Elle marqua une pause comme Connors entrait dans la salle.

— Tu l'as ?

— Une version brute, car j'étais pressé et ton matériel laisse à désirer, mais, oui, je l'ai.

— Télécharge-le. Affichage, écran numéro deux. Je vais vous montrer la reconstitution des deux crimes basée sur les données disponibles, images, dossiers médicaux, et en s'appuyant sur ma théorie. La durée est signalée en bas à droite. Dans les deux cas, nous avons utilisé les scénarios de jeu des victimes d'après les archives de leurs séances.

Elle se tut, le temps que Connors lance l'application.

— Bart Minnock entre chez lui, commença-t-elle. Il parle avec le droïde. Il boit le fizzy que Leia lui a servi, et lui donne l'ordre de se débrancher pour la nuit. Il laisse le verre sur la table, monte au deuxième étage, pénètre dans l'holopièce et s'y enferme.

Elle visionna la scène tout en gardant un œil sur le temps écoulé. Les étapes se déroulèrent jusqu'à ce qu'il se retrouve face au Chevalier noir.

Fracas d'épées, hennissements de chevaux, volutes de fumée. Puis le bout de la lame entailla le bras de Bart, et le Chevalier porta le coup de grâce.

— Notez que les positions, la taille, la proximité de la victime et de l'image virtuelle plus le geste final donnent le positionnement exact de la victime, tête et corps, tel que nous l'avons enregistré lors de la découverte du crime. Pour la seconde victime, nous passerons directement au niveau trois.

— J'ai mis un temps fou à restituer les deux premiers, se plaignit Connors.

— J'apprécie, et le bureau du procureur s'en réjouira. Pour l'heure, tâchons d'avancer. Dans ce scénario, Cill est à la recherche de cet objet. Pour l'atteindre, elle doit surmonter des obstacles, résoudre des énigmes et repousser des adversaires. Il lui faut grimper en haut de cette colline pour accéder à une grotte afin de compléter le niveau. Vous remarquerez que le sentier est boueux.

Des flèches fusèrent. L'image de Cill esquiva, chancela, dérapa, se releva. Puis elle se trouva face à son adversaire.

— La chronologie, vu son rythme moyen et ses mouvements, indique qu'elle a trouvé l'holo-image ici, sur ce chemin menant à la grotte, un ravin sur sa droite. Là ! Pause programme.

L'image se figea tandis que le couteau tranchait le bras de Cill.

— Selon Morris, cette blessure lui a été infligée par un instrument lisse et affûté. Un couteau ou une épée. Redémarrer programme... Elle est sous le choc, elle a mal, elle perd l'équilibre et dérape sur le sentier glissant avant que son adversaire puisse revenir à l'assaut. Ou alors, il l'a poussée. Elle atterrit sur les rochers et perd connaissance. Fin de partie. Comme elle est inconsciente, le logiciel ne la reconnaît plus et tout s'arrête.

Eve se détourna de l'écran.

— Pendant ce temps, le salopard qui a échafaudé ce plan diabolique est tranquillement chez lui en train de se divertir, d'établir son alibi, et probablement de s'exercer à prendre un air choqué et peiné. Il vient de supprimer deux de ses associés sans avoir une goutte de sang sur les mains.

Feeney se gratta le menton.

— La chronologie est juste, et je ne remettrai pas en cause l'opinion de Morris s'il affirme que la fille est tombée. Mais si cette ordure a réussi à manipuler l'holographie à ce point, j'aimerais bien inspecter son cerveau. Je m'étonne que le système n'ait pas grillé.

— Ce n'était peut-être pas la première fois, intervint Connors. Il a dû trouver un moyen de le préserver. Je doute qu'un système standard résiste à plusieurs parties d'affilée.

— Une seule lui suffisait, fit remarquer Eve.

— Justement, c'est ce qui nous a intrigués en analysant le disque, dit McNab en se tournant vers Callendar. L'intensité incroyable de lumière canalisée, la concentration de nanos.

— Pour épargner le système, il faut les envelopper de 3G.

— Personnellement, j'opterais pour le bluetone.

— Ça le polluerait en moins de six UPH.

— Pas si on y ajoute un filtreur d'ondes, observa Feeney.

Eve se tourna vers son tableau, laissant les spécialistes discuter entre eux. Peabody la rejoignit.

— J'ai quelques connaissances de base, mais je ne comprends pas un mot de ce qu'ils racontent, déclara-t-elle. Je m'en tiens au commentaire de Callendar. Vicieux. Machiavélique.

— Scientifique. Les gens se servent de la science pour tuer depuis que l'homme des cavernes a fichu le feu aux cheveux d'un pauvre bougre.

De nouveau, elle examina le corps désarticulé de Cill sur le sol de l'holopièce.

— Le plan sous-jacent est le même, mais parfois les méthodes deviennent plus alambiquées. Ce type est un salopard froid et égocentrique. Il a exploité l'amitié, l'association, la confiance, les relations et l'affection accumulées au fil des ans pour assassiner un homme qui ne lui aurait jamais fait de mal. Il a expédié une autre amie à l'hôpital où le troisième larron va la regarder souffrir, lutter pour survivre. Et il y a pris son pied. Il s'est délecté à l'idée d'être au centre de notre attention, absolument convaincu qu'il était d'être le plus fort. C'est ainsi que nous l'arrêterons. Nous allons le pendre avec son propre ego, son besoin de gagner à tout prix.

Soudain, le moniteur bipa.

— McNab !

— Lieutenant.

Elle pointa l'index sur le portable. Il se leva d'un bond et se rua dessus.

— On a une brèche dans la couche externe, annonça-t-il. Il teste.

— Tracez le signal.

— Je suis dessus. Il a installé des boucliers, et il tâte le terrain. Vous voyez ça ? Vous voyez ça ?

Eve ne voyait qu'une série de points lumineux et de lignes.

— On peut jouer à deux, marmonna McNab.

— À trois !

Callendar s'empara d'un casque, se mit à claquer des doigts et à remuer les hanches.

— Merde ! Il a esquivé.

— Oui, oui, il est prudent. Tiens, là... Et non, c'est un poisson.

— J'essaie de le ferrer malgré tout. Il va peut-être revenir.

— Tentez un latéral, Ian, suggéra Connors. Ensuite, plongez. Il est encore à la surface.

— Laissez nager ce poisson, conseilla Feeney à Callendar. Il n'est pas... Tenez ! Il a lancé un fantôme. Pourchassez-le.

Eve s'éloigna, tourna en rond, arpenta la pièce pendant une vingtaine de minutes tandis que l'équipe de la DDE suivait ondulations et sinuosités, éclairs et lueurs.

— Il a franchi la couche suivante, constata Connors. Il prend son temps.

Feeney soupira.

— On lui a rendu la tâche trop facile. Il se méfie.

— Je me fiche du nombre de couches qu'il parvient à éplucher. De toute façon, il ne trouvera que du bidon. Je veux qu'on le localise.

McNab jeta un coup d'œil à Eve.

— Il nous mène en bateau, Dallas. Il rebondit, s'évanouit, recule. Ce salopard est doué.

— Plus que vous ?

— Je n'ai pas dit cela. Nous avons des échos, des croisements et des jonctions. Selon toute vraisemblance, il est à New York.

— Je sais qu'il est à New York.

— Je vérifie, rétorqua McNab, tendu à présent.

Connors posa une main réconfortante sur son épaule.

— On ne va pas te décrire le procédé par le menu, lieutenant. Mais imagine que tu poursuives à pied un suspect qui, à n'importe quel moment, pourrait avancer de dix pâtés de maisons d'un coup ou se propulser à Londres, foncer jusqu'en Ukraine, puis atterrir de nouveau à un bloc derrière toi. Tu aurais du mal à le rattraper.

— D'accord, d'accord. Combien de temps ?

— S'il continue à ce rythme, et si nous réussissons à traquer les échos, extrapoler les jonctions, ça ne devrait pas prendre plus de deux heures. Peut-être trois.

Eve se retint de jurer. Var avait beau cabrioler virtuellement d'enfers en cyberespaces, tant qu'ils l'avaient sur l'écran, il se trouvait dans un endroit précis.

— Peux-tu faire la même chose à la maison ? demanda-t-elle à Connors.

— Oui.

— Feeney, ça t'ennuierait ?

Celui-ci eut un geste vague.

— Un dispositif secondaire installé à partir d'une autre source pourrait nous aider à cerner cette ordure.

— Entendu. Je rentre travailler à la maison. Dans le calme. Il faut que je rédige mon rapport de manière à ce que Whitney ne me fasse pas enfermer dans un asile de fous quand je le lui présenterai demain. Vous m'épargnerez de gros soucis en localisant ce malade.

— S'il persiste, nous finirons par le coincer. Oui, oui, il est à New York. Regarde là ! Et maintenant, on gratte secteur par secteur.

— Je reste ici, annonça Peabody. Pour leur servir à boire.

— Préparez-vous à une descente ce soir, annonça Eve.

Tout était une question de confiance. S'ils affirmaient pouvoir l'épingler, ils l'épingleraient.

— Ce serait peut-être plus sage que je m'enferme dans mon bureau ici, murmura-t-elle, comme Connors et elle sortaient.

— Feeney a raison : une source annexe pourrait être utile. Je suis mieux équipé à la maison. De surcroît, j'ai envie de mettre les mains dans le cambouis. Ici, je piétine les orteils de Ian, ajouta Connors.

— D'accord. De mon côté, je vais consacrer une ou deux heures à rédiger un rapport qui tienne la route. J'ai peur que Whitney ne me prenne pour une cinglée.

— Ton plan m'a paru cohérent quand tu me l'as soumis. Tu as convaincu les autres. Insiste sur l'aspect scientifique. Je vais te donner un coup de main. Nous allons éblouir ton commandant avec tes connaissances sur les progrès de l'holotechnologie.

— Je sens la migraine pointer.

Il lui effleura le front d'un baiser avant qu'ils pénètrent dans le parking.

— Quoi qu'il arrive, il sera coffré dès demain, déclara-t-elle. Mon fief, mon territoire. Nous verrons bien qui... Merde ! *Merde !* Est-ce que cela pourrait être aussi simple ?

— Aussi simple que quoi ?

— Fief. Territoire. *Merde !* répéta-t-elle en s'immobilisant. Il se terre forcément aux alentours de son domicile, de ceux de ses associés, de l'entrepôt. Il est efficace, prudent, méticuleux. Pourquoi prendrait-il le risque d'être vu, entre autres par ses soi-disant amis, en train d'entrer ou de sortir d'un autre bâtiment ?

Connors déverrouilla les portières, ouvrit celle d'Eve, s'y adossa tout en réfléchissant.

— Son propre immeuble. Il veut avoir son matériel à proximité. Logique. Plus facile à sécuriser, à surveiller. Et il peut s'y enfermer à sa guise.

— Nous n'avons rien repéré dans son appartement. Mais il existe d'autres espaces dans cet édifice. Notamment l'autre moitié de son étage.

— Je propose qu'on y fasse un saut.

— Pendant que tu conduis, je me renseigne sur les propriétaires.

— Tu ne demandes pas de renfort ?

— Je les avertis du détour, mais je ne veux pas rassembler les troupes trop tôt et risquer le fiasco. Du reste, je pense que nous sommes assez malins pour affronter un geek qui tue par commande à distance. Pour couronner le tout, c'est un lâche... Stuben, Harry et Tilda, respectivement quatre-vingt-six et quatre-vingt-cinq ans. Propriétaires, en résidence depuis dix-huit ans. Trois enfants, cinq petits-enfants, deux arrière-petits-enfants.

— Ce pourrait être une façade.

— Oui, marmonna-t-elle en pianotant sur sa cuisse. Leur logement est bien sécurisé. L'espace intérieur est probablement le reflet de celui de Var. Ça vaut le coup d'aller frapper.

Lorsque Conors se gara, elle sortit son communicateur.

— Peabody, nous allons jeter un coup d'œil chez les voisins de palier de Var. J'ai une intuition.

— Voulez-vous que je vous rejoigne ?

— Non. En revanche, si vous n'avez pas de mes nouvelles dans quinze minutes, envoyez du renfort.

— Compris. L'appartement d'en face. Maintenant que j'y pense, ce serait une idée géniale. Dallas, n'éteignez pas votre communicateur. Je resterai aux aguets, et s'il y a un problème, je lâche les chiens.

— D'accord. Pendant que vous jouez à la baby-sitter, effectuez une recherche sur tous les autres occupants de l'immeuble. Et mettez votre communicateur en mode muet. Je ne veux pas entendre votre voix jaillir de sous mes fesses.

Elle glissa l'appareil dans la poche arrière de son pantalon et Connors ricana.

— Soyons professionnels. Enregistrement. Dallas, lieutenant Eve, et Connors, expert consultant, civil. Nous allons interroger les voisins du suspect Levar Hoyt.

Elle se servit de son passe-partout pour accéder au hall.

— À sa place, j'aurais prévu un système d'alerte au cas où quelqu'un se dispenserait de la procédure normale, commenta Connors.

— Mouais. N'empêche qu'il devrait tout débrancher d'un côté, verrouiller, traverser le couloir, déverrouiller, entrer, reverrouiller. Il me suffit de requérir un autre mandat de perquisition, les caméras l'auront suivi à la trace. Par ailleurs, peut-être allons-nous tout simplement interrompre la soirée paisible d'un couple âgé.

— Imagine qu'ils soient sortis danser le tango et boire des daïquiris, riposta Connors avec un sourire. Comme nous, quand nous serons vieux. Après quoi nous rentrerons chez nous faire l'amour.

— Bon Dieu, Connors ! Cette conversation est enregistrée.

— Je sais.

Ils atteignirent l'étage de Var.

— Je souhaitais officialiser ces projets pour l'avenir, expliqua-t-il.

Elle lui adressa un regard noir avant de s'arrêter devant la porte des voisins.

— Lumière rouge chez Var, nota-t-elle. Ici aussi.

Elle frappa, patienta, la main sur la crosse de son arme. Elle s'apprêtait à frapper de nouveau quand le haut-parleur grésilla.

— Allô ?

La voix était féminine, méfiante.

— Madame Stuben ?

— Oui. Qui êtes-vous ?

— Lieutenant Dallas du département de police de New York. Nous aimerions vous parler.

Elle présenta son insigne devant l'objectif.

— Il y a un problème ? Ô mon Dieu ! C'est un des enfants ?

— Non, madame, répondit Eve alors que la lumière passait au vert. Non, madame, répéta-t-elle quand la porte s'ouvrit. Il s'agit d'un interrogatoire de routine relatif à une enquête en cours.

— Une enquête ?

Petite et menue, la femme portait un pantalon d'intérieur et une chemise à fleurs. Ses cheveux blond cendré étaient coupés en forme de casque.

— Harry ! Harry ! C'est la police. Vous devriez peut-être entrer.

Elle s'effaça, laissant apparaître une vaste salle de séjour encombrée de bibelots et de photos encadrées. L'air sentait la lavande.

— Je suis désolée, je suis émue, expliqua-t-elle en se tapotant la poitrine. Je vous en prie, asseyez-vous. J'allais nous préparer du thé. Un bon thé chaud pendant que nous regardons nos émissions. Harry !

Elle poussa un soupir.

— Il monte le son si fort qu'il ne m'entend pas. Je vais le chercher. Installez-vous, je reviens.

— Madame Stuben, connaissez-vous votre voisin d'en face ?

— Var ? Bien sûr ! Un garçon charmant, lança-t-elle en se dirigeant vers l'escalier. Brillant. On ne pouvait rêver meilleur voisin. Harry !

— Du thé et des fleurs, murmura Eve. Un environnement chaleureux.

— Ce qui, naturellement, éveille tes soupçons, chuchota Connors. Remarque, certaines personnes…

Il se figea.

— Eve…

Les verrous de la porte cliquetèrent et le décor disparut.

— Un putain d'hologramme ! s'écria Eve.

Elle voulut dégainer son arme, se retrouva avec une épée.

— Merde !

— On aurait dû s'y attendre. Attention ! À ta gauche.

Elle eut à peine le temps de pivoter et de parer au coup. Elle contempla le visage sillonné de cicatrices et marbré de tatouages. Il lui sourit tandis que deux soleils rouges transformaient le ciel en une masse couleur sang.

Elle leva le coude gauche, le frappa au niveau de la gorge. Comme il trébuchait, elle s'accorda une fraction de seconde pour jeter un coup d'œil à Connors. Il se battait contre une armoire à glace torse nu, munie d'une épée et d'un poignard. Au-delà, dans le cercle bleu de l'observateur, se tenait Var.

Il avait peur, songea Eve en esquivant l'assaut suivant. Il était effrayé, désespéré, mais excité aussi.

— Les renforts arrivent, Var ! hurla-t-elle. Arrêtez la partie.

— Il faut aller jusqu'au bout.

Elle sentit le terrain marécageux sous ses pieds, et une partie de son cerveau enregistra une chaleur moite, des cris d'oiseaux, la densité improbable d'arbres feuillus. Le fracas des lames qui s'entrecroisaient.

Pour jouer, il fallait connaître les règles.

— Pourquoi nous battons-nous ? cria-t-elle.

Elle bondit de côté quand son adversaire balança son épée vers ses genoux.

— Nous n'avons rien contre vous.

— Vous envahissez notre monde, vous nous asservissez. Nous vous combattrons jusqu'au dernier souffle.

— Je me fiche de votre monde !

Reprenant son souffle, elle pivota pour éviter un coup, donna un coup de pied magistral dans les côtes de son adversaire. Alors qu'elle s'apprêtait à l'achever, il feinta, la prenant de court. Une douleur fulgurante lui transperça la hanche.

Elle bondit en arrière.

— Je suis un flic de la ville de New York, connard ! Et je vais vous botter les fesses.

Mue par la fureur, elle se rua sur lui, son épée volant dans les airs, et le toucha au flanc. Puis elle se jeta sur lui et lui enfonça le poing dans la figure. Le sang gicla de son nez.

— Voilà comment on s'y prend à New York !

Les yeux de son rival luisaient de rage. Il poussa un cri de guerre, et chargea. Elle ficha sa lame dans son ventre jusqu'à la garde, l'arracha tandis qu'il s'écroulait, et fit volte-face vers Connors.

Le sang maculait l'armure noire dont il était affublé ainsi que le torse de son opposant. Juste à côté, un torrent d'eau rouge s'écoulait, survolé par d'énormes oiseaux à trois ailes.

Elle se précipita vers lui, pensant que les tam-tams qu'elle percevait étaient les battements de son cœur.

— C'est bon ! aboya-t-il.

— Pour l'amour du ciel !

Elle brandit son épée, mais avant qu'elle puisse l'abattre, Connors trancha la gorge de son assaillant.

— Je t'ai dit que c'était bon.

— Génial. Tu as gagné des points. À présent...

Elle pivota dans l'intention de s'occuper de Var. Un autre guerrier surgit devant elle, puis un autre et encore un autre.

Des hommes, des femmes, tatoués, armés. Ils tambourinaient sur les troncs d'arbres avec des os.

— On ne pourra pas les descendre tous, murmura-t-elle.

— Non.

Connors lui prit la main, la serra.

— Mais on va leur en donner pour leur argent.

Un premier groupe entreprit de les encercler. Lentement.

— Il faut gagner du temps jusqu'à l'arrivée des renforts. Si tu pouvais atteindre les commandes – si tu trouves ces putains de boutons de contrôle –, tu pourrais interrompre ce cauchemar ?

— Possible. Il faudrait que je réussisse à me faufiler jusqu'à ce salaud, là-bas.

— Ils sont entre nous et lui. Une épée ne suffira pas pour... Attends une seconde. Une seconde !

Ce n'était qu'une mise en scène, cruelle, sordide mais virtuelle. Toutes ces armes étaient factices. Sauf la sienne. Elle ne la voyait pas, ne la sentait pas, mais elle était *là*.

La mémoire des muscles, l'habitude, l'instinct. Elle passa son épée dans la main gauche, inspira. Puis elle plaqua sa main droite sur sa hanche, et celle-ci se souvint : la forme, le poids, la sensation.

Elle fit feu et regarda le guerrier tomber.

Elle tira de nouveau, et les autres s'éparpillèrent.

— J'ai un autre revolver. Cheville droite. Tu peux l'attraper ?

— Pas le temps, répondit Connors, qui frappa l'homme qui venait de surgir à la gauche d'Eve. Fonce sur la console. Explose-moi ces foutues commandes !

— Où ?

Elle en abattit un autre avant qu'il touche Connors.

— À droite de la porte ! vociféra-t-il en s'emparant de l'épée du guerrier tombé. À environ un mètre cinquante du sol.

— Où est cette putain de porte ?

Elle tira dans tous les sens, à l'aveuglette. Les arbres s'embrasèrent et les cris redoublèrent tandis qu'elle tentait de s'orienter.

Les combattants se succédaient, il en arrivait sans cesse de nouveaux. Var avait programmé le logiciel pour une fin unique.

— Va te faire foutre !

Elle devait traverser la rivière et se diriger vers l'est. Elle concentra ses tirs. « Un mètre cinquante du sol », se rappela-t-elle.

Du coin de l'œil, elle aperçut un mouvement, commença à pivoter, à lever le bras gauche tout en continuant de tirer de la main droite.

Connors s'immisça entre elle et le guerrier.

Horrifiée, elle vit le poignard de ce dernier se ficher dans le flanc de Connors.

Au même instant des langues de feu jaillirent, suivies de crépitements et d'une détonation. Les images se dissipèrent. Elle rattrapa Connors, qui chancelait.

— Accroche-toi. Accroche-toi.

— Vous avez triché ! hurla Var, outré, avant de courir vers la porte.

Sans un mot, Eve braqua son pistolet sur lui et appuya sur la détente. Le corps de Var tressautait encore quand elle aida Connors à s'allonger sur le sol.

— Laisse-moi voir, fit-elle.

— Ce n'est pas si grave, assura-t-il, le souffle haché. Tu as pris quelques coups, toi aussi.

— Tais-toi.

Elle déchira sa chemise, repoussa les pans de sa veste.

— Tous ces vêtements ! grommela-t-elle. Pourquoi en mets-tu autant ?

Elle ne se rendait pas compte qu'elle pleurait, devinat-il. Son flic, sa guerrière courageuse. Elle ôta sa propre veste, déchira la manche. Connors grimaça.

— Elle était jolie, pour une fois.

Eve plia la bande de tissu et la pressa contre sa plaie.

— Ce n'est pas si grave, répéta-t-il, du moins l'espérait-il. Il se concentra sur le visage d'Eve.

— Ça fait un mal de chien mais ne t'inquiète pas. J'ai déjà reçu des coups de poignard.

— Tais-toi. Tais-toi ! s'énerva-t-elle en sortant son communicateur. Secours demandés. Officier à terre. Officier à terre.

— Parce que je suis un officier maintenant ? Tu me vexes.

Pendant qu'elle débitait les coordonnées, on cogna à la porte.

— Ah, les renforts ! annonça-t-il. Essuie-toi le visage, mon ange. Tu ne voudrais pas qu'ils te voient pleurer.

— Rien à foutre !

Elle passa toutefois le dos de sa main ensanglantée sur ses joues.

— Tu peux maintenir cette compresse en place ? demanda-t-elle. Tu ne vas pas m'abandonner.

Elle déchira la deuxième manche.

— Mon Eve chérie, je ne vais nulle part…

La douleur le transperça. Une fois de plus, il se concentra sur le visage de sa femme.

— J'ai connu pire quand j'avais douze ans.

Elle plaça le second pansement de fortune sur le premier.

— Ça va aller. Tu vas t'en sortir.

— C'est ce que je m'escrime à te dire !

La porte s'ouvrit brutalement, et plusieurs hommes entrèrent, Peabody sur leurs talons.

— Un médecin ! cria Eve. Tout de suite !

— Fouillez de fond en comble, ordonna Peabody. Neutralisez ce salaud.

Elle s'agenouilla près d'Eve.

— Les secouristes sont en route. C'est grave ?

Elle repoussa la mèche tombée sur le front de Connors.

— Un coup de poignard dans le flanc. Il a perdu du sang. Je pense avoir ralenti l'hémorragie, mais...

Feeney apparut, s'accroupit à son tour.

— Laisse-moi jeter un coup d'œil, dit-il. Écarte-toi, Dallas. Allons, petite, écarte-toi, insista-t-il en soulevant doucement les carrés d'étoffe. Sacré trou... J'imagine que vous avez connu pire, ajouta-t-il en regardant Connors dans les yeux.

— Non. Elle aussi est blessée.

— Nous allons nous occuper d'elle.

— RAS ! annonça McNab en les rejoignant. Comment ça va ? demanda-t-il à Connors.

— J'ai été en meilleure forme, mais, bon sang, on a gagné.

— C'est le principal. Callendar est allée chercher des serviettes dans la salle de bains. Nous allons vous rafistoler.

— Je n'en doute pas.

Comme il tentait de s'asseoir, Eve se rapprocha.

— Ne bouge pas. Tu vas recommencer à saigner. Attends que...

— Tais-toi, suggéra-t-il, et, l'attirant vers lui, il pressa ses lèvres sur les siennes.

22

Dans la salle de conférences, Eve avait réuni les membres de son équipe, son commandant, Mira et Cher Reo.

Tandis qu'ils visionnaient son enregistrement, elle s'efforçait d'ignorer le fait que, sur l'écran, elle se battait à mort en combinaison moulante noire et plastron en cuivre.

Si elle n'avait pas gardé en mémoire le souvenir du sang de Connors sur ses mains et des douleurs qu'elle-même avait éprouvées, elle se serait trouvée ridicule.

Une fois de plus, elle regarda Connors la couvrir pendant qu'elle tirait sur des hologrammes. Pourquoi n'avait-elle pas atteint le panneau de contrôle plus tôt ? À quelques secondes près, il n'aurait pas reçu ce coup de couteau. Quelques secondes seulement.

Puis la scène changea, comme si on avait zappé, et ils se tenaient là, dans une pièce détruite par ses coups de feu, enveloppés d'une épaisse fumée, les commandes en flammes, le sang de Connors se répandant sur le sol.

— Bizarre, murmura Reo. J'ai vu le film deux fois et écouté votre rapport, pourtant j'ai encore du mal à y croire.

— Il faudra rester flous avec les médias, décréta Whitney. Vous avez confisqué tout son matériel ?

— Tout ce que nous avons trouvé sur place, confirma Eve. Il a peut-être un autre repaire, mais ça m'étonnerait. Il gardait tout à proximité de chez lui. Nous l'interrogerons sous peu. Mira, ajouta-t-elle en se tournant vers cette dernière. Ego, compétition, orgueil ?

— Ses points vulnérables, assura la psychiatre. Non seulement il est devenu accro au jeu, mais il vit dedans depuis un certain temps. C'est une réalité plus excitante, qu'il contrôle complètement tout en restant à l'écart. Il n'a pas joué contre vous.

— C'est un lâche.

— En effet, mais de ceux qui se croient supérieurs. Si vous avez gagné, c'est uniquement parce que vous avez triché. Il en est persuadé.

— Le jeu était l'arme du crime, et il contrôlait le jeu. Pouvons-nous l'accuser de meurtre avec préméditation dans l'affaire Minnock ? demanda Eve à Reo.

— Délicat. On pourrait vous rétorquer que sa seule intention était de faire jouer Minnock, et que la victime aurait pu remporter la victoire. En outre, rien ne prouve que Minnock n'était pas au courant de la technologie employée lorsqu'il a démarré la partie.

— N'importe quoi !

— Je suis d'accord avec vous, mais nous ne pouvons pas le démontrer devant les juges. Nous opterons donc pour l'homicide, enchaîna-t-elle sans laisser à Eve le loisir d'objecter. Homicide dans le dossier Minnock, mise en danger d'autrui dans le cas d'Allen ainsi que dans le vôtre et celui de Connors, à quoi s'ajoutent agression d'un officier de police et une montagne de cybercrimes – possession d'appareils clandestins, fausses déclarations, etc. On le pousse dans ses retranchements, Dallas, on négocie et on évite un procès qui pourrait durer des mois – pour le plus grand bonheur des médias. Il en prendra pour cinquante ans minimum. Depuis sa cellule, il n'aura accès à aucun des jouets qu'il adore. La sanction est justifiée.

— Je veux qu'on l'inculpe pour tentative de meurtre sur Cill et Connors. Je veux qu'il paie, bordel ! En ce qui concerne Bart Minnock, j'accepte la thèse de l'homicide. Si vous concluez un accord avec lui plus tard, je m'inclinerai, mais je tiens à alourdir les charges.

Reo dévisagea Eve.

— Voyons comment va se dérouler l'interrogatoire, proposa-t-elle.

— Allons-y.

Whitney attira Eve à l'écart.

— Il peut mariner jusqu'à demain matin. Prenez le temps de vous remettre.

— Je suis en pleine forme, commandant. Il a déjà eu deux heures pour se ressaisir. Je ne veux pas lui en accorder davantage.

— À vous de choisir. Dallas ? Attention de ne pas en faire une affaire personnelle.

— Bien, commandant.

« Mais elle aurait du mal », songea-t-elle en s'approchant de Connors.

Sous la chemise que Baxter lui avait prêtée, sa plaie était à vif. Mais il avait repris des couleurs, et son regard était clair.

— Je sais que tu veux observer, commença-t-elle. Je le conçois. Je m'arrangerai pour que tu puisses visionner l'enregistrement. En attendant, je veux que tu rentres à la maison, que tu prennes ces cachets que tu as refusé d'avaler tout à l'heure, et que tu laisses Summerset te dorloter.

— J'accepte si tu viens avec moi.

— Connors.

— Eve. Nous nous comprenons, n'est-ce pas ? Finissons-en.

— Il y aura un fauteuil en salle d'observation. Tu as intérêt à t'y asseoir.

Elle s'éloigna, interpella Mira.

— J'ai un service à vous demander. Gardez un œil sur Connors, s'il vous plaît. Si vous avez l'impression qu'il en a besoin, faites-lui une piqûre de tranquillisant. Tant pis si je me fais taper sur les doigts.

— Ne vous inquiétez pas, la rassura Mira. Nous serons plusieurs autour de lui.

Eve opina, se secoua intérieurement.

— Peabody.

Elle marqua une pause, se passa la main dans les cheveux.

— Vous êtes compatissante, assez impressionnée. Pas trop, personne n'y croirait. Mais vous êtes plus jeune que lui, et il prendra cela pour de la naïveté. S'il a creusé un peu, et je n'en doute pas un instant, il saura que vous cohabitez avec un spécialiste de l'informatique.

— Compris. Si je puis me permettre, à votre place, j'enlèverais cette veste que vous avez récupérée dans votre casier. Présentez-vous bras nus afin qu'il voie vos blessures. Il en ressentira une certaine satisfaction.

— Excellent. Tenez, McNab, fit-elle en lançant le vêtement à ce dernier, je vous la confie.

Elle fit signe à Peabody, et elles se rendirent dans la salle d'interrogatoire.

Il était assis à la table, mains croisées, tête baissée. Il se redressa à leur arrivée, gratifia Eve d'un regard désolé.

— Je ne sais pas ce qui s'est passé. Je...

— Silence ! Enregistrement. Dallas, lieutenant Eve, et Peabody, inspecteur Delia. Entretien avec Hoyt, Levar. Monsieur Hoyt, vous a-t-on cité le code Miranda révisé ?

— Oui, quand...

— Avez-vous compris quels étaient vos droits et vos obligations ?

— Oui, évidemment, mais vous compren...

— Écoutez, espèce de salopard, je ne vais pas perdre mon temps à écouter vos explications minables. J'étais présente, rappelez-vous. J'avais un strapontin pour assister à votre jeu de malade.

— Justement, c'est ce que j'essaie de vous dire. Le jeu m'a échappé. Une faille que j'essayais de réparer quand...

Elle plaqua bruyamment les paumes sur la table, lui arrachant un sursaut. Mais elle vit son regard se poser sur sa blessure au bras.

— Vous n'avez pas levé le petit doigt.

— J'ai voulu arrêter la partie, mais...

— Vous n'avez pas bougé, espèce de salaud. Vous étiez là en observateur de ce monde vicieux que vous avez imaginé. Trop lâche pour participer.

Elle lui agrippa le devant de sa chemise.

— Trop faible pour vous mesurer à moi ?

— Doucement, Dallas, doucement.

Peabody posa la main sur son épaule.

— Ce type a créé un produit incroyable. C'est un scientifique. Je doute qu'il combatte souvent.

— Je sais me défendre, protesta Var.

Eve émit un ricanement dégoûté et s'éloigna.

— Bien sûr, répondit Peabody en s'asseyant en face de lui. Simplement, sur le plan physique, vous n'êtes pas à votre avantage contre des personnes aussi entraînées que Dallas ou Connors. En revanche, question informatique, vous êtes exceptionnel.

— Vous souhaitez peut-être bavarder en tête à tête ? railla Eve.

— Allons, Dallas, il faut reconnaître ce qui est, riposta Peabody. Combien de temps avez-vous mis pour développer ce programme ? enchaîna-t-elle à l'adresse de Var. La technologie est archipointue. J'en reste baba.

— C'est une avancée incroyable. Cela m'a pris des années, mais je ne pouvais pas y consacrer tous mes moments de liberté. Ce logiciel ouvre des perspectives entièrement nouvelles, non seulement dans l'univers du jeu, mais pour des gens comme vous ou les militaires.

Pris par son sujet, il se pencha en avant.

— Je voulais créer, *donner* quelque chose à la société. J'ai essayé des dizaines de théories, d'applications et de programmes avant de réussir à le perfectionner. Le réalisme offre au joueur de véritables risques et récompenses. Et ça…

Il s'interrompit comme s'il se rendait compte qu'il s'enfonçait lui-même.

— Je ne m'attendais pas qu'il puisse réellement causer des blessures. C'est pourquoi je m'efforçais de le modifier, afin d'obtenir le même réalisme sans le danger potentiel.

— Vous saviez qu'il pouvait causer des blessures, et même tuer, intervint Peabody. Vous avez donc cherché à y remédier.

— Oui, oui. Je n'ai jamais voulu que le joueur soit blessé.

— Alors pourquoi n'en avez-vous pas parlé à Bart ? Pourquoi ne lui avez-vous pas dit que le programme comportait de sérieux défauts ?

— Je… j'ignorais qu'il allait emporter le disque. Il n'a pas enregistré sa sortie, il n'a prévenu personne.

— Que faisait ce disque chez U-Play si vous travailliez dessus en dehors du bureau ?

— Je voulais le lui montrer, en discuter avec lui, mais il a dû vouloir le tester lui-même. J'ignore pourquoi il a pris un tel risque.

— Êtes-vous en train de dire que vous aviez confié vos inquiétudes à Bart concernant les dangers potentiels de ce jeu ?

— Absolument.

— À Bart seulement ?

— Oui. Je ne me suis rendu compte qu'il avait pris le disque expérimental que lorsque…

— Alors pourquoi Cill est-elle à l'hôpital ? insista Peabody. Comment a-t-elle mis la main sur un second disque si Bart avait pris le seul disponible ?

— Après la mort de Bart, je lui en ai parlé, avoua-t-il en affichant une expression de chagrin mêlée d'innocence. Je ne pouvais pas garder cela pour moi.

— Et sur un coup de tête, elle a répété l'erreur de Bart ?

Il serra les mâchoires.

— Je suppose que oui. Elle ne m'a rien dit. Posez la question à Benny.

— C'est à elle que nous la poserons. Elle est sortie du coma, mentit Eve en leur tournant le dos. Les médecins estiment qu'elle devrait se remettre complètement et qu'elle sera en mesure de nous parler demain.

Elle consulta sa montre.

— Je rectifie : plus tard dans la journée.

— Dieu merci ! s'exclama Var. Vous n'imaginez pas combien je suis soulagé. Mais vous devez savoir qu'elle est furieuse contre moi au sujet de Bart. Elle me juge responsable de ce drame.

— Incroyable ! Devinez qui nous croirons quand elle nous racontera que vous lui avez remis ce disque en lui demandant de travailler dessus.

— Faux ! Je ne lui ai jamais dit ça ! Vous ne pourrez jamais le prouver. C'est ma parole contre celle de Cill, et elle vient de subir une intervention au cerveau. Je devrais peut-être exiger la présence d'un avocat. Je parie qu'il vous en dirait autant.

— Vous voulez un avocat ? À votre guise. Nous suspendrons cet interrogatoire le temps que vous preniez vos dispositions. Pendant ce temps, l'équipe de la DDE va disséquer votre précieux programme, vos archives, votre matériel clandestin, et détruire le tout.

— Attendez ! Attendez !

Ses menottes cliquetèrent tandis qu'il se levait à moitié.

— Vous n'avez pas le droit ! C'est mon œuvre. Ma propriété.

— Voyez ça avec votre représentant légal.

— Attendons un peu.

— Vous ne voulez pas faire appel à un avocat pour l'instant ?

— Non. Essayons de discuter.

Il croisa de nouveau les mains, mais cette fois, Eve nota que ses phalanges avaient blanchi.

— Ce projet est précieux et complexe, reprit-il. Il représente des années de travail. Il m'appartient.

— À vous ? Pas à U-Play ? Vous avez un contrat avec cette société, Var. Vous partagez tout à égalité. Les bénéfices vont dans la tirelire.

— Je trouve cela assez injuste, intervint Peabody. Quand on pense que vous avez réussi ce tour de force tout seul.

— J'aurais partagé, mais Bart... Écoutez, il n'a rien voulu entendre. Donc, il est à moi. J'en ai l'exclusivité.

— Vous aviez dévoilé le concept à Bart ?

— C'était lui le génie du marketing. Nous aurions pu révolutionner le marché.

— Mais il avait des œillères.

— Le jeu doit rester un jeu, c'était sa devise. Il ne voyait pas au-delà, il n'imaginait pas toutes les possibilités. Il n'avait qu'un mot à la bouche : le risque. Par conséquent, ce produit est à moi. J'ai fait tout le boulot, investi tout *mon* temps libre.

— Vous l'avez fusionné avec le concept et la technologie de Fantastical, fit remarquer Eve. Vous n'avez donc pas l'exclusivité. Vous avez triché, ajouta-t-elle en pointant le doigt sur lui.

— Pas du tout ! s'écria-t-il en s'empourprant. Il a fait un choix, point à la ligne. Tout est une question de choix, n'est-ce pas ? Chaque joueur décide de son action et l'assume.

— Et Bart était meilleur que vous.

— Certainement pas.

— Il avait une vision à long terme. Vous êtes l'homme des détails, vous avez tendance à ne pas voir le tableau dans son ensemble.

— C'est lui qui est mort, rétorqua Var.

— Oui, là-dessus, vous m'avez bien eue. Vous lui avez tendu un piège, et vous l'avez éliminé.

— Il faut s'en tenir aux faits, répliqua Var. Bart a emporté le disque. Bart l'a téléchargé. Bart a joué. Je n'étais pas là. Personne ne l'a forcé à jouer. Il a été la victime d'un accident tragique, mais je n'y suis pour rien. M'accuser d'avoir créé le programme, fignolé la technologie, cela reviendrait à dire que le type qui a fabriqué cette arme que vous portez est responsable quand vous tirez sur quelqu'un.

— Il n'a pas tort, intervint Peabody. Vous n'êtes que le cerveau.

— Exact.

— Je suppose que vous êtes aussi le plus intelligent des quatre, insista Peabody. Aucun d'eux ne vous arrivait à la cheville.

— Ils ne sortent jamais de leur boîte.

Var dessina un carré dans les airs, et ajouta :

— Ils restent entre leurs murs.

— Frustrant, soupira Peabody. Pourquoi n'avez-vous pas cherché à voler de vos propres ailes ? Vous n'aviez pas besoin d'eux.

Il haussa les épaules.

— Mais peut-être l'avez-vous fait, enchaîna Peabody. Après tout, un homme intelligent sait se servir des autres, profiter de leurs idées, leur déléguer certaines besognes afin de se concentrer sur l'essentiel. Vous les connaissiez depuis longtemps, vous travailliez avec eux, vous étiez conscient de leurs forces et de leurs faiblesses, et vous saviez comment les exploiter pour parvenir à vos fins.

— Il faut bien gagner sa vie.

— En effet. Grâce à eux, vous empochiez un salaire. J'ai compris. Aussi, quand vous avez donné le disque à Bart, il ne s'agissait en fait que d'une expérimentation. Vous vouliez voir ce qui allait arriver. Tester votre invention avec un être humain.

— C'est ça. Il était doué. Je me suis dit qu'il tiendrait plus longtemps que... Je ne pouvais pas savoir. Je n'étais pas là.

— Vous ne pouviez pas non plus le savoir quand vous avez confié le disque à Cill, concéda Peabody. Vous ne pouviez pas savoir qu'elle allait tomber. D'autant que leurs armes, à Bart et à elle, étaient aussi mortelles que celles de leurs adversaires. Ce n'est pas comme si vous les aviez envoyés au front les mains vides.

— Il fallait que ce soit fair-play, argua Var, les yeux rivés sur Peabody. Bart avait joué ce scénario des centaines de fois. S'il n'avait pas encore découvert comment vaincre le Chevalier noir, ce n'est pas ma faute.

— En effet. Et si vous les aviez prévenus que vous aviez amalgamé votre programme à l'autre, le test n'aurait pas été valide. Un vrai joueur est censé croire que le jeu est réel, n'est-ce pas ?

— Absolument. Sans quoi, ça n'a aucun intérêt.

Eve faillit intervenir, puis se ravisa et laissa Peabody poursuivre.

— Vous êtes un scientifique méticuleux et impliqué dans votre travail. Bart et Cill n'étaient sûrement pas vos premiers cobayes. Vous avez dû jouer vous-même à ce jeu.

— J'ai utilisé des droïdes, oui. C'est dans mes archives. J'ai tout le dossier. Je n'ai rien fait de mal. Ce n'est pas ma faute si les choses ont mal tourné.

— Droïdes et hologrammes, murmura Peabody en secouant la tête d'admiration. J'adorerais voir ça !

— Les hologrammes l'emportaient à 89,2 %, mais ça pouvait durer des heures.

— Vous saviez qu'ils ne sortiraient jamais de leur holopièce, murmura Eve. En les y envoyant, vous saviez que vos *amis*, vos *associés* n'avaient pratiquement aucune chance de survivre au jeu.

— Je ne pouvais pas savoir.

Il croisa les bras et afficha un demi-sourire.

— Nous sommes dans une impasse, constata Eve. Ils ont joué de leur propre gré. Vous n'étiez pas présent. Vous ne les avez obligés à rien.

— Bingo !

— Vouloir écarter Bart n'est pas un crime non plus. Or vous souhaitiez vous débarrasser de lui, n'est-ce pas ? Vous aviez épuisé le filon, vous aviez obtenu tout ce que vous pouviez d'eux, et voilà que Bart, moins brillant, moins inventif, moins visionnaire que vous, refuse de jouer. Toutes les ressources de l'entreprise, tous les outils sont là, sous votre nez. Mais il a dit non. De quel droit ?

— Précisément. Je fais autant partie de U-Play que lui. Je suis aussi important que lui. Mais quand Bart disait non, tout le monde se soumettait.

— Très énervant. Bart n'étant plus là, vous grimpez d'un échelon. Vous avez davantage de pouvoir.

— Vous l'avez dit, vouloir l'écarter n'est pas un crime.

— Vous avez donc trouvé le moyen de le faire sans devoir en assumer la responsabilité. Brillant.

— C'est mon métier. Je construis le scénario, je crée la technologie, le joueur décide. Parfois il gagne, parfois il perd.

— S'il perd, vous gagnez.

Eve se balança d'avant en arrière, tout en étudiant son expression suffisante.

— Vous nous avez piégés. Vous avez toujours su que nous ne pourrions jamais vous imputer le meurtre, quand bien même nous vous démasquerions.

— J'avoue que je ne m'attendais pas que vous découvriez le pot aux roses. Du moins pas tout de suite, pas avant que je mette le produit sur le marché. Au passage, je vous signale que j'aurais visé l'armée et la sécurité. Ce n'est pas un jeu pour les enfants. Vous lirez tout cela dans mes notes. Vous ne pouvez rien contre moi.

— Vous leur avez confié les disques sans leur signaler vos interventions.

— Oui, je leur ai donné les disques, et alors ? S'il avait été un tant soit peu attentif, Bart aurait repéré mes interventions au bout de *cinq* minutes. Encore une fois, je ne l'ai pas *obligé* à jouer.

— Cill ne savait rien de vos découvertes. Rien.

— Elle aussi, elle aurait dû s'en apercevoir. Elle est tellement maligne. Benny parle déjà de l'envoyer aux séminaires et aux interviews à la place de Bart.

— Il la pousse devant vous, répliqua Eve. Dommage qu'elle soit tombée au lieu de recevoir un coup de couteau en plein cœur.

— Le programme s'interrompt si le joueur est inconscient. Je ne m'en suis rendu compte qu'après. C'est le problème avec les droïdes. Maintenant, je sais, je peux donc rectifier le tir. À propos, Connors et vous m'avez impressionné. Mais vous ne pouvez pas utiliser d'autres armes que celles proposées par le jeu – c'est de la triche. Et je vous le répète, je m'efforçais d'arrêter la partie, mais il y a eu un problème.

Il sourit de nouveau.

— J'ai vu Connors se prendre un sale coup. J'espère qu'il va bien.

Eve se pencha vers lui.

— Allez vous faire foutre.

— Inutile de vous emporter, riposta-t-il, content de lui. Il se trouve que vous êtes entrés alors que j'étais en pleine expérimentation d'un nouveau jeu – ce n'est pas interdit, que je sache ? Inculpez-moi pour possession de matériel clandestin. Je paierai l'amende, j'exécuterai des travaux d'intérêt général, peu importe. Je ne vous intenterai pas un procès pour m'avoir tiré dessus chez moi. À présent, j'aimerais retourner auprès de Cill. Je n'ose imaginer dans quel état est son cerveau après ce qu'elle vient de subir. Je peux y aller ?

— Oui. Oui, Var, vous pouvez y aller. En enfer, via la prison. Vous êtes en état d'arrestation.

Il leva les yeux au ciel.

— Vous plaisantez ? Voyons, nous venons de discuter de tout cela.

— En effet, et vous avez admis avoir créé le programme, donné les disques à Bart et à Cill sans les informer des risques potentiels.

— Je ne les ai pas *forcés* à jouer. Je n'ai pas...

— Continuez ainsi, lui conseilla Eve. Le procureur va s'en donner à cœur joie. Donc, vous êtes accusé du meurtre de Bart ; d'agression volontaire d'un officier de police et d'un expert consultant civil, dûment autorisé ; de tentative de meurtre sur la personne de Cilla Allen, et d'une multitude de cybercrimes.

— Je n'ai tué personne ! hurla-t-il. Ils ont perdu la partie.

— C'est votre jeu, rétorqua Eve. Vos règles. Si et quand vous sortirez de prison, vous serez un très vieil homme, Var... Vous ne jouerez plus jamais, espèce d'ordure.

— Vous délirez ! s'exclama-t-il en se tournant vers Peabody. Elle délire ! Vous m'avez compris, vous.

— Oh, oui ! répondit Peabody. Mettons les choses au clair. La partie est terminée, pauvre connard. Vous avez perdu.

Le regard indéchiffrable, Peabody se leva.

— Je l'emmène, Dallas. McNab et moi nous occuperons de lui.

— D'accord, souffla Eve en se laissant tomber sur une chaise, soudain vidée. D'accord. Peabody ? Beau boulot.

— Ce n'est pas juste ! s'insurgea Var tandis que Peabody l'entraînait dehors. Vous ne pouvez pas m'enfermer pour ça. Je n'ai rien *fait*. Je n'étais pas là. C'est leur faute !

Eve ferma les yeux tandis que le son de sa voix larmoyante s'évanouissait.

Il y croyait sincèrement, songea-t-elle. Du moins dans quelque recoin de son esprit. Il s'était contenté de fournir les disques, il ne pouvait pas être tenu pour responsable des conséquences. Peut-être ses avocats adopteraient-ils cette ligne de défense, mais Eve avait confiance en Reo, et dans le système.

Elle n'avait pas le choix.

Elle ouvrit les yeux quand Connors entra. Il ferma doucement la porte derrière lui, s'assit en face d'elle, ses yeux bleus rivés aux siens.

— Ça fait un bail que je ne me suis pas retrouvé en salle d'interrogatoire avec un flic.

— Tu veux que je te cite tes droits ?

— Inutile. Tu as laissé la main à Peabody. Elle s'est bien débrouillée.

— Il a réussi à se persuader que Bart est mort par sa propre faute et que si Cill est dans le coma, c'est son problème à elle.

Son cœur se serra.

— Si ce couteau t'avait atteint quelques centimètres plus haut, tu en aurais été l'unique responsable.

— Si je m'en tiens à cette logique, c'est grâce à mon agilité que je suis ici devant toi. Tu es fatiguée, lieutenant, triste aussi, et meurtrie.

— J'aimerais être furieuse et satisfaite. Ça viendra. Ils ont cru qu'il était leur ami, et inversement. Il les a exploités, il leur a soutiré tout ce qu'il pouvait. Ils ont vécu et travaillé ensemble pendant toutes ces années, et il s'est fichu d'eux depuis le début. Pire, Benny, Bart et Cill n'étaient pour lui que le moyen de parvenir à ses fins, des niveaux à franchir pour gagner. Cette histoire m'a incitée à réfléchir aux amitiés, aux partenariats. Aux relations. Je pourrais m'efforcer d'être une meilleure amie, une meilleure partenaire, mais j'oublierai sans doute.

— Tu t'en sors plutôt bien de mon point de vue, mais je me ferai un plaisir de te le rappeler si tu le souhaites.

— Connors, murmura-t-elle en posant la main sur la sienne, quand Coltraine a été abattue, j'ai cru que je comprenais ce à quoi tu devais faire face à cause de ce que je fais. De ce que je suis. J'avais tort. Et ce soir... tout s'est déroulé si vite. J'ai réussi à exploser le panneau de contrôle, mais trop tard. En quelques secondes, j'ai vu le couteau s'enfoncer dans ta chair, et le monde a cessé de tourner.

— Mais non. Nous sommes là.

— Avant toi, je me débrouillais. J'allais bien. Toi aussi, de ton côté.

— Cela ne me suffit pas. Et toi ?

— Quand on ne sait pas ce que l'on peut avoir, on se contente de ce que l'on a. Aujourd'hui, je sais, et je ne pourrais pas vivre sans toi. J'ignore comment les gens se remettent de la perte d'un être cher. Comment ils parviennent à continuer à vivre.

— N'est-ce pas, fondamentalement, la raison pour laquelle tu fais ce que tu fais ? Tu es ce que tu es ?

— Possible, murmura-t-elle. Tout à l'heure, quand il m'est apparu que nous n'en sortirions pas vivants, j'ai affronté. Parce que... Je sais, c'est idiot.

— Nous serions morts ensemble, devina-t-il.

Elle eut un petit rire. Que c'était étrange d'être à ce point comprise !

— C'est ridicule et égoïste, et un tas d'autres choses que Mira me balancerait à la figure. Mourir ensemble, pourquoi pas ? Mais aspirer ma prochaine bouffée d'air sans toi ? Impossible. Pourtant, tu dois... tu jongles avec cette éventualité jour après jour. Connors, j'aimerais...

— Tais-toi, coupa-t-il. Ne me dis pas que tu voudrais que les choses soient différentes. Que tu pourrais être différente. Je ne le souhaite pas. Je suis tombé amoureux d'un flic, non ? Je l'ai épousée bien qu'elle ait tenté de me décourager. Nous ne sommes pas des gens faciles, ni toi ni moi.

— Vraiment pas.

— Quelle chance nous avons !

— Oui. Si on rentrait à la maison ? souffla-t-elle. Histoire de se reposer un peu.

Elle se leva, le vit grimacer comme il l'imitait.

— Une fois que Summerset t'aura soigné, précisa-t-elle.

— Je n'ai pas besoin de lui.

— Le médecin t'a conseillé d'aller à l'hôpital, lui rappela-t-elle. C'est soit l'hôpital, soit Summerset.

— C'est une blessure sans gravité.

— Dans ce cas, j'opte pour Summerset, un analgésique et une bonne nuit de sommeil. Ne discute pas : rappelle-toi le nombre de fois où tu m'as traînée de force aux urgences. En outre, tu n'es qu'un consultant, je suis donc ton supérieur hiérarchique. Tu étais sous ma responsabilité lorsque tu as été blessé.

— Tu t'amuses comme une folle, pas vrai ?

— Un peu. Mais je rigolerai vraiment quand Summerset t'en fera voir de toutes les couleurs. En attendant, appuie-toi sur moi, ajouta-t-elle en glissant le bras autour de sa taille. Je sais que tu souffres.

— Affreusement, admit-il.

Épilogue

À travers la vitre, Eve observait Benny au chevet de Cill, la main posée sur la sienne. Elle voyait ses lèvres remuer et supposa qu'il lui lisait un texte.

La jeune femme n'avait pas ouvert les yeux depuis l'attaque.

— Il paraît qu'il y passe toutes ses journées, confia-t-elle à Connors. Et l'essentiel de la nuit quand il parvient à convaincre le personnel médical.

— Toujours aucun changement ?

— Aucun, non.

Elle entra. Benny s'interrompit au milieu d'une phrase.

— Nous lisons le dernier exemplaire de *L'Homme-toupie*.

Il posa le mini-ordinateur.

— Cill, on a de la visite.

— Nous pouvons rester auprès d'elle pendant que vous allez prendre l'air, proposa Connors.

— Non, merci, c'est gentil.

— Je voulais vous informer que les avocats de Var et le bureau du procureur ont conclu un accord, commença Eve. Je peux vous l'expliquer en détail si vous le souhaitez, mais, en bref, il purgera cinquante années de prison hors-planète.

— Aucune importance. Tout ce qui compte, c'est elle. Trois jours déjà. Les médecins me disent que chaque jour qui passe… c'est un bon signe. Elle pourrait se réveiller dans cinq minutes. Dans cinq ans. Ou jamais.

— Vous pensez qu'elle se réveillera, fit Connors en posant la main sur l'épaule de Benny.

— Et moi, je pense que lorsqu'elle se réveillera, elle sera heureuse de savoir que Var paie pour ses crimes, ajouta Eve.

— Nous croyions qu'il était des nôtres, mais nous nous sommes trompés. Le carré – quel mensonge. Nous avons travaillé, étudié, joué, mangé, ri et pleuré ensemble. Comment a-t-il pu faire ça ? Je ne le comprendrai jamais, aussi je préfère l'oublier… Pourquoi ne s'en est-il pas pris à moi plutôt qu'à elle ? Pourquoi ?

— Vous voulez la vérité ?

— Oui.

— Vous lui étiez plus utile, et elle présentait un danger, une menace pour son plan. Elle a une âme de leader alors que vous préférez la recherche en solo. Il vous aurait exploité, et quand il n'aurait plus eu besoin de vous, il vous aurait éliminé à votre tour.

— Si j'étais monté avec elle. Si j'avais…

— Sans vous, elle serait morte, intervint Connors. Il avait l'intention de la tuer, Benny. Si vous n'aviez pas été là, si vous n'étiez pas resté près d'elle jusqu'à l'arrivée des secours, il l'aurait achevée. Vous lui avez sauvé la vie.

Connors approcha un siège, s'assit.

— Qu'allez-vous faire de U-Play ?

— Je m'en contrefiche.

— Pas elle. Elle vous a aidé à bâtir cette entreprise. Comme Bart.

— Si nous ne nous étions pas lancés dans cette aventure, Bart serait encore vivant. Elle ne serait pas dans ce lit.

380

— Non. L'unique responsable, c'est Var, intervint Eve. Ce n'est ni une société, ni un jeu, ni une technologie, mais un homme.

— Je sais, soupira-t-il. Je sais, mais… Vous pourriez racheter la boîte, Connors. Nous avons un personnel compétent et…

— Je le pourrais, mais je m'y refuse, coupa Connors. Bart ne l'aurait pas souhaité, pas plus que Cill.

— Vous avez raison, mais elle souffre tant. Si… quand… elle se réveillera, ce qu'elle aura à affronter sera sacrément dur.

— Elle ne sera pas seule, murmura Connors.

— Non, souffla Benny en caressant tendrement la main de Cill. Quand je pense à toutes ces occasions que j'ai eues de lui dire que je l'aimais. Je l'aime depuis l'enfance, mais je n'ai jamais eu le courage de le lui avouer ou de le lui montrer. J'avais peur de gâcher notre amitié. À présent…

— Vous profiterez de chaque instant, compléta Connors.

— Vous ne comprenez pas.

— Ah, non ?

Connors regarda Eve.

— Je sais ce qu'est l'amour, et ce qu'il vous apporte. Il peut naître de l'amitié, mais l'amitié peut aussi se métamorphoser en amour. Les deux sont précieux. Et quand on a les deux, tout est possible.

— Vous ne devez pas vous apitoyer sur votre sort, intervint Eve. Commencez par faire ce que vous pouvez.

Une lueur de colère vacilla dans les prunelles de Benny, mais s'éteignit aussitôt.

— Vous avez raison. Ce n'est pas ainsi que je l'aiderai. Je ne laisserai pas Var gagner. Cinquante ans ? Imagine tout ce que nous pourrons faire en cinquante ans, Cill. Nous avons à peine commencé.

Il approchait la main de la jeune femme de sa joue lorsqu'il se figea.

— Ses doigts ont bougé... Cill ? Cill ! fit-il en se penchant sur elle pour lui caresser le visage. Cill, je t'en supplie !

— Continuez de lui parler, ordonna Eve comme la jeune femme battait des cils.

— Réveille-toi. Je t'en prie, Cill, réveille-toi et regarde-moi. J'ai tellement besoin de toi.

Il effleura sa joue d'un baiser, puis ses lèvres.

— Réveille-toi, Cill.

— Benny... fit-elle d'une voix à peine audible en posant sur lui un regard vague. Benny.

Connors se leva, fit signe à Eve.

— Je vais prévenir le personnel.

— Cill ! répéta Benny, le visage ruisselant de larmes. Salut !

— Benny. J'ai fait un horrible cauchemar. Tu peux rester près de moi ?

— Compte sur moi. Je ne bougerai pas d'ici.

Il abaissa le garde-lit et s'assit sur le bord du matelas.

Eve sortit de la pièce à reculons, s'écarta tandis qu'une infirmière se précipitait dans la chambre. Elle rejoignit Connors.

— Laissons-les. Peabody et moi reviendrons demain prendre sa déposition. Elle en a pour un sacré bout de temps.

— Elle s'en sortira, murmura Connors. Ils s'en sortiront tous les deux.

— Je le pense, oui.

De l'amitié à l'amour... ça marcherait peut-être pour eux.

Il y avait aussi une alternative, pensa-t-elle tandis qu'ils s'engouffraient dans l'ascenseur. De l'amour à l'amitié. C'était, supposait-elle, la voie sur laquelle Connors et elle s'étaient engagés.

Et ça semblait fonctionner tout aussi bien.

9703

Composition
FACOMPO

Achevé d'imprimer en France
par Maury-Imprimeur
le 5 septembre 2011.

Dépôt légal : septembre 2011.
EAN 9782290028421

ÉDITIONS J'AI LU
87, quai Panhard-et-Levassor, 75013 Paris

Diffusion France et étranger : Flammarion